Jens J. Kramer

JOHANNAS RACHE

ROMAN

DROEMER

Besuchen Sie uns im Internet:
www.droemer.de

Aus Verantwortung für die Umwelt hat sich die Verlagsgruppe Droemer Knaur zu einer nachhaltigen Buchproduktion verpflichtet. Der bewusste Umgang mit unseren Ressourcen, der Schutz unseres Klimas und der Natur gehören zu unseren obersten Unternehmenszielen. Gemeinsam mit unseren Partnern und Lieferanten setzen wir uns für eine klimaneutrale Buchproduktion ein, die den Erwerb von Klimazertifikaten zur Kompensation des CO_2-Ausstoßes einschließt. Weitere Informationen finden Sie unter: www.klimaneutralerverlag.de

FSC www.fsc.org MIX Papier aus verantwortungsvollen Quellen FSC® C014496

Originalausgabe März 2020
Droemer Taschenbuch
Ein Imprint der Verlagsgruppe
Droemer Knaur GmbH & Co. KG, München

Covergestaltung: NETWORK! Werbeagentur, München
Coverabbildung: © gettyimages/Tara Moore,
© Renee Quost/Trevillion Images
Satz: Nadine Clemens
Druck und Bindung: GGP Media GmbH, Pößneck
ISBN 978-3-426-30731-1

2 4 5 3 1

1.

SIE STAND VOR der Abteiltür, als wartete sie darauf, dass jemand ihr öffnete. Eine Frau mit kurzen Haaren in einem grauen Trenchcoat, die eine etwas unförmige Reisetasche über der Schulter trug. Schließlich – es waren vielleicht drei Sekunden gewesen, die mir aber länger vorkamen – fasste sie nach dem Griff und schob die Tür entschlossen auf.

Ein Blick aus graublauen Augen traf mich, kurz und kühl. Kein »Guten Tag«, kein Lächeln, nicht einmal ein Nicken. Ich erhob mich dennoch, als sie Anstalten machte, ihre Tasche ins Gepäckfach zu hieven.

»Sie erlauben?«

Wieder schaute sie mich an, diesmal etwas forschender. Fast erwartete ich, dass sie ablehnte. Dann aber überließ sie mir die Tasche. Sie war nicht schwer, sie hätte es wahrscheinlich mühelos allein geschafft. Auch jetzt kein Wort, kein Dank. Ich setzte mich wieder an meinen Fensterplatz, während die Fremde sich mir gegenüber niederließ, ohne den Mantel auszuziehen. Mit einem Blick unter den Tisch vergewisserte ich mich, dass ich ihr nicht in die Quere kam. Dabei fielen mir ihre flachen, etwas abgetragenen Schuhe auf. Vor allem aber, dass sie keine Strümpfe trug. Es war ein wenig zu kalt für nackte Beine, aber das ging mich nichts an.

Kurz fragte ich mich, ob sie sich wohl zu unterhalten wünschte. Was mir nicht recht gewesen wäre, da ich arbeiten wollte. Aber die Frau schaute einfach nur aus dem Fenster und schien mich bereits vollkommen vergessen zu haben. Der Zug rollte an, und ich vertiefte mich wieder in mein Vortragsmanuskript. Doch es gelang mir nicht recht, mich auf den Text zu konzentrieren.

Meine Gedanken versuchten, eine bestimmte Wahrnehmung zu fassen zu kriegen, die mich irritiert hatte. Aber es war nicht wirklich eine Wahrnehmung, sondern eher ihr Mangel. Es dauerte einen Moment, ehe ich die Leerstelle erkannte Es war der Geruch der Frau mir gegenüber.

Für ein paar Sekunden hatten wir ziemlich nah beieinandergestanden. Ich hatte es mir angewöhnt, auf das Parfüm einer Frau zu achten. Der Geruch oder, besser, die Mischung der Gerüche sagt eine Menge über einen Menschen aus. Die Fremde, der ich den Koffer ins Gepäckfach gehoben hatte, war, olfaktorisch gesehen, ziemlich einsilbig. Ich hatte keinerlei Parfüm wahrgenommen, nur einen Hauch Seife, der mit dem leicht muffigen Aroma des Mantels kämpfte, als ob der zu lange in einem Schrank gehangen hatte. Der Geruch der Frau blieb darunter fast verborgen. Fast. Denn einige Aromamoleküle hatten meine Geruchsrezeptoren erreicht, die diese Information unverzüglich an mein Gehirn weiterleiteten und dort, in den tiefer liegenden Regionen, ein Programm aktivierten, das mich in den Fortpflanzungsmodus versetzen wollte. Mein Großhirn widerstand dem Impuls, dieses Programm unverzüglich umzusetzen, konnte sich aber nicht dagegen wehren, dass mein Interesse geweckt war.

Ich spähte verstohlen zu der Frau mir gegenüber, die immer noch aus dem Fenster schaute. Nicht nur schaute, sie war geradezu gebannt von der Szenerie, die der Zug durchfuhr. Es war auch kein gedankenverlorenes Starren, denn ihre Pupillen blieben immer wieder an einem Detail hängen, bevor sie wieder vorzuckten. Jetzt fiel mir auf, dass sie gänzlich ungeschminkt war. Ihr Haarschnitt war ordentlich, aber ohne jegliche Finesse. Ähnlich sahen ihre Fingernägel aus, kurz geschnitten, aber nicht manikürt. Das alles wäre nicht seltsam gewesen, aber sie fuhr in der ersten Klasse. Und das mit gelassener Selbstverständlichkeit.

Ich verdrängte das aufkeimende Schuldgefühl wegen dieser snobistischen Betrachtung. Aber es war eine legitime Beobachtung, und das Verhalten der Menschen gehörte nun einmal zu meinem Forschungsgebiet. Jedenfalls im weitesten Sinne.

Dennoch hatte ich das Gefühl, dass ein weiteres Inspizieren der Frau indiskret wäre. Es ging mich nichts an, wie sie herumlief. Vielleicht hatte sie ja nur ein paar Allergien gegen Parfüm, Mottenkugeln und schwatzhafte Friseure. Und herrje, bis zu meiner Ankunft hatte ich noch reichlich Text zu bearbeiten. Mit gezücktem Stift las ich weiter.

Der größte Fehler der Menschheit – anders kann man diesen tragischen Vorfall nicht nennen. Alle Übel, mit denen der Homo sapiens in den folgenden elf- bis zwölftausend Jahren zu kämpfen hatte, Hunger, Epidemien, Kriege, Büstenhalter, sind auf die verhängnisvolle Entscheidung zur Sesshaftigkeit zurückzuführen.
Was glauben Sie, meine Damen, wann es anfing mit dem Patriarchat? Und lassen wir jetzt mal die lustige Geschichte mit der Rippe und dem Apfel beiseite. Ja, genau: mit der landwirtschaftlichen Revolution. Die einherging mit Landbesitz und dessen Vererbung, natürlich in männlicher Linie. Auch das Diktat der Jungfräulichkeit hat hier seinen Ursprung. Übrigens möchte ich Sie hier auf eine amüsante Deutung des Sündenfallmythos hinweisen, die nämlich besagt, dass …

»Was lesen Sie da?«

Mit einem Schlag war ich wieder in dem Abteil. Ihre Stimme klang dunkler, als ich erwartet hatte.

»Es ist ein Vortrag, den ich heute Abend halte«, antwortete ich.

Wieder fiel mir der intensive Blick ihrer graublauen Augen

auf. *Katzen schauen manchmal so,* dachte ich. Und andere Raubtiere.

Sie lächelte nicht, schon gar nicht entschuldigend, wie es naheliegend wäre, wenn man jemanden in seiner Lektüre stört.

»Worüber?«

»Über die Evolution.«

»Des Menschen?«

»Ja, ich bin Evolutionsbiologe und schreibe Bücher über dieses Thema. Interessieren Sie sich für die Geschichte des Homo sapiens?«

»Wir haben die Neandertaler ausgerottet, nicht wahr?«

Ich wiegte den Kopf. »Vermutlich. Aber sie haben uns einen Teil ihres Erbgutes hinterlassen. Zwischen zwei und vier Prozent.«

Das wäre jetzt eine Gelegenheit gewesen, das Gespräch in eine amüsante, vielleicht sogar kokette Richtung zu drehen, etwa in der Art: »Bei so manch einem Zeitgenossen tippe ich eher auf zehn Prozent.« Oder: »Wie hoch schätzen Sie meinen Prozentteil?« Doch nichts dergleichen schien ihr in den Sinn zu kommen. Sie schaute mich nur unverwandt an, so als ob sie erwartete, dass ich meiner letzten Bemerkung noch etwas hinzufügte. Eigenartigerweise hatte ich das Bedürfnis, unser Gespräch fortzusetzen, und da ich befürchtete, sie könnte sich im nächsten Moment wieder abwenden, fragte ich: »Was machen Sie so im Leben?«

Ich erreichte genau das, was ich vermeiden wollte: Sie wandte sich ab. Ob ihr diese Frage zu oberflächlich vorkam? Doch da richteten sich die graublauen Scheinwerfer wieder auf mich.

»Ich würde lieber Ihnen zuhören.«

»Was soll ich denn erzählen?«

»Erzählen Sie mir mehr von Ihrer Arbeit.«

»Das ist das, was Männer immer tun und was Frauen normalerweise entsetzlich anödet.«

»Mich nicht.«

Wollte ich das? Was sollte ich erzählen? Von meinen Reisen? Den Büchern? Den Vorträgen? Von den Sälen, die ich füllte? Den Menschen, die Schlange standen, um sich Bücher signieren zu lassen? Oder von den einsamen Abenden in irgendeinem Hotelzimmer? Den Bars mit mittelmäßiger Musik? Von den Stunden in meinem Arbeitszimmer oder in den Bibliotheken? Der schrittweisen Entfremdung von meinem Sohn oder dem Schweigen zwischen mir und meiner Frau ? Ich merkte, wie mich diese einfache Frage in gefährliche Gewässer führte. Um dem zu entgehen, suchte ich in meinem Standardrepertoire nach etwas, was ich erzählen konnte. Wenn mir Fragen gestellt werden wie: Wie sind Sie zum Schreiben gekommen? Oder: Was fasziniert Sie am Leben unserer Vorfahren? Auf diese Fragen wusste ich ungefährliche und unterhaltsame Antworten. Doch als ich nun in diese Augen schaute, die nicht die geringste Ungeduld erkennen ließen, begriff ich, dass diese vorgefertigten Antworten vor ihnen keinen Bestand haben würden.

Im Nachhinein fragte ich mich, ob ich nicht längst auf einen solchen Moment gewartet hatte. Anders kann ich mir nicht erklären, was dann geschah. Eigentlich hatte ich vor, ihr von den vielfältigen Gesellschaftsformen der Jäger und Sammler zu erzählen. Doch sehr schnell landete ich bei dem Unwohlsein, das mich mein Leben lang begleitet hatte. Dessen Gründe ich anfangs bei mir suchte, bis ich bemerkte, dass es die Welt war, in der etwas nicht stimmte. Ich erzählte von meiner Suche nach Antworten, die mich an Universitäten und in Gelehrtenzirkel führte. Bis ich schließlich in Israel auf den Mann traf, der mich auf die richtige Spur setzte. Ich erzählte von den Stunden, die wir in den Cafés von Tel Aviv verbracht hatten. Unseren endlosen Gesprächen an Stätten voller Erinnerung und schwerer Vergangenheit. Ich erzählte vom Himmel, dem Duft der Nacht und den rauen Steinen, vor denen schon Kaiser gebetet hatten.

Als ich schließlich erschöpft innehielt, hatte ich das Gefühl, meine Seele preisgegeben zu haben. Gleichzeitig aber erfüllte mich eine lange nicht mehr erlebte Befriedigung. Immer noch ruhte ihr Blick auf mir. Offen, neugierig, ohne etwas von sich preiszugeben. *Eine Frau sollte so nicht schauen,* zuckte es durch meinen Kopf.

»Das war schön«, sagte sie leise und wandte sich ab. Mit der gleichen Absolutheit, mit der sie mir bis eben ihre Aufmerksamkeit geschenkt hatte, entzog sie sie mir wieder. Erst jetzt begriff ich, dass es dieser Blick war, der mich zum Redenden gemacht hatte. Und dass sein Fehlen an meiner nackten Seele zerrte. Ich wollte mehr von ihrer Zugewandtheit. Doch nichts schien die neuerliche Distanz zwischen uns überbrücken zu können.

Ich wandte mich wieder meinem Manuskript zu, aber die Worte vor meinen Augen wollten sich nicht zu sinnvollen Sätzen fügen. Immer wieder schaute ich zu ihr hinüber und wartete auf ein Zeichen, dass unsere Unterhaltung fortgesetzt werden könnte. Als das nicht geschah, musste ich mit meinem anwachsenden Ärger kämpfen. Wieso Ärger? Das war doch Unsinn. Sie war nur eine Reisende, eine zufällige Bekanntschaft. Wir würden uns nie wiedersehen. Und das war auch gut so. Ich konnte beileibe keine Komplikationen in meinem Leben gebrauchen.

Komplikationen? Wie kam ich darauf? Hatte ich mir etwa schon eine amouröse Fortsetzung dieser Begegnung vorgestellt? Die Frage war nicht unberechtigt, schließlich wusste ich um unser genetisches Erbe. Die Evolution kannte nur eine Währung, und das war Fortpflanzung. Ich massierte mir die Schläfen. Vielleicht war es besser, nicht jedes Verhalten der Steinzeitmenschen auf gegenwärtige Ereignisse zu übertragen. Aber ging es nicht genau darum bei meiner Forschung?

Ich war es nicht gewohnt, diese Erkenntnis bei mir selbst anzuwenden. Wenn ich das bei anderen tat, war das etwas anderes.

Eine weibliche Stimme riss mich aus meinen Gedanken. Leider war es nur die Durchsage, die uns mitteilte, dass wir in Kürze Köln erreichen würden. Wir überfuhren bereits den Rhein. Das hieß, dass ich gleich aussteigen müsste. Was würde meine Reisebekanntschaft tun? Fuhr sie weiter? Es drängte mich, eine Antwort auf diese Frage zu bekommen. Denn in dem Fall hatte ich nur noch wenige Minuten, um ...

Um was? Ihre Telefonnummer zu erfragen oder ihr meine zu geben? Das schien mir vollkommen unpassend. Ich war mir mit einem Mal sicher, dass der offene, interessierte Blick sich in Gletschermaterial verwandeln würde, wenn ich mit einem solchen Ansinnen käme. Im gleichen Moment ärgerte ich mich über mich selbst, dass ich eine doch unbedeutende Abfuhr fürchtete. Was war nur mit mir los?

Ich verstaute mein Manuskript in der Tasche, erhob mich, um den Mantel anzuziehen und den Koffer aus der Gepäckablage zu holen. All das geschah sehr betont, damit sie auch wirklich verstand, dass ich aussteigen wollte. Jetzt könnte sie mir ihr Interesse signalisieren. Nur ein Blick, ein Lächeln vielleicht. Doch nichts dergleichen geschah.

Als der Zug in den Bahnhof einfuhr, brachte ich nur ein frustriertes »Auf Wiedersehen« heraus und öffnete die Abteiltür.

»Wie heißen Sie?«, fragte sie.

Ich wandte mich um. Sie schaute mich an, offen und so bedingungslos wie ein Raubtier.

»Adrian Kayser.«

Noch während sie sprach, drehte sie den Kopf schon wieder zum Fenster. »Ich bin Johanna.«

Es klang endgültig.

So stand ich kurz darauf auf dem Bahnsteig und schaute dem Zug hinterher. Johanna? Johanna was? Hätte ich sie fragen sollen? Warum habe ich es nicht getan?

Der Zug verschwand um eine Kurve. Ich schnallte meine Umhängetasche an den Rollkoffer und machte mich auf dem Weg Richtung Hotel. In der Brust das schmerzhafte Gefühl eines Verlustes. Ich wusste noch nicht einmal, wovon.

Die Stadt lag fünf Stockwerke unter mir. Mit dem Champagnerglas in der Hand stand ich vor der Glasfront meines Hotelzimmers und gab mich dem leichten Sog hin, den die Tiefe in mir auslöste. Der Veranstalter hatte sich Mühe gegeben. Eine Suite in einem Fünfsternehotel war nicht die Regel bei meinen Vorträgen. Ebenso wenig die Flasche Ruinart im Eiskühler. Ich sollte es genießen. Stattdessen dachte ich an graublaue Augen, die jetzt wahrscheinlich durch ein fernes Zugfenster in die Dunkelheit starrten.

Vielleicht ist es besser so, dachte ich. So wird mir die Begegnung im Zug vermutlich immer mit einem Hauch Melancholie im Gedächtnis bleiben. Ich dachte an die Frauen, in deren Augen ein Angebot gestanden hatte, wenn sie nach den Vorträgen und Lesungen um eine Signierung baten. Ich hatte dem nie nachgegeben. Denn entweder stand eine Sehnsucht dahinter, von der ich wusste, dass ich sie nicht würde erfüllen können. Oder sie suchten ein Erlebnis, um sich damit zu schmücken. Beides hatte nichts mit mir zu tun.

In den Jahren vor Clarissa hatte es viele Abende gegeben, in denen aus einem Blick, einem Lächeln, einem Gespräch eine gemeinsame Nacht wurde. Manchmal waren diese Nächte schön gewesen, meist aber enttäuschend. So waren sie dann auch in den Teil der Erinnerung versunken, in dem sich die Belanglosigkeiten anhäuften. Das zumindest würde mit Johanna nicht geschehen.

Mir fiel auf, dass ich mein Handy immer noch in der linken Hand hielt. Ich hatte es hervorgeholt, weil ich Clarissa eine Nachricht schicken wollte. »Bin gut angekommen« oder »Das Hotel ist hervorragend« oder »Habe im Zug eine Frau von faszinierender Unscheinbarkeit kennengelernt«. Na ja, Letzteres sicherlich nicht. Aber auch das einfache »Gut angekommen« wollte mir nicht gelingen. Ich spürte, wie sich unter diesem Nicht-Gelingen ein feiner Riss zeigte, aus dem Verzweiflung hervorzuquellen drohte. Eine Beziehung bestand vor allem aus kleinen Gesten der Zugewandtheit. Sie waren der Klebstoff, der die winzigen Leerstellen im gemeinsamen Leben zweier Menschen überbrücken und das Ganze zusammenhalten konnte. Aber wenn die Leerstellen größer wurden, reichten diese Gesten als Flickstoff nicht mehr aus. Ich hatte mir angewöhnt, über diese rissigen Zonen hinwegzusehen. Das war leichter, als sich ihnen zu stellen. Heute wollte mir das aber nicht gelingen. Also tat ich das, was schon lange unser Schweigen ersetzte: Ich schickte unserem Sohn eine Nachricht.

— Hallo, mein Großer, was machst du?

Die Antwort kam prompt. Er hatte darauf gewartet.

— Hi, Dad, mache Hausaufgaben.

— Schwindler.

Er schickte einen grinsenden Smiley.

— Erzählst du heute wieder von der Steinzeit?

— Und wie. Danach fangen wir ein Mammut und schlachten es.

— Und grillen es.
— Und dann gibt's Ketchup drauf.
— Augenverdreh-Smiley.
— Also, was spielst du gerade?
— Heiligenschein-Smiley.
— Komm schon!
— Monument Valley.
— Du bist die Prinzessin?
— Was sonst?
— Bleib nicht zu lange auf.
— Kommst du morgen zum Fußball?
— Das werde ich nicht schaffen.
— Bye.
— Gib Mum einen Kuss.
— Augenverdreh-Smiley.

Ich steckte das Handy weg. Philipp war gerade zwölf geworden. Er war das Beste, was Clarissa und ich zustande gebracht hatten. Ich leerte das Glas und machte mich auf den Weg. Ich hatte an diesem Abend noch eine Show zu liefern. Und das beherrschte ich gut: So tun, als ob.

Ein letztes Mal dachte ich an graublaue Augen, die darüber nicht lachen wollten.

»… darum haben die Menschen sich nicht als Individuum gesehen. Etwas, das für uns heute ganz selbstverständlich ist. Aber unsere frühen Vorfahren sahen sich immer als Teil einer Gruppe, einer Familie, eines Clans oder eines größeren Verbundes. Allein war der Mensch nichts, und die schlimmste Strafe war die Verbannung. Das war gleichbedeutend mit einem grausamen Tod, der – soweit wir wissen – den Verbannten auch im Jenseits von der Gemeinschaft der Ahnen ausschloss.«

Ich machte eine Pause und ließ meinen Blick über das Publikum wandern. Folgten sie interessiert meinen Ausführungen? Ich war mir nicht sicher. Die Gesichter zeigten kaum Regung. Aber das war es nicht allein. Normalerweise habe ich ein Gefühl für die Stimmung des Publikums. An meinen besten Abenden konnte ich sie mit Worten und Gesten dirigieren wie ein Orchester. Heute aber wollte sich keine Verbindung herstellen.

Ich kämpfte einen kleinen Anflug von Panik nieder und versuchte es mit einem Trick. Ich hielt, noch während ich weitersprach, nach einzelnen Gesichtern Ausschau, die Interesse zeigten und die ich direkt ansprechen könnte. Das würde mir die nötige Sicherheit geben, die ich dann auf andere übertragen könnte. Doch keines der Gesichter zeigte die Aufmerksamkeit und die Offenheit, die ich brauchte. Es war, als würde ich gegen eine Wand aus Porträts anreden. Ich merkte die unangenehme Hitze im Hals, die der Verzweiflung vorausging, und legte unwillkürlich mehr Kraft in die Stimme. Ich kämpfte an gegen die Gleichgültigkeit dieser starren Gesichter. Schon befürchtete ich das, was jeder Vortragende hasste: dass einzelne Zuhörer aufstanden und einfach den Saal verließen.

Jetzt hatte ich auch noch den Faden verloren. Ich suchte in meinem Manuskript nach dem letzten Satz. Doch was hatte ich überhaupt zuletzt gesagt? Hitze stieg in meine Wangen. Da vernahm ich das Öffnen der Saaltür. Es war also so weit, die Ersten verschwanden. Ich schaute auf und sah, dass ich mich geirrt hatte. Es war niemand gegangen. Es war jemand gekommen!

Sie trug immer noch den grauen Trenchcoat, mit einem Gürtel in der Taille. Einige Zuhörer wandten sich um, wohl auch, weil ich schwieg, während sie in der hintersten Reihe Platz nahm. Und als ob ihr Eintreffen den Bann gebrochen hätte, überkamen mich mit einem Mal die Ruhe und Sicherheit, die ich vermisst hatte.

»Das Überleben der Gemeinschaft«, sagte ich langsam, ohne auf mein Manuskript zu schauen, »beruhte auf dem Prinzip der Kooperation.« Ich führte aus, wie diese Prämisse das Verhalten der Menschen formte. Wie Abweichler unerbittlich bestraft wurden. Aber auch, dass es Ungleichheit und Unterdrückung verhinderte.

»Wem können Sie in einer gefährlichen Situation, wie es sie ständig gab, mehr vertrauen? Einem Freund und Partner oder einem, den Sie geknechtet haben? Sicher gab es auch in den Gemeinschaften der Jäger und Sammler Ungerechtigkeiten. Aber die hielten selten lange an, wenn ein jeder auf den anderen angewiesen war.«

Ich brauchte nicht andauernd zu ihr hinschauen, so gewiss war ich mir ihrer Aufmerksamkeit. Sie war wie ein Leuchtturm, dessen Licht mich aus der schweigenden Menge traf und mich befeuerte. Längst war ich in meinen Ausführungen über mein Manuskript hinausgegangen, zog klare Linien aus dem in Jahrtausenden erlernten Verhalten jener Urgesellschaften und führte sie bis in die Gegenwart, in der sie uns einen Spiegel vorhielten und uns zeigten, was unser Verstand vermag und wogegen er sich sträubt. Worunter er leidet und das moderne Leben vergiftet.

Längst war das Publikum keine schweigende Wand mehr, sondern ein lebendiger Organismus, der meine Gedanken aufnahm und die Kraft vielfach zurückgab. Selten traf der Satz mehr zu, dass der Zuhörer den Redenden gebiert.

Als ich am Ende angelangt war und mich beim Publikum bedankte, herrschte eine Sekunde lang Stille. Dann, in einer rasch anschwellenden Woge, kam der Applaus. Ich genoss ihn aus vollem Herzen. Dabei suchte ich wieder ihr Gesicht in der letzten Reihe, aber mittlerweile erhoben sich einige Zuhörer von ihren

Stühlen und verwehrten mir den Blick. Ich hatte den Drang, zu ihr zu gehen, um sie zu begrüßen. Aber nun kam die Veranstalterin mit einem Blumenstrauß auf die Bühne, und am Büchertisch bildete sich bereits eine Schlange. Es würde noch einiges zu signieren geben.

Ich beruhigte mich damit, dass Johanna sicherlich nicht gekommen wäre, wenn sie gleich wieder verschwinden wollte. Trotzdem blieb ein Zweifel, und obwohl ich mir Zeit für jeden einzelnen Leser nahm, ihm zuhörte, nachfragte, um schließlich eine persönliche Signierung in sein Buch zu schreiben, konnte ich die Unruhe nicht loswerden. Immer wieder hielt ich nach ihr Ausschau. Würde auch sie vor dem kleinen Tisch auftauchen, an dem ich signierte, mit einem Buch in der Hand? Doch ich konnte sie nirgendwo entdecken. Die Schlange wurde kürzer, der Saal leerte sich. Sie war nicht da. Das konnte doch nicht sein. Sie war erst im Zug geblieben und weitergefahren. Also musste sie irgendwann ausgestiegen und umgekehrt sein. Das machte man doch nicht, nur um sich dann wieder davonzustehlen.

Hier versagte mein Verstand. Ich begriff es nicht.

Als die letzte Besucherin abgefertigt war, raffte ich meine Sachen zusammen. Die Veranstalterin reagierte sichtlich enttäuscht, als ich ablehnte, mit ihr und ihren Kollegen noch essen zu gehen. Aber ich hatte es eilig, wegzukommen. Der Gedanke, dass Johanna die Geduld verloren hatte, nicht mehr warten wollte und zum Bahnhof zurückging, war mir unerträglich.

In beinah unhöflicher Kürze verabschiedete ich mich und lief nach draußen. Im Vorraum war sie nicht. Ich trat durch die Glastür ins Freie, schaute nach rechts, nach links, in alle Richtungen. Niemand zu sehen. Wohin konnte sie gegangen sein? Der Bahnhof! Ich versuchte, mich zu orientieren. Dort entlang. Ich lief los.

Ich war noch keine fünfzig Meter weit gekommen, als sich einer der Schatten zwischen den Laternen zu bewegen begann. Sie trug die Umhängetasche über der Schulter und kam direkt auf mich zu.

»Hey«, sagte ich, als sie vor mir stehen blieb. Ich konnte meine Freude nicht verbergen.

»Hey«, gab sie zurück, ohne zu lächeln. Aber das musste sie auch nicht. Sie war da.

Mir fiel nichts ein, was ich sagen könnte.

»Ich glaube, ich habe gerade alle Worte verbraucht«, sagte ich also.

»Ja, das waren viele Worte.«

Lag es am ungewissen Laternenlicht, oder war da ein amüsiertes Funkeln in ihren Augen.

»Gehen wir ein Stück?«, fragte sie.

»Ja, gerne. Soll ich Ihnen die Tasche abnehmen?«

»Nein.« Sie schüttelte den Kopf.

Es hatte geregnet, und das Pflaster glänzte vor Nässe. Wir gingen rechts und links an einer Pfütze vorbei und trafen uns auf der anderen Seite wieder. Ich überlegte, was ich jetzt mit ihr machen sollte. Zum Essen einladen? Ich war nicht sehr hungrig, und es war schon spät. Außerdem hatte die Veranstalterin mit ihren Leuten hier irgendwo einen Tisch reserviert, an dem auch ich hätte sitzen sollen. Wenn wir nun per Zufall genau in dieses Lokal gerieten, wäre die Situation etwas peinlich.

Vielleicht sollte ich sie einfach nur zu einem Drink einladen. Aber wo? Nach irgendeiner Kneipe stand mir nicht der Sinn. Es hätte auch die Atmosphäre gestört. Wobei eine kleine Stimme in meinem Kopf sofort misstrauisch nach der Art der Atmosphäre fragte. Ich reagierte nicht darauf.

In meinem Hotel gab es eine sehr schöne Bar. Atmosphärisch war da alles im grünen Bereich. Aber eine Hotelbar? Zudem die

Bar *meines* Hotels? War das nicht schon eine versteckte Einladung? Wollte ich sie einladen? Würde sie sich einladen lassen?

Gerade als meine Gedanken sich komplett zu verheddern begannen, sagte sie: »Ich habe Hunger.«

»Äh, ja.« Bevor ich fragen konnte, ob sie italienisch, asiatisch oder etwas anderes bevorzugen würde, fügte sie an: »Ich hätte gerne eine Currywurst mit Pommes.«

Ich blieb stehen, sie ebenfalls.

»Okay«, sagte ich.

»Mit Mayonnaise.« Sie dachte kurz nach. »Oder einen Cheeseburger mit Pommes.«

Ich musste lachen.

»Mit Mayonnaise.«

»Genau.«

»Darf ich Sie einladen?«

Ich erwartete einen dieser kühl prüfenden Blicke, wie er mich getroffen hatte, als ich ihre Tasche ins Gepäckfach heben wollte. Doch sie sagte nur: »Ja.«

Wir fanden einen vertrauenerweckenden Imbiss an einem kleinen Platz. Vom Fenstertisch konnten wir nach draußen schauen. Johanna bestellte einen Cheeseburger mit Pommes und Mayonnaise und dazu ein Bier. Ich orderte ebenfalls ein Bier, dazu eine Currywurst. Als die Getränke kamen, prosteten wir uns zu. Sie hielt das Bier noch einen Moment in der Hand und schaute drauf, als wollte sie es sich einprägen. Dann trank sie.

Sie trank mit geschlossenen Augen das Glas fast leer. Dann atmete sie einmal tief ein und schaute aus dem Fenster. *Die Frau, die aus Fenstern schaut*, dachte ich.

Sie begann, über meinen Vortrag zu sprechen. Was ihr aufgefallen war, sowohl inhaltlich als auch in den Reaktionen des Publikums.

»Die Menschen lieben es, wenn Sie ihnen von der Verwandtschaft zu unseren glücklichen Vorfahren erzählen.«

»Na, ich weiß nicht, ob die glücklich waren. Das Glück ist ein ziemlich junges Konzept in der Evolution.«

Inzwischen war das Essen gekommen. Sie hielt den Cheeseburger mit beiden Händen und biss ein ordentliches Stück ab. Kauend betrachtete sie mich.

»Ist das so?«, fragte sie, als sie mit dem ersten Bissen fertig war.

»Ja, sicher«, gab ich zurück und spießte ein Stück Currywurst auf. »Glück ist in der Evolution vollkommen irrelevant.«

Ich bestellte zwei neue Biere. Diese Kölner Gläser waren wirklich ein Witz.

»Das ist aber nicht nett von der Evolution.«

»Die Evolution kennt nur Gewinner und Verlierer. Gewinner sind die, die sich fortpflanzen und als Art überleben.«

»Aber ist das Glück nicht zum Überleben wichtig?«

»Hm, gute Frage. Schauen wir uns doch mal die Schafe an.«

»Die Schafe?«

»Ja, die Schafe. Sie waren eine der ersten Arten, die vom Menschen domestiziert und gezüchtet wurden. Das Schaf, das wahrscheinlich seit Millionen Jahren in relativ kleiner Herdenzahl durch die Welt streifte und nur für sich existierte, wurde zum Nutztier. Evolutionär gesehen war das ein Gewinn. Der Mensch schützte es vor Raubtieren, sorgte für Weidegründe und pflegte den Nachwuchs. Hätten wir die Möglichkeit, ein Interview mit einem der ersten domestizierten Exemplare zu führen, so hätten wir vielleicht zu hören bekommen, dass das doch eine gute Sache wäre. Sie brauchten nachts keine Angst vor Räubern mehr zu haben, sie hatten genug zu fressen und wurden rund und fett. Der Freiheit hätte es wohl kaum hinterhergetrauert. Und hätten

Sie sie gefragt, ob sie glücklich wären, hätten sie wahrscheinlich Ja gesagt.«

»Das beweist doch, dass ich recht habe.«

»Nein, das beweist nur, dass die Frage nach dem Glück eine Schimäre ist. Die Schafe wurden mit dem vermeintlichen Glück in die Falle gelockt. Heute werden sie einmal im Jahr zwangsgeschoren. Das ist bestimmt nicht lustig, aber die Alternative ist auch nicht besser. Ihre Wollproduktion ist derart hochgezüchtet, dass sie ohne Schur nicht überleben würden. Sie fristen zwischen diesen Schuren ein Leben als Rasenmäher, bekommen Lämmer, die ihnen nach nur wenigen Monaten genommen werden, um auf dem Delikatessenteller zu landen. Und wenn ihre Wolle nichts mehr taugt, kommen sie zum Abdecker. Nun gut, man könnte sagen, dass sie das ja nicht wissen. Vielleicht sind sie also glücklich. Nur ist das vollkommen irrelevant. Heute gibt es wahrscheinlich mehr Schafe auf der Welt als insgesamt in den fünfhunderttausend Jahren vor der Domestizierung. Das allein zählt. Deswegen sind Schafe Gewinner der Evolution.«

Sie musterte mich nachdenklich.

»Reden wir noch von Schafen oder von Menschen?«, fragte sie.

Ich zuckte mit den Achseln. »Manchmal muss man den Unterschied suchen«, erwiderte ich.

»Trotzdem wollen alle Menschen glücklich sein«, merkte sie an.

»Wirklich? Ich habe den Eindruck, dass die Menschen alles daransetzen, um unglücklich zu sein.«

Sie hatte einen bemerkenswerten Appetit. Von dem Cheeseburger war kaum noch etwas übrig. Jetzt machte sie sich über die Pommes her. Auf meiner letzten Bemerkung schien sie auch noch herumzukauen.

»Sind Sie ein Zyniker?«, fragte sie schließlich.

»Ich fürchte, ja.«

Sie nickte, was alles Mögliche bedeuten konnte. Mir fiel natürlich auf, dass sie immer noch nichts über sich preisgegeben hatte. Wo sie lebte, was sie tat, warum sie nach Köln zurückgekehrt war, um meinen Vortrag zu besuchen. Und warum sie sich von einem Zyniker einen Cheeseburger spendieren ließ.

Eigenartigerweise scheute ich mich, sie darauf anzusprechen. *Ich würde lieber Ihnen zuhören.* Der Satz aus dem Zugabteil klang noch in mir nach.

Dennoch stellte sich die logische Anschlussfrage, als wir das Lokal verließen: Was würde jetzt geschehen? Sollte ich sie zum Bahnhof begleiten? Würden wir Telefonnummern tauschen oder Mailadressen? *Es war schön, Sie kennengelernt zu haben. Sehen wir uns bald wieder?*

Irgendwie zweifelte ich an dieser Variante. Was blieb sonst? Sollte ich sie fragen, ob sie mit ins Hotel wollte? Wollte ich das? Etwa nicht?

»Kann ich heute bei Ihnen bleiben?«, fragte sie mich.

Ich schaute sie verblüfft an. »Ja, sicher.«

Sie runzelte die Stirn, senkte den Blick einen Moment auf das glänzende Pflaster und hob ihn wieder. »Ich weiß nicht, ob ich mit Ihnen schlafen will. Wahrscheinlich nicht. Ist das okay?«

»Äh ja, natürlich.« *Verdammt, es war nicht okay.*

Den Weg zu meinem Hotel legten wir schweigend zurück. Ich war verwirrt, auch ein wenig unsicher. Nur eines wusste ich: Ich wollte nicht, dass sie in die Nacht verschwand.

Den Luxus des Hotels nahm sie ungerührt hin, als hätte sie es nicht anders erwartet. Auch die Suite musterte sie eher neugierig als bewundernd. Dann entdeckte sie die Badewanne!

Es war eine frei stehende Badewanne mit Klauenfüßen. Sie

stand vor der gleichen Glasfront, vor der ich zuvor den Champagner getrunken hatte. Von dem kleinen Salon und dem Schlafzimmer war das Badezimmer durch Milchglasscheiben getrennt.

»Darf ich ein Bad nehmen?«, fragte sie mich mit einer unverhohlenen Inbrunst, der ich nichts entgegenzusetzen hatte.

Ich setzte mich in den Salon. Auf dem Tisch stand immer noch der Kühler mit der Champagnerflasche. Ich schenkte mir ein, während hinter der Milchglasscheibe das Wasser einlief. Fünf Stockwerke unter uns lag die Stadt. Und hinter einer fünf Millimeter dicken, halb durchsichtigen Scheibe zog Johanna sich aus, um ein Bad zu nehmen. Ich war immer noch verblüfft darüber, welche Wendung dieser Abend genommen hatte.

Ein heller Körper hinter dem Milchglas, nur vage als Frau erkennbar. Sie beugte sich vor, um das Wasser abzustellen. Brüste vielleicht. Das Rauschen verstummte. Ich sah sie langsam ins Wasser gleiten. Das Plätschern, ein leises Seufzen. Dann Stille.

Schaute sie über die Stadt? Was dachte sie? War es für sie auch eine seltsame Wendung?

Ich holte ein zweites Glas hervor, schenkte Champagner ein. Vor dem offenen Durchgang zögerte ich kurz. Dann betrat ich einfach das Bad.

»Möchten Sie etwas Champagner?«

»Ja, gerne.« Sie musste den Kopf drehen, weil die Wanne zum Fenster ausgerichtet war. Sie hatte sich etwas Duftendes, Schäumendes ins Wasser getan, aber anders als in alten Hollywoodfilmen verbarg der Schaum nicht viel von ihr.

Ihr Blick hatte sich verändert. Lag es daran, dass sie mich für einen Moment vergessen hatte und in ihrem eigenen Gedankenkosmos unterwegs gewesen war, oder war es die Situation: ein Mann, der sich zu einer nackten Frau herabbeugt? Aber ihr Blick zeigte eine Verletzlichkeit, die widerstrebende Impulse in mir auslöste.

Ich wollte sie schützen vor allem, was sie bedrohte. Und gleichzeitig wollte ich sie packen und besitzen. Jetzt. Auf der Stelle.

Ich schaffte es, ihr das Glas zu reichen, ohne auf ihren Körper zu starren. Darum konnte ich auch nicht erkennen, was die Tätowierung auf ihrer Schulter darstellte. Nur dass sie rot und wild war. Und dass mich etwas anzuschauen schien.

»Ich lasse Sie wieder allein.«

»Danke.«

Wieder zurück in dem kleinen Salon, setzte ich mich auf das Sofa, direkt neben ihre Tasche, die sie dort abgestellt hatte. Ich strich mir mit der Hand über das Gesicht, es fühlte sich heiß an. Kein Wunder, etwas in meiner Brust brannte lichterloh. Und war nicht in dem Moment, als ich mich über sie beugte, um ihr das Glas zu reichen, ein leises Knacken in meinem Kopf gewesen. Als ob etwas aufbräche?

Oder zerbräche.

Ich weiß nicht, ob ich mit Ihnen schlafen will. Wahrscheinlich nicht.

Ich sah auf die Tasche herab, eine Louis Vuitton, die aber eindeutig schon bessere Zeiten gesehen hatte. Ein Gedanke schlich sich durch mein inneres Chaos an mein Bewusstsein, leise, fast heimtückisch: *Was weiß ich denn von ihr?*

Dass sie Johanna heißt, aber nicht einmal das ist sicher. Sie hat nichts von sich preisgegeben, weder ihren Nachnamen noch woher sie kommt oder was sie tut. Ich wusste nicht einmal, wohin sie eigentlich fahren wollte.

Meine Finger strichen über das raue Material der Tasche. Dabei schaute ich zu der Milchglaswand. Die helle Kontur der Wanne war zu sehen, verschwommen der Kopf, der darüber hinwegragte, der Arm, der auf dem Wannenrand lag. Von mir würde sie noch weniger sehen können.

Behutsam öffnete ich den Reißverschluss der Tasche. Was mir zuerst auffiel, war das Buch, es war neu. Es war mein Buch. Sie hatte es offenbar gerade gekauft, vielleicht sogar bei der Veranstaltung, während ich signierte. Aber sie war nicht an meinen Tisch gekommen.

Darunter T-Shirts, ein Kleid, Blusen, Unterwäsche, alles sauber zusammengelegt. Ich hatte ein mieses Gefühl, weil ich in ihren Sachen herumschnüffelte, aber die Neugier siegte. An der Seite steckte ein rotes Portemonnaie, das groß genug war, um auch Ausweis und Karten unterzubringen. Als ich es öffnete, blickte sie mir auch prompt auf einem der alten Ausweise entgegen. Er war ausgestellt in Saarlouis und würde im kommenden Jahr ablaufen.

Johanna van Bergen.

Ich betrachtete das Foto der jüngeren Johanna. Das Haar war länger und umrahmte ein klares, offenes Gesicht. Sie lächelte, es stand ihr gut.

Wann hast du das Lächeln verloren, Johanna?, dachte ich.

Ich fand noch einen Führerschein mit dem gleichen Foto wie auf dem Ausweis, eine Bankkarte der Sparkasse Saarlouis, die allerdings nicht mehr gültig war, und eine American Express. Auch sie war nicht erneuert worden. Seltsam.

Ein Fünfziger, ein Zehner, ein wenig Kleingeld, das war alles. Ziemlich wenig für ein Leben.

Ich steckte das Portemonnaie zurück. Dabei entdeckte ich das ausgedruckte Bahnticket. Ihr Fahrtziel war tatsächlich Saarlouis, sie hatte also nach Hause gewollt. Zu ihrer Familie? Ihrem Freund? Einen Ring hatte ich nicht an ihrem Finger gesehen. Dann aber war sie umgekehrt, um meinen Vortrag zu besuchen. Warum?

Ich wollte die Tasche schon wieder schließen, als mir das offene Kuvert auffiel. Ich zog es nur hervor, um nichts auszulassen.

Darauf stand nur ihr Name und eine achtstellige Nummer. Dann fiel mein Blick auf den Absender. Benommen starrte ich auf die seltsame Buchstabenfolge. Es dauerte ein paar Herzschläge, ehe ich begriff, was *JVA Vechta* bedeutete.

Dann spürte ich einen erneuten Hitzeschub in meinem Gesicht.

Ich warf einen Blick zu der Milchglaswand. An den verschwommenen Konturen hatte sich nichts verändert. Ich zog langsam das gefaltete Schreiben aus dem Kuvert und las.

Entlassungsschein. Darunter: *Sorgfältig aufbewahren.* Zehn Euro Reisekostenzuschuss, zweiundfünfzig Überbrückungshilfe, Stempel und Unterschrift der Anstaltsleitung.

Ich faltete das Schreiben vorsichtig wieder zusammen, steckte es in das Kuvert und verstaute es wieder in der Tasche. Dabei achtete ich darauf, dass alles so aussah, wie ich es vorgefunden hatte. Ein leises Plätschern ließ mich aufschauen. Eine helle Kontur erhob sich aus der Wanne, ein Arm griff nach dem Handtuch. Ich schloss langsam und leise den Reißverschluss der Tasche, nahm einen Schluck Champagner und atmete einmal tief durch.

Jetzt wusste ich, wo Johanna ihr Lächeln verloren hatte.

Ich lag auf dem Rücken unter meiner Decke. Die Tür zum Salon hatte ich offen gelassen, sodass die Lichter der Stadt, die durch die Glasfront fielen, auch das Schlafzimmer ein wenig erhellten. Neben mir, unsichtbar unter der Decke, schlief Johanna. Sie hatte sich vollkommen darin eingewickelt und lag auf der Seite. Nur wenn ich ganz genau hinhörte, konnte ich ihren leisen Atem hören.

Sie war, mit dem Handtuch um den Leib geschlungen, in den Salon gekommen, hatte ihre Tasche geholt und war damit im

Schlafzimmer verschwunden. Ich hatte ihr nur einen kurzen Blick zugeworfen. Einerseits um sie nicht zu begaffen, andererseits fürchtete ich aber auch, dass mir der Schreck in den Augen stünde. Immerhin hatte dieser Blick gereicht, um zu erkennen, dass sie das Bild eines großen, ziemlich seltsamen Vogels auf der Schulter trug.

Als ich eine halbe Stunde später nachkam, war das Licht bereits gelöscht, und sie lag im Bett. Seitdem lag ich mit geöffneten Augen im Halbdunkel.

Auf dem Entlassungsschreiben hatte nichts über den Grund ihrer Haft gestanden. Was hatte sie verbrochen? Diebstahl? Betrug? Etwas Schlimmeres?

Auf jeden Fall erklärte dies ihr seltsames Verhalten und ihre Aufmachung. Dass sie nicht über sich hatte sprechen wollen. Die Art, wie sie in die Landschaft gestarrt hatte, durch Fenster, die keine Gitter hatten. Ihr Heißhunger auf so etwas Gewöhnliches wie einen Cheeseburger und Pommes mit Mayo. Das Bad mit Blick über die Stadt, und natürlich wird sie in der JVA Vechta keinen Stylisten für ihre Haare gefunden haben. Doch was bedeutete das alles für mich?

In den ersten Minuten, nachdem ich mich ins Bett gelegt hatte und mir der Duft ihres frisch gebadeten Körpers in die Nase gestiegen war, hatte ich eine heftige Erektion in meinen Boxershorts. Die kehrte auch hartnäckig immer wieder zurück, obwohl meine Überlegungen mittlerweile in eine andere, eher unerotische Richtung führten.

Obwohl ich sicher nicht zu den unattraktivsten Exemplaren meiner Gattung gehörte, bildete ich mir keineswegs ein, der Typ Mann zu sein, bei dessen Anblick eine Frau alles stehen und liegen ließ, um ihm zu folgen. Was also wollte eine frisch entlassene Strafgefangene von mir? Offenbar keinen Sex. Die Suche nach anderen Antworten erbrachte leider nur beunruhigende Resultate. Das war auch der Grund, warum ich nicht einschlafen konnte.

Natürlich rechnete ich nicht wirklich damit, dass sie mir im Schlaf ein Messer oder einen Eispickel in den Hals rammen würde. Aber wenn ich mich in ihre Lage versetzte, erkannte ich mich als durchaus lohnenswertes Ziel. Auch dass sie, die offenbar über keine nennenswerten Mittel verfügte, sich ein Erste-Klasse-Ticket gekauft hatte, machte unter diesem Gesichtspunkt Sinn. Auf der Suche nach einem Opfer geht sie die Abteile ab. Sie findet einen Mann, gut gekleidet, eine Rolex am Handgelenk, mit einem Markenkoffer. Sie weckt mit ihrer spröden Art sein Interesse. Im Nachhinein musste ich sie geradezu bewundern, wie sie mir Informationen über mein Leben entlockt hatte, ohne das Geringste von sich preiszugeben. Der vermeintliche Abschied am Bahnhof war besonders geschickt. Am Abend brauchte sie mich nur noch von der Straße zu pflücken. Mittlerweile war ich mir sicher, dass ihr Schlaf nur vorgetäuscht war. Wäre ich ahnungslos geblieben, wäre sie am Morgen verschwunden, und mit ihr meine Brieftasche und meine Uhr.

Das Risiko, das sie einginge, wäre gering. Natürlich hatte sie meinen Ehering gesehen, und wahrscheinlich setzte sie darauf, dass ich sie nicht anzeigen würde, weil ich dann zugeben müsste, mit ihr die Nacht verbracht zu haben. Ich würde doch nicht wegen einer Uhr und ein wenig Bargeld meine Ehe aufs Spiel setzen.

Nun, die Uhr hatte ich immer noch am Handgelenk. Nur für die Brieftasche musste noch eine Lösung gefunden werden. Ich erhob mich vorsichtig aus dem Bett, um sie nicht zu wecken. Im Bad wartete ich eine Minute, dann betätigte ich die Spülung und ließ das Wasser im Waschbecken laufen. Noch während es lief, schlich ich in den Salon, zog die Brieftasche aus dem Jackett und …

Ja, wo sollte ich sie verstecken? Ich sah mich hektisch um, dann stopfte ich sie in die Ritze der Sofapolster. Zwei Sekunden später war ich wieder im Bad, stellte das Wasser aus und tappte leise zurück zum Bett. Wieder unter der Decke, stellte ich mir vor, wie sie vergeblich nach der Brieftasche suchte. Würde sie trotzdem verschwinden? Wahrscheinlich, ich wäre für sie ja nicht mehr von Nutzen. Ich nahm mir vor, sie dabei zu beobachten. Dafür bräuchte ich nur, so wie sie, den Schlaf vortäuschen, und schon würde sie in Aktion treten. Ich begann tiefer und langsamer zu atmen. Kurz darauf fügte ich noch leise Schnarchgeräusche hinzu. Als erfahrene Diebin würde sie wissen, dass bereits nach kurzer Zeit die Tiefschlafphase erreicht war. Sicherlich bräuchte ich nicht lange zu warten. Wenn nur diese vermaledeite Erektion nicht wäre.

Als ich erwachte, kroch bereits die Dämmerung durch die offene Tür des Salon. Sobald ich begriff, dass ich eingeschlafen war, ruckte mein Kopf zur Seite. Das Bett neben mir war leer. Ich hatte also recht gehabt. Ich stieß langsam die Luft aus. Warum tat es dann weh?

Ich schlug die Decke zurück, setzte mich auf und fühlte mich leer in diesem grauen Luxuszimmer. Nur um etwas zu tun, stand ich auf, um meine Brieftasche wieder aus ihrem Versteck zu holen. Im Durchgang zum Salon erstarrte ich.

Sie trug nur ein knappes, weißes Hemdchen mit dünnen Trägern und einen ebenfalls weißen Slip. Sie saß genau dort, wo zwischen den Polstern die Brieftasche steckte, hatte die Füße auf den niedrigen Tisch gestellt und sah aus dem Fenster.

Alle meine Mutmaßungen zerrannen bei diesem Anblick.

»Es ist so schön still um diese Zeit«, sagte sie leise, ohne mich anzuschauen.

»Ja«, gab ich zurück und merkte, dass ich mich räuspern musste.

Jetzt wandte sie den Kopf. O Gott, werde ich jemals diesen Blick ertragen können, ohne mich nackt zu fühlen.

Sie erhob sich mit einer leichten, fließenden Bewegung und kam langsam auf mich zu. Der Vogel auf ihrer Schulter schaute mich lauernd an. Er hatte die Flügel ausgebreitet, sodass der eine bis über den Oberarm reichte. Der Kopf ragte bis über das Schlüsselbein. Als sie dicht vor mir stehen blieb, stieg mir ihr Duft aus Badeöl und frischem Schlafschweiß, aus Frau und Fruchtbarkeit in die Nase. Er fegte alle Gedanken beiseite und schickte energische Impulse in den Teil meines Körpers, der in den Shorts steckte. Sie legte ihre kleine, warme Hand auf meine Brust, dort, wo mein Herz heftig schlug. Eine kleine senkrechte Falte erschien zwischen ihren Augenbrauen.

»Ich würde jetzt wirklich«, sagte sie ernsthaft, »wirklich sehr gerne mit dir schlafen.«

Alles Weitere erlebte ich mit einer leichten Benommenheit, nie wich das Gefühl des Unwirklichen gänzlich von mir. Ich sah mich nackt auf dem Bett liegen, sah gleichzeitig sie, die mich betrachtete. Wie sie ihr Hemd auszog und den Slip. Ich sah uns eng umschlungen nebeneinanderliegen, und gleichzeitig fühlte ich ihren wunderbaren Körper in meinen Armen. Sie zuckte leicht zusammen, als meine Finger über ihren Bauch strichen und sich der warmen Region zwischen ihren Schenkeln näherten. Mit geschlossenen Augen genoss sie meine Liebkosungen, wölbte sich mir entgegen und rieb dabei mit entschlossenem Griff meinen prallen Schaft. Ehe ich michs versah, drückte sie mich auf den Rücken und schwang sich über mich. Sie sah mir in die Augen, als sie mich in sich führte - nein, nicht nur sie, auch der Vogel. Sie hatte den Mund leicht geöffnet, die Zungenspitze zuckte zwischen den Zähnen. Ich wollte diesen Mund küssen, diese Zunge mit meiner umspielen. So griff ich in ihren Nacken, um ihren Kopf herabzuziehen. Sie widersetzte sich. Gleichzeitig stieß sie sich fest auf mich. Ich fühlte ihr weiches, warmes Innerstes, das mich fest umschloss. Drängte mich tiefer, als wollte ich sie vollends durchbohren. Doch sie hielt dagegen, glitt dabei vor und zurück. Kleine keuchende Laute kamen aus ihrem Mund, der sich mir immer noch widersetzte. Ich hob den Kopf, um den Kuss zu erzwingen, doch sie stemmte ihre Hände gegen meine Brust. Immer verzweifelter wurde unser Kampf. Unsere Becken stießen und rieben aneinander, während wir darum rangen, den Atem des anderen zu trinken.

Ich fasste nach ihrer Brust, die gerade einmal meine Hand füllte. Sie umschloss meine Hand, forderte mich auf, fester zuzudrücken. Ich tat, wie sie mir befahl. Sie stieß ein Wimmern aus, vögelte mich aber nur umso heftiger weiter. Unsere Haut war nass vor Schweiß, und dort, wo unsere Körper zusammenstießen, gaben sie leise klatschende Geräusche von sich. Da spürte ich ihr Zucken, sie warf den Kopf nach hinten, griff meine beiden Hände und presste sie an ihre Brüste. Sie kam mit einem Laut, der aus Schmerz und Lust geboren war. Etwas zog an meinem Schwanz, als wollte es mich melken. Dann ließ sie sich, immer noch von Lustwellen bebend, auf mich sinken. Und jetzt, jetzt endlich gab sie mir ihren Mund zum Kuss.

Ich fühlte ihre wohlige Erschöpfung, war aber noch nicht bereit, sie freizugeben. So zog ich sie eng an mich, dass ihr Gesicht an meinem Hals lag und ich ihren Atem fühlen konnte. Ich umfasste ihr Gesäß, hob es leicht an, sodass ich Spielraum hatte. Dann begann ich, mich in ihr zu bewegen. Erst langsam und rücksichtsvoll, doch schon bald ergriff mich eine tierhafte Wildheit, die keine Rücksicht mehr kannte. Ich krallte meine Finger in ihren Arsch und pumpte mich unbarmherzig in sie. Ich fühlte ihr Schluchzen an meinem Hals und die Nässe ihrer Tränen. Ich wusste nicht, ob es aus der Qual oder der Lust kam, doch es war mir nicht möglich, irgendetwas daran zu ändern. Immer wieder stieß ich in ihren Leib, bis sich etwas in meinen Lenden mehr und mehr zusammenzog, bis es unerträglich wurde und auch ich die Qual spürte, die nur einen Ausweg kannte.

Als es vorbei war, glitt mein Bewusstsein in einen matten Dämmerzustand. Unsere feuchten Körper klebten aufeinander, unsere Lungen sogen gierig die Luft ein, während ich immer noch in ihr war. Ich hielt sie fest umschlungen, weil alles andere Verrat gewesen wäre.

Ein Sonnenstrahl zeichnete schräg eine leuchtende Bahn in das Viereck. *Wo ich wohl bin?*, fragte ich mich träge und ließ mich noch ein Weilchen in der wohligen Ungewissheit treiben. Dann schlugen die Worte wie Schüsse ein: Köln, Vortrag, Johanna! Ich ruckte hoch. Das zerwühlte Bett, auf dem ich quer geschlafen hatte, kein anderer Körper neben mir. Wo war Johanna?

»Johanna?«, rief ich, doch da war nur Stille.

Ich wickelte mich aus der Decke. War sie im Bad? Nein, da hätte sie mich gehört, ebenso im Salon. War sie unten, Frühstück besorgen? Ich sprang aus dem Bett. Schaute ins Bad, in den Salon. Wo war ihre Tasche? Mein Blick zuckte zur Garderobe, ihr Mantel war auch fort. Fassungslos stand ich da. Sie war tatsächlich fort. Ohne Abschied, ohne ein Wort.

Vielleicht hatte sie eine Nachricht hinterlassen. Ich suchte auf dem Nachtschrank und neben dem Bett. Ich suchte im Salon, auf dem niedrigen Tisch, dem kleinen Schreibtisch – nichts. Benommen ließ ich mich aufs Sofa sacken. Immer wieder zuckte die gleiche Ein-Wort-Frage durch meinen Kopf: Warum? Warum? Warum?

Ich dachte an den Sex, den wir gehabt hatten. War ich zu hart, zu rücksichtslos gewesen? Hatte ich ihr wehgetan? Als mir nach und nach die Details unserer Liebesnacht wieder einfielen, musste ich mir voller Scham eingestehen, dass ich ihr tatsächlich wehgetan hatte. Nie zuvor hatte ich eine Frau so genommen wie sie. Ich dachte daran, wie ich mich hatte hinreißen lassen. Dachte an ihre Tränen, an ihr Schluchzen. Jetzt war ich mir gar nicht mehr sicher, ob da noch Lust eine Rolle gespielt hatte. Ich schlug die Hand vor den Mund. War sie zur Polizei gegangen und hatte mich wegen Vergewaltigung angeklagt?

Die Ungewissheit machte mich verrückt. Ich rief bei der Rezeption an. »Hat jemand eine Nachricht für mich hinterlassen?« Der Rezeptionist verneinte freundlich. Ich versuchte, mich zu beruhigen. Es war harter Sex gewesen, aber nichts war gegen ihren Willen geschehen. Na ja, ich hatte sie zum Kuss zwingen wollen. Ich lächelte bei der Erinnerung in mich hinein. Das wäre in dieser Situation wohl kaum einen Vergewaltigungsvorwurf wert.

Je mehr ich mich an alles erinnerte, desto mehr wurde mir bewusst, dass dies die erfüllteste Liebesnacht war, die ich je erlebt hatte. Diese Nacht würde in meiner Erinnerung ganz gewiss nicht im Winkel der Belanglosigkeiten versanden. Doch dieser Gedanke führte mich wieder an den Ausgangspunkt zurück. Johanna war fort, ohne einen Gruß, ohne eine Möglichkeit, sich wiederzusehen. Es würde keine Fortsetzung geben.

Ich warf einen Blick auf meine Uhr, die immer noch an meinem Handgelenk hing. Es war Zeit, sich auf den Weg zu machen. Ich duschte, zog mich an, packte meine Sachen. Bevor ich das Zimmer verließ, nahm ich noch einmal alles in mich auf. Das zerwühlte Bett, ich sah uns wieder. Wie sie mich ritt, den Kopf im Nacken, den Mund weit geöffnet. Dann wieder ihre kleine Zunge, die zwischen den Lippen hervorzuckte. Ich sah sie wieder im Bad liegen, so verletzlich, so nackt. Wie ich sie im Morgengrauen vorfand. *Es ist so schön still um diese Zeit.*

»Leb wohl, Johanna«, sagte ich leise.

Und das Glück?, fragte eine Stimme in meinem Kopf.

»Das ist in der Evolution nicht vorgesehen.«

Bevor ich die Tür schloss, überprüfte ich routinemäßig, ob ich alles dabeihatte: die Uhr, das Handy, die Brieftasche. Die Brieftasche?!

Du meine Güte, beinahe hätte ich die Brieftasche vergessen. Ich eilte in den Salon, griff zwischen die Polster – nichts!

Ich stutzte. Das konnte nicht wahr sein. Hektisch suchte ich die Ritzen ab. Da stießen meine Finger auf einen Widerstand. Ich zog die Brieftasche hervor. Stirnrunzelnd hielt ich sie in der Hand. Ich war mir sicher, dass ich sie an der Stelle deponiert hatte, an der ich zuerst gesucht hatte. Eine böse Ahnung ließ mich den Inhalt überprüfen. Die Karten waren alle noch da, aber sie steckten in den falschen Fächern. Das Bargeld! Mehrere Fünfziger, Zwanziger, Zehner, alle noch da, aber nicht in der Reihenfolge, in der ich Geldscheine einzustecken pflegte.

Ich verzog peinlich berührt das Gesicht, als ich begriff, was das bedeutete: Johanna hatte mir doch eine Nachricht hinterlassen.

Ich wusste, von welchem Gleis mein Zug abfuhr. Ich wusste auch den Wagen und sogar den Sitzplatz. Und dass der Zug in zwanzig Minuten eintreffen würde. Also gab es überhaupt keinen Grund, den Fahrplan zu studieren.

Warum tat ich es dann?

Einfach aus Interesse und weil mir noch Zeit blieb, gab ich mir selbst die Antwort.

Aha, da stand es: Der ICE nach Trier fuhr in einer halben Stunde. Gut, schön zu wissen. Aber was sollte ich in Trier?

Den Regio nach Saarlouis nehmen, antwortete eine Stimme in meinem Kopf.

»Witzbold«, sagte ich, woraufhin mich der Mann, der neben mir den Fahrplan studierte, leicht indigniert ansah. Ich räusperte mich und wandte mich ab.

An meinem Gleis angekommen, holte ich das Handy hervor. Ich hatte keine Nachricht mehr an Clarissa geschickt, und wie ich nun feststellte, hatte sie sich auch nicht gemeldet. Ich brauchte mir die Frage, ob ich ihr von der letzten Nacht erzählen sollte, gar nicht zu stellen. Ich würde es nicht tun. Selbst wenn ich es täte, würde sie mir höchstens höflich zuhören und mich dann fragen, warum ich der Meinung wäre, ihr das berichten zu müssen. Dabei würde sie mich auf eine Weise anschauen, bei der ich mir sehr dumm vorkäme.

Das war aber nicht der einzige Grund, weswegen ich ihr meine Nacht mit Johanna verschweigen würde. Ich würde auch sonst niemandem davon erzählen. Weil ich befürchtete, dass es in dem Moment, da ich es in Worte verpackte, seinen Zauber verlöre.

Als mir bewusst wurde, dass ich das Erlebnis bereits in einen Kokon aus Erinnerungen einzuweben begann, erschrak ich. Wollte ich das wirklich? Wollte ich es auf diese Weise abtun? Die Reise nach Köln, auf der ich diese seltsame Frau kennenlernte! Aber was war denn die Alternative?

Ihr hinterherfahren, sagte die Stimme in meinem Kopf.

Tolle Idee, gab ich genervt zurück, *sie hat, glaube ich, ziemlich deutlich klargemacht, dass sie das nicht wünscht.*

Nein, sie hat dir lediglich keinen Teppich ausgerollt.

Ich schwieg verstimmt, fragte mich aber dennoch, ob da etwas dran war. Sie hätte mir doch wenigstens ein kleines Zeichen geben können, dass sie mich wiedersehen will.

Sie hat dich halb bewusstlos gebumst, was willst du denn noch?

»Halt endlich den Mund«, rief ich verärgert. Ich schaute mich sofort um, ob jemand sich angesprochen fühlen könnte. Ein paar Meter weiter stand ein Mann, der einen Dialog mit der Luft zu führen schien, bis ich den Hörer in seinem Ohr und das Handy in seiner Hand erblickte. Schizophrenie ließ sich heutzutage ziemlich gut tarnen.

Clarissa und Philipp erwarten mich zu Hause, gab ich meinem inneren Gegenüber Bescheid.

Darf ich lachen?

Clarissa …

Verdammt, er hatte recht. Ob ich nach Hause kam oder nicht, war für Clarissa völlig ohne Belang. Und für mich?

Jahrelang hatte ich den langsamen Verfall unserer Beziehung ignoriert. Mehr noch, ich hatte ihn zugelassen. Es war nicht einmal Clarissas Schuld.

Aber Philipp?, fragte ich schwach.

Nein, sagte die Stimme, *nimm deinen Sohn nicht als Ausrede für deine Feigheit.*

Und nun soll ich einer Frau hinterherfahren, die gerade aus dem Knast kommt?

Nein! Aber du sollst endlich das Leben anpacken, wenn es dir schon ins Hotelbett springt. Es fiel dir immer leicht, die Menschen für dich einzunehmen. Du hast nie um ihre Sympathie, Freundschaft oder Liebe kämpfen müssen. Oder hast du dich jemals für einen anderen Menschen ins Zeug gelegt? Hast du jemals etwas geopfert?

Willst du, dass ich wegen Johanna meine Familie verlasse?, fragte ich ungläubig. *Der Mittvierziger, der mit einer Jüngeren durchbrennt. Das ist kitschig.*

Nein, aber ich will, dass du etwas riskierst. Du wagst es nicht, ihr hinterherzufahren, weil du meinst, heute Abend zu Hause sein zu müssen. Was bist du für ein Feigling. Statt dich in Selbstmitleid und Narzissmus zu suhlen, frag dich doch mal, warum Johanna zurückgekommen ist.

Ja, warum war sie zurückgekommen? Jedenfalls nicht wegen der Brieftasche. Aber weswegen dann?

Weil sie dich braucht, du Idiot!

Der ICE, mein ICE, fuhr ein. Bremsen quietschten. Türen öffneten sich zischend. Menschen stiegen aus, Menschen stiegen ein. Eine weibliche Stimme sprach eine Durchsage. Ein Schaffner riss den Arm mit der Kelle hoch, pfiff auf seiner Pfeife und stieg als Letzter in den Zug, der daraufhin langsam aus dem Bahnhof rollte.

Ich holte tief Luft und griff nach Koffer und Tasche. Offenbar hatte ich eine Entscheidung getroffen.

2.

DIE ERSTE STUNDE meiner Fahrt nach Saarlouis verbrachte ich in einer geradezu leichtsinnigen Aufgeregtheit. Ich war so unendlich erleichtert, in diesem Zug zu sitzen, der mich Johanna näher brachte. Es fühlte sich so richtig an. Alles andere schien mir in dieser Stunde absurd. Ich stellte mir in allen möglichen Variationen unser Wiedersehen vor. Wie ich – ähnlich wie sie zuvor – völlig überraschend vor ihr auftauchte. Wie sie mich ansah, mit diesem Blick, der mich Dinge tun und sagen ließ, die ich nicht für möglich gehalten hatte. In meinen Gedanken erklärte ich ihr, was mich bewegte und warum ich meine Brieftasche versteckt hatte. Und in meinen Gedanken hörte ich sie auch immer wieder sagen, wie froh sie war, dass ich zu ihr gekommen war. Ich fühlte ihre Umarmung und nahm ihren Duft wahr.

Der Summton einer eingehenden SMS holte mich in die prosaische Wirklichkeit zurück.

— Wann bist du zurück?, fragte Clarissa gewohnt knapp.

Ich zögerte. Mit einem Mal fragte ich mich, was zum Teufel ich hier eigentlich tat. Ehe diese Frage meine Entschlossenheit zersetzen konnte, antwortete ich:

— Bleibe noch ein paar Tage, um etwas zu recherchieren. LG

Jetzt war es gesagt. Es war nicht wirklich gelogen, aber ich machte mir nichts vor, es war meilenweit von der Wahrheit entfernt.

Mit einem unbehaglichen Gefühl starrte ich auf das Display und wartete auf ihre Reaktion. Es war nicht ungewöhnlich, dass ich auf meinen Lesereisen Freunde oder Kollegen traf. Das sollte Clarissa also nicht wundern. Dennoch rechnete ich damit, dass sie mich durchschaute und dies in ihrer lakonischen Art andeuten würde. Als ihre Antwort kam, war ich erst mal nur ratlos.

— Okay, bist du am WE wieder da?

Wäre ich am Wochenende wieder da? Das wusste ich nicht.

— Ich denke schon. Warum?

— Der Empfang.

Der Empfang? Dann fiel es mir ein. Irgendetwas mit ihren Psychoanalytikerkollegen, worum ging es noch mal? Sie hatte einen Kongress, und am Samstag sollte es einen großen Empfang geben. Abendgarderobe, Champagner, undefinierbare Häppchen mit französischen Namen und Gespräche, die genau die archaische Aggressivität in mir wecken würden, die manch ein Unwissender unseren Vorfahren unterstellte. Ich hatte diesen blöden Empfang völlig verdrängt.

— Du hast es vergessen, kam es von Clarissa.

Es war keine Frage. Ich konnte ihren leisen Spott regelrecht hören.

— Erwischt, schrieb ich zurück.

Ich lehnte mich in meinem Sitz zurück. Clarissa würde keine weiteren Fragen stellen. Wir hatten irgendwann aufgehört, einander Fragen zu stellen. Während der Zug mich in eine ungewisse Zukunft trug, wanderten meine Gedanken in die Vergangenheit. Seit etwas über fünfzehn Jahren waren Clarissa und ich jetzt zusammen. Ich erinnerte mich noch gut an die Psychologiestudentin, die mein Interesse an unserer barbarischen Herkunft mit hochgezogener Augenbraue registriert hatte. Es folgten lange Abende voller Gespräche, die allerdings hauptsächlich ich bestritt. Nachdem wir das erste Mal miteinander geschlafen hatten, erzählte sie mir in vertraulichem Spott, dass sie sehr froh gewesen war, als ich sie endlich küsste, weil ich da mit Reden aufhören musste.

Dass sie schwanger wurde, kam nicht unerwartet, und das mit der Heirat klärten wir bei einem Spaziergang. Es gab in den folgenden Jahren zwar immer wieder Stress, aber nie wirklichen Streit zwischen uns. Unsere Leben glitten wie selbstverständlich ineinander. Das unausgesprochene Einverständnis, eine Familie zu bilden, obwohl uns beiden der Beruf das Wichtigste war, bildete eine gute Grundlage für unsere Ehe. Selbst Philipp schien das zu respektieren. Er war ein ausgesprochen ruhiges und fröhliches Kind, und als wir ihm nach einem Jahr das erste Au-pair-Mädchen ins Haus holten, bezauberte er sie sofort mit seinem Babylachen. Wie auch die weiteren.

Soweit ich das beurteilen konnte, hat ihm diese delegierte Elternschaft nicht geschadet. Philipp wurde zu etwas Eigenem. So jedenfalls sah ich es. Clarissa hingegen meinte, dass ich mich nicht genug für ihn interessierte. Ich stritt das vehement ab, obwohl ich ihr insgeheim recht geben musste. Tatsächlich langweilten mich Gespräche über Fußball, Videospiele und seltsame Musiker, die ins Mikrofon husteten und dabei Verrenkungen machten, die ich eher aus medizinischen Zusammenhängen kannte. Natürlich versuchte ich, ihm Interesse vorzuheucheln, aber ich war mir sicher, dass er das merkte.

Ich musste ihm zugutehalten, dass er sich nicht im Mindesten Mühe gab, mir Interesse für meinen Beruf vorzuheucheln. Wir kamen nie über die Stichworte Mammut oder Neandertaler hinaus. So wurde der Informationsfluss zwischen uns immer dünner. Das tat weh, vor allem wenn ich sah, wie mühelos sich Clarissa in seiner Gedankenwelt zurechtfand.

Clarissa und ich hatten es irgendwann versäumt, uns neu zu finden. Vielleicht hätte das geholfen. Wie Clarissa darüber dachte, wusste ich nicht. Denn darüber zu reden hätte das Eingeständnis bedeutet, dass unser Beziehungsgefüge eben nicht heil war. Sie wäre dazu wahrscheinlich in der Lage gewesen. Ich nicht. Das war meine Schwäche.

Und jetzt? Würde unsere fragile Balance daran zerbrechen, dass ich einer Fremden nachreiste? Dieser Gedanke erschreckte mich mehr, als ich es für möglich gehalten hatte. Ich war versucht, beim nächsten Halt auszusteigen und zurückzufahren. Doch ich tat es nicht. Ich verließ den ICE erst in Trier, um in den Regionalzug umzusteigen. Dort stand ich wieder an einem Bahnsteig, benommen von der möglichen Tragweite meiner Handlungen.

In diesem Zustand hielt ich auf dem Bahnsteig Ausschau nach ihr. Wäre es nicht möglich, dass sie auf mich wartete, weil sie mit meiner Reaktion rechnete? Aber da war keine Johanna. Drei Tage, sagte ich mir schließlich, als ich im Zug Platz nahm, vielleicht vier, um herauszufinden, was es mit Johanna und mit uns auf sich hatte. Am Wochenende wäre ich wieder in Bremen. Das half gegen meine unbestimmten Befürchtungen. Dennoch war das Hochgefühl der ersten Stunde verflogen.

Mit dem Handy suchte ich mir ein Hotel in der Nähe des Bahnhofs von Saarlouis und buchte ein Zimmer. Der Rezeptionist, der mich kurze Zeit später empfing, war ein freundlicher Mittfünfziger, der mir einen angenehmen Aufenthalt wünschte, als er mir die Zimmerkarte aushändigte. Ich war erleichtert, dass er nicht nach dem Grund meines Aufenthaltes fragte. Ich hätte nicht gewusst, was ich sagen sollte.

Von meinem Zimmer aus blickte ich auf die Straße und eine Seniorenresidenz. Nicht gerade erbaulich. In der Ferne dahinter war auf einem Hügel ein gigantisches Gerüst zu erkennen, dessen Sinn sich mir nicht erschloss. Aber ich war ja auch nicht wegen der Industrieromantik hier, sondern um Johanna zu finden. Wie sollte ich das anstellen?

Das Einzige, was ich wusste, war ihr Name und dass sie aus

dem Gefängnis kam. Sowohl die Fahrkarte als auch der Ausweis und die Bankkarte hatten mich hierhergeführt. Aber ich hatte nicht auf die Adresse auf dem Ausweis geschaut. Wobei es eh fraglich war, ob sie ihre Wohnung während der Haft behalten hatte. Auch hatte sie offensichtlich niemand von der Haftanstalt abgeholt, was gegen einen Partner sprach. Aber was war mit ihrer Familie?

Würden nicht wenigstens die Eltern kommen, um sie heimzubringen? Ein Bruder? Eine Schwester? Oder ein Freund? Irgendjemand. Aber anscheinend hatten sich für Johanna die Gefängnistüren geöffnet, ohne dass jemand draußen auf sie wartete. Keine Blumen, kein Lächeln, keine Umarmung, nur eine leere Straße. Bei dieser Vorstellung zog sich mir die Brust zusammen. Kann es einen einsameren Moment als einen solchen geben? Ich wünschte mir, wir hätten uns vorher gekannt und dass ich hätte da sein können.

Ich loggte mich über das Hotel ins Internet ein und suchte ihren Namen in den gelben Seiten von Saarlouis. Dort fand ich nichts, aber das wunderte mich nicht. Schließlich waren dort nur Firmen aufgeführt. Ich verknüpfte in der normalen Suchmaske ihren Namen mit Saarlouis. Das Internet lieferte mir nur einen van Bergen, ansonsten einen Fußballer, der *von* Bergen hieß, Schweizer Herkunft war und seit 2013 in der örtlichen Mannschaft spielte. Das war's. Ich rief den ersten Eintrag auf.

Es handelte sich um eine Pressemitteilung der evangelischen Gemeinde, in der in wohlgesetzten Worten der Tod des Pastors, Thomas van Bergen, bedauert wurde. Die Meldung war drei Jahre alt, ich überflog sie. Woran er gestorben war, wurde nicht explizit gesagt, aber es hörte sich nach einer längeren Krankheit an. Er war einundsechzig Jahre alt geworden. Von Frau, Kindern oder sonstigen Verwandten war keine Rede. Der Name van Bergen war selten genug, dass ich von einer Verwandtschaft ausgehen konnte, aber offenbar war die nicht sonderlich eng. Dennoch merkte ich mir den Standort der Gemeinde.

Ich hatte zwar nicht viel Erfahrung mit Detektivarbeit, fand es aber ungewöhnlich, dass ich keine Hinweise auf Johanna fand. Mag sein, dass sie nicht aus Saarlouis kam, aber sie hatte hier gelebt und wahrscheinlich auch gearbeitet. So etwas hinterlässt doch Spuren. Es gab aber noch einen Hebel, an dem ich ansetzen konnte: ihre Haftstrafe.

Haft hieß Verurteilung, das setzte einen Prozess voraus. Über so etwas wurde berichtet.

Ich schaute aus dem Fenster. Die Sonne zeigte sich, und ich bekam Lust, mich in der Stadt umzuschauen. Also klappte ich den Laptop zu und schnappte mir meinen Mantel.

Als ich an der Rezeption vorbeikam, wandte ich mich aus einem Impuls heraus an den Mann hinter dem Pult.

»Können Sie mir eine Auskunft geben?«

»Natürlich.« Der Mann lächelte mich verbindlich an.

»Sagt Ihnen der Name van Bergen etwas, Johanna van Bergen?«

Das Lächeln des Mannes veränderte sich kaum. Er blinzelte, zog die Stirn kraus und sagte dann: »Bedaure, leider nein.«

Vor dem Hotel hielt ich inne und schaute mich um. Es war kühl, aber die Luft roch frisch, vom Regen rein gewaschen. Darunter nahm ich den Duft des Frühlings wahr. Ich wandte mich in Richtung Stadtzentrum, ich schlug den Kragen hoch und fühlte mich dabei ein wenig wie Humphrey Bogart bei der Arbeit.

Ich fragte mich, warum der Rezeptionist gelogen hatte.

Ich aß in einem italienischen Restaurant mit rot karierten Tischdecken. An den Wänden hingen Fotos aus Mafiafilmen. Direkt mir gegenüber auf dem Foto saß Al Pacino in ländlicher Kleidung auf dem Stuhl eines Dorfcafés. Er hatte bereits seine Don-Haltung. Im Film würde er dem erbosten Wirt als Nächstes sagen, dass es Menschen gäbe, die viel Geld bezahlen würden, wenn er ihnen seinen Aufenthaltsort verriete. Doch dann würde seine Tochter ihren Vater verlieren. Statt dass er einen Schwiegersohn gewinnen würde. Ich liebte diese Szene.

Während ich meine wagenradgroße Pizza aß, beobachtete ich von meinem Platz aus die Straße. Die Stadt war nicht sehr groß. Gut möglich, dass Johanna hier vorbeilief auf der Suche nach einem Restaurant. Vielleicht hatte sie nicht nur von Hamburgern und Currywürsten, sondern auch von Pizza geträumt. Während ich nach einer Gestalt im grauen Trenchcoat Ausschau hielt, wanderten meine Gedanken ungehindert weiter.

Ich hatte mich bisher nicht groß gefragt, was sie wohl verbrochen hatte, außer dass ich mir nicht vorstellen konnte, es mit einer wirklich bösartigen Kriminellen zu tun zu haben. Doch je länger ich darüber nachdachte, desto weniger fiel mir irgendetwas ein, was ich ihr zutraute. Betrug? Ich schüttelte den Kopf. Diebstahl? Nicht mal einen Eyeliner. Schmuggel? Was denn? Wir lebten in einer Welt ohne Grenzen. Ich spielte Varianten durch, die zwar nicht unwirklich, aber doch dem Krimigenre recht nahekamen. Sie hatte sich gegen einen prügelnden Ehemann gewehrt. Oder einen Vergewaltiger. Oder …

Ich merkte, dass ich so nicht weiterkam, schob den Teller beiseite und versuchte, mit meinem Smartphone irgendetwas über Johanna herauszufinden. Es war mühsam, weil die Verbindung nicht besonders gut war, aber einige Begriffskombinationen konnte ich überprüfen. Es brachte keinerlei Ergebnisse. Sollte das schon so lange her sein, dass es in den Suchergebnissen auf irgendwelche hinteren Seiten gerutscht war? Oder war sie eine von den seltenen Menschen, die der großen Krake Internet

»Pastorentochter wegen Totschlags verurteilt.« Ihr Name, Johanna B., war im Text hervorgehoben.

Totschlag. Ich wich unwillkürlich etwas zurück, so als könnte die Totschlägerin mir aus dem Laptop entgegenspringen. Ich stellte mir die Johanna vor, die ich kennengelernt hatte. Traute ich ihr so etwas zu? Zu meiner eigenen Verwirrung konnte ich das nicht ausschließen. Ich beugte mich wieder über die Meldung. Pastorentochter? Dann war Thomas van Bergen ihr Vater. Wahrscheinlich wurde sie deswegen nicht in der Pressemitteilung der evangelischen Kirche erwähnt. Ich las den Bericht, er war ziemlich knapp.

Johanna B. wurde vor dem Landgericht Saarbrücken wegen Totschlags an Nils Thorberg zu einer Haftstrafe von drei Jahren und acht Monaten verurteilt. Sie hatte Thorberg, der bereits wegen Drogenhandels und Zuhälterei mehrere Haftstrafen abgesessen hatte, in seinem Büro in einem Vorort von Saarbrücken aufgesucht und mit zwei Schüssen aus einer Pistole getötet. Ein Vorsatz konnte ihr nicht nachgewiesen werden. Die Verteidigung hatte anfangs auf Notwehr plädiert. Dann jedoch tauchten Beweise auf, dass Johanna in Thorbergs Drogenhandel verwickelt war. In einer auf ihren Namen in Saarbrücken angemieteten Wohnung fand die Polizei größere Mengen Kokain und Amphetamine. Zwar konnte ihr nicht nachgewiesen werden, dass sie die Wohnung als Drogenlager verwendet hatte oder ob nicht Thorberg sie für die Anmietung benutzt hatte. Dennoch lieferte dieser Fund ein Motiv für die Auseinandersetzung zwischen den beiden. Da die Herkunft der Tatwaffe nicht geklärt werden konnte, es aber andererseits kein Spuren eines Kampfes am Tatort gab, die eine Notwehrsituation erklärt hätten, blieb es bei der Anklage wegen Totschlags. Weil die Angeklagte jede Kooperation verweigerte, schloss das Gericht eine Bewährung und eine vorzeitige Entlassung aus.

Der Bericht war in der *Saarbrücker Zeitung* erschienen. Warum hatte ich ihn nicht im Archiv gefunden? Und warum wurde nicht erwähnt, dass sie für ebendiese Zeitung geschrieben hatte?

Die Quelle, in der ich den Artikel gefunden hatte, wies eine völlig unbekannte URL-Adresse auf. Es war anzunehmen, dass es sich um eine Kopie der ursprünglichen Meldung handelte. Mit einigen Schlagworten aus dem Bericht suchte ich weiter und fand weitere Informationen, aber alle waren sie aus überregionalen Zeitungen auf dubiose Webadressen kopiert. Und auch wenn sie sich leicht unterschieden, lieferte keine mehr Details als die der *Saarbrücker Zeitung*. Entweder war das die Ursprungsmeldung, oder alles basierte auf einem Artikel, der jetzt nicht mehr zu finden war. Konnte es sein, dass die Berichterstattung über den Fall unterdrückt worden war?

Ich dachte darüber nach, was für eine Situation Johannas Taten geschaffen hatte. Der Vater war Pastor, sie selbst hatte in der Zeitung gearbeitet. Wäre es möglich, dass Kirche und Zeitung im gemeinsamen Interesse, die Geschichte nicht hochkochen zu lassen, die Nachrichten darüber gelöscht hatten?

Nachdenklich trank ich von meinem Cognac und fügte diese neuen Informationen zu meinem Bild von Johanna hinzu. Natürlich schockierte mich ihre Tat, und es fiel mir schwer, in der Frau, die ich kennengelernt hatte, eine Totschlägerin zu sehen. Aber es stieß mich zu meiner eigenen Verwunderung nicht ab. Dieser Nils Thorberg war ein Zuhälter und Drogenhändler gewesen, Johanna mag ihre Gründe gehabt haben, ihn zu erschießen. Und dafür hatte sie einen hohen Preis bezahlt. Nicht nur dass ihre berufliche und soziale Existenz zerstört war, sie musste auch mit dem Fluch leben, einen Menschen getötet zu haben.

All das war mehr als aufschlussreich, aber es half mir nicht bei dem Problem, wie ich sie finden sollte. Ich versuchte, mich in ihre Lage zu versetzen. Was würde sie nach ihrer Rückkehr tun?

Am wahrscheinlichsten wäre es, dass sie versuchte, sich ein normales Leben aufzubauen. Aber warum in Saarlouis, wo jede Menge Menschen ihre Vorgeschichte kannten? Nein, wenn ich in ihrer Situation wäre, würde ich an einem anderen Ort neu anfangen. Ein neuer Job, ein ruhiges Leben. Das hieße, dass sie nur nach Saarlouis gekommen war, um ihre Angelegenheiten zu ordnen. Das hier war nur ein vorübergehender Aufenthalt. Aber wo, um alles in der Welt, war sie?

Ich rief mir alle Details unserer Begegnung ins Gedächtnis. Gab es vielleicht irgendeinen Hinweis, der mir weiterhelfen könnte? Irgendetwas, was sie gesagt hatte. Leider hatte sie nicht viel gesagt. Dafür war meine Erinnerung voller Bilder. Zum Teil äußerst verstörender Bilder. Ihr Körper über mir, ihr Geruch aus Frau, Schweiß und Sex, die kleine Zunge, der Vogel, der über ihre Schulter zu schauen schien ... der Vogel!

Was für eine ungewöhnliche Idee, sich einen Vogel mit ausgebreiteten Flügeln über die Schulter stechen zu lassen. Der Blick des Tieres schien auf den Betrachter gerichtet, und ich erinnerte mich, dass ich diesen Blick als unheimlich, ja sogar als bedrohlich wahrgenommen hatte. Ohne Zweifel ein Raubvogel, aber was für einer? Das Gefieder war rot gewesen. Nun hatte ich es nicht so mit der Ornithologie, aber von einem roten Raubvogel hatte ich noch nie gehört. Vielleicht eine Art Fantasievogel. Es musste doch irgendeine Vorlage geben.

Während ich im Internet Tattoomuster aufrief, versuchte ich, mich an weitere Details zu erinnern. Es war eine sehr kunstvolle Arbeit gewesen, außerdem wirkten die Farben kräftig und frisch. Also konnte es noch nicht allzu lange her sein, dass Johanna sich dieses Motiv in die Haut hatte stechen lassen. War das im Gefängnis gewesen? Und welche Bedeutung hatte es?

Zumindest auf letztere Frage fand ich eine Antwort.

Ich hatte eine Seite gefunden, auf der unzählige Vogeltattoos abgebildet waren. Schließlich fand ich eine Serie von Motiven, die zwar nicht mit ihrem identisch waren, die ihm aber doch hinreichend ähnelten. Alle Vögel hatten rotes Gefieder und einen ähnlich durchdringenden, zum Teil sogar bedrohlichen Blick.

Ich klappte den Laptop wieder zu und schaute aus dem Fenster auf die leere Straße. Johanna hatte sich einen Phönix auf die Schulter tätowieren lassen, jenen Vogel, der aus seiner eigenen Asche wiederauferstanden war.

So etwas machte niemand, der beabsichtigte, ein unscheinbares Leben zu führen.

In der Nacht zog stürmisches Wetter auf. Immer wieder erwachte ich, weil der Wind um das Haus heulte oder Regenböen gegen die Fenster schlugen. In diesem Wechsel aus unruhigem Schlaf und erschreckter halber Wachheit träumte ich von Johanna. Eine regennasse Straße erstreckte sich in alle Richtungen, doch diesmal fegte der Wind über das feucht glänzende Pflaster. Johanna versuchte, mir etwas zu sagen, aber ich konnte sie nicht verstehen. Dann sah ich, dass sie in einem Käfig stand, sie wusste aber nicht, dass sie eingesperrt war. Ich begann zu ahnen, was sie mir sagen wollte. Es erklang ganz nah an meinem Bewusstsein. Ich wollte näher zu ihr, aber die Gitterstäbe ließen mich nicht. Da krachte ein Donnerschlag. Ich fuhr hoch, saß senkrecht im Bett, sah aber immer noch Johanna, die mir etwas zurief. Der Traum wich zurück, doch der Satz, den sie rief, erreichte mich in der Wachwelt. Sie schrie fast: »KOMM DA RAUS!«, und ich wusste mit absoluter Klarheit, dass nicht sie im Käfig gesessen hatte. Sondern ich.

Das Hotelzimmer formte sich aus den Schatten. Ich hatte die Vorhänge nicht zugezogen, und mein noch schutzloser Geist erschrak vor den dunklen skelettartigen Formen, die vor den Fenstern tanzten. Es waren natürlich die Bäume, an denen der Wind zerrte. Doch dieses Wissen machte es nur geringfügig besser. Ich fühlte den kalten Schweiß auf der Haut, hörte meinen heftigen Atem, der Puls dröhnte durch meinen Körper. Ich erhob mich aus dem Bett, um ein Glas Wasser zu trinken. Im Sessel sitzend, schaute ich dem Unwetter zu und sann über den Traum nach. Ich wusste, dass in diesen nächtlichen Stunden alle Befürchtungen und Sorgen größer wurden, als sie es bei Tageslicht besehen waren. Doch in dieser Nacht kam mir das erste Mal der Gedanke, dass ich im Begriff war, mich auf etwas einzulassen, das ich nicht mehr würde kontrollieren können.

Der Tag tat so, als hätte es keinen Sturm gegeben. Ein blauer Himmel spannte sich über das Saarland mit nur wenigen Wolkentupfern darin. Zwar war die Luft noch kühl, doch die Sonne verhieß schon am Morgen eine Wärme, die nach Frühling schmeckte. Es war kurz nach zehn, als ich den Alten Friedhof betrat. Es gab drei Friedhöfe für Saarlouis, doch die anderen beiden lagen weiter außerhalb. Der hier war am einfachsten zu erreichen, also fing ich damit an.

Der Alte Friedhof war ein schmales Gelände mit mehrstöckigen Wohnhäusern auf der einen und schmucklosen Industriegebäuden auf der anderen Seite. Er wirkte regelrecht bedrängt von der Bebauung, hatte es aber geschafft, sein morbides Flair zu bewahren.

Da ich nicht wusste, wo Pastor van Bergens Grab war, ja nicht einmal, ob es überhaupt hier lag, wanderte ich einfach die Wege entlang und las die Namen auf den Grabsteinen. Das hatte ich schon manches Mal getan in den Städten, die ich besuchte. Friedhöfe sind die in Stein geschriebene Geschichte einer Stadt. Hinter jedem dieser Namen lag ein Leben, in dem diese Namen mal liebevoll ausgesprochen oder verflucht worden waren. Man hatte sie ganz selbstverständlich ausgerufen, wenn man den Besitzer in der Straße oder beim Bäcker traf. Er war für Kriege auf einer Liste erschienen und hatte auf Krankenakten gestanden. Das alles Hunderte Male multipliziert. Die Gräber waren die stummen und blinden Zeugen der Geschichte der Stadt. Nur die, die den Menschen hinter dem Namen gekannt hatten, verstanden die Sprache der Gräber. Das Grab, vor dem ich schließlich stehen blieb, war nicht stumm.

Auch ohne die Berufsbezeichnung, Pastor, wusste ich etwas von der Geschichte dieses Toten. Thomas van Bergen hatte eine Tochter, die im Gefängnis war, als er starb. Es muss ihm das Herz gebrochen haben. Es war aber nicht der einzige Name auf dem Stein. Astrid van Bergen, geb. Keller, stand in einer schon etwas verwitterten Schrift daneben. Sie war 1999 verstorben, im Alter von neununddreißig Jahren. Als Johanna ihre Mutter verlor, war sie noch ein Kind gewesen.

Das Grab war schlicht, aber gepflegt, mit ein paar winzigen Büschen geschmückt, deren Namen ich nicht kannte. Der bunte Blumenstrauß, der in einer grünen Plastikvase steckte, leuchtete in den Sonnenstrahlen, die gerade diese Ecke des Friedhofes eroberten. Die Blumen waren frisch, wie ich erwartet hatte. Johanna war gestern, gleich nach ihrer Ankunft, hier gewesen. Und sie würde wiederkommen, dessen war ich mir sicher. Deswegen legte ich die weiße Rose, die ich gekauft hatte, neben dem Strauß auf das Grab.

Eine kleine Weile dachte ich darüber nach, dass mich und Johanna nicht etwa der Raum, sondern die Zeit trennte. Dann, einfach weil mir die stille Melancholie des Ortes gefiel, schlenderte ich noch ein Stückchen weiter. Ich kam in einen Bereich, der durch eine Hecke vom Rest des Friedhofes getrennt war. Erst fiel mir der Unterschied nicht auf, dann bemerkte ich die sechszackigen Sterne auf den Grabsteinen und die etwas fremdartig klingenden Namen. Der jüdische Teil des Friedhofes nahm ungefähr ein Viertel der Gesamtfläche ein. Das sprach für eine große Gemeinde. Auch ihre Geschichte war hier in Stein gemeißelt. Ich war so sehr in das Studium der Namen vertieft, dass ich erst, als ich die trennende Hecke wieder erreichte, feststellte, dass ich nicht mehr allein auf dem Friedhof war. Eine schlanke, dunkel gekleidete Frau mit einem eleganten Hut stand versunken an einem Grab. Ich blieb zurück, um sie nicht in ihrer Kontemplation zu stören, bis mir auffiel, dass sie genau dort stand, wo das Grab des Pfarrers war. Neugierig, aber immer noch zurückhaltend näherte ich mich ihr, um festzustellen, ob sie wirklich das Grab der van Bergens besuchte.

Einen Quergang von ihr entfernt bekam ich einen guten Blick auf sie. Sie mochte um die sechzig sein. Aber das war schwer einzuschätzen, weil ihre Haltung voller Stolz und Spannung war und sie nicht alt wirken ließ. Sie schaute mit unbestimmter Miene auf das Grab des Pfarrers hinab. Blumen hatte sie anscheinend nicht mitgebracht.

Mit einem Mal bemerkte sie mich, und ein kleiner Ruck ging durch ihre Gestalt. Hoch aufgerichtet kam sie den Weg entlanggelaufen, der zum Hauptgang führte. An der Einbiegung begegneten wir uns. Ich war versucht, sie anzusprechen, aber ihre Miene war von derartig abweisender Arroganz, dass sie mich ohne ein Wort oder eine Geste auszubremsen verstand. Verblüfft sah ich ihr nach, wie sie in ihrem teuren Kleid und den für diesen Weg unpassenden Schuhen zum Eingang zurückstöckelte. Nach einem letzten Blick Richtung Grab folgte ich ihr. Sie drehte sich kein einziges Mal um.

Aus dem Tor bog sie nach links ab, und ich beeilte mich, weil ich sie nicht aus den Augen verlieren wollte. Aber die Befürchtung war unnötig. Sie wartete an der stark befahrenen Straße, um sie überqueren zu können. Auf der anderen Straßenseite parkte ein großer Audi im Halteverbot. Ich blieb im Schatten des Einganges stehen und beobachtete, wie sie mit energischen Schritten die Straße überquerte. Die Fahrertür öffnete sich, ein Mann im dunklen Anzug stieg aus und hielt ihr die hintere Tür auf. Lady Eisblock stieg ein, der Fahrer schwang sich wieder auf seinen Sitz, und die Limousine beschleunigte scheinbar lautlos. Ich hatte keine Zeit, mir das Kennzeichen zu merken, denn die Ampel stand auf Grün, sodass sie ohne abzubremsen die Kreuzung überquerten. Ich konnte lediglich registrieren, dass sie in Saarlouis zugelassen war.

Ich schaute zurück auf den Friedhof mit seinen vermoosten Gräbern und den alten Bäumen. Und ich fragte mich, ob es wohl normal war, dass Pfarrer van Bergen in so kurzer Zeit so viel Besuch bekam.

Eine Stunde später saß ich seinem Nachfolger in der evangelischen Gemeinde, Pfarrer Cornelius Martens, gegenüber. Das Büro war zweigeteilt, ein kleiner Vorraum mit dem auf sympathische Weise unaufgeräumten Schreibtisch sowie einer Bücherwand und ein Besprechungszimmer, das mit seinen niedrigen, weichen Sesseln eher ein Besuchzimmer war. Die Möbel waren anscheinend für kleinere Menschen als mich gedacht. Ich betrachtete Pfarrer Martens über meine Knie hinweg.

Er hatte ein Gesicht, dem man sofort vertrauen wollte. Ein echter Vorteil in diesem Beruf.

»Woher kannten Sie Pfarrer van Bergen?«, fragte er mich, nachdem er uns beiden Tee eingeschenkt hatte.

»Gar nicht, ich kenne seine Tochter«, antwortete ich.

»Ah, seine Tochter.« Er stellte seine Tasse ab und schüttelte betrübt den Kopf. »Schlimme Geschichte«, fügte er hinzu. »Es muss ihn sehr mitgenommen haben, als sie verurteilt wurde. Manche sagen, es sei der Kummer gewesen, der ihn schließlich ins Grab gebracht hat.«

»Haben Sie ihn denn gekannt?«

Er schüttelte wieder den Kopf. »Nein. Ich übernahm die Pfarrei, als er bereits verstorben war. Aber wie ich hörte, war er schon länger leidend. Der Kollege aus Dillingen hat wohl recht häufig seine Aufgaben mit übernommen. Pastor Wohlfahrt war es auch, der Thomas van Bergens Trauerfeier und Beisetzung geleitet hat. Was er mir darüber erzählte, hat mich mehr als alles andere erschüttert.«

Pastor Martens faltete die Hände wie zum Gebet.

»Fast die gesamte Gemeinde war zur Trauerfeier erschienen, die Kirche war bis auf den letzten Platz besetzt. Die Leute standen bis zum Eingang. Doch nun raten Sie, wer nicht erschienen ist?«

Das war eine durchschaubare rhetorische Frage.

»Johanna?«

Der Pastor nickte gewichtig. »Johanna!«

»Sie war im Gefängnis.«

»Glauben Sie wirklich, dass man einer Tochter in so einem Fall den Hafturlaub verweigern würde?«

Da hatte er natürlich recht. War sie nicht gekommen, weil sie nicht wollte? Oder weil ihr Vater es vielleicht im Voraus so verfügt hatte? Auf jeden Fall warf es ein seltsames Licht auf diese Vater-Tochter-Beziehung. Das war aber nicht die Information, die ich mir von Pastor Martens erhoffte. Er kam meiner nächsten Frage zuvor.

»Darf ich fragen, warum Sie sich für die Familie van Bergen interessieren?

Die Frage hatte ich natürlich erwartet, und auf dem Weg zum Gemeindebüro war ich einige Ausreden durchgegangen. Sie hatten alle etwas gemeinsam: Sie taugten nichts. In solchen Fällen ist es nach meiner Erfahrung am besten, bei der Wahrheit zu bleiben, zumindest so weit wie nötig.

»Ich bin eigentlich auf der Suche nach Johanna. Ich hörte, dass sie aus dem Gefängnis entlassen wurde, und wollte sie aufsuchen. Leider weiß ich nicht, wo sie wohnt. Also bin ich auf gut Glück hergekommen. Hat Pfarrer van Bergen hier im Pfarrhaus gelebt?«

»Nein, soviel ich weiß, hatte er ein Haus in der Nähe. Wo genau, weiß ich nicht, aber Frau Leinemann müsste es wissen. Sie hat ja lange mit ihm zusammengearbeitet. Wir können sie gleich fragen. Aber jetzt haben Sie mich neugierig gemacht. Wie haben Sie Johanna kennengelernt? Hatten Sie im Gefängnis zu tun? Ich nehme nicht an, dass Sie als Insasse dort waren.«

»Nein, aber ... nun ja, sie hat mir geschrieben.«

So viel zu meinen Vorsätzen, bei der Wahrheit zu bleiben. Aber ich hatte das Gefühl, dass ich mit der Wahrheit hier nicht weiterkommen würde.

»Wie ungewöhnlich«, bemerkte Pfarrer Martens trocken.

»Nicht unbedingt.« Ich erzählte ihm, dass ich Buchautor war und sie wohl eines meiner Bücher in der Gefängnisbibliothek gefunden hatte. Daraus hätte sich ein Briefwechsel ergeben, und ich versprach, sie zu besuchen. Leider hätte ich den Brief, in dem sie mir ihre Adresse genannt hatte, zu Hause liegen gelassen. Ich bewunderte meine Kreativität, hatte aber auch ein schlechtes Gewissen, dass ich diesem vertrauensvollen Mann ein solches

Märchen auftischte. Im Übrigen hatte ich Philipp beigebracht, dass einem eine Lüge immer irgendwann auf die Füße fällt, und zwar genau dann, wenn man es am wenigsten brauchen konnte. Immerhin hätte ich jetzt Gelegenheit, meine Erziehungsmaximen zu erproben.

Wir plauderten noch ein Weilchen über die Evolution und welche Rolle Gott wohl dabei gespielt haben dürfte, wobei wir beide die Ansicht des anderen lächelnd tolerierten. Dann stemmte ich mich aus den Polstern hoch. Da das Büro des Pfarrers im ersten Stock des Gemeindehauses lag, mussten wir erst die Treppe hinab, um ins Sekretariat zu gelangen. Auf dem Weg dorthin fiel mir noch etwas ein.

»Sagen Sie, Herr Pfarrer, Sie kennen doch Ihre Gemeinde mittlerweile ziemlich gut, oder?«

»Das will ich meinen«, antwortete er schmunzelnd. »So groß ist die hier im katholischen Saarland auch nicht.«

Ich erzählte ihm von der Frau, die ich an van Bergens Grab gesehen hatte, und beschrieb sie ihm. Er blieb stehen, runzelte die Stirn und meinte: »Ich bin mir ziemlich sicher, dass wir so jemanden in der Gemeinde nicht haben. So, wie Sie sie beschrieben haben, noch dazu mit Chauffeur, gehört sie sicherlich zur Oberschicht unserer Stadt.«

»So sah es aus.«

»Nun, diese Oberschicht zeichnet sich durch folgende Merkmale aus.« In seinen Augen war jetzt ein amüsiertes Funkeln. »Sie ist sehr klein, sehr diskret und ...«, er beugte sich vertraulich vor: »... sehr katholisch.«

Vergnügt über sein eigenes Bonmot, lief er voraus und öffnete die Tür zum Sekretariat.

»Frau Leinemann, Sie haben doch sicher die Adresse der van Bergens?«

Die Sekretärin schaute erstaunt von ihrem Computer auf.

»Warum fragen Sie, Herr Pfarrer?«

»Der Herr Kayser sucht nach der Tochter, Johanna.«

Die Veränderung, die dieser Satz bei der Sekretärin auslöste, war verblüffend. Die mütterliche Freundlichkeit, mit der sie mich begrüßt und zum Pfarrer geführt hatte, löste sich schlagartig auf. Sie erinnerte mich an eine Auster, die gerade mit dem einzigen Muskel, über den sie verfügte, ihre Schale schloss. Nun musterte sie mich mit frostigem Blick.

»Sind Sie Reporter?«, fragte sie geradezu barsch.

»Nein«, gab ich zurück, »ich wollte nur Johanna van Bergen besuchen.«

»Die sitzt im Gefängnis.«

»Nicht mehr. Sie wurde vor zwei Tagen entlassen, und sie ist nach Saarlouis gefahren.«

Das Gesicht, das eben noch so verschlossen wie eine Felsenauster wirkte, verriet mit einem Mal ihre Bestürzung.

»Sie wurde entlassen?«

»Ja, Samstag. Ich nehme an, dass sie in ihrem Elternhaus untergekommen ist. Können Sie mir die Adresse geben?«

Frau Leinemann blinzelte mehrmals und rang die Finger. Der Pfarrer betrachtete seine Sekretärin erstaunt.

»Frau Leinemann?«, hakte er nach.

Sie straffte sich. An den Pfarrer gewandt sagte sie: »Tut mir leid, aber wir dürfen solche Auskünfte nicht geben.«

»Warum nicht?«, fragte er verdutzt.

»Wir geben grundsätzlich die Adressen unserer Mitarbeiter nicht heraus.«

Ich war versucht, Frau Leinemann daran zu erinnern, dass die gegenwärtige Wohnadresse von Pfarrer van Bergen für jedermann zugänglich war, aber sie wandte sich wieder ihrem

Computer zu und schien die Unterhaltung als beendet zu betrachten.

»Ähm«, machte der Pfarrer verwirrt. Dann schloss er langsam die Tür. »Nun ja«, fuhr er stirnrunzelnd fort. »Ich fürchte, ich kann Ihnen nicht weiterhelfen.«

Etwas betreten verabschiedete er sich von mir, murmelte noch etwas von »Viel Glück« und eilte wieder die Treppe empor. Ich schaute ihm hinterher, bis er verschwunden war. Dann öffnete ich erneut die Tür zum Sekretariat. Frau Leinemann hatte das Telefon am Ohr und bedachte mich mit einem Dolchblick. Ich schloss die Tür wieder und verließ das Gemeindehaus.

Oft werde ich bei meinen Vorträgen gefragt, was denn dem Homo sapiens dazu verhalf, alle anderen Menschenarten zu verdrängen. Was machte den entscheidenden Unterschied zum Neandertaler, Homo floresiensis oder Denisova-Menschen aus? Meine Antwort darauf ist: weil der Homo sapiens es gelernt hat, über die anderen Mitglieder seiner Spezies zu tratschen. Die Qualität, die es uns ermöglichte, die Welt zu beherrschen, bestand darin, dass wir den Klatsch zur Kulturform erhoben haben.

Dazu muss gesagt werden, dass der Klatsch völlig zu Unrecht in so schlechtem Ruf steht. Er ist ein extrem wichtiger sozialer Kitt. Um das Überleben einer Gruppe von dreißig bis fünfzig Personen zu gewährleisten – denn das war die klassische Größe der damaligen Jäger- und Sammlergemeinschaften –, ist eine Unmenge an Informationen nötig. Nicht nur, welche Pilze man essen kann und vor welchen Schlangen man lieber Reißaus nehmen sollte, sondern vor allem auch Informationen übereinander. Um zu funktionieren, mussten die Mitglieder dieser Gruppe jederzeit wissen, wie die anderen tickten. Man kann davon ausgehen, dass die abendlichen Zusammenkünfte am Feuer nicht nur dazu dienten, Paläo-Food zu verzehren, sondern vor allem auch, um sich über die Neuigkeiten in der Gemeinschaft auszutauschen. Wer ist auf der Jagd ins Schlammloch gefallen? Wer hat sich bei der Notdurft aus Versehen in eine Distel gesetzt? Und natürlich: Wer treibt es gerade mit wem?

Bei einer Gruppe von fünfzig Leuten sind rein rechnerisch tausendzweihundertfünfundzwanzig Paarbeziehungen möglich, von den Dreier- und Mehrfachkonstellationen mal ganz abgesehen. Die Verarbeitung dieser Informationen stellt eine enorme intellektuelle und emotionale Leistung dar.

Natürlich haben auch andere Menschenarten Informationen übereinander ausgetauscht, aber der Homo sapiens war schlicht ungeschlagen darin. Darum konnte er in immer größeren Gruppen leben, die dadurch mehr Macht besaßen. Er konnte planvoll Felder anlegen, Viehzucht betreiben, einen Großteil der damals existierenden Fauna ausrotten und sich schließlich daranmachen, den Planeten zu zerstören. Und ganz am Anfang dieser wunderbaren Entwicklung stand der Klatsch.

Nicht von ungefähr wurde das in unserer Zivilisation zu einem Beruf, den man respektvoll die vierte Gewalt nannte. Diesem erhabenen Stand, der Presse, galt mein nächster Besuch. Das Haus, vor dem ich nun anhielt, beherbergte die modernen Nachkömmlinge der einstigen Lagerfeuer-Klatschbasen.

Saarbrücker Zeitung stand auf dem Schild, *Lokalredaktion Saarlouis.* Es gab noch andere Firmenschilder, alle hatten irgendetwas mit Medien zu tun. Die zweistöckige Häuserzeile war höchstens ein paar Jahre alt, sie sah ein wenig nach einem Baukastenprinzip aus, dessen Ursprung ich in der ordinären Baracke vermutete. Mir fiel jetzt erst auf, dass ich diesen etwas einfallslosen, aber praktischen Baustil schon mehrfach in der Stadt gesehen hatte.

Ich stieß die Tür auf. Mal sehen, was meine Klatschbasentheorie hergab.

Tobias Kern war etwa Ende fünfzig und hatte ein freundliches rundes Gesicht. Die wenigen Haare, die ihm verblieben waren, hielt er stoppelkurz. Er sah nach gutem Essen aus, ohne dick zu sein. Seine wachen Augen musterten mich aufmerksam.

»Setzen Sie sich doch«, forderte er mich auf, nachdem er mich mit Handschlag begrüßt hatte.

Die Lady, die direkt hinter dem Eingangsflur in ihrem Büro saß, hatte mich auf meine Frage nach dem für lokale Nachrichten zuständigen Redakteur zu Kerns Büro geführt. Es war mit zwei Schreibtischen ausgestattet, von denen aber nur einer besetzt war.

»Was führt Sie in unsere schöne Stadt?«, fragte Kern lächelnd. »Ich nehme an, dass Sie sich für unsere Geschichte interessieren. Geht es um eine Stadtführung? Die mache ich normalerweise nur in der Saison, aber wenn Sie wünschen ...« Er machte eine einladende Geste.

»Ich interessiere mich tatsächlich für einen bestimmten Aspekt der Stadtgeschichte«, stieg ich auf den amüsierten Ton ein. »Allerdings mehr aus privaten Gründen.«

Kern lehnte sich zurück und faltete die Hände über dem Genussbauch.

»Nur zu«, sagte er, »Sie sprechen mit dem wahrscheinlich bestinformierten Menschen der Stadt.«

»Ich suche jemanden, der mal für Ihre Zeitung gearbeitet hat.«

Er neigte den Kopf etwas. »Wie heißt der Kollege?«

»Eine Kollegin. Johanna van Bergen.«

An seinem Lächeln änderte sich nichts, auch nicht an seinem

freundlichen Blick. Nur der Umstand, dass er ein paar Sekunden nicht reagierte, verriet seine Überraschung.

»Das ist schon ziemlich lange her«, erwiderte er schließlich. »Darf ich fragen, warum Sie sie suchen?«

»Wir kennen uns, ich möchte sie wiedersehen. Und da sie mal hier gearbeitet hat, dachte ich, dass Sie mir vielleicht weiterhelfen könnten. Wissen Sie, wo sie wohnt?«

»Nun, Frau van Bergen lebt schon seit ein paar Jahren nicht mehr hier. Ich weiß nicht …«

»Sie ist raus.«

»Wie bitte?«

»Aus dem Gefängnis. Sie ist vorgestern aus der Justizvollzugsanstalt Vechta entlassen worden.«

Kern gelang es nicht, seine Überraschung zu verbergen.

»Was Sie nicht sagen« war alles, was er hervorbrachte.

Noch so eine Auster, dachte ich. Wie öffnete man Austern? Mit Fingerspitzengefühl und kräftigem Zupacken.

»Wir wollten uns eigentlich in Köln treffen, haben uns aber verpasst«, log ich. »Aber ich weiß, dass sie nach Saarlouis weiterfahren wollte. Darum bin ich hier. Leider habe ich ihre Adresse nicht.«

Kern beugte sich wieder vor und stützte sich auf dem Schreibtisch ab. Jetzt lächelte er nicht mehr.

»Anscheinend wissen Sie mehr als ich«, sagte er. »Ich habe …«, er stockte kurz, »… Frau van Bergen schon sehr lange nicht mehr gesehen.« Ich war mir sicher, dass er eigentlich den Vornamen hatte sagen wollen und sich im letzten Moment besonnen hatte.

»Seit mindestens drei Jahren und acht Monaten«, ergänzte ich den Satz.

Er musterte mich, eindringlich und sehr wachsam. Das Lächeln kam zurück, jetzt war es aber kleiner. Ein professionelles Reporterlächeln. *Sie können mir vertrauen*, sagte es.

»Und Sie kennen sie … woher?«

»Sie hat mir geschrieben.« Ich wunderte mich, wie leicht mir die Lüge über die Lippen kam.

»Ach?«

»Ja, sie hatte mein Buch gelesen. Ich war einigermaßen erstaunt, Post aus einem Gefängnis zu bekommen. Aber es passte in meine Forschungsarbeit. Daraus hat sich eine Art Brieffreundschaft entwickelt.«

»Eine Art Brieffreundschaft.«

»Richtig. Wissen Sie, wo sie wohnt?«

»Wie sollte ich? Ich wusste nicht einmal, dass sie wieder hier ist. Hat sie Ihnen nicht erzählt, wo sie hinwill?«

Der Kerl war glatt wie Otterfell. Es war an der Zeit, mit dem Fingerspitzengefühl aufzuhören und kräftig zuzupacken.

»Nein, wir haben über andere Dinge gesprochen. Aber wo wir schon mal so nett beieinandersitzen, würde ich Sie gerne noch etwas anderes fragen.«

Ich merkte ihm an, dass er bereits einen Weg suchte, wie er das Gespräch beenden könnte.

»Nun ja«, begann er, »wie ich schon sagte …«

»Wieso gibt es keine Berichte in Ihrer Zeitung über den Prozess?«

Er runzelte die Stirn. »Ich fürchte, ich verstehe nicht.«

Jetzt beugte ich mich vor.

»Nun, dann will ich es Ihnen erklären, Herr Kern. Johanna van Bergen hat über mehrere Jahre für Ihre Zeitung gearbeitet. Aber über ihren Prozess, ihre Verurteilung findet man nichts in der Saarbrücker Zeitung. Ich habe Ihr gesamtes Online-Archiv durchsucht. Nichts! Das finde ich seltsam. Sie nicht?«

Jetzt war sein Lächeln endgültig verschwunden.

»Ich bedaure, Herr Kayser, aber ich kann Ihnen nicht weiterhelfen. Ich schreibe Berichte über die Stadt, ich führe nicht das Zeitungsarchiv.«

Ich war es leid. Er auch. Ich erhob mich.

»Das ist erbärmlich, Herr Kern.«

Er reagierte nicht. Ich ging, ohne mich zu verabschieden.

Vor dem Redaktionsgebäude war eine leere Straße, und dahinter ein freier Platz. Die Straße führte Richtung Innenstadt. Ich ging bis zur nächsten Kreuzung und suchte Deckung in einem Hauseingang. Dann wartete ich.

Es dauerte nicht lange. Schon zehn Minuten später kam Kern die Straße hinaufgeeilt. Ich war erleichtert. Hätte er sein Auto genommen, wäre es mir unmöglich gewesen, ihm zu folgen.

Er sah sich nicht ein einziges Mal um, ging nur mit raschen Schritten und wehenden Mantelschößen Richtung Innenstadt. Ich folgte ihm in ausreichendem Abstand und kam mir jetzt wirklich wie Humphrey Bogart vor.

Sein Weg führte einfach geradeaus weiter. Wir überquerten nacheinander die Zufahrt zum zentralen Marktplatz, dann ging es einmal um die Ecke, und wir befanden uns auf der Ringstraße um den Stadtkern. Schon nach etwa hundert Metern öffnete er die niedrige Pforte zu einem Vorgarten. Ich wechselte auf den breiten Mittelstreifen, der auch als Parkplatz diente, und beobachtete, verborgen zwischen den Fahrzeugen, wie Kern den kurzen Weg zum Haus zurücklegte und auf einen Klingelknopf drückte. Ich schaute, wohin die Straße führte, und entdeckte kaum zweihundert Meter weiter das Gemeindehaus. Danke, Frau Leinemann, dachte ich.

Kern drückte noch einmal auf die Klingel, ohne dass sich etwas tat, obwohl im Erdgeschoss Licht hinter den von altmodischen Gardinen verhängten Fenstern zu erkennen war. Das Haus war zu groß für ein Einfamilienhaus. Über dem Erdgeschoss gab entkommen waren? Ein Phantom? Wenn ich die Umstände unserer Begegnung betrachtete – der Abschied im Zug, ihr Wiederauftauchen, ihr erneutes Verschwinden –, war das gar nicht mal so abwegig. Ich trank den letzten Schluck Wein und bezahlte.

Zurück im Hotel, holte ich den Laptop und suchte mir einen Platz in der Bar. Nachdem mir eine freundliche Barkeeperin in weißer Bluse einen Cognac gebracht hatte, versuchte ich es zunächst mit der *Saarbrücker Zeitung*, die über alle Ereignisse im Saarland berichtete. Als ich ihren Namen eingab, brachte mir das einige Artikel, die allerdings schon fast zehn Jahre alt waren. Zu meinem Erstaunen berichteten sie nicht von Johanna, sondern sie waren von ihr geschrieben. Das Porträt eines serbischen Jungen, der ein Gymnasium in Saarlouis besuchte. Ein Artikel über die Frauenquote im Landtag. Über eine Musikveranstaltung und anderes dergleichen, ausschließlich lokale Themen. Damit war ein Rätsel schon mal gelöst: Johanna hatte als Journalistin gearbeitet. Doch warum gab es keine Meldung zu ihrem Prozess? Seltsam!

Wieder versuchte ich es mit Begriffskombinationen. Ohne Ergebnis. Konnte es sein, dass sie in einem ganz anderen Bundesland verurteilt worden war? Möglich, aber dennoch wunderte es mich, dass die Zeitung, für die sie gearbeitet hatte, nicht von dem Prozess gegen ihre Mitarbeiterin berichtete.

Ich kehrte zurück auf die allgemeine Suchmaske, kombinierte erneut ihren Namen mit den Begriffen Prozess, Verurteilung, Anklage und was mir sonst noch einfiel. Auch kürzte ich ihren Namen, Johanna van B. und einfach Johanna B., weil das oft in solchen Fällen aus Gründen des Persönlichkeitsschutzes so gehandhabt wurde. Diesmal scrollte ich einfach weiter, wenn ich auf der ersten Seite nichts fand. Und endlich, als ich schon beim zweiten Cognac war, fand ich einen Bericht.

es noch eine zweite Etage und ein Dachgeschoss, das bewohnbar aussah. Doch nur im Erdgeschoss war Licht.

Jetzt öffnete sich die Tür, und eine ältere Dame von gedrungener Gestalt erschien im Türrahmen. Die beiden kannten sich ganz offensichtlich. Ich vernahm Kerns Stimme, verstand jedoch nicht, was er sagte. Die Frau schüttelte den Kopf. Kern wechselte noch ein paar Worte mit ihr, dann verabschiedeten sie sich. Ich duckte mich hinter ein Auto, als er wieder auf die Straße trat, und wartete ab, bis er Richtung Redaktion verschwunden war.

Nachdenklich betrachtete ich das Haus, Johannas Zuhause. Oder? Ich überquerte die Straße und trat durch die Pforte, im Vertrauen darauf, dass die Madame mich nicht bemerken würde.

Es gab zwei Klingelschilder. Das obere lautete auf den Namen van Bergen, das untere auf H. Wrangel. Johannas Zuhause war die erste Etage. Ich trat zurück auf die Straße und schaute zu den dunklen Fenstern hoch. War sie tatsächlich hierher zurückgekommen? Alles sprach dafür. Kurz überlegte ich, ob ich hier warten sollte. Aber ich entschied mich dagegen. Immerhin wusste ich jetzt, wo sie wohnte.

Die Gewissheit oder die Fast-Gewissheit, dass ich Johanna womöglich noch am selben Abend wiedersehen würde, machte mich nervös. Das verwirrte mich. Ich rief mir die gemeinsamen Stunden wieder in Erinnerung. Das machte es nicht leichter. Die Johanna, die ich hier antreffen würde, war eine andere als die, die sich aus meinem Hotelzimmer in Köln davongemacht hatte. Zumindest für mich.

Die Johanna in Köln war eine geheimnisvolle Fremde gewesen. Zunächst faszinierend in ihrer Unbestimmtheit, dann ihr raubtierhaftes Gebaren. Selbst als ich wusste, dass sie eine ehemalige Strafgefangene war, behielt sie noch den Nimbus des Geheimnisvollen. Nicht dass sich daran groß etwas geändert hätte. Im Gegenteil, mit jedem Detail, das ich ihrer Biografie hinzufügen konnte, wurde ihr Leben rätselhafter. Dennoch hatte sie ihr geisterhaftes Dasein verloren. Sie war eine Pastorentochter und eine Journalistin. Ich hatte am Grab ihres Vaters gestanden, mit Menschen geredet, die sie kannten, und ich hatte das Haus gesehen, in dem sie gelebt hat. Johanna hatte in einem Maße an Realität gewonnen, das sie mir entzog. Je mehr ich von ihr erfuhr, desto weniger war sie die Frau, der ich gefolgt war. Das alles war für meinen Geschmack ziemlich viel Erkenntnis in ziemlich kurzer Zeit. Mir stand der Sinn nach einem Drink.

Das Lokal war mir schon vorher aufgefallen. Es hatte etwas von einer Brasserie, halb Bar, halb Restaurant, in französischem Ambiente. Kleine Holztische, Bistrostühle und Rauchglasscheiben mit aufgemalten Schnörkeln. In umso krasserem Gegensatz dazu stand der Name. Es hieß einfach Schmidt, so stand es in kursiver Neonleuchtschrift über dem Eingang.

Das Lokal war gut besucht, aber ich fand in einer Ecke noch einen Tisch. Während ich auf die Bedienung wartete, ging ich in Gedanken wieder mal Dialoge durch, die ich und Johanna führen würden. Tja, und dann stand sie auf einmal vor mir.

Ich begriff es nicht gleich, zum einen, weil ich nicht im Mindesten damit gerechnet hatte, aber auch, weil sie ganz anders aussah, als ich sie in Erinnerung hatte. Erst sah ich nur die Bedienung, eine junge Frau in Jeans und einem sexy Shirt mit Spaghettiträgern. Die in roten Farben leuchtende Schulter wollte mein Hirn als Brandmal abspeichern. Der zornige Blick und die gefurchte Stirn verwirrten mich vollends. Der Dialog, der dann einsetzte, unterschied sich beträchtlich von all meinen Spekulationen.

»Was machst du hier?«

Mein Verstand war anscheinend kollabiert. In meinem Kopf war kein Gedanke zu finden, der irgendwie zu dieser Situation passen könnte. Eigentlich war überhaupt kein Gedanke da.

»Bist du mir etwa nachgefahren?«

Was denn sonst?, blitzte ein erstes sarkastisches Lebenszeichen in der trüben Dunkelheit meines Denkens auf. Darüber war ich irgendwie erleichtert. Viel half das nicht. Ich hatte gerade das extrem starke Gefühl, dass der Boden unter mir sich in ein schwarzes Nichts verwandelte.

»Hallo, Johanna«, brachte ich hervor.

Sie trug eine kleine violette Schürze, in der ein Portemonnaie und ein kleiner Notizblock steckten. Sie war tatsächlich die Bedienung. Als sie nicht antwortete – was ich verstand, schließlich hatte ich auch ihre Fragen nicht beantwortet –, holte ich einmal tief Luft. Da musste ich jetzt offenbar durch.

»Ja, ich bin wegen dir hier. Ich habe dich gesucht.«

Sie wandte den Kopf ab, kniff die Lippen zusammen. Ihre Hände waren zu Fäusten geballt.

»Scheiße«, sagte sie leise.

In meinen Fantasien hatte es immer wieder Dialoge gegeben wie: *Warum bist du einfach so gegangen? – Weil du mir nicht getraut hast. – Ist es wegen der Brieftasche? Die habe ich versteckt, es stimmt.* Und so weiter. Ein lapidares, aber herzhaftes »Scheiße« war nicht dabei gewesen.

»Ist nicht ganz die Begrüßung, die ich mir gewünscht hatte«, gab ich zurück.

Sie wandte sich mir wieder zu. Die Wut war verschwunden, jetzt war sie nur noch abweisend.

»Fahr wieder weg, Adrian«, sagte sie. »Das in Köln hatte nichts zu bedeuten.«

Das saß. Ich atmete gegen den Druck auf meiner Brust an. Irgendwo da drin schmerzte etwas, gleichzeitig hatte ich eine überwältigende Sehnsucht danach, sie in den Arm zu nehmen. Die absurde Situation trieb mir die Hitze in die Wangen. Ich versuchte, den jämmerlichen Rest meiner Würde zu retten.

»Alles klar«, sagte ich und merkte, dass meine Stimme brüchig klang. »Bringst du mir bitte noch etwas zu trinken? Ein Bier und ...«

Sie hatte sich schon halb abgewandt, wartete jetzt aber ab. Ich verzog das Gesicht.

»Und einen doppelten Talisker. Ohne Eis.«

Sie ging ohne ein Wort.

Wenn meine Karriere als Bogart-Double schon so grandios scheiterte, dann wenigstens mit Stil.

Der Talisker war mein Freund. Er schmeckte nach Unbeugsamkeit und Männerfreiheit. Es hatte eine Zeit gegeben, in der wir uns öfter trafen. Aber dann war Clarissa in mein Leben getreten. Die beiden mochten sich nicht sonderlich, ich glaube, sie war eifersüchtig. In ihrer Gegenwart fühlte es sich nicht richtig an. Dann wurde sie schwanger, das entfremdete mich vollends von meinem schottischen Gefährten. Später hatte ich ab und zu eine Flasche in meinem Büro. Aber obwohl Clarissa sonst so gut wie nie ihre Nase in meine Angelegenheiten steckte, entdeckte sie den Talisker immer sofort. Oder sie kam genau dann in mein Büro, wenn ich mir gerade ein Glas eingeschenkt hatte. Spätestens nach dem dritten Mal wirkte es so, als würde ich nichts anderes machen. Verstecken wollte ich ihn aber auch nicht, das wäre würdelos gewesen. So trennten sich unsere Wege. Bis zu diesem Abend.

Es war erstaunlich, wie schnell der Schotte in mein gepeinigtes Gehirn vorstieß. Er musste sich den Weg gemerkt haben. Augenblicklich brachte er Linderung. Zwar war die Kränkung noch da, und auch meine verletzte Eitelkeit. Schließlich hatte ich reichlich Mühe aufgewendet, um Johanna zu finden. Sie war es doch gewesen, die zu meinem Vortrag zurückgekommen war. Sie hatte mich gefragt, ob sie bei mir bleiben könnte. Und den Sex hatte ich ihr auch nicht gerade aufgedrängt. Eine solche Abfuhr hatte ich nicht verdient. Ich fühlte mich zutiefst ungerecht behandelt. Dann aber brachte mir der torfig schmeckende Islay-Whisky das Maß an Gelassenheit, das mich die Situation ertragen ließ. Und weil ich nichts anderes zu tun hatte und, Teufel auch, nicht mehr über ihr Verhalten nachdenken wollte, beobachtete ich die Umgebung. Dabei fielen mir ein paar Details auf, die mir ohne den Schotten vielleicht entgangen wären.

Da war einmal der Typ hinter dem Tresen. Er hatte unglaublich breite Schultern und dazu passende, sehr kräftige Arme. Zwar war sein weißes Hemd ziemlich weit, er führte seine Muskeln nicht gerade spazieren, aber er hatte die Ärmel bis zum Ellbogen hochgekrempelt. Die Unterarme und die Hände sahen aus, als könnten sie mühelos eine Flasche auf meinem Kopf zertrümmern. Sein Gesicht mit dem Schnauzbart hingegen wirkte ruhig und freundlich, nur der träge Blick ließ mich vermuten, dass er sich einfach beherrschte. Als Johanna mit meiner Bestellung zum Tresen kam, fragte er sie etwas und machte dabei eine winzige Bewegung mit dem Kopf in meine Richtung. Sie schüttelte den Kopf, und er machte sich daran, mein Bier einzuschenken. Nur einmal noch ruhte sein Blick eine Sekunde lang auf mir, dann beachtete er mich nicht mehr.

Ich hatte dieser kleinen Szene anfangs keine Beachtung geschenkt. Erst später, nachdem der Whisky meine Gedanken geklärt hatte und mir noch andere Besonderheiten auffielen, erinnerte ich mich wieder daran. Und erst da begann ich, mich über das Offensichtliche zu wundern.

Mit meinen Annahmen bezüglich Johannas Plänen lag ich falsch. Johanna hatte anscheinend keineswegs die Absicht, woanders neu anzufangen. Und kaum vierundzwanzig Stunden nach ihrer Rückkehr hatte sie bereits einen Job gefunden. Hatte sie das mit dem Preisboxer hinter dem Tresen bereits vorher so abgesprochen? Überhaupt, sie war doch Journalistin, wieso arbeitete sie als Bedienung? Damit war sie doch extrem exponiert. Und als wollte sie das noch verstärken, lief sie in einem Oberteil rum, das die Aufmerksamkeit auf ihre auffällige Tätowierung lenkte.

Ich beobachtete sie, während sie Getränke und Speisen servierte. Der Laden war gut besucht, und sie hatte reichlich zu tun. Sie arbeitete rasch und professionell. Dabei sah ich sie nicht ein einziges Wort wechseln, das über die bloße Bestellung hinausging. Kein Lächeln, keine Spur von Koketterie oder irgendeiner anderen Regung. Man hätte sie für eine ganz normale Kellnerin halten können. Dennoch war sie mehr als das.

Zu Anfang war es nur ein unbestimmtes Gefühl, und ich dachte, dass die heimlichen Blicke, die mir auffielen, ihrer Tätowierung geschuldet waren. Aber mit meiner whiskygeschärften Wahrnehmung oder, besser, mit der damit einhergehenden Entspannung gewann ich den Eindruck, dass sie das Zentrum des Lokals bildete. Ein sich bewegendes Zentrum, nach dem alle anderen Anwesenden sich immer wieder ausrichteten, je nachdem wo sie sich gerade bewegte.

Bei denen, die weiter entfernt von ihrem jeweiligen Kurs saßen, ließ dieser Einfluss nach. Doch an allen Tischen, die sie auf ihrem Weg von der Küche, vom Tresen oder zurück passierte, zog sie Aufmerksamkeit auf sich. Das geschah gar nicht mal so sehr in direkten Blicken, sondern in der Haltung der Menschen oder ihrem Schweigen, so als ob sie einen Moment verharrten, bis Johanna vorbei war, sie sich mit einem mehr oder weniger verstohlenen Blick vergewisserten, dass sie außer Reichweite war, um dann ihr Gespräch fortsetzen zu können.

Ich hatte mittlerweile Whisky und Bier geleert, befand mich in einer wunderbaren Scheißegal-Stimmung und gab ihr daher, als sie an meinem Tisch vorbeieilte, mit einer kleinen Geste zu verstehen, dass ich das Gleiche noch mal wollte. Sie sah es, gab aber keinerlei Reaktion von sich. Doch kurz darauf stellte sie die Getränke vor mir ab. Ich betrachtete sie aus der Nähe, glaubte einen Hauch ihres Geruchs wahrzunehmen, was meine Sinne in Aufruhr versetzte. Sie hingegen musterte mich nur kurz und legte eine ausgedruckte Rechnung auf den Tisch, bevor sie wieder verschwand.

Ich verzog das Gesicht, die Geste war deutlich und vertrieb schlagartig meine angenehme Betäubung. Darunter kam wieder dieses beschissene Gefühl zum Vorschein. Dennoch setzte ich, mehr aus Trotz, meine Beobachtungen fort. Beobachtete das Kommen und Gehen und stellte fest, dass auch die Neuankömmlinge sich ähnlich verhielten wie die, die schon da waren. Es schien beinah so, als kämen die Gäste wegen Johanna. Als wollten sie sich ein seltsames Tier anschauen. Dabei war diese Neugier keineswegs wohlwollend. Im Gegenteil, mit der Zeit glaubte ich regelrecht, feindselige Blicke zu bemerken. Ich fügte meine bisherigen Erkenntnisse mit dieser Beobachtung zusammen, und mit einem Mal erschien es mir sogar sinnvoll. Johanna, die skandalöse Tochter, kehrt zurück, und alle kommen, um sich das Monster anzuschauen. Johanna hatte gegen die Regeln ihres Clans verstoßen und war verbannt worden. Im Lichte dieser Betrachtung war die Tätowierung nicht wie ein Brandmal. Sondern ein Schandmal. Eines, das sie sich selbst in die Haut gestanzt hatte. Aber sie war zurückgekehrt, sie verstieß gegen den Bann. Dafür hassten die Menschen sie. Doch sie konnten nichts tun. Anders als vor zwanzigtausend Jahren gab es heute Gesetze.

Doch warum tat sie das? Was bezweckte sie damit?

Was hast du vor, Johanna?

Ich aß wieder bei dem Italiener, der in mir bereits einen Stammgast witterte und mich überschwänglich mit »Dottore« begrüßte. Ich wehrte seine Freundschaftsbekundungen ab, denn ich wollte allein mit meinen Gedanken sein. Während des Essens, zu dem ich eine Karaffe Wasser leerte, wurde ich wieder nüchtern und begann ziemlich schnell, an meinen ach so genialen Beobachtungen zu zweifeln. Johanna war straffällig geworden, aber kein Monster, das man mit genüsslichem Grausen betrachtete. Doch ganz konnte ich meine Eindrücke nicht wegschieben. Letztlich aber spielte das keine Rolle. Ihre Ablehnung war mehr als eindeutig gewesen.

Es war an der Zeit, dieses Experiment zu beenden. Ich war erstaunt, mit wie viel Bitterkeit mich der Gedanke erfüllte. Hatte ich mir insgeheim doch so viel von unserer Begegnung erhofft? Anscheinend schon. Und weil es mir inzwischen egal war, bestellte ich noch eine Karaffe Wein.

Anders als der Schotte verstärkte der italienische Wein mein inneres Lamento. Typisch Italiener, dachte ich erbost, als ich voller Selbstmitleid aus dem Lokal wankte. Und natürlich hatte es wieder angefangen zu nieseln, Schluss mit Frühling. Mit hochgeschlagenem Kragen, die Hände in den Manteltaschen vergraben, und mit gesenktem Kopf lief ich durch die Straßen. Darum merkte ich erst ziemlich spät, dass ich nicht den Weg zum Hotel eingeschlagen hatte. Als ich aufschaute, war ich nur noch einen

Block von der Straße entfernt, in der Johanna wohnte. Ich blieb stehen, erschreckt von der Möglichkeit, ihr vielleicht über den Weg zu laufen. Ich sollte hier wieder verschwinden, aber schleunigst. *Sie will nichts von dir wissen, du Idiot.* Dann kam mir ein Gedanke. Wohnte sie wirklich in ihrem Elternhaus?

Ich dachte an den Preisboxer, für den sie arbeitete. Die beiden verstanden sich offenbar gut. Mit Sicherheit kannten sie sich schon länger. Konnte es nicht sein, dass sie sofort bei ihm Zuflucht gesucht hatte? Je länger ich darüber nachdachte, desto plausibler erschien es mir. Sie waren nicht nur einfach Freunde, er war ihr ehemaliger Liebhaber. Und nun hatte sie eine Gefälligkeit eingefordert. So musste es sein. War es da nicht nur natürlich, dass sie auch bei ihm lebte?

Ich tat einen Schritt, hielt wieder inne. *Es geht dich nichts mehr an, verdammt. Sie will nichts von dir wissen. Hau ab.* Ich tat noch einen Schritt. Und noch einen.

Diesmal war Licht im Haus. Zwei der Fenster im ersten Stock waren erleuchtet. Es gab zwar keine Gardinen, die den Blick verwehrten, doch erkennen konnte ich trotzdem nichts. Ich stellte mich wieder zwischen die parkenden Autos, dicht am Stamm eines Baumes, der mich aber nicht im Mindestens vor dem feinen Regen schützte. Aus meinen feuchten Haaren lief er mir in kleinen Perlen über das Gesicht und in den Nacken. Das Licht der nächsten Straßenlaterne zerfaserte im Dunst. War sie allein dort oben? Oder ...

Ich wehrte mich gegen die Bilder, in denen sie in den muskulösen Armen ihres Liebhabers lag. Aber der italienische Wein hatte mich schwach gemacht. Schon begann mich stechende Eifersucht zu quälen, als mit einem Mal eine Gestalt am Fenster erschien. Ja, sie war es!

Ich wich sofort ganz hinter den Baumstamm zurück, konnte

meinen Blick aber nicht von ihr wenden. Dabei kam ich mir wie ein schäbiger Stalker vor, rührte mich aber nicht vom Fleck. Sie trug einen weiten und, wie es schien, auch dicken Pullover. Reglos stand sie dort und schaute in die leere Nacht. Ich dachte an das, was sie erlebt hatte, der Prozess, das Gefängnis, ihr Vater, der starb und zu dessen Begräbnis sie nicht erschienen war. Ich dachte an die Feindseligkeit der Stadt, und da begriff ich ihre unendliche Einsamkeit.

Sie tat mir so furchtbar leid. Und ich wollte zu ihr, um sie zu trösten. Aber der Weg war mir versperrt. Sie hatte mir die Tür mit einem lauten Krachen direkt vor der Nase zugeschlagen.

»Leb wohl, Johanna«, flüsterte ich.

3.

AM NÄCHSTEN MORGEN saß ich mies gelaunt im Frühstücksraum. Ich hatte schlecht geschlafen. Das lag aber auch daran, dass ich nach dem schottischen Whisky, dem deutschen Bier und dem italienischen Wein noch unbedingt einen französischen Cognac hatte trinken müssen. So viel geballte EU verkraftet kein normaler Sterblicher. Nach einer kurzen Schlafphase hatte ich mich im kalten Bett hin und her gewälzt, war aufgestanden, hatte versucht, zu lesen, zu arbeiten. Aber ich kam aus dem finsteren Stimmungsloch nicht heraus. Irgendwann, als es schon dämmerte, fiel ich in einen unruhigen Halbschlaf. Ich war müde, kaputt und fühlte mich ausgelaugt. Der einzige Grund, weswegen ich nach dem dritten Kaffee und einer halben Portion Rührei noch hier saß, war, dass ich mich noch nicht aufraffen konnte, endlich auszuchecken, um diese vermaledeite Stadt endgültig hinter mir zu lassen. Gerade als ich mich dann doch erheben wollte, sprach mich jemand an.

»Herr Kayser?«

Ich brauchte einen Moment, um das freundlich lächelnde Mondgesicht einzuordnen.

»Schau an«, sagte ich, »wenn das nicht der bestinformierte Reporter Tobias Kern ist.«

Mein Sarkasmus perlte an ihm ab. Ungerührt nahm er mir gegenüber Platz.

»Sehen Sie mir meine Zurückhaltung nach«, erklärte er. »Ich hielt Sie für einen Boulevardjournalisten, der einen alten Skandal aufrühren wollte.«

»Und jetzt denken Sie das nicht mehr?«

»Nein, jetzt denke ich, dass Sie ein anerkannter Evolutionsbiologe sind, der sich anscheinend wirklich aus privaten Gründen für Johanna van Bergen interessiert.«

Mein Kopf fühlte sich immer noch an, als sei er mit Watte ausgestopft. Ich versuchte es mit einem weiteren Schluck Kaffee. Der war aber mittlerweile kalt.

»Nun, Herr Kern, das freut mich, dass ich Ihre Prüfung bestanden habe. Aber ich reise heute noch ab.«

»Ach, dann haben Sie Johanna gefunden?«

Schau an, dachte ich, Johanna hieß jetzt Johanna, nicht mehr Frau van Bergen.

»Ja«, gab ich knapp zur Antwort und schaute auf die Uhr.

Er musterte mich mit seinen wachen, kleinen Augen.

»Also ist diese Begegnung wohl nicht zu Ihrer Zufriedenheit verlaufen?«

Jetzt bekam ich richtig schlechte Laune.

»Hören Sie, Kern, das geht Sie einen feuchten Kehricht an. Ich mische mich nicht mehr in Ihre Angelegenheiten, also halten Sie sich auch aus meinen raus.«

Das war ein bisschen drüber, aber ich war frustriert, unausgeschlafen und hatte einen Kater. Da sollte man mir nicht komisch kommen. Kern erwies sich allerdings als dickfällig, er schmunzelte nur über meinen Ausbruch.

»Tja«, meinte er, »sie kann schon sehr direkt sein, die gute Johanna.«

Ich bedachte ihn nur mit einem bösen Blick.

»Also gut«, meinte er, und es hörte sich an, als wollte er mir einen Gefallen tun. »Dann sind Sie wohl doch nicht so gut mit ihr befreundet, wie ich angenommen hatte.« Er machte Anstalten, aufzustehen. »Ich dachte nur, dass Sie ja extra wegen ihr hierhergekommen sind und dass es Sie vielleicht interessiert, warum sie im Gefängnis war.«

»Das weiß ich bereits. Totschlag!«

»So? Sind Sie da sicher?«

Ich ließ mich in den Stuhl zurücksacken und stieß die Luft aus.

»Kern, hören Sie auf mit diesen Spielchen und sagen Sie mir, was Sie wollen.«

»Wie wär's, wenn Sie einfach mal ein bisschen frische Luft schnappen«, meinte er. »Ein kleiner Spaziergang im Park, zum Beispiel. Unser Park ist sehr schön, Ludwig der Vierzehnte und so weiter. Und es ist wundervolles Wetter. Danach treffen wir uns zum Essen im La Maison.« Er legte eine Karte des Restaurants auf den Tisch. »Sie können auch ruhig noch bis morgen bleiben. Schließlich haben Sie ja drei Nächte gebucht.«

Der Mistkerl wusste ziemlich gut Bescheid. Ich suchte nach einer passenden Beleidigung, mir fiel aber gerade nichts ein. Er hingegen strahlte mich an.

»Wissen Sie was?«, rief er gut gelaunt. »Ich habe ein richtig gutes Gefühl, was uns beide angeht.«

Er stand nicht einfach nur auf, er federte regelrecht von seinem Stuhl hoch. Ich hätte ihn würgen können.

»Und noch etwas.« Er beugte sich vertraulich vor. »Gehen Sie unter die kalte Dusche. Sie sehen beschissen aus.«

Kern erwartete mich bereits, als ich das Restaurant betrat. Er winkte mich an seinen Tisch.

»Nun, geht's besser?«, fragte er vergnügt, nachdem ich mich gesetzt hatte.

»Ja, danke.« Der Spaziergang hatte mir tatsächlich gutgetan, und mein Kopf funktionierte immerhin so weit wieder, dass ich Kerns Tricks erkannte. Die Zweifel an Johannas Schuld, die er angedeutet hatte, machten mich neugierig genug, um meine Abreise zu verschieben. Zwar hatte ich mir für den Nachmittag einen Zug ausgesucht, aber noch kein Ticket gekauft. Und mein Gepäck war auch noch im Hotel. In dem Punkt hatte er recht, ich hatte für drei Nächte gebucht, was ihm der Mann an der Rezeption offenbar ohne Weiteres mitgeteilt hatte.

Er begann, mir von dem Restaurant zu erzählen, in dem wir uns befanden, dem besten in Saarlouis. »Es gehört der Familie Wagner.« Er beugte sich vor. »Sie wissen schon, Pizza-Wagner.«

Ich musste kurz überlegen, dann erinnerte ich mich an die Tiefkühlpizzen. Philipp liebte sie.

»Ich bin angemessen beeindruckt.«

Kern nickte zufrieden und fuhr fort, mir vom La Maison zu erzählen. Erstes Haus am Platz, dies sei nur das Bistro, im Hotel gäbe es noch das Louis, ein Einsternerestaurant. Ich begriff, dass er Konversation machte, um unseren vermurksten Einstand zu begradigen. Das wusste ich zu schätzen.

Kern bestellte sich ein Glas Sancerre, ich blieb beim Wasser. Zwischen dem Entree, einem exzellenten Lachscarpaccio, und dem Hauptgang kam er zur Sache.

»Also, wie stehen Sie zu Johanna?«

Ich zog die Augenbrauen hoch. »Ich dachte, Sie wollten *mir* etwas erzählen.«

»Sicher, aber es würde mir helfen, wenn ich wüsste, wie nahe Sie ihr stehen.«

»Ich habe sie vor drei Tagen kennengelernt«, gestand ich ein. Es war mir egal, ob ihm das als Referenz reichte oder nicht.

»Das ist nicht lang«, meinte er nachdenklich. »Aber anscheinend lang genug, um sie hier zu suchen.«

Ich nickte nur. Nach meiner Einschätzung gab es zwei Möglichkeiten: Entweder er wollte etwas über Johanna erfahren, was er noch nicht wusste. In diesem Fall würde unser Treffen sehr kurz werden. Oder er wollte mir etwas erzählen, was ich noch nicht wusste. Das würde unmittelbar zu der Frage nach dem Warum führen. Jetzt aber wartete ich einfach ab.

Kern schien nachzudenken. Schließlich sagte er: »Ich kenne Johanna, seit sie bei der Zeitung angefangen hat. Das war vor …«, er dachte nach, »… etwas über zehn Jahren. Sie studierte zu der Zeit noch in Saarbrücken, wohnte aber hier bei ihrem Vater. Wir haben sie zunächst als freie Mitarbeiterin engagiert. Später hat sie dann bei uns volontiert.«

Der Kellner servierte das Hauptgericht, ein Steak vom Charolais-Rind für Kern, ich bekam ein Seezungenfilet mit Blattspinat, Kräutertomaten und einer Brandade aus Kartoffeln. Es sah ziemlich gut aus. So schmeckte es dann auch. Als ich das Essen lobte, nickte Kern so zufrieden, als hätte er es selber zubereitet.

Johanna war im Jahr jener legendären Landtagswahl in die Redaktion gekommen, in deren Verlauf es zur ersten Jamaikakoalition gekommen war. Die seit zehn Jahren regierende CDU mit Peter Müller an der Spitze stand in den Umfragen sehr schwach da. Ein Wechsel zeichnete sich ab. Aber für Heiko Maas, den Spitzenkandidaten der SPD, sah es auch nicht gut aus. Sein Übervater, Oskar Lafontaine, bedrängte ihn mit der Linken. Zwar sagten die Prognosen, dass das ganze linke Lager gewinnen würde, doch eine Zeit lang schien Lafontaine stärker als die SPD zu werden. Das hätte bedeutet, dass Maas Juniorpartner unter einem Ministerpräsidenten Lafontaine würde. Doch die beiden hatten sich überworfen. Eine Zusammenarbeit wäre unmöglich. Dazu kam, dass die Grünen zwar um den Einzug in den Landtag kämpfen mussten, ihr Vorsitzender, Hubert Ulrich, aber trat sehr selbstbewusst und kämpferisch auf.

»Am Ende«, erzählte Kern schmunzelnd, »wurde Ulrich ja auch zum Königsmacher. Aber das war nicht vorherzusehen. Alles war möglich, nichts gewiss. Wir Journalisten machten uns verrückt mit Spekulationen. Wir versuchten rauszukriegen, wie die Parteien, wie die Kandidaten tickten. Aber wir kamen nicht weiter. Wir starrten alle in eine Glaskugel und sahen nur tanzende Schemen. Und da tauchte Johanna auf.«

Er machte eine kleine Pause, natürlich auch, um die Spannung zu steigern.

»Und sie wusste Bescheid«, fuhr er mit anerkennendem Nicken fort. »Sie verfügte über Insiderwissen.«

»Woher?«

Kern lachte auf und schüttelte den Kopf.

»Wissen Sie, das Saarland ist klein. Da kennt man sich eh. Politiker sind hier zum Anfassen. Sie sind in den Vereinen, gehen einkaufen, sitzen in Restaurants. Es gibt zwar eine kleine Oberschicht, die sehr für sich bleibt, aber Politiker müssen hier auf die Straße gehen, wenn sie gewählt werden wollen. Und jetzt werde ich Ihnen sagen, wo Sie die größte Dichte an Politikern treffen werden.«

Er grinste mich an und tippte mit dem Zeigefinger auf den Tisch.

»Hier!«

Ich sah mich um. »In diesem Restaurant?«

»Nein. Obwohl, auch. Ich meinte, hier in Saarlouis. Diese Stadt ist die heimliche Hauptstadt des Saarlandes. Und vielleicht sogar mehr. Schauen Sie doch nur auf das gegenwärtige Personal in Berlin. Maas und Altmaier, die kommen beide aus Saarlouis. Lafontaine übrigens auch.«

»Das habe ich mir nie so bewusst gemacht.«

Er nickte eindringlich. »Hier ist das den Menschen sehr wohl bewusst. Das Saarland leidet unter einem Minderwertigkeitskomplex. Wir sind – von den Stadtstaaten abgesehen – das kleinste Bundesland. Überhaupt sind wir sowieso erst als Letzte Mitglied der Bundesrepublik geworden. Darum haben wir Lafontaine so geliebt. Er hat das Saarland ins Zentrum der Aufmerksamkeit gelenkt. Doch zurück ins Jahr 2009. Hier in Saarlouis haben die Akteure ihre Absprachen getroffen, ihre Strategien besprochen. Und zwar nicht irgendwo, sondern in den Kneipen und Restaurants der Altstadt. Sie kennen das Viertel?«

Ich nickte.

»Und genau dort hat Johanna als Kellnerin gearbeitet. Sie hat diesen Wichtigtuern das Essen und das Bier gebracht.«

»Und Informationen aufgeschnappt.«

»Genau. Und keiner hat auf die kleine Kellnerin geachtet. Und selbst wenn Johanna nicht alles mitbekommen hat, so wusste sie doch, wer sich wann mit wem zusammengesetzt hat. Als sie sich bei uns vorstellte, wusste sie mehr über die politischen Zusammenhänge als wir.«

Er schnaubte aus.

»Sie war eine verdammte Undercover-Ermittlerin. Als wir das begriffen haben, haben wir sie sofort genommen. Ich glaube nämlich, zu einem richtigen Journalisten wird man nicht. Man *ist* es. Johanna war eine Vollblutjournalistin, noch bevor sie die erste Zeile für uns geschrieben hat. Klar, sie musste das Handwerk lernen, aber die Haltung, die Einstellung, es war alles schon da.«

Das nächste Stück blutrotes Fleisch verschwand zwischen seinen Genießerlippen. Fasziniert beobachtete ich, mit welcher Hingabe er sich jedem Bissen widmete. Der Mann wusste sein Essen zu schätzen.

»Man sah es ihr nicht wirklich an«, erzählte er schließlich weiter. »Auf den ersten Blick wirkte sie brav, fast bieder. Das half ihr natürlich. Ich schätze, sie setzte diese Täuschung bewusst ein. In Wirklichkeit war sie blitzgescheit, und sie begriff schnell, worauf es in unserer Arbeit ankam. Dabei hatte sie so einen Witz, mit dem sie eine komplexe Situation mit einem trockenen Spruch auf den Punkt bringen konnte. Ich nenne das Schlagzeilenhumor.«

Kern nahm einen Schluck von dem Wein, bevor er fortfuhr. »Die Zeitung lag ihr. Sie hatte ein Gespür für Geschichten, aber vor allem war sie hartnäckig. Wenn sie etwas gefunden hatte, blieb sie an der Sache dran.

Wir arbeiteten zwei Jahre zusammen, dann, nach ihrem Abschluss, wechselte sie in die Redaktion in Saarbrücken. Nach meiner Überzeugung hatte sie eine große Karriere als Journalistin vor sich. Umso enttäuschter war ich, als sie den Job aufgab.«

»Warum tat sie das?«

»Ich weiß nicht genau. Wir hatten zu der Zeit nicht mehr viel Kontakt. Erst dachte ich, dass sie zu einem der großen Blätter wechseln wollte, *Spiegel* oder *Süddeutsche*. Aber nichts dergleichen geschah. Später erfuhr ich über einen gemeinsamen Freund, dass sie viel in Brüssel und Antwerpen war. Ich hatte es so verstanden, dass sie an einer Recherche arbeitete. Das hätte Sinn gemacht, dass sie hinter einer Story her war.«

Er schüttelte den Kopf.

»Sie war zu der Zeit mit Gregor Sander zusammen, sagte man mir. Gregor ist der Sohn des größten Bau- und Immobilienunternehmers in Saarlouis und setzte damals zu seiner politischen Karriere an. Mittlerweile ist er ein Schwergewicht im Landtag. Als Johanna dann Thorberg erschoss und auch noch die Drogen bei ihr gefunden wurden, gerieten einige Leute natürlich ganz schön in Panik. Auf einmal war nichts mehr dran an der angeblichen Beziehung zu Sander. Keiner wollte sie mehr gekannt haben. Sie wurde von heute auf morgen zur Persona non grata. Auch in der Kirchengemeinde, in der ihr Vater Pfarrer war, der arme Kerl ist daran zerbrochen. Und die Herausgeber der Zeitung waren auch nicht begeistert.«

»So verschwanden die Berichte?«

»So wurde ein Mensch ausradiert.«

»Und Sie? Was haben Sie gemacht?«

Kern schob den kümmerlichen Rest seines Steaks auf dem Teller hin und her.

»Ich hatte sie während der Untersuchungshaft besucht. Sie war nicht mehr die Frau, die ich kannte. Nicht nur wegen der kurzen Haare. Da war kein Lachen mehr in ihren Augen. Sie sagte nur: ›Geh nach Hause, Tobias. Halt dich da raus.‹ Seither habe ich nicht mehr mit ihr gesprochen.«

Kern legte sein Besteck beiseite. Mit gerunzelter Stirn hing er seinen Gedanken nach. Auch ich beendete mein Essen.

»Was, glauben Sie, ist passiert?«

Er hielt den Blick gesenkt.

»Ein Mann wurde erschossen. Nils Thorberg, ein Zuhälter und Drogendealer. War es wirklich Johanna? Ich hätte es nicht für möglich gehalten. Aber wenn sie es war, muss sie einen verdammt guten Grund gehabt haben. Was überhaupt keinen Sinn macht, sind die Drogen, die bei ihr gefunden wurde.« Er schüttelte den Kopf. »Das kann ich nicht glauben.«

»Was glauben Sie dann?«

»Ich glaube nur an Fakten, das ist mein Beruf. Und ich glaube daran, dass man nur dann die richtigen Antworten bekommt, wenn man die richtigen Fragen stellt.«

»Und die wurden nicht gestellt?«

Kern schüttelte den Kopf.

»Dass Johanna jegliche Aussage verweigerte, machte die Sache natürlich nicht einfacher. Das Gericht ging davon aus, dass sie jemanden deckte.«

»Und die Sache mit den Drogen? Sie sagten doch, dass das völlig unglaubwürdig war.«

Kern lachte auf, es klang bitter.

»Da wurde es dann wirklich schmutzig. Sie zogen Johannas Mutter in den Dreck.«

»Astrid Keller? Aber die war da doch lange tot.«

Kern zog fragend die Augenbraue hoch. Anscheinend war er überrascht, dass ich von der Mutter wusste. Doch er hakte nicht nach.

»Schon, aber in ihrer Jugend war sie ein echtes Hippiemädchen. Indien, Marokko, Nicaragua, überall, wo langhaarige Rebellen oder Pseudorevoluzzer einen Joint rauchten, war Astrid dabei. Es war übrigens in Nicaragua, wo Astrid Thomas van Bergen kennenlernte und sich verliebte. Johanna hat es mir mal erzählt. Hörte sich verdammt romantisch an.«

Der Kellner kam und räumte unsere Teller ab. Wir winkten ab, als er nach Dessert fragte, und bestellten Kaffee.

Während wir warteten, hingen wir beide unseren Gedanken nach. Ich versuchte, das, was Kern mir erzählt hatte, mit der Frau in Einklang zu bringen, die ich im Zug und dann im Hotelzimmer kennengelernt hatte. Seit ich Johanna begegnet war, schien sie sich ständig in jemand anderen zu verwandeln. Erst die spröde Fremde, dann die aufmerksame Zuhörerin. Die Verletzliche, die entlassene Straftäterin, die leidenschaftliche Liebhaberin, die Flüchtige. Die abweisende Bedienung, die ich kaum wiedererkannte, und nun die investigative Reporterin. Interessierte es mich, was da noch zutage treten würde? Durchaus. Aber ging es mich etwas an? Immerhin hatte sie mich mit deutlichen Worten zurückgewiesen. Ich sollte längst wieder im Zug sitzen.

»Was Sie über Johanna zu sagen haben, ist zweifellos interessant«, wandte ich mich an Kern. »Ich frage mich nur, warum Sie mir das alles erzählen.«

Kern sagte nichts.

»Verstehen Sie mich nicht falsch, ich weiß diese Einladung und das Gespräch sehr zu schätzen.« Das Wort Einladung hatte ich bewusst gewählt, da ich nicht die Absicht hatte, mich an der Rechnung zu beteiligen. »Aber gestern wollten Sie mir nicht einmal ihre Adresse sagen. Heute haben Sie mich überredet, noch zu bleiben, damit ich mir Johannas Lebensgeschichte anhöre. Da frage ich mich einfach, warum. Was haben Sie davon?«

»Vielleicht mache ich das ja nicht für Sie, sondern für Johanna.«

»Sie hat nicht den Eindruck gemacht, als würde sie meine Hilfe oder auch nur meine Gesellschaft brauchen. Immerhin hat sie sofort einen Job gefunden.«

Kern starrte mich verdutzt an. »Wovon reden Sie?«

»Na, sie arbeitet doch in diesem Lokal, dem Schmidt.«

Kern verzog das Gesicht, als hätte er auf etwas Saures gebissen.

»Sie arbeitet bei Jimmy?«

»Wer ist Jimmy?«

»Jimmy Schmidt, der Besitzer des Schmidt.«

»Breite Schultern? Schnauzer?«

Kern nickte.

»Ja, bei dem arbeitet sie im Service. Macht sich gut. Sieht aus, als wenn sie das schon länger macht.«

»Hat sie ja auch. Es ist der Laden, in dem sie damals die Politiker ausspioniert hat.«

Kern rieb die Fingerspitzen aneinander. Die Geste hatte ich gestern auch bei ihm gesehen.

»Das ist nicht gut«, sagte er leise. »Das ist gar nicht gut.«

»Wieso? Warum nicht?«

Er wandte sich mir zu, sehr ernst.

»Weil Jimmy Schmidt Johanna diese ganze Scheiße eingebrockt hat.«

Ich streifte durch die Straßen von Saarlouis. Kern war wieder in die Redaktion zurückgekehrt. Als wir uns vor dem Bistro voneinander verabschiedeten, schien er mit sich zu ringen. So als ob er mir noch etwas sagen wollte. Ich drängte ihn nicht. Mit dem, was er mir bis dahin erzählt hatte, war ich schon beschäftigt genug. Schließlich verwandelte er sich wieder in den jovialen Lebemann, tippte mit zwei Fingern an die Schläfe und verabschiedete sich mit einem spöttischen Lächeln und einem lockeren Spruch: »Passen Sie auf sich auf.«

Ich schlug die andere Richtung ein. Während ich mich in einem ziemlich willkürlichen Kurs grob Richtung Hotel hielt, dachte ich über das nach, was Kern mir erzählt hatte. Immerhin wusste ich jetzt, warum er mich ins Vertrauen gezogen hatte. Er machte sich Vorwürfe, dass er nicht mehr für Johanna hatte tun können.

Es schien tatsächlich so, als ob der ganze Prozess eher darauf angelegt gewesen war, Fragen zu vermeiden, als Antworten zu suchen. Kern musste in den vergangenen vier Jahren immer wieder darüber nachgedacht haben. Ich traute ihm auch zu, dass er seine eigenen Recherchen angestellt hatte. Aber sie hatten ihn nicht weitergebracht. Sowohl der Reporter in ihm als auch der Kollege und Freund konnte sich nicht damit abfinden. Kern hatte erwartet, von mir Antworten oder zumindest Hinweise darüber zu bekommen, was wirklich geschehen war.

Als ich ihm gesagt hatte, dass ich Johanna erst drei Tage kannte, war seine Enttäuschung deutlich spürbar gewesen. Ihm muss da schon klar gewesen sein, dass ich nicht viel wissen konnte. Dass er es dennoch versucht hatte, spricht für die Dringlichkeit seines Anliegens. Immerhin wirkte er nicht allzu überrascht, als ich durchblicken ließ, dass ich aus dem Spiel war.

War ich das wirklich?

Genau das versuchte ich zu ergründen. Wie fühlte es sich an, mit dem jetzigen Wissen wieder abzureisen? Würde ich es bereuen? Vielleicht. Aber auf der anderen Seite gab es da ein Leben in Bremen, mit einem kleinen Jungen und einer Frau, die zumindest noch eine Freundin war. Aber schlossen sich diese beiden Welten denn wirklich aus? Ich merkte, wie ich ins Schwimmen geriet, darum hielt ich mich an die einzige Gewissheit, die ich hatte: dass Johanna mich aus ihrem Leben ausschloss. Ich erwischte mich dabei, dass ich ihr dankbar war, mir die Entscheidung abgenommen zu haben. Beides, sowohl die Dankbarkeit als auch die Gewissheit, hielt nur so lange an, bis ich die Lobby meines Hotels betrat.

Sie saß in einem Sessel und stand auf, als ich eintrat. Der gleiche graue Trenchcoat, dazu Jeans, aber die roten Sneakers waren neu.

»Hi«, sagte ich, als ich vor ihr stehen blieb.

»Hi«, gab sie zurück.

Ich schaute an ihr herab.

»Du hast neue Schuhe.«

»Ja, ich mag Rot.«

Ich dachte an den Phönix auf ihrer Schulter.

»Können wir reden?«, fragte sie knapp.

»Natürlich.« Ich wies in Richtung Bar. »Willst du etwas trinken?«

»Ja, gerne.«

Während wir die wenigen Schritte in die Bar neben der Lobby gingen, versuchte ich verzweifelt, mir eine Strategie für den Umgang mit dieser Situation einfallen zu lassen. Das war schwierig.

Mein Verstand meldete den totalen Systemausfall. Allein ihre Gegenwart versetzte mich in einen Aufruhr, der jeglicher vernünftigen Vorgehensweise zuwiderlief. Das Einzige, was ich denken konnte, war: *Lass es dir nicht zu sehr anmerken!*

Sie setzte sich auf die mit rotem Kunstleder bezogene Bank. Ich stellte meinen Stuhl so, dass ich seitlich neben ihr am Tisch saß. Sie legte ihren Mantel nicht ab. Daraus schloss ich, dass dies offenbar kein besonders langes Gespräch werden sollte. Eine Erkenntnis, die mich einen schmerzhaften Stich fühlen ließ. Das verriet mir einiges über mein Empfinden.

Da wir die einzigen Gäste waren, tauchte augenblicklich der Kellner auf.

»Was möchtest du?«, fragte ich sie.

»Champagner«, erwiderte sie, ohne zu zögern. Das widersprach meiner anfänglichen Befürchtung. Champagner hieß: *Ich will diesen Moment genießen!*

Sie betrachtete mich schweigend, während wir warteten. Das kannte ich mittlerweile und schaute einfach zurück. Dabei fiel mir etwas auf. Ich hatte es anfangs nicht bemerkt, weil ich zu sehr mit meinen eigenen Gefühlen, meiner Sehnsucht und meiner Verletztheit beschäftigt war. Aber jetzt, mit diesem anderen Blick, zeigte es sich mir ganz klar: Johanna war nervös.

Ihre Hand lag auf dem übergeschlagenen Bein. Der Zeigefinger tippte einen unverständlichen Morsecode auf den Stoff ihrer Jeans. Sie blinzelte, ihr Unterkiefer machte winzige, rhythmische Bewegungen. Je mehr ich darauf achtete, desto deutlicher nahm ich ihre Anspannung wahr.

Der Kellner brachte den Champagner, sie machte keine Anstalten, zu trinken.

»Du warst gestern Abend vor meinem Haus, nicht wahr?«, fragte sie schließlich.

Ich nickte.

»Keine Sorge, ich will dich nicht stalken. Ich reise ab.«

Sie schüttelte den Kopf, biss sich auf die Unterlippe. Dann holte sie einmal tief Luft und ergriff das Glas.

»Es war schön, nicht wahr?«, sagte sie mit leiser Stimme.

Natürlich meinte sie die Nacht in Köln. Ich wollte sagen, dass es das Schönste war, was ich seit langer Zeit erlebt hatte. Aber ich schaffte es nicht.

»Es war etwas Besonderes«, erwiderte ich. *Immerhin.*

Ich hob mein Glas, wir stießen an.

Nach dem ersten Schluck behielt sie die Augen geschlossen und kostete nach.

»Das hat dir gefehlt, nicht wahr?«, fragte ich.

Sie nickte. »Du weißt Bescheid, oder?«

Der Moment der Wahrheit.

»Ja. Ich habe deine Sachen durchsucht, als du gebadet hast, und danach meine Brieftasche zwischen den Polstern versteckt.«

Sie musterte mich, und ich konnte nicht im Mindesten erkennen, was sie dachte. Zwar zuckte ihr Finger nicht mehr, doch ihre Anspannung hatte nicht nachgelassen. Ich hielt alles für möglich. Dass sie mir den Champagner ins Gesicht schüttete. Aufstand und fortrannte. Dass sie mich beschimpfte, dass sie mich schlug. Das, was in ihr kämpfte, war archaischer als Wut.

Schließlich zuckte sie nur mit den Achseln. »Ich hätte es genauso gemacht.«

»Was?«, machte ich verdutzt.

»Na ja, allein reisender, gut situierter Mann. Intelligent, aber auch ziemlich eitel. Das ist die Schwachstelle.«

Ich räusperte mich und nahm einen Schluck Champagner.

»Komm schon, Adrian, wenn ich wirklich eine Venusfalle gewesen wäre, wärest du ein leichtes Opfer gewesen. Ein bisschen flirten, interessant machen. Natürlich hast du mich mit auf das Hotelzimmer genommen. Denn du bist einsam. Ich weiß nicht, warum, aber es steht dir so deutlich im Gesicht wie ein Muttermal. Frauen, die es darauf anlegen, sehen das.«

Jeder Satz traf mich wie ein Hieb in den Magen. Eitel? Naiv? Einsam? War ich das wirklich?

»Dass ich die Brieftasche gefunden habe, hast du ja bemerkt, oder? Und die Rolex hätte ich dir vom Handgelenk gezogen, ohne dass du aufwachst. So etwas lernt man dort, wo ich war.«

»Aber das hast du nicht gemacht.«

»Nein.«

Sie nahm wieder einen Schluck Champagner, schaute sich in der Bar um, sah auf die Straße hinaus.

»Es war schön«, sagte sie wieder mit leiser Stimme, so als spräche sie zu sich selbst. Dann wandte sie sich mir zu. »Das mit dir.«

Sie schien mit etwas zu ringen, biss sich auf die Unterlippe, kräuselte die Stirn. Dann gab sie sich einen Ruck: »Ich hatte nicht damit gerechnet, dass du herkommen würdest. Ich hatte überhaupt nicht mit dir gerechnet. Es dürfte dich gar nicht geben. Und das mit uns hätte nie passieren dürfen.«

»Ist es aber.«

Ich hatte nicht die Absicht, auf ihre Gefühle Rücksicht zu nehmen.

»Ja, und ich will es auch gar nicht anders. Das ist ja das Schlimme.«

»Was genau willst du mir sagen, Johanna?«

»Ich will, dass du bleibst, und ich will, dass du gehst.«

Eigenartigerweise verstand ich das. Schließlich fühlte auch ich mich zwischen gegensätzlichen Gefühlen hin- und hergerissen.

Wieder veränderte sich etwas zwischen uns. Zwar spürte ich immer noch die Gewalt in ihr, die sich gegen mich oder sich selbst richten könnte. Doch mit ihren Worten, auch den gnadenlosen über mich, war ich ein Teil dieser Gewalt geworden. Auch ich war wütend. Über sie, über mich. Über das Leben, seine Dysfunktionalität. Über unsere Entfremdung von uns selbst. Unsere Schicksale hatten nichts miteinander gemein, doch in diesem Moment fühlte ich mich aus meinem Leben verstoßen. Sie war es mit Sicherheit.

Konnte sie das in mir lesen? Was sah sie jetzt in mir? Ihre Augen schienen dunkler geworden zu sein. Sie fixierten mich.

»Adrian?«

»Was?«

Sie trank das Glas aus. »Gehen wir auf dein Zimmer?«

Es war unausweichlich. Mein Wille zerbrach vor dieser einfachen Frage. Im Fahrstuhl standen wir stumm nebeneinander, ohne uns zu berühren oder anzuschauen. Irgendwo in meinem Inneren funkte mein armer Verstand ein verzweifeltes »Mayday!«.

Sie schaute sich in aller Ruhe um, nachdem ich uns mein Zimmer geöffnet hatte.

»Keine Suite?«, fragte sie spöttisch.

Ich zuckte mit den Achseln.

Sie zog den Mantel aus, ließ ihn einfach zu Boden fallen und kam auf mich zu. Dann legte sie die Hände auf meine Brust und küsste mich. Etwas in mir brach auf. Eine unerträgliche Hitze weitete meine Brust. Ich drängte sie nach hinten, während ihre Hände mein Jackett abstreiften. Auf diese Weise miteinander ringend, schoben wir uns auf das Bett zu. Ich versuchte, ihr das T-Shirt auszuziehen, als mich mit einem Mal ein stechender Schmerz durchfuhr. Mein Kopf zuckte zurück, weil sie mich in die

Unterlippe gebissen hatte. Ich schmeckte Blut. Erbost wich ich einen Schritt zurück. Sie beobachtete mich lauernd.

»Schlag mich!«, sagte sie heiser.

»Was?«

Sie stieß mich vor die Brust. Jetzt blitzten ihre Augen wütend.

»Nein!«, rief ich. Was sollte das?

Sie war so schnell, dass ich nicht mal ansatzweise reagieren konnte. Ihr Schlag auf meine Wange war hart und präzise.

»Mach schon, Mistkerl!«

Ich starrte sie nur mit offenem Mund an. Den zweiten Schlag sah ich kommen, war aber immer noch unfähig, ihm auszuweichen. Mein Kopf dröhnte.

Ich weiß nicht, wie es geschah, etwas loderte in mir empor. Ich schlug ihr mit der flachen Hand so heftig ins Gesicht, dass ihr Kopf zur Seite ruckte und sie rücklings aufs Bett fiel. Erschrocken sah ich auf sie herab.

Sie stützte sich auf die Ellbogen auf, in ihrem Mundwinkel glänzte ein Tropfen Blut. Und ja, jetzt lächelte sie. Es war ein unheimliches Lächeln.

Ihre Beine waren leicht geöffnet, sie wölbte mir ihren Schoß entgegen.

»Komm schon!«, forderte sie mich auf. »Fick mich!«

Es war kein zärtliches Liebesspiel. Sie schlug und kratzte mich, als ich ihr die Kleidung vom Leib zerrte. Sie beschimpfte mich als Feigling, als ich zögerte. Doch dann vergaß ich alle Rücksicht. Ich lag auf ihr, hielt ihre Arme auf die Matratze gepresst und küsste sie hart. Ich schmeckte ihr Blut, das sich mit meinem vermischte. Ich zwängte mich zwischen ihre Beine, versuchte, mich in sie zu drängen. Sie wand sich unter mir, wölbte sich mir aber auch immer wieder entgegen. Ich verlor alle Beherrschung, dachte nicht mehr an Kondome oder Safer Sex. Ich wollte sie nur noch besiegen und besitzen. Ich hätte nicht von ihr lassen können, selbst wenn man mir eine Waffe an den Kopf gedrückt hätte.

Sie schrie auf, als ich endlich mein Ziel fand und mich in sie schob. Sie fauchte, bäumte sich noch einmal auf, mir entgegen, sodass ich tief in ihren Körper kam. Da gab sie nach, umschlang mich mit den Beinen. Ich ließ ihre Handgelenke los, und sie verkrallte ihre Finger in meinen Haaren.

Es war rauer, archaischer Sex. Zwei Körper, die alles nahmen und sich alles gaben. Längst waren wir nass vom eigenen Schweiß und dem des anderen, als ich spürte, wie ihr Becken zuckte und in ihr etwas an mir zu ziehen schien. Als ob sie mich tief in sich hineinzöge. Sie erstickte einen Schrei an meinem Hals, als sie mit einem Beben unter mir kam. Ich schaffte es gerade noch, mich aus ihr herauszuziehen, um mich in der feuchten Hitze zwischen unseren Körpern zu erlösen.

Unfähig zu irgendeiner weiteren Bewegung, blieben wir so liegen. Sogen verzweifelt Luft ein, lauschten dem harten Pochen unserer Herzen.

Irgendwann rollte sie mich von sich herunter und stand auf.

»Ich muss auf die Toilette«, sagte sie.

Sie machte sich nicht die Mühe, die Tür zum Bad zu schließen, sodass ich sie hören konnte. Sie schien tatsächlich nicht viel von Privatsphäre zu halten. Während es kräftig plätscherte, rief sie: »Können wir noch Champagner bekommen?«

Ich orderte per Telefon eine Flasche und bestellte gleich noch ein paar gemischte Vorspeisen und zwei Sandwiches dazu. Als ich auflegte, lag sie bereits wieder neben mir und schaute mich mit wachen Augen an.

»Musst du heute arbeiten?«, fragte ich.

Sie schüttelte den Kopf. »Hab frei.«

»Dann bleibst du hier?«

Sie nickte.

Ich lehnte mich ins Kissen zurück und stellte fest, dass ich glücklich war.

»Was wird das mit uns, Adrian?«, fragte sie nach einer Weile, ihre Stimme klang nun dünn und verletzlich.

Als ich antwortete, war ich über meine Worte selbst erstaunt: »Ich kann nicht anders, als dich zu lieben.«

Ich sah sie nicht an dabei, aber kurz darauf legte sich ihre warme Hand an meine Wange.

»Du dummer, dummer Mann«, sagte sie leise.

Wir redeten nicht darüber, was sie getan hatte oder was sie tun wollte. Es war, als ob die Johanna, über die ich so viel gehört hatte, und die, die neben mir lag, die mit mir im Schneidersitz im Bett saß und Champagner trank, die auf dem Bettzeug Antipasti- und Olivenölflecken hinterließ, als ob diese Frau eine andere wäre. Einmal tauchte die fremde Johanna kurz auf. Das war, als ich ihr Tattoo betrachtete und seine Kontur mit dem Finger nachzeichnete. Da lag mir eine Frage auf der Zunge. Doch sofort bekam ihr Blick etwas Wachsames, eine Distanz tat sich auf. Ich unterdrückte den Impuls. Bald darauf entspannte sie sich wieder, und ich achtete darauf, die andere Johanna nicht erneut zu wecken.

Spät in der Nacht, im Dunkeln, nachdem wir uns erneut geliebt hatten, diesmal ohne Schläge und Gewalt, beinah so wie ein normales Liebespaar, als wir dort lagen, unserem Atem lauschten und unseren Gedanken nachhingen, da fragte sie mich: »Der Junge, ist das dein Sohn?«

Ich musste kurz nachdenken, dann fiel es mir ein. Sie hatte ja meine Brieftasche durchsucht. Darin hatte ich ein Foto von Philipp.

»Ja, er heißt Philipp.«

Ihre Hand lag auf meiner Brust und spielte mit ein paar Haaren, die dort sprossen.

»Er hat deine Augen.«

Sie fragte nicht nach der Mutter, von der ich kein Foto bei mir trug. Sie fragte auch nicht nach dem Ring an meinem Finger. So, mit der Hand auf meiner Brust und dem Kopf an meiner Schulter, schlief sie ein. Ich starrte noch lange in die Dunkelheit, einmal, weil ich das, was ich heute erlebt hatte, überhaupt erst mal begreifen musste. Ich hatte eine Frau geschlagen. Nicht nur das schockierte mich, sondern der gewalttätige Impuls in mir. Gab es etwa in mir noch einen anderen Adrian, verborgen unter einer Kruste von Zivilisiertheit und guter Erziehung? Gab es etwas in mir, das bereit war, anderen Menschen ohne zu zögern Schmerzen zuzufügen? Wenn dem so war, was unterschied mich dann noch von Johanna, die einen Menschen getötet hatte?

Neben diesen Gedanken plagte mich die Frage, wie es jetzt weitergehen sollte. Der Schlaf holte mich, bevor ich darauf eine Antwort fand.

Als ich erwachte, war Johanna bereits angezogen. Jetzt war sie wieder beide, die Frau der Nacht und die des Tages. Sie stand am Fenster und wandte sich um, als ich mich regte.

»Guten Morgen, Schlafmütze.«

»Frühaufsteherin, wie?«

»Das ergab sich so.«

Ich schaute genauer hin, um zu sehen, ob ich gefährliches Terrain betreten hatte, aber sie schien nur amüsiert.

»Willst du Kaffee?«, fragte ich.

»Ja, aber ich kriege das Ding nicht in Gang.« Sie wies auf die Espressomaschine, die zur Ausstattung des Zimmers gehörte.

Ich warf das Gerät an, was sie aufmerksam beobachtete. Dann ging ich ins Bad. Während ich duschte, fragte ich mich natürlich, ob sie noch da wäre, wenn ich aus dem Bad käme. Tatsächlich hatte sie sich einen zweiten Kaffee gemacht und einen Stuhl ans Fenster gezogen. Es muss ihr sehr gefehlt haben, aus dem Fenster schauen zu können.

Ich machte mir ebenfalls einen Kaffee, holte den anderen Stuhl und setzte mich zu ihr. Ihr Blick war noch ein wenig wund von den Gefühlen, die wir durchlebt hatten. Vielleicht begriff sie auch, dass sie nicht mehr dorthin zurückkonnte, wo niemand sie erreichte.

Wir tranken schweigend unseren Kaffee, schauten aus dem Fenster und zögerten den Moment hinaus, da wir das, was mit uns geschah, benennen mussten.

»Was wirst du jetzt tun, Adrian?«, fragte sie schließlich.

»Ich könnte noch ein paar Tage bleiben.«

Sie atmete einmal heftig ein, senkte den Blick auf ihre Kaffeetasse.

»Das wäre schön«, sagte sie leise.

Nachdem Johanna gegangen war, hatte ich zwei Telefonate vor mir. Genau genommen drei, aber das dritte musste noch warten. Zunächst aber wollte ich mir über ein paar Dinge klar werden.

Johanna wäre nicht ins Hotel gekommen, wenn sie nicht gewollt hätte, dass ich bliebe. Kaum drei Minuten nachdem ich ihr meinen Entschluss verkündet hatte, war sie gegangen. Immerhin hatte ich diesmal eine Telefonnummer, sie hatte sie, schon im Mantel, auf den Schreibblock des Hotels gekritzelt.

»Ich mache heute Tagesschicht und habe gegen sieben Uhr Feierabend«, sagte sie noch, ehe sie verschwand. Statt zum Frühstück runterzugehen, machte ich mir einen weiteren Kaffee. Ich brauchte Ruhe zum Nachdenken.

Hatte ich gehofft, dass sie mich zu sich einladen würde? In die Pastorenwohnung? Nicht wirklich, so stand es nicht zwischen uns. Dennoch sagte es mir etwas. Und das passte zu meinen anderen Eindrücken.

Johanna war nicht bereit, etwas von sich preiszugeben. Jedenfalls noch nicht. Sie wollte mir nicht erzählen, was damals geschehen war, und sie würde mir noch weniger sagen, was sie vorhatte. Bis auf die eine Frage nach Philipp hatte sie auch nichts über mein Leben wissen wollen. Ich hatte keine Ahnung, wie sie sich die nächsten paar Tage vorstellte. Sollten wir lediglich Sex miteinander haben, ohne zu reden? Ich hatte jedenfalls nicht die Absicht, untätig zu bleiben. Dazu war ich viel zu sehr Wissenschaftler.

»Dann wollen wir mal schauen«, sagte ich zu mir, »wie dieses Spiel weitergehen soll.«

Ich tippte die erste Nummer ein.

»La Maison, Rezeption«, meldete sich eine freundliche Frauenstimme. Selbstverständlich hätten sie ein Zimmer. Eine Suite? Natürlich.

Erstens wollte ich, wenn ich mich schon auf ein Abenteuer einließ, dies mit Stil tun. Zweitens gab es mir wenigstens ein bisschen das Gefühl, das Heft des Handelns in der Hand zu haben. Und drittens wollte ich nicht mehr am Rande, sondern im Zentrum des Geschehens sein.

Ich tätigte den zweiten Anruf.

»Herr Kayser!«, rief Tobias Kern erfreut. »Was kann ich für Sie tun?«

»Herr Kern, ich erwäge, noch ein Weilchen in Ihrer schönen Stadt zu bleiben.«

»Das freut mich. Was hat Sie zu diesem Sinneswandel bewogen?«

»Unter anderem unser gestriges Gespräch. Es hängt allerdings davon ab, ob ich meine Zeit sinnvoll ausfüllen kann. Darum frage ich Sie direkt.« Direkte Fragen war bei Tobias Kern immer der beste Weg. »Sie haben doch sicherlich den Prozess von Johanna ausführlich dokumentiert?«

»Nun jaaa ...«, fing er zögerlich an.

»Herr Kern«, unterbrach ich ihn. »Ich weiß, dass Sie die Wahrheit herausfinden wollen. Ich werde Ihnen helfen, so gut ich kann. Aber dafür müssen Sie mir alles an Informationen geben, was Sie haben. Jede Notiz, jedes Foto und jede Akte, selbst wenn Sie diese gar nicht haben dürften. Ich werde es nicht gegen Sie und nicht gegen Johanna verwenden. Sie haben die Wahl: Entweder Sie vertrauen mir, oder wir vergessen das Ganze.«

Ein paar Sekunden herrschte Stille. Dann fragte Kern: »Weiß Johanna, was Sie tun?«

»Nein.«

Wieder eine Pause.

»Einverstanden. Ich schicke es Ihnen per Kurier.«

»Schicken Sie es bitte ins La Maison.«

Kern lachte leise.

»Wegen des Essens?«

Ich betrachtete das komische Stahlgerüst auf dem Hügel.

»Ja, und wegen der Aussicht.«

Ich packte meine Sachen, ging frühstücken und checkte gleich anschließend aus. Während ich vor dem Hotel auf das Taxi wartete, machte ich meinen dritten Anruf. Er war der schwierigste.

»Hallo, Clarissa, ich fürchte, ich werde bei dem Empfang am Samstag nicht dabei sein.«

Ich glaubte, einen kleinen Seufzer zu hören.

»Das habe ich mir schon gedacht.«

Das Taxi kam. Der Fahrer lud meinen Koffer ein und hielt mir die Tür auf. Ich legte die Hand auf das Telefon und sagte ihm das Ziel.

»Wo bist du?«, fragte Clarissa.

»In Saarlouis.«

»Ich mache mir Sorgen, Adrian.«

Die konnte ich ihr nicht nehmen.

»Ich muss diese Sache zu Ende bringen«, sagte ich.

»Es ist eine Frau, nicht wahr?«

»Nicht nur, aber auch.«

Wieder vergingen ein paar Sekunden.

»Was soll ich Philipp sagen?«

»Ich werde ihn heute Nachmittag nach der Schule anrufen.«

»Um 15 Uhr geht er zum Training.«

»Okay.«

»Adrian?«

»Ja.«

»Pass auf dich auf.«

»Das werde ich. Ich lasse von mir hören. Bis bald.«

Sie legte auf. Den Rest der Fahrt dachte ich über Clarissa und mich nach. Ich dachte an die Göttinger Nummer, die sie manchmal anrief, bevor sie dann für ein Wochenende verschwand. Ich hatte sie nie danach gefragt, wahrscheinlich weil ich die Antwort nicht hören wollte. Weil das einer der Risse war, über die ich lieber wortlos hinwegging.

Als das Taxi in den Hof des La Maison einbog, löste ich mich von diesen Gedanken. Während der Fahrer die Quittung schrieb, musterte ich die Hotelanlage. Die doppelseitige Eingangstreppe gab dem Zentralgebäude etwas Gutsherrenartiges. Rechts schloss sich das Bistro an, in dem ich mit Kern gegessen hatte, links ein moderner Anbau. Der Vorhof war durch eine Hecke und ein Rolltor von der Straße getrennt. Das verlieh dem Ganzen etwas Exklusives, beinah Hermetisches. Das hier war also der heimliche Treffpunkt derer, die im Saarland und teilweise auch in der Bundesrepublik das Sagen hatten. Jene wohlhabende Elite, die sehr katholisch war.

Und sehr diskret.

4.

ALS ICH VON Tobias Kern die Unterlagen über Johanna angefordert hatte, war ich davon ausgegangen, dass der Kurier einen Karton bringen würde, mit diversen Akten, Zeitungsartikeln, Fotos. Ich hatte mir vorgestellt, wie ich das Material in der angenehm geräumigen Suite, die ich im La Maison bezogen hatte, ausbreitete und dadurch ein Tableau der Tat und des Prozesses erstellte, so wie es in Detektivfilmen der Fall war. Die Ernüchterung kam, als der Hotelangestellte mir lediglich einen DIN-A5-Umschlag überreichte. Immerhin war der gepolstert. Darin befand sich lediglich ein USB-Stick. Ich betrachtete traurig dieses kleine Stück Technik und wünschte mir die haptischen Erfahrungen früherer Detektivgenerationen zurück. Dann aber stöpselte ich ihn ergeben in meinen Laptop.

Das Material, das Kern gesammelt hatte, war beachtlich. Es gab sogar Tatortfotos und Vernehmungsprotokolle. Ich war zwar kein Kenner der deutschen Prozessordnung, aber ich hatte meine Zweifel, dass er das alles auf offiziellem Weg bekommen hatte.

In einem Extraordner hatte er Word-Dateien angelegt, in denen er seine Recherchen zusammengefasst hatte. Denen widmete ich mich als Erstes.

»Am 12. März 2015, gegen elf Uhr zwanzig, hielt Johanna mit ihrem Mini vor dem Büro von Nils Thorberg in einem Saarbrücker Industriegebiet. Thorberg betrieb dort einen Gebrauchtwagenhandel. Sie ging in sein kleines, einstöckiges Bürogebäude und blieb dort etwa zwanzig Minuten. Dann erschoss sie Thorberg mit einer Walther PK. Von den zwei Schüssen traf eine Kugel Thorberg ins Herz, die andere in den Hals, wo sie die Halsschlagader zerfetzte. Nach der Lage des Körpers und dem Verlauf der Schusskanäle ging man davon aus, dass die Täterin zuerst auf die Brust zielte, woraufhin Thorberg nach vorne kippte und der zweite Schuss dann den Hals traf. Jeder Treffer für sich war tödlich. Nach einem Notruf des benachbarten Gewerbetreibenden traf die Polizei zwölf Minuten später am Tatort ein. Sie fand Johanna im Büro auf dem Boden kniend vor. Die Pistole, die sich als Tatwaffe herausstellen sollte, lag vor ihr. Johannas Fingerabdrücke waren auf der Waffe, und an der Hand hatte sie Schmauchspuren. Sie leistete keinen Widerstand, als die Beamten sie abführten. (III-2-A)«

Ich war etwas irritiert über den kryptischen Verweis, stellte dann aber fest, dass der sich auf die Akte bezog, die Kern für seine Zusammenfassung benutzt hatte. Ich nahm mir den nächsten Bericht vor.

»Johanna hatte in einer ersten Vernehmung noch bestritten, Thorberg getötet zu haben, aber die Beweislast war eindeutig. Offenbar auf Anraten ihres Anwaltes hatte sie diese erste Aussage widerrufen und auf Notwehr plädiert. Thorberg hätte sie angegriffen. Die Waffe hätte sie dabeigehabt, weil sie Thorberg fürchtete. Der Grund für ihren Besuch sei eine Recherche über Zwangsprostitution im belgisch-deutschen Zuhältermilieu gewesen. Es stellte sich aber heraus, dass keine Zeitung sie beauftragt hatte. Die Verteidigung stellte es so dar, dass sie auf eigene Initiative recherchiert hatte. Und dass sie emotional stark darauf reagierte, wie mit diesen Frauen umgegangen worden war.

Als dann die Drogen in der von ihr angemieteten Wohnung gefunden worden waren, verweigerte sie weitere Aussagen.

Die Staatsanwaltschaft ermittelte inzwischen in einer anderen Richtung. Nachweislich war das Treffen mit Thorberg bereits das dritte gewesen. Hatte es womöglich weitere gegeben? War die Geschichte mit der Recherche vielleicht nur konstruiert, um den tatsächlichen Zweck ihrer Bekanntschaft zu verdecken? Nämlich den einer Geschäftsbeziehung? Die Ermittlungen gingen dem Verdacht nach, dass Johanna zusammen mit Thorberg Drogen vertrieben hatte. Und dass es darüber zu einem Streit gekommen war.«

Ich schüttelte verwundert den Kopf. Zwangsprostitution, Drogen, Mord – eine ziemlich wilde Mischung. Ich öffnete die nächste Datei. Es war ein eingescanntes Papier, auf dem Kern handschriftlich Fragen notiert hatte, die er clustermäßig angeordnet hatte. In Kreisen standen dort Fragen:

- *Wie kam der Kontakt zu Thorberg zustande?*
- *Wer könnte Johanna veranlasst haben, die Wohnung in Saarbrücken anzumieten?*
- *Woher hatte Johanna die Waffe?*

Von allen Fragen zielte ein Pfeil in die Mitte des Papiers, und dort stand der Name: *Jimmy Schmidt.*

Dann tauchten die Gerüchte auf, von denen Kern mir erzählt hatte. Eine belgische Zeitung veröffentlichte einen Bericht über die Drogenvergangenheit von Johannas Mutter.

Verbindung Astrid Keller/van Bergen – Jimmy überprüfen!

Da man aber keine weiteren Beweise für den Drogenhandel fand, einigte sich die Staatsanwaltschaft mit der Verteidigung auf eine Anklage wegen Totschlags. Dennoch blieb der Dreck, der verbreitet worden war, an Johanna kleben. Das Gericht verurteilte sie zu drei Jahren und acht Monaten Haft. Johanna legte keine Berufung ein.

Ich schloss die Dateien, trat an die Balkontür und schaute hinunter auf die Terrasse und den kleinen gepflegten Park hinter dem Hotel. Es fiel mir leicht, die ziemlich nüchtern verfassten Berichte mit den Augen eines Rechercheurs zu sehen. Es entsprach meiner wissenschaftlichen Arbeitsweise. Doch Johanna war nicht einfach nur ein Sachverhalt, sie war eine Person, ein Mensch, eine Frau. Und diese Frau hatte längst die Palisaden meines wissenschaftlichen Denkens durchdrungen. Sie saß in meinem Denken und meinem Fühlen. Ihre Präsenz hatte beides verändert. Wenn ich an sie dachte, setzte das in meinem Inneren Turbulenzen frei, die ich kaum verstand und noch weniger kontrollieren konnte.

Ich dachte an die Berichte über Johannas dunkle Seite. Die Waffe in ihrer Hand, das Blut, das Sterben des Mannes. Aber es wollte mir nicht gelingen, die Person aus den Ermittlungen mit der Frau, die ich kennengelernt hatte, in Einklang zu bringen. Dann wieder rief ich mir den gestrigen Nachmittag vor Augen und die Gewalt, der ich mich nur zu willig hingegeben hatte. Waren es am Ende unsere dunklen Seiten, die sich zueinander hingezogen fühlten?

Der Gedanke daran, in welche Abgründe das führen könnte, war beängstigend. Ich rieb mir über die Stirn.

Mach dich nicht verrückt. Sie ist kein Monster, und du bist es auch nicht.

Das Telefon meldete den Eingang einer Nachricht. Sie war von Johanna. Ich hatte sie für diesen Abend zu einem Essen ins Louis, das hoteleigene Sternerestaurant, eingeladen. Es war mit Sicherheit etwas, das sie vier Jahre lang nicht hatte genießen können, und ich wollte ihr eine Freude machen. Ich rief ihre Antwort auf.

— Essen im Louis? Eher nicht. Zu viel Restaurant für heute. Kommst du zu mir? Ich koche. 19 Uhr.

Das überraschte mich. Freute mich aber auch. Ich schickte ihr ein Okay.

Ich scrollte noch mal durch die Dateien, die Kern mir geschickt hatte, Akten, Berichte, Fotos. Kern hatte es geschafft, mich mit seinen Andeutungen und Zweifeln neugierig zu machen. Aber was erhoffte sich der Reporter von mir?

Dass ich ihm bei der Aufklärung des wirklichen Verbrechens half? Eine wagemutige Annahme. Auch wenn es mir Spaß gemacht hatte, den Philip Marlowe zu spielen, so war ich es doch nicht. Und mehr als Kern konnte ich sowieso nicht herausfinden. Wie auch? Schließlich war er derjenige, der sich in der Szene hier auskannte. Ich konnte nur den Informationshäppchen nachlaufen, die er mir reichte. Ich würde ihn wieder enttäuschen müssen.

Ich klappte den Laptop zu, für heute hatte ich genug. Eine Sache war noch zu erledigen. Ich griff zum Handy und rief den Chat mit Philipp auf.

— Hi, Großer, bist du online?

— Immer. Hi, Dad. Was läuft?

— Eine Menge. Ich werde es zum Wochenende wohl nicht schaffen.

— Okay.

— Tut mir leid wegen deines Fußballspiels.

— Ist schon o.k.

Ich konnte seine Enttäuschung spüren. Verdammt, ich war ein lausiger Vater. Was konnte ich nur tun, um ihm Interesse an seinem Lieblingssport zu zeigen? Ein Interesse, das ich nicht hatte. Da fiel mir etwas ein. Philipp kannte sämtliche Weltmeisterschaftsfinalspiele der letzten dreißig Jahre. Und oft der Halb-

und Viertelfinalspiele ebenfalls. Eine Zeit lang hatten wir ein Quiz daraus gemacht. Ich fragte nach einem beliebigen Spiel, und wenn er das Ergebnis und die Torschützen wusste, gab es ein Eis seiner Wahl.

— Hey, Endspiel 2002?

Die Antwort kam prompt.

— Brasilien - Deutschland, 2:0, beide Ronaldo.

— Du hast ein Eis gewonnen.

— Cool. Bye, Dad.

Ich holte tief Luft. Diesmal, da war ich mir sicher, wäre es nicht mit einem Eis getan.

Bewaffnet mit einer Flasche Wein und einem Blumenstrauß, stand ich um kurz vor sieben vor Johannas Haus. Als ich gerade auf den Klingelknopf drücken wollte, bemerkte ich durch die geriffelte Glasscheibe der Tür, dass mir jemand auf der anderen Seite entgegenkam. Die Tür öffnete sich, und ich stand einem Mann in einem grauen Anzug gegenüber. Die Krawatte saß etwas schief, und er hatte eine abgegriffene lederne Aktentasche unter dem Arm. Er fixierte mich kurz, murmelte dann ein knappes »Entschuldigung« und drängte sich an mir vorbei, die Stufen hinunter. Ich hielt die Tür offen, sah ihm kurz nach, wie er Richtung Stadtmitte davoneilte, und trat ein.

Vor mir führte eine Treppe ins Obergeschoss, das, wie ich wusste, von Johanna bewohnt war. Zu meiner Rechten befand sich die Tür zur Erdgeschosswohnung. Ich erinnerte mich an die kleine, ältere Dame, mit der Kern gesprochen hatte. Den Besucher hatte ich zwar nur verschwommen durch die Glasscheibe wahrgenommen, aber er war nicht von rechts gekommen. Also musste er bei Johanna gewesen sein.

Ich stieg die Treppe hoch und klingelte an Johannas Tür. Ich hörte sie auf der anderen Seite etwas in die Gegensprechanlage sagen. Also klopfte ich, um mich bemerkbar zu machen.

»Hey«, sagte sie, als sie öffnete.

»Hey, mich hat einer reingelassen«, erklärte ich.

Johanna wirkte angespannt, von einer herzlichen Begrüßung konnte keine Rede sein. Irgendetwas war geschehen, und ich hatte den Verdacht, dass das mit dem Typen im grauen Anzug zusammenhing.

Sie nahm mir Blumen und Wein ab und ging voraus. Ich hängte meinen Mantel an die Garderobe und folgte ihr. Von dem kleinen Flur kam ich ins Esszimmer. Jedenfalls stand dort ein Esstisch für sechs Personen, an dem für zwei gedeckt war. Außerdem gab es eine Fernsehecke mit einem Sofa und einem Sessel. Das Laufband direkt vor dem Fenster wirkte wie ein Fremdkörper. Es sah auch ziemlich neu aus.

Zwei der Wände waren mit Bücherregalen versehen, deren Inhalt auf sympathische Weise ungeordnet aussah. Zur Linken konnte ich durch eine Doppeltür in einen Raum mit noch mehr Bücherregalen und einem großen Schreibtisch schauen, der mit Papieren und Aktenordnern bedeckt war. Zur Rechten ging es in die Küche. Dort füllte Johanna gerade eine Vase mit Wasser und stellte die Blumen ein.

»Willst du etwas trinken?«, fragte sie, als ich in die Küche kam.

»Gerne, was hast du?«

Sie holte eine Flasche Talisker aus einem Karton mit Lebensmitteln, der neben der Spüle stand. Mit fragend hochgezogenen Augenbrauen hielt sie den Whisky hoch. Sie hatte sich meine Vorliebe gemerkt.

Sie schenkte mir ein großzügiges Glas ein, nahm aber selbst nur eine Tasse, in der sie sich offenbar gerade Tee zubereitet hatte. Ich setzte mich an den Küchentisch und nippte an meinem

Drink. Johanna lehnte an der Spüle und trank von ihrem Tee. Sie starrte gedankenverloren vor sich hin.

»Probleme?«, fragte ich.

Sie zuckte mit den Achseln und bedachte mich mit distanziertem Blick.

»Wie viel weißt du?«, fragte sie mich.

Okay, das sah nicht nach einem entspannten Abend aus. Johanna hatte reichlich eingekauft, aber keinerlei Vorbereitungen für das Essen getroffen. Das deutete darauf hin, dass der graue Anzug sie davon abgehalten hatte. Ich entschied, den Whisky nur in homöopathischen Dosen zu genießen, ich brauchte einen klaren Kopf.

»Das, was Kern mir erzählt hat.«

»Tobias?« Ihre Augenbraue zuckte wieder hoch, der Blick wurde nicht gerade freundlicher.

Ich erzählte ihr, wie ich auf Kern gekommen war und dass er mich nach dem ersten unergiebigen Kontakt erneut aufgesucht hatte, um mir alles zu erzählen. Von den Akten und Notizen sagte ich erst mal nichts.

Johanna hatte ihre Tasse mit beiden Händen umfasst, als müsste sie sie wärmen.

»Tobias ist ein guter Kerl«, sagte sie dann, »aber er hat nicht verstanden, worum es geht.«

»Worum geht es denn?«

Wieder fiel ihr Blick auf mich, noch kühler, noch distanzierter als zuvor. Sie war weiter weg von mir als bei unserer ersten Begegnung im Zug.

»Was willst du, Adrian? Was suchst du hier? Dass du mir nachgereist bist, konnte ich noch verstehen. Wir hatten eine tolle Liebesnacht, das kann schon verlocken. Aber jetzt weißt du vom Gefängnis, von dem Mann, der erschossen wurde, du weißt von den Drogen und der ganzen schmutzigen Geschichte. Sicher weißt du noch nicht alles, aber genug, um zu wissen, worauf du dich hier einlässt. Warum bist du nicht längst wieder fort? Was willst du?«

Ich antwortete nicht, weil mir keine Antwort einfiel.

»Ist es der Kitzel?«, fuhr sie unbarmherzig fort. »Sex mit einer Mörderin? Das frische Knasttattoo auf der Schulter? Wirst du irgendwann mit deinen Akademikerkollegen zusammensitzen und bei einem guten Brandy diese Geschichte zum Besten geben?«

Ich begriff, dass sie ihrer Wut und ihrem Frust freien Lauf ließ. Ich hatte aber keine Ahnung, wie weit das gehen würde. Dabei war mir ebenfalls klar, dass es auf der Kippe stand. Dass, wenn ich sie jetzt nicht stoppte oder etwas Falsches sagte, die Geschichte mit Johanna zu Ende wäre. Und zwar bevor ich mein Glas geleert hätte.

»Du willst wissen, was ich will?«, unterbrach ich sie deshalb, bevor sie sich noch weiter hineinsteigerte. »Denkst du denn, ich habe einen Plan? Habe ich nicht. Ich glaube nicht an Pläne. Ich glaube auch nicht an Schicksal. Dinge passieren einfach, und wir müssen damit klarkommen. Dass du in mein Abteil gekommen bist, war Zufall. Ab da aber war alles unsere Entscheidung. Du hast dich entschieden, zurück nach Köln zu kommen, und das hatte Konsequenzen. Ich habe mich entschieden, dir nachzufahren und dich zu suchen. Auch das hat Konsequenzen. Zu diesen Konsequenzen müssen wir stehen. Das ist es, woran ich glaube. Ich glaube an Konsequenzen.«

Mein Mund war trocken, ich nahm einen Schluck Talisker.

»Als ich erfuhr, was du getan hast, hatte ich die Wahl, abzureisen. Ich hätte dich unwiderruflich verloren. Auch mit dieser Konsequenz hätte ich leben müssen. Das wollte ich aber nicht. Ich weiß nicht, was es bringen wird, dass ich geblieben bin. Aber mit diesen Folgen bin ich bereit zu leben. Vielleicht verliere ich dich trotzdem, dann ist das so. Aber ich kann es nicht unversucht lassen.

Was du getan hast oder, besser: wofür du verurteilt wurdest, ist schrecklich. Aber nun weiß ich es. Und bin geblieben. Das heißt, ich akzeptiere es, so wie es ist. Das meine ich mit Konsequenzen. Und du, Johanna!«

Die Eiswand, die sie umgab, hatte Risse bekommen. Ich nutzte den Moment für meinen schottischen Freund.

»Du, Johanna«, fuhr ich nun mit sehr sanfter Stimme fort, »hättest mich gehen lassen können. Wenn du gestern nicht ins Hotel gekommen wärst, wäre ich längst fort. Traurig, aber fort. Aber du bist gekommen, Johanna. Jetzt trage auch du die Konsequenzen.«

Es war bemerkenswert, welche Gefühle sich in ihrem Gesicht zeigten: Unsicherheit, Trauer, Zorn, Trotz. Freude?

»Ach verdammt!«, sagte sie schließlich, wischte sich mit dem Handrücken eine Träne aus dem Auge, die ich bisher noch gar nicht bemerkt hatte. Sie stellte die Tasse ab, kam zu mir, setzte sich auf meinen Schoß und umarmte mich, ihr Gesicht an meinem Hals. Ich hielt sie ganz fest.

»Achtung!«, sagte sie an meinem Hals. »Ich heul jetzt.«

Ich nickte nur und legte meine Hand an ihren Hinterkopf. Dann weinte sie sich die Seele aus dem Leib.

»Der Mann vorhin, das war Steiner, mein Anwalt«, sagte sie unaufgefordert, als wir uns zu Spaghetti mit Pesto, Pilzen und Parmesan sowie einem einfachen Salat an den Tisch setzten. Ich hatte es bei dem einen Talisker belassen und den Rotwein beizeiten entkorkt. Jetzt stießen wir an. Johannas Gesicht war wieder weicher, ihre Augen schienen eine Nuance dunkler geworden zu sein, und auch wenn sie noch nicht lächelte, so war ihr Mund doch entspannter, wodurch ihre Lippen voller wirkten. Sie hatte sehr schöne Lippen.

»Ist er ein guter Anwalt?«

»Nein, ein beschissener. Ich habe ihm gesagt, dass er mich in Ruhe lassen soll.«

Muss eine reizende Unterhaltung gewesen sein, dachte ich.

»Warum war er hier?«

»Das habe ich ihn auch gefragt. Seit dem Prozess hatte ich nichts mehr von ihm gehört. Richtig damit herausgerückt ist er aber auch nicht. Hat nur davon geredet, dass er mir helfen kann. Ich glaube, er wollte wissen, was ich nun vorhabe.«

»Und was hast du vor?«

Ihr Blick traf mich.

»Wieder ins Leben kommen?«

»Hast du ihm das gesagt?«

»Mit anderen Worten. Aber er hat mir irgendwie nicht geglaubt.«

Ich merkte, wie sie wieder vorsichtiger wurde, und überlegte, ob ich weiterfragen sollte. Aber ich konnte nicht ewig drum herumschleichen.

»Willst du mir erzählen, was du tun willst, oder soll ich einfach nicht mehr fragen?«

Sie drehte sich eine Portion Spaghetti auf die Gabel. Während sie kaute, überlegte sie.

»Ich will ein paar Dinge in Ordnung bringen«, sagte sie schließlich. »Ich will rauskriegen, wer mich da reingeritten hat.«

Dann, nach einer Pause: »Das bin ich auch meinem Vater schuldig.«

Ich gab ihr eine Minute Zeit, bevor ich nachhakte: »Kern denkt, dass Jimmy dich reingeritten hat.«

Sie riss die Augen auf. »Jimmy? Hah! Jimmy ist der einzige Freund, der mir geblieben ist.«

Ich dachte an die Fragen, die Kern auf seinem Papier notiert hatte, und an das Gerücht, dass Johanna jemanden gedeckt hatte.

»Hat er dir Steiner als Anwalt besorgt?«

»Nein.« Sie legte die Gabel ab und faltete die Hände im Schoß. »Nein, das war Gregor.«

Auf meinen fragenden Blick ergänzte sie: »Gregor Sander, mein damaliger Verlobter.«

Kern hatte das erwähnt. Und dass die Familie Sander jeden Kontakt zu Johanna abgebrochen hatte.

Ich versuchte, ihren Blick zu deuten. Neugierig? Forschend? Abschätzend?

»Kann ich dich noch etwas fragen? Danach ist erst mal Schluss, versprochen.«

Sie nickte einmal.

»Du hast damals bei der Polizei zunächst angegeben, dass du es nicht warst, dann aber auf Notwehr plädiert. Warum?«

»Warum ich auf Notwehr plädiert habe?«

»Nein, warum du erst gesagt hast, dass du es nicht warst?«

»Aber Adrian, das ist doch ganz einfach. Weil ich Thorberg nicht erschossen habe.«

Ich nahm einen Schluck Wein.

»Verstehst du jetzt, was ich meinte, als ich sagte, ich müsste ein paar Dinge in Ordnung bringen?«

Johannas Kopf lag auf meiner Schulter. Aber sie schlief noch nicht. Es war seltsam, mit ihr in ihrem Bett zu liegen, in ihrem Zimmer zu sein. Es lag im Dachgeschoss, ein großes Zimmer mit schrägen Dachbalken. Dem Bett gegenüber befand sich an der Wand eine fast drei Meter lange Arbeitsplatte mit zwei Bildschirmen. Sie waren in Betrieb, wenn auch im Sleep-Modus. Ein paar Fotos und Urlaubskarten waren darüber an die Wand gepinnt. An den Seiten brusthohe Regale mit einem ziemlichen Sammelsurium von Sachbüchern, Zeitschriften und Zeitungen.

Aufgefallen war mir, dass das Zimmer ebenso gepflegt und aufgeräumt war wie der Rest der Wohnung. Keine Spur von vier Jahre altem Staub. Ich konnte mir nicht vorstellen, dass Johanna in den wenigen Tagen, die sie zurück war, hier so gründlich geputzt hatte. Also gab es jemanden, der sich um alles kümmerte. Jimmy konnte ich mir in dieser Rolle allerdings nicht vorstellen.

Ich hatte Johanna angemerkt, dass ihr heute nicht der Sinn nach Sex stand.

»Soll ich gehen?«, fragte ich irgendwann. Aber sie wollte nicht allein sein, so blieb ich.

Nun lag sie an mich geschmiegt, es fühlte sich richtig an. Ihre linke Schulter war unbedeckt, und ich konnte im schwachen Schimmer der Straßenbeleuchtung den dunklen Schatten ihres Tattoos ausmachen. Ich strich leicht mit dem Finger die Konturen nach.

»Das ist eine tolle Zeichnung«, sagte ich.

»Das hat Karla gemacht«, antwortete sie, und ich hörte schon ein wenig den nahenden Schlaf aus ihrer Stimme.

»Karla?«

»Ja, Karla.«

»Wer ist das?«

»Na Karla eben. Aus meiner Zelle.«

»Ach so.«

Sie seufzte, aber es war ein zufriedener Seufzer.

»Karla war meine Freundin.«

»Ja?«

»Hm, aber erst nachdem wir uns geprügelt haben.«

»Was Frauen so machen, wenn sie unter sich sind.«

Sie kicherte und stupste mich an.

»Hat Karla das Motiv ausgesucht?«

»Nein, das haben wir zusammen gemacht. Wir haben lange gesucht. Und geredet. Und …«

»Und?«

»Sie war eine gute Freundin. Und jetzt ist sie allein.«

Johanna klang immer schläfriger.

»Erzählst du mir von dem Sündenfall?«, fragte sie ganz leise.

Ich musste überlegen, wie sie darauf kam. Das war mein Running Gag auf meinen Vorträgen. Aber in Köln habe ich ihn nicht gebracht. Anscheinend hatte ich ihr im Zug davon erzählt.

»Ein andermal«, sagte ich, aber da verriet mir ihr tiefer Atem, dass sie bereits eingeschlafen war. Ich hingegen lag noch lange wach. Es gefiel mir, sie so im Arm zu halten. Sie vor dem dort draußen zu beschützen. Wenn es stimmte, was sie sagte, dass nicht sie die Schüsse abgegeben hatte, dann war der Mörder noch auf freiem Fuß. Und sicher nicht erbaut davon, dass Johanna die Sache neu aufrührte.

Aber stimmte es wirklich, was sie sagte?

Ich ging nicht davon aus, dass sie mich bewusst belog, dennoch blieb ein Zweifel. Sie hatte mir erzählt, dass sie betäubt worden wäre. Thorberg hätte ihr irgendetwas in den Kaffee getan. Doch warum sollte Thorberg sie betäuben, um sich dann von jemand anderem erschießen zu lassen? Wäre es nicht auch möglich, dass er ihr eine Droge verabreicht hatte, die sie das Undenkbare tun ließ?

Gab es so eine Droge? Ich hatte diesbezüglich leider wenig Erfahrungen. Die paar Joints in meinen Jugendjahren zählten nicht. Doch was auch immer geschehen war, irgendetwas daran war faul. Davon war ja auch Kern überzeugt. Und das würde bedeuten, dass es jemanden gab, der etwas zu verbergen hatte.

Während ich ihren Atemzügen lauschte, fragte ich mich, wie weit dieser Jemand wohl gehen würde, damit seine Geheimnisse unentdeckt blieben. Die Antwort war äußerst beunruhigend, denn vielleicht war genau deswegen schon ein Mensch umgebracht worden.

Ich erwachte in der Morgendämmerung, bevor die Dinge ihre Farbe bekamen. Johanna lag von mir abgewandt auf der Seite und schlief. Vorsichtig stand ich auf, nahm meine Sachen an mich und stieg leise die schmale Wendeltreppe herab.

In der Küche brühte ich mir einen Kaffee auf. Mit der Tasse in der Hand studierte ich den Inhalt der Bücherregale, betrachtete die Bilder an den Wänden und schlenderte hinüber ins Büro von Johannas Vater. Ich wollte nicht herumschnüffeln oder Schubladen öffnen, sondern mir einfach nur einen Eindruck von dem Menschen machen, der hier gelebt hatte.

Die Bücher im Büro waren von anderem Charakter als die im Esszimmer. Neben theologischen Themen gab es eine philosophische Abteilung – natürlich inklusive Kierkegaard, aber anscheinend war der Pastor auch von Heidegger fasziniert gewesen – und eine ganze Menge politischer Bücher. Marxistische Ökonomie und Befreiungstheologie. Kern hatte gesagt, dass van Bergen seine Frau in Nicaragua kennengelernt hatte, dem damaligen Sehnsuchtsort vieler linker Aktivisten. Daher wunderte es mich nicht, dass etliche Ausgaben in Spanisch dabei waren. Aber ich fand auch englischsprachige und französische Werke. Zu allen Sprachen gab es die entsprechenden Wörterbücher. Thomas van Bergen war nicht nur belesen, sondern auch sprachbegabt gewesen. Ihn selbst entdeckte ich schließlich auf einem Foto. Es zeigte ihn mit Johanna als Kind und mit einer fröhlich lächelnden Frau, die nur Astrid van Bergen sein konnte. Mit seinem jugendlichen Grinsen und den etwas widerspenstigen Haaren sah Thomas van Bergen nicht gerade wie der typische Pastor aus. Alle drei wirkten sie unbekümmert und optimistisch. Nun waren zwei von ihnen tot, und das lächelnde Mädchen im Sommerkleidchen war zu einer Frau geworden, die das Schicksal fast zerbrochen hatte. Aber eben nur fast.

Mittlerweile war es vollends Tag geworden, und ich beschloss, mich auf den Weg zurück zum Hotel zu machen. Johanna wollte ich nicht wecken, ihr aber eine Nachricht hinterlassen. Ich suchte nach Papier und entdeckte auf dem Schreibtisch einen Notizblock, halb unter Papieren begraben. Als ich ihn hervorzog, fiel mir auf, dass er zwischen Kontounterlagen steckte. Auf dem obersten Blatt des Schreibblocks hatte Johanna Zahlen notiert. Ich stutzte, warf einen Blick auf die Kontoauszüge, verglich sie mit den Zahlen auf dem Block. Es handelte sich ganz offensichtlich um eine Bestandsaufnahme ihrer Vermögenswerte. Und die waren beträchtlich. Johanna verfügte über fast siebenhunderttausend Euro.

Ein paar Sekunden konnte ich der Versuchung noch widerstehen, dann siegte die Neugier. Möglichst ohne etwas an der Lage der Papiere zu ändern, schaute ich mir die Kontounterlagen an. Ein Teil der Summe erklärte sich durch die Auszahlung der Lebensversicherung ihres Vaters. Dann gab es monatliche Mieteinnahmen von einer Hermine Wrangel. Das war der Name, der an der Erdgeschosswohnung stand. Es gab noch ein zweites Konto bei der M. M. Warburg & Co. Ich hob die darüberliegenden Papiere vorsichtig an, um die Adresse zu lesen: Sitz Luxemburg!

Ich konnte mir nicht verkneifen, mir die Kontobewegungen anzuschauen. Es waren nicht viele. Im März 2015 waren hundertfünfzigtausend Euro auf das Konto überwiesen worden. Fünfundzwanzigtausend wurden abgehoben, der Rest auf ein Konto auf Martinique weiterüberwiesen.

Ich ordnete alles wieder so hin, wie ich es vorgefunden hatte. Dann zog ich ein Blatt Papier aus dem Drucker, schrieb ihr eine Nachricht, spülte die Tasse aus und ließ schließlich die Wohnungstür mit einem leisen Klicken hinter mir ins Schloss fallen. Auf dem Weg ins Hotel rekapitulierte ich meine Erkenntnisse.

Wenn man das Haus, das sie geerbt hatte, hinzurechnete, war Johanna Millionärin. Warum arbeitete sie für ein wahrscheinlich mickriges Gehalt bei Jimmy?

Und was, um alles in der Welt, hatte es mit dem Konto in Luxemburg auf sich?

Die Concierge im La Maison, eine junge Frau mit langen blonden Haaren, begrüßte mich diplomatisch mit der Frage: »Hatten Sie einen schönen Spaziergang?«

Ich ging auf mein Zimmer, um zu duschen und dann ein möglichst opulentes Frühstück einzunehmen. Der Spaziergang hatte mich hungrig gemacht. Gerade als ich am Büfett stand und mir meinen Teller unanständig vollud, erreichte mich eine Nachricht von Johanna.

— Wo bist du?

Neben der Wärmeplatte mit dem Rührei war eine weitere mit kleinen Bratwürsten. Ich schoss ein Foto und schickte es ihr.

— Hunger?, fragte ich dazu.

— Eher nicht. Sehen wir uns heute Abend?

— Gerne. Bei dir oder bei mir?

— Bei mir. Bringst du Kondome mit? Ich habe heute Morgen etwas vermisst.

Mein Blutdruck schoss in die Höhe.

— Noch gerner.

Ich belud mir meinen Teller mit reichlich Rührei und Speck, umkränzte das Ganze mit Melonenstückchen, Ananas und Tomaten und legte noch eine Scheibe Toast obendrauf. Ich hatte gerade an meinem Tisch Platz genommen, als das Telefon summte. Es war Kern. Widerwillig nahm ich an.

»Guten Morgen, Adrian, wie haben Sie geschlafen?«

Adrian? Hatte ich ihm angeboten, mich beim Vornamen zu nennen?

»Danke der Nachfrage«, antwortete ich spitz, »möchten Sie auch wissen, ob ich schon Stuhlgang hatte.«

»Das können wir ein anderes Mal klären. Haben Sie sich die Akten schon angeschaut?«

»Ja.«

»Und? Ist Ihnen schon etwas aufgefallen?«

»Sie haben eine lausige Schreibe.«

»Alte Journalistenangewohnheit. Haben Sie morgens immer so schlechte Laune?«

»Nur wenn mich jemand vom Frühstück abhält.«

»Verstehe. Nun, dann will ich Sie nicht weiter beim Essen stören und wünsche Ihnen einen gepflegten Stuhlgang. Halten Sie mich auf dem Laufenden?«

»Über das Resultat des Letzteren oder den Fortgang meiner Erkenntnisse?«

»Was sind Sie nur für ein Spaßvogel.«

Ich legte auf. Zufrieden über dieses kleine Wortscharmützel, machte ich mich endlich über das Frühstück her.

Zwar zogen hin und wieder Fragen durch meinen Kopf – Was war mit dem Luxemburger Konto? Wenn Johanna nicht geschossen hatte, wer dann? Was für eine Rolle spielte Jimmy in der Geschichte? –, doch all das drang nicht wirklich bis in mein Zentrum vor. Dort nämlich herrschte Frieden.

Das wurde mir erst nach und nach klar. Es war ein Gefühl, wie ich es lange nicht mehr erlebt hatte. Ich würde es noch nicht Glück nennen, aber es kam dem schon ziemlich nahe.

Als ich zurück auf mein Zimmer wollte, war dort gerade die Putzkolonne zugange. Ich überlegte kurz, ob ich mir mit meinem Laptop irgendwo anders im Hotel einen Platz suchen sollte, entschied mich dann aber dagegen. Mein Postfach würde wahrscheinlich überquellen vor Nachrichten, um die ich mich kümmern musste. Ich tat es nicht.

Ich schaute auf die Terrasse, wusste aber nicht, warum ich dort herumsitzen sollte. Also schlenderte ich ein wenig durchs Hotel. Schließlich ging ich vor die Eingangstür und schaute vom oberen Treppenabsatz auf den Hof, die Straße, die Stadt und dachte an das seltsame Leben, in das ich geraten war. Da vernahm ich das Geräusch eines aufheulenden Motors. Es kam von einem Motorrad, das in einem gewagten Manöver ein Auto überholte, nur um gleich darauf scharf abzubremsen und auf den Hof des Hotels einzubiegen. Der Kies spritzte auf, während der ausgebremste Autofahrer wütend hupend vorbeifuhr.

Das Motorrad hielt direkt unten vor dem Eingang. Die Gestalt darauf war unverkennbar eine Frau, die Lederjacke umhüllte eng den schlanken Oberkörper, unter ihrem Helm mit dunklem Visier lugten rotbraune Haare hervor. Sie kickte den Seitenständer aus, stieg ab, nahm den Helm herunter und schüttelte etwas theatralisch die Haare aus. Dabei erblickte sie mich.

Ich kannte diese Sorte Blick. Es war die Sorte, die Männer abschätzte. Und sie war offenbar eine Frau, die es gewohnt war, Männer abzuschätzen. Der Kies knirschte unter ihren Stiefeln, als sie zur Treppe kam. Ich schätzte sie auf Mitte zwanzig. Sie schien sich hier auszukennen, und ich fragte mich kurz, ob sie vielleicht im Hotel arbeitete.

Sie musterte mich unverwandt, während sie die Treppe hochkam. Dabei fiel mir auf, dass sie mir bekannt vorkam. Ich konnte aber keine Erinnerung mit ihr verknüpfen. Vielleicht war sie Schauspielerin oder ein Model. Kurz bevor sie mich erreichte, zauberte sie ein strahlendes Lächeln in ihr Gesicht.

»Hi«, sagte sie, »ein neuer Gast.«

»Ja«, erwiderte ich und lächelte zurück. Dann wies ich auf das Motorrad. »Tolle Maschine.«

»Ja.« Sie schaute auf ihr Motorrad und runzelte etwas die Stirn. »Aber ab hundertachtzig ist da eine kleine Unsicherheit in der Vorderradführung. Wenn sich das nicht beheben lässt, stoße ich sie wieder ab.«

»Aha«, sagte ich.

»Na dann«, meinte sie und ging an mir vorbei ins Hotel.

Nachdem ich diesen technischen Input verdaut hatte, stieg ich die Treppe hinunter, machte ein Foto von der Maschine und schickte es Philipp.

— Was denkst du?

Die Antwort kam nur Sekunden später.

— Supercool!

— Ja, aber ab hundertachtzig hat es kleine Unsicherheiten in der Vorderradführung.

— Liegt bestimmt am Reifen.

— Ich halte dich auf dem Laufenden.

Zufrieden steckte ich das Handy weg. Mein Sohn und ich hatten ein neues gemeinsames Interesse.

Als ich mein E-Mail-Fach öffnete, prasselten über fünfzig Mails rein. Ein Kongress in Rom; die Anfrage zu einer Rede, die ich halten sollte; ein Studienkollege aus Israel; Absprachen mit dem Verlag über neue Lesungen; noch vor einer Woche hätte ich mich mit Schwung darangemacht, all diese Anfragen und Nachrichten zu beantworten. Jetzt aber wirkte das alles seltsam fern und unwirklich. Ich kam mir vor wie jemand, der in einem Boot saß, das vom Ufer abgetrieben wurde.

Und der sich nicht einmal dagegen wehrte, sondern stattdessen auf etwas in der Ferne starrte, das nur er sehen konnte.

Eine gute Stunde arbeitete ich die Post ab, als eine Nachricht von Johanna hereinkam.

— Hab's mir überlegt. Wie wär's heute mit dem Louis?

Ich rief bei der Rezeption an. Natürlich gäbe es einen Tisch für zwei Personen. Ich funkte Johanna an.

— 19:30 Uhr. Passt das?

— Perfekt.

— Freue mich.

Sie schickte mir einen Kussmund.

Ich zwang mich, die dringlichsten Mails abzuarbeiten, dann klappte ich den Laptop zu. Es galt, sich um ein sehr banales Problem zu kümmern: ich hatte keine Wäsche mehr. Meine Reise war nur für zwei Tage geplant gewesen, nun war sogar mein Notvorrat an Unterwäsche aufgebraucht. Ich gab meinen Wäschebeutel in der hauseigenen Reinigung ab und machte mich auf den Weg ins Stadtzentrum, um frische Sachen einzukaufen.

In einem Bekleidungsgeschäft in der Nähe des Marktplatzes fand ich alles, was ich brauchte. Danach widmete ich mich einer meiner Lieblingsbeschäftigungen: Ich stöberte in einem Buchladen herum. Irgendwann meldete sich der Hunger. Dafür gab es in Saarlouis ja ein eigenes Viertel. Als ich am Schmidt vorbeikam, beschloss ich, Johanna einen Besuch abzustatten. Falls es ihr nicht unangenehm wäre, könnte ich dort ja auch eine Kleinigkeit essen.

Es war nicht viel los, die Mittagszeit war schon vorbei. Nur an einer Handvoll Tische saßen noch Gäste. Jimmy stand hinter dem Tresen und zapfte ein Bier. Eine junge Frau, anscheinend die Kellnerin, unterhielt sich mit ihm. Johanna konnte ich nicht entdecken. Vielleicht war sie ja gerade in der Küche, dachte ich. Ich trat an den Tresen.

»Was darf's sein?«, fragte Jimmy. Wenn er mich wiedererkannte, so ließ er sich das nicht anmerken.

»Ist Johanna da?«, fragte ich.

Er schüttelte den Kopf. »Hat heute frei.«

Hat heute frei? Wieso hatte sie mir das nicht gesagt? Ich kam mir auf einmal ziemlich blöde vor.

Jimmy sah mich an und wartete auf eine Antwort. Und mit einem Mal begriff ich, was hier ablief. Natürlich hatte er mich wiedererkannt. Und er betrachtete mich auch nicht wie einen normalen Gast, er tastete mich ab. Das hier war das Aufeinandertreffen zweier Rüden.

Ich stellte die Einkaufstasche ab, setzte mich auf einen Barhocker und sagte: »Ein kleines Pils und einen Talisker.«

»Einfach oder doppelt?«, fragte er.

»Einfach, Jimmy, es ist noch recht früh.«

Er nickte und machte sich daran, das Bier zu zapfen. Während der Schaum sich setzte, schenkte er den Whisky ein. Nach Daumen. Es wurde ein doppelter.

Ich nippte an meinem Bier und dem Whisky. Irgendwo in meinem Hinterkopf rumorte die Frage, warum Johanna mir nicht gesagt hatte, dass sie heute nicht arbeitete. Im Vordergrund meiner Aufmerksamkeit stand allerdings Jimmy. Der einzige Freund, der ihr geblieben war? Oder der Mann, der sie in die Scheiße geritten hatte?

Jimmy hatte nicht viel zu tun. Die wenigen Gäste waren bedient. Er spülte noch ein paar Gläser, dann kam er zurück, lehnte sich mir gegenüber an die Arbeitsplatte, die sich an der Wand entlangzog, verschränkte die Arme und bedachte mich mit seinem gelassenen Boxerblick. Es war ein Spiel: Wer zuckt zuerst? Ich fand das albern, also fragte ich.

»Sie wissen, wer ich bin?«

Er nickte.

»Da sind Sie im Vorteil«, sagte ich. »Ich weiß nicht, wer Sie sind.« Stimmte nicht ganz, hörte sich aber gut an.

Er dachte noch einen Moment nach, dann nickte er, als hätte er einen Entschluss gefasst, und trat einen Schritt vor. Er stemmte die Hände auf die Ablage hinter dem Tresen und beugte sich zu mir.

»Hören Sie zu: Ich bin ein Freund von Johanna, und wenn Sie sie in Schwierigkeiten bringen oder ihr Kummer bereiten oder ihr wehtun, dann bin ich derjenige, mit dem Sie es zu tun haben werden. Und das wird Ihnen nicht gefallen.«

Er nickte mir noch einmal grimmig zu und wandte sich wieder der Getränkeausgabe zu. Ich war beeindruckt. Das war eine tolle Ansprache gewesen. Ich sagte: »Hey, Jimmy!«

Er kam zu mir zurück, baute sich genauso auf wie zuvor.

»Vor vier Jahren hat jemand Johanna richtig in Schwierigkeiten gebracht. Er hat ihr Kummer bereitet und ihr wehgetan. Was haben Sie da gemacht, Jimmy, Freund von Johanna? Haben Sie sich diesen Burschen oder diese Leute vorgeknöpft?«

Ich leerte den Whisky in einem Zug, schickte einen Schluck Bier hinterher und rutschte von meinem Barhocker. Jimmy sah ziemlich schlecht gelaunt aus.

Beinah hätte ich meine Einkaufstüte vergessen, weil der Whisky zwar mein Reaktionsvermögen in diesem kleinen Disput erhöht, mein Kurzzeitgedächtnis aber gestört hatte.

Auf der Straße holte ich einmal tief Luft und schnaubte aus. Ich war nicht verärgert wegen dieses Zusammenstoßes mit Jimmy. Denn er hatte mir eine wichtige Erkenntnis gebracht: Jimmy war nicht derjenige, der Johanna verraten hatte.

Um kurz vor sieben stand ich fertig geduscht, rasiert und mit einem frischen Hemd vor dem Spiegel. Ich freute mich auf den Abend, schließlich war es unser erstes öffentliches Date. Ich beabsichtigte, schon vorher nach unten zu gehen, um auf der Terrasse den Abend zu genießen, bis Johanna eintraf. Auf dem Weg dorthin kam ich an der Bar vorbei und bemerkte eine einzelne Frau, die in einem silbrig-grauen, eng anliegenden Cocktailkleid auf dem Barhocker saß, ihre strassbesetzten Sandalen an den Zehen wippen ließ und aus einem ziemlich großen Glas eine ziemlich alkoholisch aussehende Flüssigkeit trank.

Ich hatte nicht vor, mich diesem Phänomen weiter zu widmen, aber irgendetwas an ihr kam mir bekannt vor. Ich blieb stehen, und in diesem Moment bemerkte sie mich, wackelte mir mit dem Glas einen Gruß zu, lächelte und sagte: »Hallo, Fremder!«

Es war die Motorradfrau.

»Nehmen Sie einen Drink mit mir?«

Wieder hatte ich das Gefühl, sie zu kennen. Neugierig gesellte ich mich zu ihr an die Bar.

»Was trinken Sie?«, fragte ich und wies auf ihr Glas.

»Einen Old Fashioned«, sagte sie. »Mit seeehr viel Bourbon.«

Ich bestellte einen Riesling, es war nicht nötig, mir eine solche Granate zu gönnen, noch bevor Johanna überhaupt da war.

»Was hat Sie in dieses Kaff verschlagen?«, fragte sie, nahm einen Schluck und schaute mich dabei über ihr Glas hinweg an. Es war ein durchaus koketter Blick, der aber, wie ich fand, nicht wirklich mir galt. Es machte ihr einfach Spaß.

Ich sagte ihr, was ich beruflich machte und dass ich mir einfach ein paar ruhige Tage zwischen zwei Vorträgen gönnte.

»Wow«, machte sie, »Evolution ist spannend, vor allem weil sie mit Vermehrung zu tun hat. Glauben Sie, dass die Neandertaler mit unseren Vorfahren Sex hatten?«

Ich zuckte mit den Achseln. »Irgendwer hat immer mit irgendjemandem Sex.«

Sie seufzte. »Aber viele Menschen haben gar keinen Sex. Was ist mit denen?«

»Sie meinen, evolutionstechnisch gesehen?«

Sie kicherte.

»Also, hatten die Neandertaler nun mit unseren Vorfahren Sex?«

»Anscheinend. Jedenfalls tragen wir oder manche von uns deren Erbgut mit sich herum.«

»Ich bestimmt auch«, verkündete sie überzeugt. »Was haben die uns denn hinterlassen?«

»Helle Haut, rote Haare, Depressionen.«

Sie runzelte die Stirn.

»Und was machen Sie beruflich?«, fragte ich, nicht nur, um das Thema zu wechseln, sondern auch, weil ich herausfinden wollte, woher sie mir bekannt vorkam.

»Nichts!«, seufzte sie mit Inbrunst. »Ich mache nichts.«

Als sie wieder trank, merkte ich eine leichte Unsicherheit in ihren Bewegungen. Das war garantiert nicht ihr erster Drink.

»Ich sollte eigentlich Jura studieren, aber ich bin schon bei der ersten Vorlesung eingeschlafen. Und diese Typen, die da rumhingen, du meine Güte!«

Der Barkeeper brachte meinen Wein, ich prostete ihr zu.

»Und dann?«, fragte ich.

»Dann habe ich Kunstgeschichte studiert. Meine Eltern waren

natürlich fuchsteufelswild, weil sie wollten, dass ihr Töchterchen einen anständigen Beruf lernt. Aber wissen Sie was?«

Sie beugte sich zu mir und grinste wie eine freche Göre. »Das Töchterchen ist nicht anständig.« Sie richtete sich wieder auf und atmete einmal tief durch. »Jedenfalls nicht so anständig und erfolgreich wie der tolle Bruder. Letztlich war das mit der Kunstgeschichte auch nicht mein Ding. Ich meine, so richtig passiert da ja nichts. Also habe ich mir gedacht, ich könnte ja selber Kunst machen. Aber das wurde nichts. Darum habe ich nichts gelernt. Ich bin ein durch und durch unnützes Ding.«

»Immerhin fahren Sie Motorrad, und offenbar ziemlich schnell.«

»Sie machen sich über mich lustig.«

»Nein, ich kann nicht Motorrad fahren.«

»Ich kann Sie ja mal mitnehmen.«

»Sie meinen hintendrauf?«

Sie reckte mir ein wenig auffällig ihren Ausschnitt entgegen.

»Wie sonst? Sie müssten sich natürlich gut festhalten.«

Ich dachte daran, wie sie den anderen Wagen vor dem Einbiegen ins La Maison überholt hatte. Wenn sie so mit Männern umging, wie sie Motorrad fuhr, sollte man sich bei ihr in der Tat gut festhalten.

»Eher nicht«, gab ich zurück. »Ich bin ein vorsichtiger Mann.«

In ihren Augen glitzerte die Lust, das Spiel weiterzutreiben, aber bevor sie etwas sagen konnte, kam der Hotelmanager in die Bar.

Ich hatte ihn bei meiner Anmeldung kurz kennengelernt. Er war jünger als ich, sehr professionell und sehr höflich. Er nickte mir freundlich zu, bevor er sich an meine Gesprächspartnerin wandte.

»Ihre Eltern sind eingetroffen, Teresa«, sagte er.

»Jawohl, Sir«, gab sie zurück und salutierte. »Ich komme.«

Sie rutschte von ihrem Barhocker, leerte ihr Glas und hauchte mir einen Kuss auf die Wangen.

»Sie sind süß, Adrian«, sagte sie lächelnd, bevor sie mit dem Hotelmanager in Richtung Restaurant verschwand. Mir hing noch der Duft ihres Parfüms in der Nase, *Coco Mademoiselle* von Chanel. Es passte zu ihr.

Ich nahm mein Glas und schlenderte auf die Terrasse. Dabei ließ ich mir noch mal unser Gespräch durch den Kopf gehen. Nein, ich war mir ganz sicher, dass ich ihr meinen Namen nicht genannt hatte.

Woher wusste sie ihn dann?

Johanna schrieb mir, dass sie sich ein paar Minuten verspäten würde. Dennoch ging ich kurz vor halb acht ins Restaurant, ich wollte, dass sie mich dort schon vorfand. Eine Frau braucht schließlich ihren Auftritt. Ich hatte noch keine Ahnung, wie recht ich behalten sollte.

Es saß bereits eine größere Tischrunde zusammen, zu der auch Teresa gehörte. Sie zwinkerte mir verschmitzt zu. Dann bemerkte ich die Frau am Kopfende des Tisches.

In den zwei Sekunden, die ich brauchte, um den Tisch zu passieren, schossen mir mehrere Gedanken durch den Kopf.

Das ist die Frau vom Friedhof.

Die Ähnlichkeit zwischen ihr und Teresa! Mutter und Tochter. Daher kam sie mir bekannt vor.

Teresa kennt meinen Namen.

Die Mutter kennt Johannas Vater.

Was ist hier los?

Während der Kellner mich zu meinem Tisch führte, schwirrten diese Fragen durch meinen Kopf. Als er mich fragte, ob ich schon etwas zu trinken wünschte, bestellte ich eine Flasche

Champagner. Dann fragte ich ihn: »Sagen Sie, die Gäste da drüben, ich kenne sie irgendwoher.«

Er war professionell genug, sich nicht einmal umzuwenden.

»Das sind die Sanders«, sagte er leise. »Der Sohn, Gregor Sander, ist einer der Fraktionsvorsitzenden im Saarbrücker Landtag.«

»Ah, daher wohl«, log ich.

Als er weg war, musterte ich möglichst unauffällig die Tischrunde der Sanders.

Die Lady vom Friedhof, wahrscheinlich die Mutter von Gregor und Teresa, saß jetzt mit dem Rücken zu mir. Rechts von ihr, auf der Bank, Teresa, neben ihr ein kräftiger Mann im dunkelblauen Nadelstreifenanzug mit schütterem grauem Haar. Er war sicherlich schon siebzig, wirkte aber sehr wach. Könnte der Vater sein, dachte ich. Ihnen gegenüber saß ein älteres Paar, das gerade sehr aufmerksam den Ausführungen des letzten Mitgliedes dieser Runde lauschte.

Gregor nahm den Platz Teresas Mutter gegenüber ein. Er war Ende dreißig und gut aussehend, ohne hübsch zu sein. Ein Schwiegersohntyp. Mich erfasste sogleich eine heftige Aversion gegen ihn, wobei ich nicht genau unterscheiden konnte, ob es daran lag, wie er Johanna behandelt hatte. Ob da eine Eifersucht auf ihren ehemaligen Geliebten mitschwang, oder ob es einfach nur dieser glatte Typ »erfolgsverwöhntes Arschloch« war, was mich abstieß.

Er lächelte wohldosiert, während er redete, wandte sich immer wieder an das ältere Ehepaar, mit Gesten, die wie einstudiert wirken würden, wenn er sie nicht auf eine Weise vollziehen würde, als entsprächen sie seiner Natur. Das Paar war gefangen von der Show. Anscheinend wollte er etwas von ihnen. Teresas und Gregors Vater beobachtete sie mit schläfrigem Blick. Ich hätte gerne das Gesicht der Friedhofslady gesehen. Aber das Dringlichste war jetzt erst einmal, dass ich Johanna warnte. Dass ihre ehemalige Beinah-Schwiegerfamilie hier ihren großen Auftritt hatte, würde ihr bestimmt nicht gefallen. Während ich die Nachricht eintippte, brachte der Kellner einen eisgefüllten Kühler, den er neben dem Tisch aufstellte. Darin steckte eine Flasche Champagner, die er nun herauszog und mir präsentierte. Da er mit dem Rücken zum Eingang stand, bekam er nicht mit, was nun geschah. Ich schon.

Und alle anderen auch.

Außer mir und der großen Runde saßen noch an zwei weiteren Tischen Gäste, jeweils Paare, die sich leise unterhielten. Sie unterbrachen ihre Gespräche und schauten auf, als Johanna das Restaurant betrat. Das wunderte mich nicht, ihr Auftritt war spektakulär. Selbst mir verschlug es die Sprache, obwohl ich gar nichts sagen wollte. Die größte Wirkung aber erzielte sie am Tisch der Sanders.

Die Friedhofslady sah ich ja nur von hinten, aber die Art, wie sie den Kopf hob und sich versteifte, verriet mir ihre Überraschung. Teresa, die gerade von ihrem Rotwein trinken wollte, erstarrte ebenfalls. Ihr Mund stand offen. Ihr Vater beugte sich vor und legte eine Hand auf den Tisch. Sie war zur Faust geballt. Mister Smart unterbrach seinen Monolog, als er die Reaktionen seiner Eltern bemerkte. Er wandte den Kopf, und im gleichen Moment rutschte ihm sämtliche Maskerade aus dem wohltemperierten Gesicht. Stattdessen zeigte er echte Emotionen. Und zwar in dieser Reihenfolge: Fassungslosigkeit, Entsetzen, Wut. Jetzt wandte sich auch das ältere Paar verwundert um. Das alles geschah innerhalb weniger Augenblicke, und ich registrierte diese Details mehr am Rande. Denn meine Aufmerksamkeit galt Johanna.

Sie war im Eingang stehen geblieben wie eine Königin, die darauf wartete, dass alle, wirklich alle sich ihr zuwandten. Und was für eine Königin!

Sie hatte nicht nur eine neue Frisur, sondern auch eine neue Garderobe. Ich hatte immer noch mein Handy mit der angefangenen Nachricht an sie in der Hand, während ich dieses Kunstwerk bestaunte. Das Spektakulärste war natürlich der Smoking mit weißem, hochgeschlossenem Hemd. Ein echter Farbtupfer waren die rot lackierten Fußnägel, die aus ihren schwarzen, hochhackigen Sandaletten hervorlugten. Die Farbe korrespondierte perfekt mit ihrem Lippenstift. In diesem für mich neuen Gesicht, dem Eyeliner, Lidschatten und ein dezentes Make-up eine andere Gestalt gaben. Dazu die neue Frisur. Ein maskuliner Schnitt, durchbrochen durch eine Strähne, die sich über der linken Augenbraue in die Stirn legte.

Das war eine neue Johanna.

Und mit einem Mal begriff ich.

All das war kein Zufall.

Das Date im Louis, die Sanders, ihr Auftritt. Und ich!

Ich hätte Johanna nicht warnen müssen. Sie wusste, was hier los war. Und sie hatte dieses Aufeinandertreffen geplant.

In diesem Moment löste mein Kellner, der immer noch mit dem Rücken zum Geschehen stand und von dem ganzen Auftritt nichts mitbekommen hatte, den Korken aus der Champagnerflasche.

PLOPP!

Als wäre es das Kommando für sie, kam Johanna, die mich längst entdeckt hatte, nun auf meinen Tisch zu, ohne die Runde, die unmittelbar zu ihrer Linken saß, auch nur im Mindesten zu beachten. Ich erhob mich, und wir begrüßten uns mit einem Wangenkuss. Die Erkenntnis, dass sie mich benutzt hatte, saß wie ein Klumpen in meiner Magengegend. Meine Vorfreude auf diesen Abend war dahin, und ich wusste noch nicht, wie ich damit umgehen sollte.

Immer noch waren alle Augen auf Johanna gerichtet, bis auf die der Friedhofslady, die wahrscheinlich ihre ganze Selbstbeherrschung brauchte, um sich nicht umzudrehen. Der Kellner zog den Stuhl für Johanna zurück, als sie Anstalten machte, ihre Jacke auszuziehen. Der Kellner begriff sofort und stand bereit, sie abzunehmen.

Als sie die Jacke von den Schultern streifte, wurde mir klar, dass das der Höhepunkt ihres Auftritts war.

Ihr weißes Hemd bestand aus nicht viel mehr als der Hemdbrust. Es legte sich mit dem Kragen um den Hals und hatte eine Verbindung direkt über dem Gürtel. Arme, Schultern und Rücken waren vollkommen frei. Der Phönix leuchtete auf ihrer hellen Haut, als wollte er sich im nächsten Moment in die Luft erheben und auf die Zuschauer stürzen.

Sie setzte sich, und der Kellner schob ihr den Stuhl heran. Immer noch war es still im Raum. Der Kellner, der sich als Einziger unbeeindruckt zeigte, brach den Bann, indem er fragte: »Darf ich einschenken?«

Ich nickte und versuchte, herauszufinden, was dieses ganze Theater sollte. Johanna hatte die Unterarme aufgestützt und beobachtete mich. Sie merkte, dass etwas mit mir nicht stimmte.

Als der Kellner verschwunden war, stützte ich ebenfalls die Ellbogen auf den Tisch und fragte mit einer kleinen Kopfbewegung in Richtung der Sanders: »Du wusstest, dass sie heute Abend hier sind, nicht wahr?«

Sie blinzelte überrascht.

»Du kennst sie?«

Ich zuckte mit den Achseln.

»Der Kellner«, lieferte ich als Erklärung.

Immerhin schien sie unangenehm berührt davon, durchschaut worden zu sein. Ich war mittlerweile zu einem Entschluss gekommen. Egal was der Grund für diese Inszenierung war, ich würde mitspielen. Aber ich hatte ein paar Fragen. Und von den Antworten würde es abhängen, wie es mit uns weiterginge.

Ich hob mein Glas.

»Auf dich«, sagte ich und nickte anerkennend. »Du siehst fantastisch aus.«

Sie schien sich wieder etwas zu entspannen.

»Danke«, erwiderte sie und stieß mit mir an. »Auf uns!«

»Und auf diesen Abend.«

Als ich zur Speisekarte griff, warf ich einen Blick zu der Tischrunde hinüber. Mister Smart bemühte sich, die Situation wieder in den Griff zu bekommen. Seine Mutter unterstützte ihn dabei. Teresa grinste vergnügt vor sich hin. Da beugte sich Teresas Vater vor und wandte sich mir zu. Ich versuchte, in diesem Gesicht zu lesen. Fast wirkte er wie ein gütiger Großvater. Aber eben nur fast.

Während unsere Blicke für einen Moment ineinander ruhten, bemerkte ich eine Härte und Kompromisslosigkeit in seinem, die mich erschreckte. Gleichzeitig wurde mir klar, dass auch er mich studierte. Aber nicht mit den Augen eines Wissenschaftlers. Sondern mit denen eines Raubtieres.

Das war kein freundlicher Opa. Teresas und Gregors Vater war ein eiskalter Machtmensch. Und er hatte mich ins Visier genommen.

Wir wurden zu etwas anderem an diesem Abend. Nachdem ich mich entschlossen hatte, mich darauf einzulassen, auch ohne genau zu wissen, worum es dabei ging, verwandelten wir uns in ein mondänes Paar in einer Umgebung, der wir nur auf diese

Weise gewachsen waren. Wir spielten unsere Rolle, und wir waren gut darin. Aber vielleicht war es auch nicht nur eine Rolle. Denn an diesem Abend wurde Johanna zu der Frau, die sie vielleicht einmal gewesen war. Zumindest kam sie ihr näher als alle anderen Erscheinungsformen, die ich bisher von ihr kannte. Denn die Frau, die mir an diesem Abend gegenübersaß, konnte lachen!

Das fing so an: »Was war denn jetzt mit dieser Paradiesgeschichte?«

»Du meinst die Sache mit dem Sündenfall?«

»Ja. Eva, Adam, der Apfel und so weiter.«

»Hm, da fällt mir ein …«

»Was?«

»Wusstest du, dass in der Sixtinischen Kapelle …?«

»Der Sixtinischen Kapelle?«

»Ja, Michelangelo war als Künstler ein echter Revolutionär. In der Sixtinischen Kapelle findet man nicht nur die erste Abbildung von Gottes Hintern – übrigens ein sehr knackiger Hintern …«

»Du machst dich über mich lustig!«

»Nein, an der Decke der Sixtinischen Kapelle hängt Gottes Arsch.«

Das war der Moment, wo ich Johanna zum ersten Mal lachen sah.

Es veränderte auf einen Schlag die Energie, die den Raum erfüllte.

Dabei war es kein lautes oder aufdringliches Lachen, nicht mehr als ein heller Ton, der sich aus ihrer Kehle oder ihrer Brust löste. Es war ein freies Lachen, und genau damit erhob es sich über alle anderen Geräusche. Wenn die Akustik im Lokal in Farben dargestellt würde, wäre es ein helles Funkeln gewesen, das die Farben am Tisch der Sanders allein durch sein Leuchten verdunkelt hätte.

»Tja, also«, fuhr ich fort, immer noch verwirrt, aber auch entzückt von dieser Wandlung, »ein anderes Tableau am Deckengemälde der Kapelle stellt den Sündenfall dar.«

»Aha«, meinte sie, immer noch grinsend. »Wir sind wieder beim Thema.«

»Wir sind die ganze Zeit beim Thema.« Ich legte dozentenmäßig die Fingerspitzen aneinander. »Es ist weniger der Sündenfall selbst als der Moment danach. Gewissermaßen der Moment, in dem sie ertappt wurden. Die Körper von Adam und Eva haben sich einem unsichtbaren Entdecker zugewandt.«

»Dem lieben Gott mit dem Knackarsch?«

»Vermutlich, aber lassen wir jetzt mal Gottes Popöchen beiseite ...«

»Also bitte, mein Vater war Pfarrer.«

»Der dieses Thema ganz bestimmt nicht in einer Predigt aufgegriffen hätte. Also, Adam und Eva sind erwischt worden. Die Frage ist: wobei?«

»Beim Obstessen.«

»Selbst dir als Pastorentöchterchen dürfte nicht entgangen sein, dass dem eine andere Deutung innewohnt. Michelangelo hat dem Geschehen seine eigene Interpretation gegeben. Aber er hat es verborgen, immerhin war der Papst sein Auftraggeber. Um den Akt des Ungehorsams zu entschlüsseln, bedarf es detektivischer Fähigkeiten.«

»Bist du gerne Detektiv?«

Das war eine Frage, die nichts mehr mit der Sixtinischen Kapelle zu tun hatte. Ich antwortete dennoch darauf.

»Ich bin noch neu darin und mache wahrscheinlich Fehler.«

Ihre Augen glitzerten.

»Adam und Eva«, sagte sie.

»Ja, es gibt also eine gewisse Körperspannung bei den beiden, die daraus entsteht, dass sie sich gerade aus einer anderen Position herausbewegt haben, Eva sitzend und Adam aufrecht. Michelangelo hat es geschafft, sie so darzustellen, dass man aus ihrer Haltung heraus die Position ermitteln kann, die sie kurz zuvor eingenommen haben.«

Der Kellner brachte ein Amuse-Gueule, erklärte die Ingredienzen und verschwand wieder. Johanna war sichtlich ungeduldig geworden.

»Jetzt sag schon«, forderte sie.

»Wenn man also die Körper zurückdreht in den Moment zuvor …«

»Ja?«

»Entdecken wir den ersten Blowjob der Kunstgeschichte.«

Eine Sekunde lang starrte Johanna mich völlig entgeistert an. Dann brach sie in schallendes Gelächter aus.

Das war kein dezentes Lachen mehr, das war ein unbändiger, nicht mehr zu bremsender Anfall. Sie wandte sich zur Seite, hielt sich die Serviette vor den Mund. Hielt inne, sah mich an und fing wieder an.

War ihr vorheriges Lachen ein Funkeln gewesen, so war es diesmal eine leuchtende Kaskade. Die Gespräche der anderen Gäste erstarben. Alle wandten sich uns zu, die fremden Gäste amüsiert, die Gesellschaft der Sanders indigniert. Aber alle, auch die Friedhofslady, schauten auf diese Frau, die mit halb nacktem Oberkörper und rot leuchtendem Tattoo einfach nur aus vollem Halse lachte.

Ich musterte die Familie und fühlte schon körperlich ihre giftige Stimmung. Wahrscheinlich wusste ich nicht einmal einen Bruchteil dessen, was sie Johanna angetan hatten. Aber es verschaffte mir eine ungeheure Befriedigung, wie sie sie wahrnahmen.

Den leuchtenden Phönix, der sich aus seiner Asche erhob.

Was mir immer Schwierigkeiten bereitet hatte, war das Lesen der Sternbilder. Ich hatte in meinem Leben schon unzählige Male die Karten studiert, auf denen Linien zwischen den Sternen gezogen wurden und sie sich auf diese Weise zu einer Ordnung sortierten, an der wir uns orientieren konnten. Wenn ich dann in den Himmel hinaufschaute, konnte ich zwar etliche dieser Bilder wiedererkennen. Doch je länger ich schaute, desto mehr löste sich die Ordnung auf. Ich fand neue Linien, die den Kosmos aus Tieren oder Göttern dekonstruierten. Ihn frei, jung und neu machten. Und jetzt konnte ich das tun, was ich am meisten liebte: Ich stellte mir vor, was wohl unsere frühzeitlichen Ahnen über die Sterne gedacht haben.

»Was, denkst du, haben unsere Vorfahren gedacht, wenn sie in den Himmel schauten?«, fragte Johanna.

Ich wandte träge den Kopf und fragte mich, ob sie telepathische Fähigkeiten besaß.

Die Sanders und ihre Gäste waren gegangen, als wir bei unserem Dessert angelangt waren. Ich war mir sicher, dass unsere Show zu ihrem frühen Abgang beigetragen hatte. Auch Johanna und ich glitten langsam wieder aus unseren Rollen heraus. Wir verließen das Lokal als Letzte und ließen uns auf der Terrasse nieder. Da dort sonst niemand mehr war, hatten die Angestellten die Beleuchtung bereits ausgeschaltet. Nun lagen wir mehr auf einem der Sofas, als dass wir saßen, und schauten in den Nachthimmel hinauf.

»Die Frage, was diese Menschen gedacht haben, hat mich oft beschäftigt«, erzählte ich. »Über hunderttausend Jahre lang sind sie durch die Welt gewandert. Ihre Lebensweise und ihre Erfahrungen formen noch heute unser Denken, und zwar auf einer tiefen Ebene, die sich uns weitestgehend entzieht. Leider wissen wir recht wenig von ihnen. Tagebücher waren damals noch nicht so in Mode. Aber wir können mit ziemlicher Sicherheit sagen, dass sie die Welt, die sie umgab, als beseelt empfunden haben. Pflanzen, Tiere, Steine, Seen, Flüsse, alles lebte. Hatte Willen und Kraft. Sie mussten damit umgehen, irgendwie. Darum denke ich, dass für sie auch die Sterne beseelt waren.«

»Ja«, sagte Johanna leise. »Das glaube ich auch.«

Ich wandte mich ihr zu. Wir saßen oder, besser: lagen dicht beieinander.

»Dass die Sterne beseelt sind oder dass unsere Vorfahren das glaubten?«

Auch sie wandte sich mir zu. Ihre Augen leuchteten, sie waren ganz nah.

»Dass die Sterne beseelt sind. Und die Welt auch. Aber wir machen die Seelen der Welt kaputt. Bei den Sternen ist uns das noch nicht gelungen.«

Ich hatte so viele Fragen. *Was hast du mit den Sanders vor? Warum trägst du dieses Tattoo? Was hast du von Nils Thorberg gewollt? Was spielst du für ein Spiel?*

Doch ich wusste nicht, auf welche Johanna ich warten musste, um darauf Antworten zu bekommen. In diesem Moment sah ich nur die wunderschöne Frau, zerbrechlich und stark. Zerstört und wiederauferstanden. Weich und hart zugleich. Und noch viel mehr.

Wie eine heiße Woge stieg ein unbezwingbares Gefühl in mir auf. Ich wusste nicht, ob es Lust oder Liebe oder irgendetwas anderes war. Ich wusste nur, wie machtvoll es war und dass es mich zu Johanna drängte. Sie schien es zu spüren, denn sie schmiegte sich wie als Antwort in meine Arme. Und als ich sie küsste, fühlte ich auch ihre Hitze.

Wir drängten aneinander, unfähig, voneinander zu lassen. Ich suchte den Duft an ihrem Hals, während meine Hand über ihren nackten Rücken glitt. Gerade wollte ich mich erheben, um mit ihr auf unser Zimmer zu gehen, als sie sich von mir löste. Mit einer Hand noch auf meiner Brust schaute sie sich um. Vom Personal war niemand mehr da, wir waren allein.

Sie sah mich an und grinste.

Johanna grinste!

»Hast du Kondome dabei?«, fragte sie.

»Ähm, ja. Wieso? Was ...«

Sie stand auf, öffnete die Smokinghose und streifte sie mitsamt Slip herab. Hektisch schaute ich mich um. Zwar waren alle Fenster des Hotels dunkel, doch überall konnte jemand stehen.

Sie öffnete mir die Hose und zog sie mir von Hüften und Beinen, entschlossen und rasch. Ich fummelte aus dem Jackett, das über der Lehne lag, das kleine, quadratische Päckchen hervor. Sie setzte sich rittlings auf meine Schenkel, zupfte mir das Päckchen aus den Fingern und riss es auf. Ihre Zunge lugte hervor, als sie es mir mit diebischem Lächeln überrollte. Dann hob sie ihre Hüften ein Stück an, führte mich zu sich und schob sich mit einem genüsslichen Seufzer auf mich.

Sie legte ihre Hände an mein Gesicht und forderte mich auf: »Sag mir, was du an mir liebst?«, während irgendwelche Muskeln in ihrem Inneren sich rhythmisch um mich herum zusammenzogen.

Ihr gelöstes Gesicht über mir, ihre vollen Lippen, leicht geöffnet. Ihre Augen, helles Funkeln in der Nacht.

»Es sind die Augen«, sagte ich.

»Nein, ehrlicher!«

»Jeden verdammten Zentimeter deiner Haut.«

»Schon besser. Mehr.«

Sie begann, sich auf mir zu bewegen.

»Dein Duft, dein Geschmack, deine Zungenspitze.«

Sie lachte leise. Drängte ihren Schoß an mich, sodass ich tief in sie kam.

»Warum tust du das?«, fragte ich sie.

»Was denn?«, fragte sie zurück, ohne innezuhalten.

»Mich an Grenzen bringen, von denen ich nicht einmal wusste, dass sie existieren.«

Sie krallte ihre Hände in meine Hemdbrust, schloss die Augen und genoss es, mich zu reiten.

»Weil ich keine Grenzen mehr akzeptiere«, sagte sie schließlich mit einer von ihrer Erregung bebenden Stimme.

»Nein, ehrlicher!«

Sie lächelte.

»Weil ich dir wehtun will, Adrian.«

Jetzt war sie ganz hell, ihre Stimme. Sie ließ ihr Becken auf mir kreisen. Die Impulse, die sie damit durch meinen Körper jagte, versetzten meinen Verstand in den Zustand eines Vierjährigen.

»Warum?«

Sie sah mir in die Augen.

»Weil ich dir sonst vertrauen müsste.«

Ich verstand nichts mehr.

»Willst du mich kaputt machen?«

Sie hielt sich mit einer Hand in meinem Nacken fest, während ihre Bewegungen immer heftiger wurden.

»Nein«, keuchte sie. Und dann wieder: »Nein! Ich mache nur falsche Dinge kaputt.«

Sie beugte sich zu mir herab, ihre Zunge glitt zwischen meine Lippen.

Sie sagte mir noch mehr. Doch es waren Worte ohne Sinn, nur der Lust geschuldet. Sie wolle meine Hure sein, und ich sollte sie benutzen, wie ich wollte. Also nannte ich sie Hure und packte ihre Handgelenke. Sie wand sich, steigerte damit aber nur ihre Bewegungen. Sie beschimpfte mich, und ich zahlte es ihr zurück. Als sie kam, presste ich meine Hand auf ihren Mund und hielt sie gleichzeitig am Nacken fest. Ich selbst hielt mich zurück. Das war meine kleine Bosheit an ihr. Ich weiß nicht, ob sie es mitbekam.

Langsam beruhigte sich unser Atem, sie lag immer noch auf mir, während ich mich in den Seelensternen über uns verlor.

»Ich wollte dich da nicht mit hineinziehen«, flüsterte sie an meinem Hals.

»Ich weiß«, sagte ich dem Sternenhimmel. »Das habe ich selber gemacht.«

5.

AM NÄCHSTEN MORGEN weckte mich das Telefon. Das Bett neben mir war zerwühlt, aber leer. Ihr Duft hing noch in der Luft. Ich griff nach dem Handy. Es war Philipp.

»Was ist los, Großer?«

»Mama sagt, du kommst vielleicht nicht mehr zurück. Stimmt das?«

Seine Stimme klang ängstlich und verloren. Es zerriss mich fast.

»Was? Nein, natürlich komme ich zurück.«

Verdammt, Clarissa, was soll das?

Ich setzte mich im Bett auf und versuchte, meinen Denkapparat in Gang zu setzen. Eine Idee blitzte in dem Durcheinander auf. Ich hatte keine Zeit, zu überprüfen, ob sie etwas taugte.

»Hör zu, Philipp, ich habe hier einen Fall zu lösen.«

»Einen Fall? Bist du jetzt Detektiv?«

»Ja, ein wenig. Manchmal passiert einem so etwas.«

»Was ist das für ein Fall?«

Ich holte tief Luft. Was hatte ich mir denn da eingebrockt? Aber wenigstens klang er jetzt nicht mehr verloren, sondern interessiert.

»Ich glaube, jemand wurde zu Unrecht ins Gefängnis gesteckt, und niemand will ihr glauben.«

»Eine Frau?«

»Ja.«

»Wie heißt sie?«

»Johanna, aber erzähl das niemandem.«

»Warum nicht?«

»Ich möchte, dass das erst mal unser Geheimnis bleibt, okay?«

»Okay. Erzählst du mir, wie es weitergeht?«

»Versprochen. Aber hör mal, musst du nicht zur Schule?«

»Bin ich doch. Ist gerade Pause.«

Ich schaute auf die Uhr, es war Viertel nach Neun. Da vernahm ich durch das Telefon im Hintergrund einen Gong.

»Ich muss los«, sagte Philipp. »Sag mir, wie ist sie?«

»Johanna?«

»Ja.«

»Ziemlich cool. Sie hat ein Riesentattoo auf der Schulter, einen Phönix.«

»Wie bei Harry Potter?«

»Genau.«

»Wow.«

»Pass auf dich auf, Großer.«

Er legte auf.

Etwas verwirrt starrte ich auf das Telefon. Meine impulsive Idee hatte Philipp nicht nur in Sekundenschnelle aus seiner trüben Stimmung gerissen, wir hatten zudem etwas, über das wir reden konnten. Und zwar in Fortsetzungen. Jetzt war die Katze aus dem Sack, und er würde keine Ruhe mehr geben. Ich wusste immer noch nicht, ob das eine gute Idee gewesen war, aber ich fühlte mich meinem Sohn so nahe wie seit Langem nicht mehr.

Ein erneutes, völlig unbekanntes Klingeln riss mich aus meinen Gedanken. Verwirrt schaute ich mich um und identifizierte das Hoteltelefon als Verursacher dieses Geräusches. Was war denn heute los? Und wann war Johanna gegangen? Ich nahm ab.

»Guten Morgen, hier ist ein Herr Steiner, der Sie zu sprechen wünscht.«

Steiner? Der Anwalt?

»Ich brauche noch eine halbe Stunde. Fragen Sie ihn bitte, ob er warten will.«

Die Frage wurde weitergetragen.

»Er erwartet Sie in der Lobby«, meldete sich dann wieder die freundliche Conciergefrau.

Unter der Dusche dachte ich über diesen seltsamen Besuch nach. Johannas Anwalt, ein beschissener Anwalt, wie sie sagte, der ihr von Gregor Sander empfohlen worden war, kommt einen Tag, nachdem die Sanders mich mit Johanna im Lokal gesehen hatten, zu mir ins Hotel. Ein Schelm, wer Böses dabei denkt.

Steiner erhob sich, als ich in die Lobby kam. Er trug heute einen hellblauen Anzug. Seine grauen Haare waren stoppelkurz. Diesmal hatte er keine Aktentasche dabei. Er lächelte nicht, als wir uns begrüßten. Sein Händedruck war nichtssagend, irgendetwas zwischen fest und weich.

»Dauert es länger?«, fragte ich.

Er wiegte den Kopf.

»Dann brauche ich einen Kaffee. Kommen Sie.«

Wir gingen den langen Gang zum Bistro, wo das Frühstücksbüfett aufgebaut war. Ich ließ aber nur Kaffee für uns beide kommen.

»Dann legen Sie mal los«, sagte ich, als die erste Ladung Koffein in meinen Körper wanderte.

»Ich bin der Anwalt von Johanna van Bergen«, begann er.

»Ach ja? Mir gegenüber hat sie die Vergangenheitsform gewählt.«

Er leckte sich über die Lippen. »Wie auch immer, ich fühle mich für sie verantwortlich.«

Mir fiel eine spitze Bemerkung dazu ein, aber ich beschloss, ihn erst mal reden zu lassen. Außerdem wollte ich sehen, ob ich ihm nicht ein paar Informationen entlocken konnte.

»Leider«, fuhr er fort, »weiß sie meinen Rat nicht mehr zu schätzen. Ich glaube, sie verübelt mir, dass ich damals keinen

Freispruch erwirkt habe. Aber glauben Sie mir, das war nicht möglich. Die Beweise waren einfach erdrückend. Eine Verurteilung wegen Totschlags war das Beste, was ich für sie erreichen konnte. Sie sollte ...«

»Herr Steiner, eine Frage.«

»Ja?«

»Ich bin da als Nichtjurist nicht sehr erfahren, aber ist es nicht so, dass die meisten Straftäter, wenn sie nicht irgendeinen kapitalen Mist bauen, vorzeitig entlassen werden?«

»Nun ja, schon ...«

»Und sind nicht fast vier Jahre für einen Totschlag, also eine Affekthandlung, ziemlich viel? Bubi Scholz hat seine Frau durch die Klotür abgeknallt und dafür drei Jahre bekommen, die er nicht einmal ganz abgesessen hat.«

»Bubi Scholz?«

»Ja, der Boxer, ist schon ein Weilchen her.«

»Ja, also, das ist natürlich ... hören Sie, das alles ist Vergangenheit. Ich halte es für wichtig, dass Johanna jetzt in die Zukunft schaut. Sie ist noch jung, sie kann sich ein neues Leben aufbauen.«

Natürlich hätte ich jetzt sagen sollen, dass er das bitte schön mit Johanna besprechen möge. Doch ich wollte wirklich, dass er sein Schatzkästlein aufmachte und mir sagte, was er bieten wollte. Oder, besser: was die Sanders bieten wollten!

»Sie meinen, woanders als in Saarlouis?«

Er wand sich auf seinem Stuhl. Mied den Blickkontakt.

»Was will sie hier denn machen, wo alle von der Geschichte wissen? Will sie ihre Zukunft als Kellnerin in Jimmys Bar verbringen?«

Da hatte er natürlich recht. Wobei mir auffiel, dass sich Johannas Tätigkeit bei Jimmy anscheinend gut herumgesprochen hatte. Offenbar waren meine Eindrücke an jenem Abend, da ich sie wiedergefunden hatte, durchaus zutreffend gewesen. Ich fragte mich, ob Steiner bewusst war, dass genau das Johannas Absicht gewesen war.

»Sie sollte die Vergangenheit hinter sich lassen und an die Zukunft denken. Dabei möchte ich ihr helfen.«

»Wie?«

Er stützte die Ellenbogen auf den Tisch auf, legte die Fingerspitzen aneinander.

»Johanna hat noch Freunde in der Stadt. Die aber natürlich vorsichtig sein müssen. Ich bin ermächtigt, ihr eine beträchtliche Summe für einen Neuanfang zur Verfügung zu stellen.«

»Wie beträchtlich?«

»Das weiß Johanna.«

Soso, dachte ich.

»Haben Sie ihr dieses Angebot übermittelt?«

»Dazu ist es leider nicht gekommen.«

»Und nun hoffen Sie, dass ich sie dazu bewegen kann, dieses Angebot zu erwägen.«

»Deswegen bin ich hier.«

Daraus ergaben sich auf die Schnelle zwei Schlussfolgerungen: Wenn Johannas sogenannte Freunde sich an mich wandten, schien ihre Anwesenheit sie wirklich mächtig zu stören. Zweitens bewies es, dass sie keine Ahnung hatten, welches Verhältnis zwischen mir und Johanna bestand. Sonst hätten sie gewusst, wie gering mein Einfluss auf sie war. Ich überlegte, welche Information ich Steiner noch entlocken könnte. Allzu sehr wollte ich dieses Gespräch auch nicht in die Länge ziehen. Der Mann war mir unangenehm, und ich wollte endlich frühstücken. Komisch eigentlich, dass mich immer jemand vom Frühstück abhalten wollte.

»Ich frage mich schon länger …«, begann ich, als mein Handy mit einem leisen Pling den Eingang einer Nachricht signalisierte. Ich ignorierte es. »… und ich würde diese Frage gerne an Sie weitergeben, da Sie sich ja als ihr Anwalt für Johanna verantwortlich fühlen. Ich frage mich, wieso die Behörden, Gefängnisverwaltung oder wer auch immer, Johanna die Erlaubnis verweigert haben, an der Beisetzung ihres Vaters teilzunehmen.«

Das war natürlich ein Schuss ins Blaue. Ich hatte keine Ahnung, ob das so gewesen war. Doch Steiners Reaktion verriet mir, dass ich richtiglag. Er blinzelte mehrfach, wich meinem Blick aus, räusperte sich und suchte sichtlich überrascht nach einer Antwort.

»Ich bin mir nicht sicher …« Er hielt inne, wahrscheinlich, weil er sich fragte, wie informiert ich war. Konnte er es riskieren, mich anzulügen? »Johanna war emotional …«, fuhr er zögernd fort, »nun, sie war sehr erschüttert.«

»Normal, wenn der Vater stirbt, während man im Knast sitzt.«

»Sie stand in dieser Zeit unter ärztlicher Aufsicht. Es waren medizinische Gründe, die einen Freigang unmöglich machten.«

Ich brauchte einen Moment, um zu begreifen. Die Wahrheit traf mich wie ein Schlag: Sie hatten sie mit Medikamenten ruhiggestellt!

Hatte sie vorher geschrien? Getobt? Ich stellte mir Wächterinnen vor, die sie mit Mühe bändigten, damit der Arzt ihr eine Spritze geben konnte! Die sie womöglich an ein Bett banden.

Mit dem Erkennen kam der Ekel. Und die Wut. Medizinische Gründe? Sie hatten Johanna sediert, während ihr Vater zu Grab getragen wurde. Und dieses Arschloch mir gegenüber hat es nicht verhindert.

Ich beugte mich ein Stück vor, weil ich nicht laut werden wollte.

»Wissen Sie was, Steiner? Ich habe es erst nicht glauben wollen, aber Sie sind wirklich ein mieses Stück Scheiße.«

Ich gab ihm zwei Sekunden, um das sacken zu lassen. Dann fügte ich sehr ruhig hinzu: »Und jetzt verschwinden Sie!«

Ich stand auf, noch bevor er reagieren konnte. Ich wollte sein Gesicht nicht sehen, wollte keine seiner schmierigen Lügen mehr hören. Während ich in Richtung Büfett ging, merkte ich, wie mir das Blut in der Halsschlagader pochte. Wie die Hitze in meinen Wangen glühte. Ich brauchte alle Kraft, um mich nicht umzudrehen und den Mann anzuschreien. Oder ihm an die Gurgel zu gehen!

Ich blieb vor dem Büfett stehen, atmete mehrfach tief ein und aus, um mich zu beruhigen. Himmel, wo war das denn hergekommen? Jetzt wandte ich mich doch um. Steiner verließ gerade das Lokal. Während ich eher mechanisch meinen Teller belud, versuchte ich zu verstehen, was mit mir los war. Den Anlass meiner Wut wusste ich. Es waren die Bilder, die in meinem Kopf entstanden waren. Nur waren die leider komplett meiner Fantasie entsprungen, wahrscheinlich inspiriert von irgendwelchen Filmen oder Romanen, aber völlig losgelöst von den tatsächlichen Ereignissen. Das ist erst mal nicht ungewöhnlich. Dafür ist Fantasie schließlich da. Was mich wirklich verstörte, war die Tatsache, dass ich in diesem Moment völlig unfähig gewesen war, das zu erkennen und zu durchdenken. Was sich da in mir Bahn gebrochen hatte, entsprach nicht meinem Wesen. Immer noch fühlte ich den Nachklang der Wut. Sie war so heiß und so plötzlich in mir aufgestiegen wie die Fontäne eines Geysirs. Wo kam das her? Was geschah mit mir?

Ich dachte an die Lust und an die Gewalt, die ich mit Johanna erlebt hatte. Wie sie mich an Grenzen geführt hatte. Und darüber hinaus. War dies die Ursache meines Verhaltens? Machte sie das mit mir? Oder hatte sie einfach nur eine Tür in mir geöffnet, von der ich nicht einmal gewusst hatte, dass sie existiert, geschweige denn, was sich dahinter verborgen hatte.

Ich war schon auf halbem Weg zurück zum Tisch, als mein Widerwille mich innehalten ließ. Es war mir unmöglich, wieder dorthin zu gehen. Es war, als hätte Steiner seine Aura dort gelassen. Ich suchte mir einen anderen Tisch und ließ mir neuen Kaffee bringen. Dabei hoffte ich, dass diese heftigen Gefühlsanwandlungen nur vorübergehender Natur waren.

Während des Frühstücks renkte sich mein Innenleben einigermaßen wieder ein. Immerhin hatte ich jetzt eine Erklärung dafür, dass Johanna nicht zur Beerdigung ihres Vaters erschienen war. Da fiel mir die Nachricht wieder ein, die während des Gespräches mit Steiner eingetroffen war. Ich entsperrte das Handy. Sie war tatsächlich von Johanna.

— Guten Morgen, du hast so fest geschlafen, ich wollte dich nicht wecken. Ich bin heute den ganzen Tag auswärts unterwegs. Sehen wir uns heute Abend bei mir?

Es gab noch eine zweite Nachricht von ihr, deren Eingang ich nicht bemerkt hatte.

— Ich glaube, ich muss dir ein paar Dinge erklären.

Gute Idee. Ich schrieb zurück:

— Ich freue mich auf heute Abend. Der Tag begann leider etwas schwierig. Steiner hat mich aufgesucht.

Die Reaktion kam prompt.

— Was wollte er?

— Ich soll dich überreden, abzuhauen. Neue Stadt und ein Startkapital.

— Was hast du gesagt?

— Ich war leider etwas undiplomatisch. Alles Weitere heute Abend.

Diesmal dauerte es länger, bis die Antwort kam.

— War das jetzt gestern Abend die Geschichte vom Sündenfall, die du mir immer erzählen wolltest?

Ich musste schmunzeln.

— Nein, das war nur ein kleiner Abstecher zu dem Comic, den Michelangelo in der Sixt. Kapelle hinterlassen hat.

— Erzählst du sie mir heute Abend?

— Wenn du brav bist.

— Hui! Was meinst du denn damit?

— Wart's ab.

Wieder vergingen ein paar Minuten.

— Ich weiß einfach nicht, was in dir vorgeht.

Na, was soll ich *denn erst sagen?*

Ich schickte ihr einen Smiley.

Ich holte mir noch eine Schale mit Früchten, um damit das Frühstück abzuschließen. Dabei lauschte ich in meinem Inneren nach der Stimme, die mir riet, schleunigst von hier zu verschwinden und mein altes Leben wieder aufzunehmen. Irgendwo piepste sie tatsächlich noch herum, aber sie kam kaum noch gegen die Eindrücke an, die sich in mir Schicht um Schicht aufeinanderlegten. Auch die Wut war verklungen, so hatte mein Denken wieder Raum. Ich ließ es einfach spazieren gehen.

Johanna ist auswärts unterwegs. Wo ist auswärts? Clarissa und der Psychologenkongress in Bremen. Werde ich nicht dabei sein. Na ja, macht nichts. Philipp steht auf Detektivgeschichten. Vielleicht hat er genug von den Neandertalern. Ich ja auch. Steiner bietet Geld, wenn ich Johanna aus der Stadt schaffe. Wäre interessant gewesen, zu wissen, wie viel. Jedenfalls weiß er nichts von Johannas Geld. Tobias Kern will, dass ich den Fall neu aufrühre. Wieso ich? Jimmy spielt wilder Mann. Ist er wirklich so simpel gestrickt? Was will Johanna? Gerechtigkeit? Von den Sanders? WER sind die Sanders?

Ich griff zum Telefon.

»Adrian«, rief Tobias Kern. »Wie schön, von Ihnen zu hören. Sind Sie noch beim Frühstück? Wie ist Ihre Laune?«

»Ich habe heute schon jemanden als mieses Stück Scheiße beschimpft.«

»Sie steigern sich. Wie schön, dass ich nicht da war.«

»Wir müssen reden.«

»Worüber?«

»Über die Sanders.«

»Oha!«

»Wann haben Sie Zeit?«

»Wir könnten uns zum Essen im ...«

»Nix da. Spaziergang im Park. Wir brauchen beide mehr Bewegung. Dieser Park ...«

»Stadtgarten.«

»Meinetwegen. Ich hole Sie in einer Stunde ab. Passt das?«

Pause. Dann: »Adrian, sind Sie sicher, dass Sie in dieser Richtung weitermachen wollen?«

»Das fragt der Mann, der sich mächtig ins Zeug gelegt hat, um mich genau auf diese Richtung anzusetzen.«

»Ja, aber Herrgott, Mann, ich konnte doch nicht wissen ...«

»Was?«

Kern schnaubte.

»Also gut, in einer Stunde.«

Ich legte auf. Mir war noch etwas anderes eingefallen zu dem kleinen Zusammenstoß mit Steiner. Auch wenn mein Verhalten mich verstört hatte, so hatte ich mich doch in diesem Moment ... ich suchte das Wort: *ganz bei mir* gefühlt! Wie seltsam. Daran könnte ich mich gewöhnen.

»Ludwig der Vierzehnte ließ Saarlouis im Jahre 1680 als Garnisonsstadt erbauen und …«

»Kern?«

»Ja.«

»Die Sanders.«

»Haben Sie denn kein Gefühl für die historische Dimension dieses Ortes?«

Wir standen auf dem, was er als Vauban-Insel bezeichnete, eine künstliche, von Festungsmauern und Wallgräben umgebene Anlage am Rande des Stadtgartens.

»Nun kommen Sie schon, was ist mit den Sanders?«

Er atmete einmal tief durch.

»Großes Kaliber«, sagte er.

Der Großvater von Gregor Sander hatte nach dem Krieg als Schrotthändler angefangen. Geschäftstüchtig, aber auch gerissen und rücksichtslos schaffte er die Grundlage für das Familienvermögen. Und bewies den richtigen Riecher. Grundstücke waren günstig, Herbert Sander kaufte, was er kriegen konnte. Er heiratete eine Soldatenwitwe.

Kern lachte auf.

»Über Martha kursierten wilde Geschichten. Ihr Mann war nicht an der Front gefallen, sondern zu Hause die Treppe hinunter. Genickbruch. Böse Zungen behaupteten, dass sie dabei am oberen Ende der Treppe gestanden hatte. Was die Leute so redeten. Aber ein harter Brocken war sie wohl schon.«

In Herbert hatte sie jedenfalls einen ebenbürtigen Partner gefunden. Sie bekam von ihm zwei Söhne, mit etwas Verspätung noch eine Tochter. Die aber war kränklich und verstarb schon in jungen Jahren in einer Klinik.

»Es heißt, sie wäre geistig behindert gewesen. Aber die Familie hat nicht darüber geredet.«

Als nach Herberts Tod Mitte der Siebziger sein ältester Sohn Ludwig die Firma übernahm, gehörte die Familie bereits zu den größten Grundbesitzern in Saarlouis. Ludwig stand seinem Vater in Sachen Geschäftstüchtigkeit in nichts nach. Er weitete seine Aktivitäten nach Saarbrücken aus. Die Siebziger und Achtziger waren, was Immobilien betraf, ziemlich zügellos. Ludwig schaffte es binnen Kurzem, das Familienvermögen beträchtlich zu vermehren. Dabei half ihm ein Baukonzept, das er entwickelt hat. Preiswerte Neubauten, die alle nach dem gleichen Muster geplant waren, die sogenannten Sander-Bauten.

»Sie haben sie bestimmt schon gesehen, man sieht sie überall in der Stadt.«

Ich erinnerte mich, dass mir diese wiederkehrende Bauweise aufgefallen war.

Aber Ludwig hatte ehrgeizigere Ziele, als einfach nur reich zu werden. Die Heirat mit einer Tochter aus einem erzkatholischen Kölner Hause förderte seine Ambitionen. Friederike Sander, geborene Thomälen, besaß zudem den Machtinstinkt, der dem etwas provinziellen Ludwig noch fehlte. Mit ihr an seiner Seite lernte er ein seriöseres Auftreten. Schließlich gelang es ihm, einen Sitz im Stadtrat zu erwerben, als Kreisverbandsvorsitzender seiner Partei. Während Friederike erst einen Sohn und dann eine Tochter zur Welt brachte, weitete Ludwig sein Imperium aus. Bald zog die Familie ins noble Regenbogenviertel in Picard um, das vor den Toren der Stadt lag.

»Entrückt im Olymp von Saarlouis«, sagte Kern feixend.

Friederike habe auch maßgeblich die Karrierepläne für ihren Ältesten, Gregor, vorangetrieben.

Die Tochter, Teresa, erwies sich leider als Enttäuschung. Sie war die Skandalnudel der Familie. Friederike und Ludwig setzten alle Hoffnung auf Gregor. Der schloss sein Jurastudium summa cum laude ab. Jetzt war er bereit für politische Ämter. Aber dann …

»… kam Johanna!«

»Exakt. Nicht ganz die Verbindung, die die Eltern sich erhofft hatten, aber auch nicht unvorteilhaft. Als Protestantin und Tochter eines Pfarrers erschloss sie die evangelische Wählerschaft. Sie müssen wissen, dass hier im Saarland sehr viel Wert auf Bodenständigkeit gelegt wird. Außerdem war sie als Journalistin ein nützliches Instrument. Sie konnte mit ihren Kontakten zur Presse dem Kandidaten Türen öffnen.«

»Kandidat für was?«

Kern beäugte mich von der Seite. Wir schritten einen Weg tief im Stadtgarten entlang.

»Denken Sie daran, wer alles von hier aus in die Bundespolitik gestartet ist. Hier haben Politiker hohe Ambitionen.«

»Sie meinen …?«

»Ja. Den Chefsessel.«

Er warf die Arme in die Luft.

»Herrje, das sind Spekulationen. Aber glauben Sie mir, ich beobachte die Politik schon seit Jahren. Die Sanders wollen ganz hoch hinaus.«

»Und auf einmal knallt die Verlobte einen Zuhälter ab.«

»Welche Verlobte?«

»Stimmt. Es gab ja gar keine Verlobte. Dafür einen Anwalt, der dafür sorgt, dass sie möglichst lange aus dem Verkehr gezogen wird.«

Kern warf mir einen Reporterblick zu.

»Ist das so?«

Ich zuckte mit den Achseln.

»Spekulation.«

»Was sagt eigentlich Johanna dazu?«

Ich schwieg ein paar Schritte lang, weil ich über etwas Grundsätzliches nachdenken musste.

»Hören Sie, Kern«, sagte ich schließlich, »ich werde Ihnen nichts über Johanna erzählen. Nichts von dem, was ich herausbekomme, nichts von dem, was sie tut oder sagt. Denn dann würde ich ihr Vertrauen missbrauchen. Zwischen Ihnen und mir kann es nur auf eine Weise laufen: Sie liefern mir zu. Sagen mir alles, was Sie wissen. Helfen mir bei Fragen weiter. Ich hingegen gebe Ihnen nichts. Wenn Sie etwas über Johanna wissen wollen, müssen Sie sie selber fragen. Kommen Sie damit klar?«

Er sah aus, als hätte er in eine Zitrone gebissen.

»Das ist ein sehr schlechter Deal.«

»Das ist überhaupt kein Deal. Sie haben mich hier reingezogen. Ihre Gründe sind mir schleierhaft, und ehrlich gesagt interessieren sie mich im Moment auch nicht. Aber ich deale mit niemandem. Wenn Ihnen das nicht gefällt, sagen Sie es. Ich werde Sie nicht mehr belästigen.«

Jetzt brauchte Kern ein paar Schritte.

»Mann«, sagte er schließlich, »Sie sind wirklich ein sturer Knochen.«

Wahrscheinlich hatte er recht.

»Wie kann man nur so stur sein?«, rief Clarissa verzweifelt.

Ich sah ihre Not, und es tat mir weh. Sie hatte wirklich alles versucht. Ich schaute auf Philipp, der in seinem Babybettchen lag und fröhlich glucksend nach den kleinen Stofftierchen grapschte, die über dem Bett an einer Leine baumelten.

»Ich kann die Reise nach Israel nicht verschieben«, sagte ich ruhig zu Clarissa. »Das ist nichts, was man einfach in einem Jahr nachholen kann. Wenn ich diese Reise nicht mache, kann ich mein Buch nicht beenden. Und wenn ich das nicht tue, ist die Arbeit von Jahren verloren.«

»Und was ist mit uns?«, fragte sie in bitterem Trotz. Ich wusste, was sie mit dieser Frage meinte, aber ich verstand sie absichtlich falsch und bezog mich darauf, wie wir die Betreuung Philipps organisiert hatten.

»Das ist doch alles geklärt«, erwiderte ich. »Du kannst genauso mit deiner Arbeit fortfahren wie ich. Der Unterschied ist, dass du nicht reisen musst.«

Natürlich durchschaute sie mein Manöver. Ich sah es ihr an, und sie wusste, dass ich es wusste. Dennoch schwieg sie. Sie schwieg und ließ mich fahren.

Damals hatte das Schweigen zwischen uns begonnen.

Ich traf gegen neunzehn Uhr vor Johannas Haus ein. Auf mein Läuten reagierte niemand, offenbar war sie noch nicht wieder zu Hause. Ich zückte das Handy, um ihr eine Nachricht zu schicken und zu fragen, wann sie da wäre. Dann kam ich mir dabei aber blöd vor und zögerte. Sollte ich vielleicht irgendwo ein Bier trinken gehen?

In diesem Moment des Zauderns geriet ich mental aus dem Tritt. Mit einem Mal sah ich mich, einen Mann Mitte vierzig mit einem kaputten Familienbackground, in einer fremden Stadt stehen und auf eine Frau warten, die mir jede Menge Ärger einbringen könnte. Dafür hatte ich mir innerhalb weniger Tage Feinde gemacht, nicht nur einen Anwalt, sondern auch eine der reichsten Familien der Stadt. Und wofür? Für die Gerechtigkeit? Wer wollte ich sein? Sir Galahad?

Kurz bevor ich so weit war, mich in mein Schwert zu stürzen, öffnete sich die Tür. Ich erkannte die Frau wieder, die sich mit Kern unterhalten hatte, Johannas Nachbarin, Hermine Wrangel.

»N' Abend«, sagte sie. »Et Johanna es net do.«

»Ja, sieht so aus. Ich war mit ihr verabredet.«

»Sie senn der Freund, der Professor, gell?«

»Ja.« Ich wollte jetzt nicht kleinlich über Titel diskutieren. »Mein Name ist Adrian Kayser.«

Sie gab mir die Hand.

»Ich bin et Hermine Wrangel. Ich wor früher em Herr Pfarrer sein Haushälterin. Ich kenn et Johanna schon, seit et en Baby wor. Wollen Se net rennkommen und onn bei mir waten?«

»Nun ja, ich möchte Sie nicht stören.«

»Quatsch, kommen Se renn.«

Es war wohl meiner etwas brüchigen Stimmung zuzuschreiben, dass ich ihr in ihre kuschelig vollgestellte Wohnung folgte. Hermine Wrangel war Ende sechzig. Gepflegtes graues Haar, das sich wellig an ihren Kopf schmiegte, eine weiße Bluse mit Weste und ein Rock. Sie saß sehr gerade auf ihrem Sofa, während ich auf dem Sessel Platz genommen hatte. Sie fragte in ihrem entzückenden Dialekt, ob ich einen Tee wollte. Ich verneinte.

»Odda leiwer en Sherry?«

Ich vermutete, dass es sich dabei um etwas sehr Süßes handelte, und wollte schon ablehnen, als sie hinzufügte: »Mein' Freundinnen wollen immer dat süße Zeuch trinken. Ich hann leiwer die trockenen.«

»Dann sehr gerne.«

Sie öffnete eine rauchgläserne Schranktür, hinter der ein beträchtlicher Flaschenvorrat verborgen war, und kam mit einer Flasche Tio Pepe und zwei Sherrygläsern zurück.

»Sie scheinen jo en netter Mann zu senn«, sagte sie, nachdem wir uns zugeprostet hatten. »Dat is gutt. Et Johanna hat e schlimm Zeit hinner sich. Datt wissen se doch, odda?«

»Natürlich.«

Sie nickte zufrieden.

»Watt für'n Unglück für die ganz Famille. Dabei woren se all so liebenswürdig. Onn der Pfarrer, ach, datt hat em et Herz gebroch. Wo er doch schon sei Frau so früh verlor hat. Hat et Johanna Ihnen von seiner Mutter vazehlt?«

Ich schüttelte den Kopf. Hermine Wrangel erzählte von Astrid van Bergen, die viel zu jung an Krebs verstorben war. Während Hermine von den Jahren mit den van Bergens sprach, ließ ich meinen Blick durch ihr Wohnzimmer wandern. Auf dem Schrank, einer Anrichte und an den Wänden befanden sich Fotos von Menschen, die in ihrem Leben eine Rolle spielten oder gespielt hatten. Unzählige Bilder von Müttern mit Babys, Vätern mit Kindern, Kindern und Babys ohne Väter und Mütter hingen und standen neben Fotos von älteren fröhlich dreinschauenden Menschen, allein oder in Gruppen, mit oder ohne Hermine. Und alle schauten mich an. Zwar durchaus freundlich, aber ich war der Fremde, der nicht dazugehörte. Mit einem Mal kehrte das Unbehagen zurück. Ich konzentrierte mich wieder auf Hermine Wrangels Worte.

»... hat et ihm geholf, dass er für sei Tochter do senn musst. Aber wissen Se, eigentlich wor et jo et Johanna selba, wo begriff hat, dass es off sein Vatter Acht genn musst. So wor et jo schon, wie sei Mutter krank genn es. Et Johanna hat sehr früh lerne müsse, Verantwortung zu iwwernehmen.«

Nach und nach zeichnete sie das Bild dieser kleinen Familie, fügte Freunde und Verwandte hinzu, wobei sie sich nicht selten aus dem Panoptikum der Gesichter bediente, die uns umgaben. Sie folgte dabei nicht einer Chronologie oder einer bestimmten Geschichte, sondern wob ihre Fäden scheinbar willkürlich in alle erdenklichen Richtungen. Dabei machte sie keinerlei Pause, sodass ich mich bald wie in einem Kokon aus Worten und Geschichten fühlte. Die Menschen auf den Fotos gewannen dabei an Lebendigkeit. Unzählige Augen schienen mich zu prüfen und in lupenreinem saarländischem Dialekt über mich zu richten.

Ich trank den Sherry in einem Zug aus, um mich von diesem unwirklichen Empfinden zu befreien. Es gelang mir nicht wirklich. Immer wieder kam Hermine Wrangel auf Johanna zurück, als stünde sie im Zentrum dieses Beziehungsgeflechtes. Immer weniger erkannte ich darin die als einsam wahrgenommene Frau wieder, die ich in einem Zug kennengelernt hatte. Und immer weniger fand ich meinen Platz in diesem dichten Gewebe. Das verstärkte mein Unbehagen.

»... und der Gregor is jo nie herkomm. Dat war ihm wohl net fein genuch, oder er wollt net beim evangelischen Pfarrer gesinn genn. Et Johanna war in der Zeit mehr in Picard als hier dahemm. Den Herrn Pfarrer hat dat ganz unglecklich gemach. Nett dass er dat em Johanna gegenüber gezeicht hätt, gewiss nett. Er hätt nie wat gegen ihren Verlobten gesaat. Die Liebe geht ihre eigenen Wege, hat er immer gesaat, jo. Awwer mir gegeniwwa konnt er dat net verbergen. Ich hann' t gespürt. Dat war schon so, als ...«

Gregor! Der Verlobte. Trotz ihrer Worte war auch er ein Teil des Gewebes. Das Gefühl, davon ausgeschlossen zu sein, verstärkte sich. Ich schielte nach der Sherryflasche. Sollte ich mir selber nachschenken? Besser wäre es, einfach aufzubrechen und einen Spaziergang zu machen. Da fiel ein Name, der mich aufhorchen ließ.

»Was sagten Sie gerade? Teresa? Teresa Sander? Sie war hier?«

»Allemal, en Zeit lang woren die zwei emma zesammen. Aach wenn ...«

»Aber Sie meinten doch vorhin, dass Gregor nie hierhergekommen ist.«

»Dat met dem Gregor kam erscht dannoh. Et Johanna und et

Teresa hann sich schon seit der Schulzeit kannt, aach wenn et Teresa sehr viel jünger es. Bestemmt siwwen Johr, glaawen ich. Awwa et Johanna wor wohl emma so eppes wie'n groß Schweschda foa se. Se hat se emma bewunnert. Unn für et Johanna wor et die klään Schweschda, die et nie gehatt hat. Ich hann den Eltern jo emma gesaat, dass et Johanna noch en Geschwisterschen braucht. Kinder sollten nett allein allän offwaaßen, dann genn se nur verwehnt. Nett dass dat beim Johanna der Fall gewehn wär. Dat is jo wirklich ...«

Sie bemerkte mein leeres Glas.

»Schenken Se uus doch noch'n Gläschen enn, Herr Kayser.«

»Nein danke«, sagte ich und schaute auf die Uhr. »Vielleicht sollte ich lieber gehen. Anscheinend ist bei Johanna etwas dazwischengekommen.«

Ich überprüfte mein Handy, ob irgendeine Nachricht reingekommen war. Aber da war nichts. In dem Moment erhob Hermine Wrangel sich.

»Ich glaawen, dat es se.«

Sie ging in den Flur hinaus. Ich erkannte Johannas Stimme. Die beiden Frauen kamen in die Wohnung. Johanna sah erschöpft aus. Als sie die Gläser bemerkte, schüttelte sie tadelnd den Kopf und sagte im besten Saarländisch:

»Tante Hermine, da Dokda hat doch gesaat, de sollscht kän' Alkohol trenken.«

»Vergess et! Da Dood muss en Grund hann.«

»Hi, Adrian, musstest du lange warten?«

»Nein.« Ich stand ebenfalls auf, um zu verhindern, dass wir hier noch zu dritt sitzen und uns Monologe anhören mussten. »Deine Nachbarin hat sich sehr aufmerksam um mich gekümmert.«

»Dat hänn ich gär gemach, Herr Professor.«

Wir gaben uns zum Abschied die Hand.

»Gucken Se ruhig mo nommo renn«, forderte sie mich auf.

»Herr Professor?«, fragte Johanna mit hochgezogener Augenbraue, als wir die Treppe hinaufgingen.

Ich zuckte mit den Achseln.

»Ich weiß auch nicht, wer ihr das erzählt hat.«

Sie schloss ihre Tür auf.

»War es sehr anstrengend?«, fragte sie mich, als wir in ihrer Wohnung waren.

»Na ja, ich bin noch etwas neben der Spur.«

Sie schnaubte aus, es klang amüsiert.

»Mein Vater sagte mal, dass sie ihren Mann ins Grab gequatscht hat.«

»Das glaube ich aufs Wort.«

Wir setzten uns an den Esstisch. Johanna starrte schweigend vor sich hin.

»Keinen guten Tag gehabt?«, fragte ich.

Sie schüttelte den Kopf. Dann, nach einer Weile: »Das mit gestern Abend tut mir leid.«

»Was genau? Das im Lokal oder das auf der Terrasse?«, versuchte ich einen Scherz. Er misslang, sie ging überhaupt nicht darauf ein.

»Ich hätte dir erzählen sollen, warum ich mich so gezeigt habe«, sagte sie stattdessen. Ich begann, mir Sorgen zu machen. Sie wirkte so ergeben.

»Was wolltest du den Sanders zeigen? Dass du nicht kaputtgegangen bist? Das ist dir gelungen.«

Mit einem Mal kam mir ein Gedanke. Er war so naheliegend, dass ich mich wunderte, erst jetzt darauf gekommen zu sein. Vielleicht hatte sie es nicht allen Sanders zeigen wollen. Sondern nur einem!

»Für wen war die Show eigentlich gedacht?«, fragte ich, während die Antwort sich immer deutlicher in meinem Geist abzeichnete. »Für Gregor, nicht wahr?«

Sie betrachtete mich, unergründlich wie immer. Die Erkenntnis fraß sich in mich hinein wie ein ätzendes Gift.

Johanna war gekommen, um ein paar Dinge in Ordnung zu bringen. Das waren ihre Worte gewesen. Sie wollte ihre Unschuld beweisen. Für ihren Vater. Und für wen noch?

Gregor und sie waren ein Paar gewesen. Sie wollten heiraten. Dann starb Thorberg, auf welche Weise auch immer. Und Gregor Sander verließ sie nicht nur, er verleugnete sie.

Johanna wollte nicht Gerechtigkeit.

Johanna wollte Rache.

An dem Mann, den sie geliebt hatte. Und den sie immer noch auf eine kranke Weise liebte.

»Du liebst ihn noch immer, nicht wahr?«

Sie schluckte, ihre Kiefermuskeln verhärteten sich. Ihr Blick zog sich von mir in eine ferne Umlaufbahn zurück.

»Du hast nichts verstanden.«

»Nein. Wie auch? Du hast mich benutzt. Du hattest gestern nicht nur ein aufsehenerregendes Outfit, du hast auch einen neuen Liebhaber präsentiert. Wem, wenn nicht Gregor, sollte das denn gelten?«

Ihr Gesicht war eine Maske mühsam gezügelter Wut.

»Ja, ich habe dich benutzt, Adrian. Und weißt du was? Vielleicht tue ich es wieder. Ich habe vier Jahre lang in einem Loch gesessen und musste jedem Befehl gehorchen, den mir irgendjemand in einer Uniform gegeben hat. Ich habe vier Jahre keine Tür mehr selber aufgemacht. Als ich rauskam, musste ich erst wieder lernen, wie das geht.«

Ich dachte an den Moment, da sie vor dem Zugabteil gestanden hatte. Und reflexartig darauf wartete, dass jemand ihr öffnete.

Als sie weitersprach, schien sie jedes Wort unter großem Druck herauszupressen.

»Ja, ich habe diesen Menschen zeigen wollen, dass ich nicht kaputtgegangen bin, auch Gregor. Vielleicht vor allem ihm. Denn sein Verrat war der schlimmste. Und ich bin noch lange nicht fertig mit ihm. Aber es waren nicht allein ihre Bosheit und Gemeinheit, die mich ins Gefängnis gebracht haben. Es waren meine Schwäche und Dummheit. Sie haben mich benutzt, aber ich habe mich benutzen lassen. Und das, Adrian, wird mir nie wieder passieren.«

Ihre Brust hob und senkte sich mit ihrem heftigen Atem. Ihre Nasenflügel zuckten.

»Fordere nie wieder eine Rechtfertigung für mein Tun. Dazu hast du kein Recht.«

Sie musste es noch mal wiederholen, leise und beherrschter jetzt: »Du hast kein Recht auf mich.«

Es bohrte in meinen Eingeweiden, es stieß mir sauer auf, es quälte mich unerträglich. Ich merkte, wie sich mein Mund in dieser Bitterkeit verzog. Tausend Dinge drängten danach, gesagt zu werden. Aber nichts könnte diese Mauer durchdringen, die sie zwischen uns errichtet hatte. Aus Hilflosigkeit wurde Zorn, aus Kränkung Selbstmitleid.

»Du solltest jetzt besser gehen, Adrian«, sagte sie.

In diesem Moment war ich mir absolut sicher: Sie liebte Gregor Sander, diesen schmierigen Provinzpolitiker. Und ich war nur Mittel zum Zweck gewesen.

»Ja«, brachte ich mühsam hervor. »Ich sollte jetzt gehen.«

Ich stand auf und ging hinaus, ohne mich umzudrehen. Als die Tür hinter mir ins Schloss fiel, zersplitterte etwas in mir. Ich hätte schreien können: Nein! Ich liebe dich!

Aber meine Beine trugen mich die Treppe hinunter. Meine

Hand stieß die Tür auf, und ich fiel in die leere, dunkle Straße. In ein Universum ohne Johanna.

Ins Nichts.

Die Dunkelheit sog mich auf, meine Gedanken kreisten hilflos in dieser Schwärze. Ich fühlte mich verraten, betrogen, gedemütigt. Dabei hatte ich doch alles nur für sie getan. Das Leben, in dem ich mich eben noch als geschickter Mitspieler wähnte, hatte mich verstoßen. Um Johanna zu folgen, hatte ich den Halt meiner bisherigen Existenz aufgegeben. Und nun versank ich.

Ich nahm kaum wahr, welche Straßen ich entlangging. Ich hatte mein Ziel verloren. Dennoch stand ich mit einem Mal vor dem La Maison. Der kiesbedeckte Vorhof war erleuchtet, auch hinter den Fenstern war Licht, das heimelige Wärme versprach. Noch immer erfüllte mich das Gefühl, ungerecht behandelt worden zu sein, mit all seinen unguten Auswüchsen. Doch es nahm nicht mehr meinen gesamten Innenraum ein. Etwas trat daraus hervor, das sich als mein gewohntes Ich herausstellte. Und das fragte sich etwas benommen, was ich da gerade durchlebt hatte.

Ich stieg die Treppe empor. Doch statt auf mein Zimmer ging ich direkt in die Bar. Fast erwartete ich, Teresa am Tresen anzutreffen, doch da saß nur ein einzelner, männlicher Gast. Ich überlegte kurz, ob ich mich in einem Sessel in einer Ecke verstecken sollte. Aber auch wenn mir nicht der Sinn nach einer Unterhaltung stand, so hatte ich doch das Gefühl, dass die Gegenwart anderer Homo sapiens für die Bewältigung meines inneren Aufruhrs hilfreich wäre. Auch wenn es sich dabei nur um einen Barkeeper und einen Unbekannten handelte.

Ich ließ drei Barhocker zwischen mir und dem Fremden und bestellte einen Manhattan. Während der Mann hinter dem Tresen den Cocktail mixte, versuchte ich herauszufinden, was mit mir los war. Je länger ich darüber nachdachte, desto unverständlicher erschien mir mein Verhalten. Was ging es mich an, wie Johanna zu ihrem ehemaligen Verlobten stand? Selbst wenn sie ihn liebte, so stand es mir nicht im Geringsten zu, ihr das vorzuhalten. Es stimmte, ich hatte keinerlei Rechte auf sie. Schließlich hatte sie mir nie etwas versprochen. Wir kannten uns gerade mal eine Woche. Und einen Großteil der gemeinsamen Zeit hatten wir mit Vögeln verbracht. Auch wenn ich mir eine Menge Gedanken über sie gemacht hatte, wenn ich recherchiert und mich von Kern hatte informieren lassen, so hatte sie mir doch kaum etwas von sich offenbart. Warum auch?

Weil ich meinte, ihr helfen zu müssen? Sie hat mich nie darum gebeten. Weil ich meinem Sohn eine Heldengeschichte erzählen wollte, in der ich die unschuldige Jungfrau rettete? In dem Fall würde ich sie in gleicher Weise benutzen, wie sie mich am Abend zuvor benutzt hatte. Ich hatte wirklich keinen Grund, Johanna irgendeinen Vorwurf zu machen.

Tatsache war doch, dass ich mich in etwas hineingesteigert hatte. Etwas, das mich zu einem Verhalten brachte, das mir fremd war. Das war doch nicht ich, der sich so aufführte. Oder? Mit einigem Schrecken musste ich mich der Erkenntnis stellen, dass ich nicht mehr Herr im eigenen Haus war.

Dass sie eine Macht über mich besaß, wie es noch nie zuvor ein Mensch hatte.

Erst jetzt bemerkte ich das Glas, das vor mir stand. Ich hatte gar nicht mitbekommen, wie der Barmann es dort abgestellt hatte. Aber es war genau das, was ich jetzt brauchte. Ich nahm einen Schluck und ließ ihn mir auf der Zunge zergehen. Es war schon fast beängstigend, wie gut mir das tat.

»Einen schweren Tag gehabt?«

Ich wandte mich dem anderen Gast zu, der mir mit amüsiertem Schmunzeln zuprostete.

»Sieht man das?«

»Das kann man wohl sagen. Sie sahen eben aus, als hätte mit dem Drink der Geist Gottes zu Ihnen gesprochen.«

»Meinen Sie, dafür sucht der Geist Gottes sich einen Manhattan aus?«

»Wer weiß das schon? Heute ist ja nicht mal mehr sicher, ob Gott ein Kerl ist.«

Es war ein völlig sinnloser Dialog, der sich da entspann, aber das tat fast so gut wie der Cocktail. Kleine belanglose Sätze, die zwischen uns gewechselt wurden und sich nicht im Geringsten darum scherten, was mit unserem Gefühlsleben los war.

Irgendwann stellten wir einander vor. Er hieß Jean-Remy Delattre.

»Klangvoller Name«, sagte ich.

Er zuckte mit den Schultern. Die waren ziemlich breit und steckten in einem teuren Jackett. Überhaupt machte er einen sportlichen Eindruck. Ich schätzte ihn auf Mitte sechzig, obwohl er jünger wirkte. Aber das Grau in seinem kurzen Haupthaar und der sorgfältig gestutzte Bart verrieten ihn.

Er wäre geschäftlich in Saarlouis. In Sicherheitstechnik.

»Schlösser oder Schutz vor Hackern?«, fragte ich. Mittlerweile stand der dritte Manhattan vor mir, den hatte Delattre spendiert. Es würde also mindestens noch eine weitere Runde geben, die ich schmeißen musste.

Wir hatten uns bis auf einen Barhocker angenähert. Mittlerweile hatte sich eine wattige Decke aus Whisky und Wermut über meine wunde Aufgewühltheit gelegt. Ich hatte nicht die Absicht, diesen heilenden Verband heute Abend zu lockern.

»Beides«, beantwortete er meine Frage. »Was nützt Ihnen ein

bestens geschütztes Firmengebäude, wenn irgendein Pizza fressender Informatikstudent sich durch sämtliche Firewalls hackt. Wir beschäftigen die besten von diesen Spinnern, indem wir ihnen einen Haufen Geld zahlen.«

»Und die besten Pizzas spendieren.«

»Mitnichten«, grinste er. »Wissen Sie, womit wir unsere Leute bei der Stange halten? Mit Bestätigung und Herausforderung. Wir lassen sie die besten Systeme knacken und entwickeln dann neue. Dabei blasen wir ihnen so viel Puderzucker in den Arsch, dass die Brillengläser von innen beschlagen.«

Na ja, worüber Männer halt so reden, die sich an einem Tresen kennenlernen. Ich ließ ihn noch ein wenig über seine Nerds lästern, dann kam mir eine Idee: »Sagen Sie, ich hätte eine Frage. Es ist wahrscheinlich nicht Ihr Arbeitsgebiet, aber es hat mit diesem Cyberkram zu tun.«

»Nur zu«, ermunterte er mich.

»Kann man Nachrichten über einen Menschen aus dem Internet löschen?«

Er nahm einen Schluck, schmatzte einmal und sagte: »Nicht hundertprozentig. Irgendwo liegt immer ein Back-up oder eine Kopie rum. Aber mit dem richtigen Werkzeug können Sie eine Menge machen. Ist allerdings aufwendig, und das heißt teuer. Ja, dafür gibt es einen Markt.«

Er zeigte ein spöttisches Grinsen.

»Warum? Gibt es etwas in Ihrem Leben, was Sie ungeschehen machen wollen?«

Ja, dachte ich, ungefähr zwanzig Minuten an diesem Abend.

»Nein«, winkte ich ab, »war nur so eine Idee.«

Er fragte, was ich so machen würde. Als ich es ihm sagte, erwartete ich einen Spruch über die Neandertaler. Aber Delattre überraschte mich damit, dass er mich erstaunt ansah.

»Sie sind das? Stimmt, jetzt erkenne ich Sie. Ich habe Ihre Bücher gelesen.«

Er hatte sie nicht nur gelesen, er fragte mich nach Details, die bewiesen, dass er sich wirklich für meine Themen interessierte. Den Rest des Abends redeten wir ausschließlich über meine Arbeit. Delattre konnte es nicht wissen, aber damit trug er mehr zu meiner Stabilisierung bei als die Drinks, die ich zu mir nahm. Als ich endlich mit etwas unsicheren Schritten in Richtung meines Zimmers ging, vermied ich es tunlichst, an Johanna zu denken. Aber wie es so ist, wenn man an etwas gerade nicht denken will: Man kommt nicht davon los. Noch bevor ich mein Zimmer erreicht hatte, gab ich den Widerstand auf. Der Schmerz unseres Zerwürfnisses schaffte es mühelos durch die wattige Schicht der Betäubung. Gleich nach dem Schmerz kam die Wut. Eher um mich abzulenken, weniger weil ich irgendeine Erwartung hegte, schaute ich noch mal auf mein Handy. Es war eine Nachricht von Johanna gekommen. Sie war schon eine Stunde alt:

— Tut mir leid, ich hätte das nicht sagen sollen. Ich hatte einfach einen scheußlichen Tag.

Schlagartig verschwand mein Zorn. Löste sich einfach auf. Darunter wusste ich das morastige Gefühlschaos, in dem ich festgesteckt hatte, beißende Eifersucht am Grund, graues Selbstmitleid. Obenauf aber war nur Beschämung.

Ich schickte ihr meine Antwort.

— Nein, mir tut es leid, ich habe mich unmöglich aufgeführt.

Die Antwort kam, noch bevor ich meine Zimmerkarte hervorgeholt hatte.

— Ich weiß noch nicht, wie ich mit alldem umgehen soll. Können wir morgen reden?

Ich wollte gerade antworten, da kam noch eine Nachricht:

— Bitte, fahr nicht weg.

Ich lehnte mich mit dem Kopf gegen die Tür.

»Johanna, du machst mich fertig«, murmelte ich. Dann schrieb ich ihr.

— In Ordnung. Lass uns morgen reden.

— Ich rufe dich an. Gute Nacht.

— Gute Nacht.

Ich war zu erschöpft und auch zu betrunken, um all diese unschönen Dinge erneut zu durchleben. Dennoch ließ mich der Gedanke, dass wir uns morgen wiedersehen würden, ruhiger werden. Ohne ihre Nachricht wäre dies sicher keine gute Nacht geworden.

Mein Zimmer war wie immer für die Nacht hergerichtet, die Vorhänge zugezogen, das Bett aufgedeckt. Die Nachttischlampen verbreiteten warmes Licht. Ich legte mein Jackett ab und ließ mich auf das Sofa sacken. Dabei wanderte mein Blick durch die geräumige Suite. Die Hotelangestellten hatten auch meine Klamotten zusammengelegt. Wie ordentlich. Dann fiel mein Blick auf den Schreibtisch. Irgendetwas dort stimmte nicht. Es dauerte eine Weile, bis ich es bemerkte. Dann stand ich auf und betrachtete die Lage meines Laptops.

Ich setzte mich auf den Stuhl und nahm meine gewohnte Arbeitshaltung ein. Wie ich sie auch beim Studieren von Kerns Dateien innegehabt hatte. Da gab es keinen Zweifel: Der Laptop war verschoben worden.

Das konnte natürlich durch das Personal geschehen sein, die vielleicht Staub gewischt hatten. Vielleicht hätte ich mich nicht weiter darum gekümmert, aber mir fiel ein, wie ich tags zuvor heimlich in Johannas Bankunterlagen herumgeschnüffelt hatte und wie sehr ich darauf bedacht gewesen war, alles so zurückzulassen, wie ich es vorgefunden hatte.

»Jetzt wirst du schon paranoid«, sagte ich zu mir und klappte den Laptop auf. Ich überprüfte im Verlauf die zuletzt geöffneten Dokumente. Es waren die Dokumente von Kern. Ich runzelte die Stirn. Es war nicht die Reihenfolge, in der ich die Dokumente aufgerufen hatte. Oder?

Dann sah ich, dass in der Liste das Protokoll der Erstvernehmung aufgeführt war. Das hatte ich aber noch gar nicht aufgerufen, das wusste ich genau, weil ich es mir als Nächstes vornehmen wollte. Wieso stand es dann in der Liste der geöffneten Dokumente?

Die Zeitverzögerung meines Begreifens war wahrscheinlich den Manhattans geschuldet. Leider gab es darauf aber nur eine Antwort: weil jemand anderes sich dieses Dokument angeschaut hatte.

Jemand hatte meinen Computer ausspioniert!

Johannas Anruf kam, als ich gerade zum Frühstück ging. Ich war immer noch aufgewühlt.

»Hey, gut geschlafen?«, fragte ich in bemüht lockerem Ton. Darauf stieg Johanna nicht ein, sie kam gleich zum Punkt.

»Ja, ich habe nachgedacht und muss dich etwas fragen.«

»Okay …?«

»Also … bis gestern …«

Sie schien nach Worten zu suchen. Ich blieb im Gang stehen.

»So schwierig?«, fragte ich.

»Ja, ich hatte mir das alles anders vorgestellt. Aber es funktioniert nicht. Ich habe gestern jemanden aufgesucht, auf dessen Hilfe ich gesetzt hatte. Leider war das ein völliger Fehlschlag. Jetzt muss ich mir etwas einfallen lassen. Bis jetzt habe ich dich aus meinen Angelegenheiten raushalten wollen. Es ist einfach nicht dein Problem, und es ist hässlich. Aber ich komme nicht weiter, und ich brauche jemanden, mit dem ich reden und denken kann. In Vechta hatte ich Karla. Jetzt merke ich, wie sehr es mir geholfen, mir ihr zu reden. Hier habe ich zwar Jimmy, aber er hat mir schon mehr geholfen, als gut für ihn ist.«

Sie machte eine Pause, ich wartete einfach.

»Ich war gestern sehr hässlich zu dir. Nicht nur deswegen fällt es mir schwer, dich zu fragen.«

Wieder eine Pause, dann:

»Ich brauche dich. Kannst du mir helfen?«

»Ja«, sagte ich nur.

»Gut.« Ich hörte ihre Erleichterung. »Ich muss dir sagen, es ist nicht schön, was ich zu erzählen habe. Vielleicht bin ich nicht die, für die du mich hältst.«

»Das Risiko müssen wir wohl eingehen.«

»Ja, das müssen wir wohl. Können wir uns in einer Stunde in Jimmys Bar treffen. Er sollte dabei sein. Die Bar ist dann noch geschlossen, du musst klopfen.«

»Okay, ich komme. Ich sollte dir aber sagen, dass wir uns neulich unterhalten haben.«

»Wer? Jimmy und du?«

»Ja.«

»Worüber habt ihr geredet?«

»Ein *Männergespräch:* Gebrüllt und mit den Fäusten auf die Brust getrommelt.«

Pause.

»Kommt ihr klar?«

»Ich mag ihn.«

»Dann bis nachher.«

Um kurz nach zehn klopfte ich an die Scheibe von Jimmys Bar. Johanna öffnete mir und umarmte mich. Ich hielt sie fest und genoss es, sie zu spüren. Sie schloss die Tür wieder ab und führte mich in den hinteren Teil des Lokals, wo Jimmy saß. Zwei Tassen Kaffee standen auf dem Tisch.

»Ihr habt euch also schon kennengelernt?«, fragte Johanna.

Jimmy nickte und gab mir die Hand. Er bemühte sich, nicht zu fest zuzudrücken. Es gelang ihm nur halb.

»Nichts für ungut, Jimmy«, sagte ich. »Ich bin Adrian.«

Jimmy winkte ab.

»Alles klar, Adrian. Willst du einen Kaffee?«

»Sehr gerne.«

Er stand auf und machte sich hinter dem Tresen an der Kaffeemaschine zu schaffen. Johanna warf uns abwechselnd neugierige Blicke zu. Ich zuckte nur mit den Achseln. *Nicht wichtig.*

Ich setzte mich an den Tisch, Johanna gegenüber. Sie stützte die Ellenbogen auf, wirkte konzentriert und betrachtete mich nachdenklich.

»Gregor Sander und ich waren verlobt«, sagte sie schließlich. »Aber ich liebe ihn nicht mehr.«

Es schien ihr wichtig zu sein, dass ich ihr glaubte. Warum? Glaubte ich ihr denn? Ja. Bis auf diesen komischen Burschen in mir, den ich bis gestern nicht gekannt hatte. Der sträubte sich noch.

»Ich bin mir nicht einmal sicher«, fuhr sie fort, »ob ich ihn damals geliebt habe. Manchmal verstehe ich die Frau, die ich einmal war, nicht mehr. Aber es hat mir bestimmt geschmeichelt, dass dieser Mann, der jede Frau hätte haben können, unbedingt mich wollte. Wahrscheinlich hätte ich ihn auch geheiratet. Hätte zwei Kinder aufgezogen, während er sich um seine Karriere kümmert und diskrete Affären hat.« Sie lachte kurz auf. »Was für eine absurde Vorstellung.«

Jimmy brachte meinen Kaffee und setzte sich zu uns an den Tisch.

»Er hat dich gewollt, weil du die Einzige warst, die er bis dahin nicht rumgekriegt hat«, kommentierte er Johannas Worte.

»Meinst du, es ist so einfach?«

Jimmy nickte. »Mein Arbeitsplatz ist wie ein Ausguck. Ich habe sie alle beobachtet, wie sie miteinander geflirtet haben oder sich aus dem Weg gegangen sind. Ich habe Liebschaften und Freundschaften entstehen und enden sehen. Im Laufe der Jahre lernt man die Gesten lesen, hinter denen sie sich verstecken. Gregor hatte dich immer auf dem Radar, schon als du hier angefangen hast. Da war er übrigens nicht der Einzige. Aber du warst immer so verflucht unabhängig. Die ganzen Tricks, mit denen er oder die anderen Spinner versucht haben, Frauen rumzukriegen, haben bei dir nicht funktioniert. Du hast sie manchmal nur anzuschauen brauchen, dann sind ihnen die Eier geschrumpelt.«

»Jimmy!«, sagte Johanna mit leichtem Tadel, aber auch amüsiert.

Jimmy grinste unter seinem Schnauzer.

»Ich fand's ziemlich cool.«

Johanna wandte sich an mich.

»Jimmy mag Gregor nicht.«

»Da sind wir schon zwei«, sagte ich.

»Drei«, korrigierte Johanna.

Wir schauten uns an, Johanna, Jimmy und ich. Es war ein Anfang.

»Ich weiß jedenfalls nicht, ob es so war«, fuhr Johanna fort. »Aber manchmal wirkte er tatsächlich geradezu verzweifelt auf mich. So als wäre er sich meiner nicht sicher. Ich glaube, diese Verzweiflung hat mich bei ihm gehalten. Ich wollte sie ihm nehmen, wusste aber nicht, wie. Wie auch immer, er überredete mich, in seiner Kampagne die Öffentlichkeitsarbeit zu machen.«

»Ach«, sagte ich erstaunt. »Deswegen hast du den Journalismus an den Nagel gehängt?«

»Das hat dir Tobias erzählt, oder?«

Ich nickte. Johanna dachte kurz nach, schüttelte den Kopf und erzählte weiter.

Es war ein langfristiger Plan. Johanna sollte zunächst mit der Presseabteilung der Partei zusammenarbeiten, um dort Kontakte zu knüpfen und zu festigen. Parallel dazu arbeitete sie mit der Familie an dem Konzept der Kampagne. Ihre Aufgabe war es, das Image von Gregor aufzubauen.

»Ich schlug ihnen vor, eine Biografie von Gregor zu schreiben.«

Auf diese Weise hätte sie nicht nur sein Leben, sondern auch seine politischen Ideen vorstellen können. Gregors Vater reagierte anfangs zurückhaltend. Johanna mutmaßte, dass es daran lag, dass auf diese Weise ja auch die Geschichte der Familie und somit auch, wenigstens zum Teil, seine Geschichte erzählt würde. Es wäre in Saarlouis kein Geheimnis gewesen, dass Ludwig es in seiner Jugend durchaus wild getrieben hatte. Jetzt, als angesehner Bürger, war ihm das natürlich unangenehm. Aber Johanna konnte ihn damit überzeugen, dass es, wenn Gregors Karriere so verlaufen würde wie geplant, ohnehin jemand ausgraben würde. Da wäre es allemal besser, wenn sie das übernähme und somit die Deutung bestimmen könnte. Der geheime Skandal wäre nicht geheim, die Luft wäre raus. Die Sanders stimmten schließlich zu.

»Tja«, meinte Johanna, »und damit ging der Ärger los.«

Sie selbst war es gewesen, die daraufhin den Vorschlag machte, die Verlobung noch nicht öffentlich zu machen. Durchaus in eigenem Interesse. Die Biografie einer Verlobten würde weitaus weniger ernst genommen werden als die einer unabhängigen Journalistin. Wenn sich dann hinterher herausstellte, dass diese Journalistin und der Mann, über den sie schrieb, ein Paar geworden wären, hätte das der Story sogar noch einen Romance-Faktor gegeben.

»Ich habe es tatsächlich so genannt, einen Romance-Faktor.« Johanna schüttelte über sich selbst den Kopf.

Die Sanders stellten ihr die Firmenunterlagen und auch private Korrespondenz sowie Fotos zur Verfügung. Dabei arbeitete sie hauptsächlich mit Gregors Mutter, Friederike, zusammen.

»Das hat mich sehr gefreut, denn Frau Sander, wie ich sie stets nannte, hat mich durchaus spüren lassen, wie wenig begeistert sie war, dass Gregor eine einfache Pfarrerstochter heiraten wollte. Sie hatte garantiert etwas Besseres für ihren geliebten Sohn im Sinn gehabt. Aber als wir zusammen an der Familiengeschichte arbeiteten, zeigte sie sich völlig verwandelt. Nun durfte ich sie Friederike nennen, natürlich immer noch per Sie. Aber sie war liebenswürdig, herzlich, interessierte sich für mich. Kurz, sie überschüttete mich mit ihrem ganzen Charme. Und ich blöde Kuh fiel darauf rein.«

»Die fehlende Mutter?«, fragte ich.

Johanna nickte.

»Natürlich wusste sie, wie sehr ich unter dem Verlust meiner Mutter litt. Das hat sie gnadenlos ausgenutzt. Denn es ging natürlich darum, mich zu kontrollieren. Es ging darum, zu kontrollieren, was die Welt über die Sanders wissen sollte.«

»Gab es denn etwas, das die Welt besser nicht wissen sollte?«

»Allerdings!«

Wahrscheinlich hätten die Sanders nicht damit gerechnet, wie genau Johanna recherchieren würde.

»Es begann mit dem verschwundenen Bruder«, sagte sie.

»Was für ein Bruder?«

»Eben. Was für ein Bruder.«

Der Großvater, Herbert, der die Firma gegründet hatte, hinterließ, als er 1975 starb, zwei Söhne, Ludwig, Gregors Vater, und Michael. Ludwig übernahm die Firma und zahlte Michael aus.

Michael war anders als der robuste Ludwig. Eher der Typ, der auf dem Schulhof verprügelt wurde. Bis sein großer Bruder die Sache für ihn klärte. Aber er hatte Köpfchen, schaffte es auf das Gymnasium und steckte, als der Vater starb, mitten in seinem Lehramtsstudium. Er war heilfroh, dass Ludwig die Firma übernahm und er seinen Anteil in Geld bekam. Erst ein paar Jahre später ging ihm auf, dass Ludwig ihn über den Tisch gezogen hatte. Michael stellte weitere Forderungen, drohte sogar mit einem Gerichtsverfahren. Die Brüder einigten sich schließlich, aber zu dem Preis eines nicht mehr zu reparierenden Zerwürfnisses. »So zumindest erzählte es mir Friederike Sander.«

»Aber das stimmte nicht?«

»Nein, aber das fand ich erst später raus.«

Zunächst führte es dazu, dass Johanna sich die Finanzen der betreffenden Jahre genauer anschaute.

»Ich dachte ganz einfach, dass in dieser Geschichte Sprengstoff stecken könnte. Wirklich, ich habe zu dem Zeitpunkt lediglich versucht, mögliche Gefahren für Gregors Kampagne zu vermeiden.«

Dabei aber wäre ihr etwas aufgefallen. Erstens fand sie keinerlei Hinweise auf diesen Streit. Es hatte offenbar auch keine weiteren Zahlungen gegeben. Doch etwas anderes war viel merkwürdiger.

»Zwischen der Firma, die Ludwig übernommen hat, und der, die später ins Baugeschäft einstieg, klaffte eine Lücke von mehreren Millionen D-Mark. Zwischen 1975 und 1985 sind beträchtliche Summen über eine Luxemburger Bank in die Firma geflossen.«

Der Name einer Bank blitzte in meinem Kopf auf: M. M. Warburg & Co. Bei der Johanna ein Konto hatte. Leider konnte ich sie nicht fragen, weil ich dann hätte zugeben müssen, dass ich in ihren Unterlagen herumgeschnüffelt hatte.

»Hast du Friederike Sander danach gefragt?«

»Nein, sie wusste nicht, dass ich dieser Spur folgte. Ich habe es vor ihr geheim gehalten. Nenne es journalistischen Instinkt. Aber die Sache ließ mir keine Ruhe. Mir war klar, dass, wenn da etwas faul war, ich aber weder von den Eltern noch von Gregor die Wahrheit erwarten durfte. Es gab nur einen Menschen, den ich fragen konnte.«

»Michael Sander, den verschwundenen Bruder.«

Johanna nickte.

»Richtig. Ich habe Michael aufgesucht.«

»Wow.«

»Ja, bis zu dem Zeitpunkt hatte ich noch in einer sonnigen Blase gelebt. Die Sanders habe ich als meine neue Familie angesehen. Gregor betete mich an, Friederike hatte ihre Skepsis aufgegeben und mich als künftige Schwiegertochter anerkannt. Oder, besser gesagt, ich hatte mich ihrer Wertschätzung als würdig erwiesen. Und der Vater, ja, auch er behandelte mich mehr und mehr als die künftige Tochter.«

»Ich habe dich vor den Leuten gewarnt«, warf Jimmy ein.

»Ja, das hast du. Ich weiß auch noch, was du gesagt hast. Dass sie immer zusammenhalten würden und mich als Erste den Leuten zum Fraß vorwerfen würden. Ich habe dir nicht geglaubt. Ich hatte wenig Erfahrung in der Falschheit der Menschen. Was ich mir aber nicht verzeihen kann, ist, dass ich meinen Vater aus diesem Leben ausgeschlossen habe. Sie haben es nie von mir verlangt. Aber ich habe es getan, weil ich wusste, dass sie es wollten.«

»Warum? Weil er nicht reich genug war?«, fragte ich.

»Ich denke nicht. Ich war ja auch nicht reich. Sie wollten ihn nicht haben, weil er ihre Regeln niemals akzeptiert hätte. Ihre Werte waren für ihn bedeutungslos. Mein Vater sah die Menschen auf andere Weise. In seinen Augen hätten sich die Sanders nicht von einer beliebigen Familie unterschieden. Das wäre für sie unerträglich gewesen.«

Das verstand ich. Menschen versammelten sich in Gruppen mit eigenem Wertekanon. Wer den nicht akzeptierte, gehörte nicht dazu.

»Das ist die Schuld, die auf mir lastet«, sagte Johanna. »Ich habe meinen Vater verraten.«

Ihre Augen glänzten, die Tränen waren ganz nah.

»Johanna«, griff Jimmy ein, »so war es nicht. Du …«

»Nein, Jimmy«, unterbrach sie ihn mit erschreckender Heftigkeit. »Ich will, dass er es weiß.«

Jimmy hob mit ergebener Geste die Hände und schwieg. Johanna kämpfte mit sich. Wir tranken Kaffee und ließen ihr ihre Zeit.

Anfangs hätte Michael Sander alle Kontaktversuche abgewehrt. Doch Johanna ließ nicht locker. Schließlich schaffte sie es, ihn zu einem Treffen zu bewegen. Er lebte in Freudenstadt, einem kleinen Ort im Schwarzwald. Dort unterrichtete er an der Schule. Seine Frau war ebenfalls Lehrerin, sein Sohn studierte in München, seine Tochter hatte einen Pferdezüchter im Allgäu geheiratet. Als er sie in seinem Haus empfing, war er alleine.

Johanna hatte versucht, sein Misstrauen zu überbrücken, indem sie alle ihre Karten auf den Tisch legte. Als sie von der Zerwürfnisversion erzählte, so wie sie ihr übermittelt worden war, lachte Michael bitter auf. Nein, er hätte nie Nachforderungen gestellt. Das schmutzige Geld seiner Familie interessiere ihn nicht. Das hätte er auch seinem Bruder gesagt. Schon der Vater habe mehr verkauft als nur Schrott. Und Ludwig hatte alle Grenzen übertreten.

Was er damit meinte, hatte Johanna gefragt.

»Suchen Sie nach seinen Geschäftspartnern aus der Zeit«, hatte Michael ihr geraten. »Folgen Sie dem Geld.«

»Und das hast du getan?«, fragte ich Johanna.

»Nein«, sagte sie, »dazu kam es nicht. Als ich nach meinem Besuch bei dem verschollenen Bruder nach Picard kam, saß dort die Familie versammelt, Gregor, Friederike und Ludwig, alle mit sehr ernsten Gesichtern. Es gäbe ein Problem.«

»Lass mich raten: Nils Thorberg?«

»Richtig. Er erpresste die Familie.«

»Womit? Ging es um die Herkunft der mysteriösen Millionen?«

»Davon war keine Rede, jedenfalls nicht direkt. Aber es passte genau zu dem, was ich bis zu dem Zeitpunkt herausgefunden hatte. Weißt du, es war eine merkwürdige Situation. Die mächtige und überaus angesehene Familie Sander steckte in Schwierigkeiten. Es fiel ihnen ziemlich schwer, mir davon zu erzählen. Mir, der Pfarrerstochter, die die Kampagne ihres Sohnes aufpolieren sollte.«

»Kann ich verstehen. Aber warum haben sie es getan? Wieso haben sie es dir erzählt?«

»Wart's ab, das ist die Pointe. Ludwig hatte das Reden übernommen. Er wirkte ziemlich förmlich dabei, und man merkte ihm an, dass es ihm schwerfiel. Im Nachhinein habe ich mich gefragt, ob das nicht auch schon Teil der Manipulation war.«

In seinen jüngeren Jahren war Ludwig in der Rotlichtszene von Saarbrücken unterwegs gewesen. Dabei hatte er einen Mann kennengelernt, dessen schillerndes Auftreten ihn beeindruckte. Sein Name war Antoine Lazar. Der französische Name war nicht ungewöhnlich, viele Saarländer hatten französische Vorfahren. Aber es gab dem Träger gerade in diesem Milieu etwas Besonderes. Lazar wusste Ludwig für sich einzunehmen. Schöne Frauen, Champagner und wohl auch das weiße Pulver. Der Sohn des Schrotthändlers aus Saarlouis, der wegen seiner Herkunft in der Schule verlacht worden war, lernte das glamouröse Leben kennen. Mit Männern, die ähnliche Erfahrungen wie er gemacht hatten, und Frauen, die das bewunderten.

»So jedenfalls drückte Ludwig sich aus. Erstaunlich offen, wie ich fand. Umso vorsichtiger deutete er dann weitere Verwicklungen an. Er sprach von gemeinsamen Investitionen mit Lazar. Ich hätte dem bestimmt weniger Bedeutung zugemessen, wenn ich das mit dem Geld nicht herausgefunden hätte. Nun aber war mir klar, dass Lazar Ludwigs Firma zur Geldwäsche genutzt hatte.«

»Da war sie«, merkte ich an, »die Verbindung zu den rätselhaften Millionen.«

»Ja, aber davon wusste ich ja offiziell nichts.«

»Aber Thorberg?«

»Das sollte ich herausfinden. Sonst hätte Ludwig diese Investitionen gar nicht erwähnt. Thorberg hatte Fotos. Die hatten es zwar in sich, wilde Partys, junge Frauen, denen irgendwie ein paar Kleidungsstücke abhandengekommen waren. Kokain, zu Röhrchen zusammengerollte Hundertmarkscheine. Genug für eine Erpressung. Aber wusste Thorberg um die finanzielle Dimension dahinter? Wusste dieser schmierige Dreckskerl, der als kleiner Zuhälter im großen Geschäft hatte mitmischen wollen und schließlich als Gebrauchtwagenhändler endete, überhaupt, mit wem er sich da anlegte?«

»Kommt jetzt die Pointe?«

»Noch nicht. Um die Brisanz dieser Erpressung zu verstehen, müssen wir ins Jahr 1993 zurückgehen.«

Damals kochte die sogenannte Rotlichtaffäre im Saarland hoch. Mittendrin Antoine Lazar!

»Es ging um Steuerhinterziehung, Drogenhandel, Zwangsprostitution, der ganze Dreck halt. Nur kam es nie zu einer Verurteilung. Das Verfahren wurde irgendwann ergebnislos eingestellt. Lazar verschwand aus Deutschland, wie es hieß Richtung Südafrika. Es wurde damals viel geraunt, dass er politische Unterstützung bekommen hatte. Dass dort ein Deal gemacht worden war. Aber die Sache verlief im Sande. Die Fotos hätten die ganze Geschichte wieder aufgerührt.«

»Und Ludwig Sander in Zusammenhang mit Lazar gebracht.«

»Gregors Karriere wäre beendet gewesen, bevor sie begonnen hat.«

»Kommt jetzt die Pointe?«

»Ja. Warum haben sie mir das alles erzählt?«

Ich musste passen.

»Weil ich die Verhandlungen mit Thorberg führen sollte!«

»Du?«

»Ja, ich war auch erst erstaunt. Aber dann klang es ziemlich plausibel. Die Sache war heikel. Sie wollten jemanden, dem sie vertrauen konnten und der, zumindest offiziell, nicht zur Familie gehörte.«

»Und du warst einverstanden?«

»Natürlich. Folgen Sie dem Geld, hatte Michael Sander gesagt. Das war *die* Gelegenheit, mehr über die Quelle des rätselhaften Geldes aufzuspüren. Irgendetwas musste Thorberg darüber wissen, ich musste es nur rauskriegen.«

»Johanna, das ist doch Wahnsinn.«

»Habe ich ihr auch gesagt«, stimmte Jimmy mir zu.

Sie bedachte uns mit finsterem Blick, dann schüttelte sie den Kopf.

»Leider habt ihr recht. Aber überlegt doch mal, Ludwig war 1993 Stadtrat. Wie hätte er den Prozess gegen Lazar stoppen können? Selbst wenn er noch so reich gewesen wäre, so sehr Bananenrepublik sind wir dann doch nicht.«

»Und das heißt?«

»Dass in diesem Prozess noch andere Leute kompromittiert gewesen wären. In diesen Bordellen wurden Kontakte geknüpft, die, wenn auch Jahre später, bis in die höchsten Kreise führten. Thorberg wusste irgendetwas darüber. Der Plan war, ihn mit einem Haufen Geld in die Karibik zu schicken. Und zwar auf Nimmerwiedersehen.«

»Und wenn er zurückgekommen wäre? Oder von dort aus weitere Forderungen gestellt hätte?«

»Das habe ich auch zu bedenken gegeben. Ludwig Sander meinte, Thorberg wüsste, wie weit er gehen könnte.«

»Du meine Güte, Johanna!«

»Ich weiß«, sagte sie und stützte ihren Kopf in die Hände. »Ich hatte mich da reingesteigert. Ich wollte die Story. Und weißt du was?« Sie richtete ihren Blick auf mich. »Tobias wollte sie auch.«

»Kern?«, fragte ich verblüfft. »Er hing da mit drin?«

»Was meinst du denn, wer auf die Idee mit der Biografie gekommen ist?«

Ich war zu perplex, um zu antworten.

»Du hast mal danach gefragt, wer mich in die Scheiße geritten hat. Nun, jetzt weißt du die Antwort.«

Am 21. März 2014 machte Johanna sich auf den Weg zu ihrem Treffen mit Thorberg. Es wäre ihr drittes, und es sollte das letzte sein. Sie fuhr mit ihrem roten Mini auf den Hof des Gebrauchtwagenhändlers und stellte den Motor ab. Ihr war ein wenig schlecht. Thorberg war ein mieses Schwein, und alles in ihr lehnte sich dagegen auf, dass er ungestraft davonkommen sollte. Aber der Autohändler hatte sich abgesichert. Gregors Karriere wäre zerstört, wenn die Fotos und die Negative, die er sicher deponiert hatte, an die Zeitungen verschickt würden. Und Gregor konnte nichts für die Sünden seines Vaters. Waren es diese schmutzigen Kompromisse, die das Leben an der Seite eines Politikers ausmachten?

Sie war sich nicht mehr sicher, ob sie solch ein Leben führen wollte. Aber diese Aufgabe musste sie nun zu Ende bringen. Das hatte sie versprochen. Sie überprüfte erneut den Inhalt ihrer Tasche. Das Flugticket, die Zugangsberechtigung für das Konto auf Martinique und ein Kuvert mit Bargeld. Fünfundzwanzigtausend Euro, genug für die Reise, aber nicht so viel, dass er übermütig werden könnte. Sie atmete noch einmal tief durch, dann stieg sie aus.

Thorberg hatte sein schmieriges Lächeln aufgesetzt, als sie in sein Büro trat.

»Frau van Bergen!«, rief er. »Wie schön, Sie wiederzusehen.«

Es stank wie immer ein wenig nach Fusel und Schweiß. Am schlimmsten aber war der Geruch des süßlichen Parfüms, das Thorberg benutzte. Ihre Übelkeit verstärkte sich.

Während er einen Kaffee an der Espressomaschine zapfte, legte sie sich noch mal zurecht, was sie ihm sagen wollte. Dass sie noch irgendetwas von ihm erfahren könnte, glaubte sie zwar nicht, aber sie würde es versuchen. Es war ihre letzte Gelegenheit.

Thorberg stellte den Kaffee vor ihr ab, und sie reichte ihm die Unterlagen und das Kuvert mit dem Bargeld. Während er das Geld zählte und die Bankunterlagen studierte, trank sie von dem Kaffee. Eigentlich war ihr gar nicht danach, sie tat es einfach, um etwas zu tun. Dabei resümierte sie, was sie bisher von ihm erfahren hatte. Viel war das nicht. Thorberg war ungebildet, aber nicht dumm. Er war jedem Versuch, ihm Informationen zu entlocken, geschickt ausgewichen. Immerhin war sie sich sicher, dass Antoine Lazar die Schlüsselfigur in der ganzen Affäre war. Er war auch für die Geldzuflüsse verantwortlich, die Ludwig Sanders Firma erst zu dem machten, was sie war. Aber genau genommen hatte sie nichts in der Hand, nur wolkige Andeutungen und Vermutungen. Von einer Story war sie weit entfernt. Darum wollte sie jetzt alles auf eine Karte setzen.

Thorberg runzelte die Stirn.

»Da fehlt der Zugang«, sagte er. »So komme ich nicht an mein Geld.«

»Ich weiß«, sagte sie. »Den gebe ich Ihnen erst, wenn Sie mir die Negative ausgehändigt haben.«

Sie versuchte, so kühl zu klingen wie möglich. Dass sie ihren Herzschlag bis in den Hals spürte, verbarg sie.

»Ich dachte mir, dass wir vielleicht noch ein paar andere Dinge klären könnten, bevor Sie uns verlassen.«

Er bedachte sie mit einem tückischen Blick. Ihr war immer noch übel. Das Gefühl verstärkte sich sogar. Außerdem bekam sie immer schlechter Luft. Sie atmete dagegen an und merkte, wie ihr schwindelig wurde. Die leere Kaffeetasse klirrte leise, als sie sie abstellte. Thorbergs Mund hatte sich zu einem höhnischen Grinsen verzogen. Aber das konnte sie gar nicht mehr genau erkennen. Ihr Kopf fühlte sich taub an, sie hatte Schwierigkeiten, einen klaren Gedanken zu fassen. Geschweige denn, einen solchen zu formulieren.

Mit einem Mal erfasste sie Panik. Sie musste hier raus, und zwar sofort. Sie sprang auf, zumindest dachte sie das. Tatsächlich aber erhob sie sich quälend langsam. Sie musste sich auf der Stuhllehne abstützen, um überhaupt aufrecht stehen zu können. Himmel, was war mit ihr los. Sie drehte sich um, wollte zur

Tür, aber ihre Beine gehorchten ihr nicht mehr. Es gelang ihr gerade noch, den Sturz mit der Hand abzufangen. Ein stechender Schmerz fuhr durch ihren Arm. Sie bemühte sich, aufzustehen, kippte aber immer wieder zur Seite.

Thorberg sagte etwas, aber sie verstand ihn nicht. Seine Stimme war nur ein dumpfes Grunzen. Auch sein Lachen klang vollkommen verzerrt. Die Konturen vor ihren Augen verschwammen. Von beiden Seiten schoben sich dunkle Wände in ihr Blickfeld. Sie hatte Angst davor, wollte nicht, dass sie sich schlossen. Wehrte sich dagegen, doch es war umsonst.

Sie fühlte ihren Körper nicht mehr, wattige Dunkelheit umgab sie. Wieder, ganz fern, die grunzenden Laute. Oder waren es zwei verschiedene. Ein dumpfes Krachen drang durch. Dann bewegte sie sich, oder? Wieder ein Krachen, das diesmal in ihren tauben Arm fuhr. Dann war Stille.

»Als ich zu mir kam«, erzählte Johanna, »lag Thorberg tot vor mir. Alles war voller Blut. Ich hielt die Waffe noch in der Hand. Aber ich konnte nicht denken, in meinem Kopf war nur Brei. Das Einzige, was ich begriff – oder glaubte zu begreifen –, war, dass ich Thorberg getötet hatte. Es schien so klar. Ich hasste ihn. Hasste alles, wofür er stand. Vielleicht hatte ich schon oft gedacht, dass er den Tod verdient hatte. Darum schien es mir sinnvoll.«

Sie schwieg. Jimmy und ich wechselten einen Blick.

»Also war eine Droge im Kaffee, und jemand anderes hat Thorberg erschossen. Den zweiten Schuss hat er mit deiner Hand ausgeführt.«

Sie verzog das Gesicht.

»Ja, Supergeschichte. Hat die Polizei bestimmt noch nie gehört.«

Da hatte sie recht. Wenn alles so abgelaufen war, wie sie sagte, und daran zweifelte ich nicht, war sie in eine Falle gelockt worden. Der Erpresser Thorberg sollte nicht ausreisen. Er sollte sterben, und Johanna sollte der Sündenbock sein.

»In den Berichten stand, dass ihr euch mehrfach getroffen habt. Warum?«

»Beim ersten Mal hat er mir einen Satz Abzüge gegeben. Die habe ich dann Ludwig gezeigt. Danach haben wir verhandelt. Ich wollte die Negative wenigstens sehen, aber er hat mir nicht getraut. Er würde sie mir nur bei der Geldübergabe aushändigen. An diesem Tag schließlich sollte die Übergabe stattfinden.«

»Du hattest das Geld in bar dabei?«

»Nur einen Teil, das meiste lag auf einem Konto auf Martinique für ihn bereit. Dafür gab es einen Zugangscode, den ich ihm erst gegeben hätte, wenn ich im Besitz der Negative gewesen wäre.«

Ich dachte an die Kontounterlagen, die ich bei Johanna eingesehen hatte.

»Dazu kam es aber nicht mehr?«

»Nein.«

»Und das Bargeld? Wo ist es?«

»Ich weiß es nicht. Es war nicht mehr da. Jedenfalls hat die Polizei nichts gefunden.«

»Und die Fotos?«

Sie schüttelte den Kopf.

»Dann hat der wirkliche Mörder nicht nur das Geld, sondern auch die Fotos.«

»So sieht es aus.«

»Nach dem, was du erzählt hast, kommt dafür nur ein Mann infrage.«

»Antoine Lazar.«

»Richtig. Du sagtest, er lebt in Südafrika. Kann man ihn da ausfindig machen?«

»Das habe ich natürlich versucht. Es war nicht ganz einfach vom Gefängnis aus, aber Jimmy hat mir geholfen.«

»Und? Habt ihr ihn gefunden?«

Sie nickte.

»Ja, das Dumme ist nur, dass Antoine Lazar schon im Dezember 1993 in Johannesburg verstorben ist.«

6.

JOHANNA HATTE SICH bereit erklärt, die komplette Schicht bei Jimmy zu arbeiten, weil eine der Kellnerinnen krank geworden war.

»Das kann spät werden«, sagte sie. »Ich rufe dich an, ja?«

»Natürlich«, gab ich zurück, obwohl ich mir den weiteren Verlauf des Tages anders vorgestellt hatte. Es gab noch so viele Fragen. Zumindest eine brannte mir noch auf der Zunge.

»Was war mit diesem Besuch, der dich so sehr frustriert hat, dass du mich um Hilfe gebeten hast?«

Sie überging den versteckten Vorwurf.

»Tja«, sagte sie, »ich hatte die ganze Zeit auf den einzigen Zeugen gesetzt, der nach Thorbergs und Lazars Tod hätte weiterhelfen können.«

»Michael Sander.«

»Richtig. Aber ich hatte ihn anscheinend völlig falsch eingeschätzt. Er geriet völlig außer sich, als er mich sah. Sagte, ich wollte seine Familie zerstören, beschimpfte mich als Mörderin und drohte, die Polizei zu rufen.«

Sie sah aus, als hätte sie eine sehr bittere Medizin geschluckt. Dann fügte sie leise hinzu: »Durch seine Augen habe ich das Monster gesehen, das ich für die Menschen geworden bin.«

Sie wandte sich ab und verschwand in der Küche. Nachdenklich lief ich durch die Stadt. Zumindest wusste ich jetzt, was es mit dem rätselhaften Luxemburger Konto auf sich hatte. Es schien mir ein wenig kompliziert, aber wahrscheinlich war es heutzutage nicht mehr so einfach, mit derartig viel Bargeld in der Welt umherzureisen. Ob solche Abwicklungen bei Erpressungen üblich waren, konnte ich nicht beurteilen. Interessant aber war der Umstand, dass der Transfer des Geldes tatsächlich stattgefunden hatte. Warum musste Thorberg dann sterben?

Ich ließ mir Johannas Schilderung über den Ablauf dieses Tages durch den Kopf gehen. Auch wenn es für die Polizei unglaubwürdig gewesen war, sah ich keinen Grund, an ihren Worten zu zweifeln. Schon allein deshalb, weil es keinen Grund dafür gab. Sicher, Thorberg mochte ein Widerling gewesen sein, aber das war wohl kaum ein ausreichendes Motiv. Wieso war den Ermittlern dieser Gedanke nicht gekommen? Hätte nicht Kern in seiner Berichterstattung darauf hinweisen können?

Tobias Kern!

Er war es gewesen, der Jimmy als Drahtzieher des ganzen Schlamassels bezeichnet hatte. Warum? Einfach, weil er den Kneipenbesitzer falsch eingeschätzt hatte? Oder gab es andere Gründe?

Er hatte mir ein paar entscheidende Informationen vorenthalten. Ihm ging es anscheinend keineswegs nur um Johanna, er wollte die Story. Oder er hatte sie damals gewollt und hatte nun deswegen ein schlechtes Gewissen.

Ich kehrte ins Hotel zurück, setzte mich mit dem Laptop auf die Terrasse und begann zu recherchieren. Der Prozess um die sogenannte Rotlichtaffäre war über fünfundzwanzig Jahre her. Ich erinnerte mich vage daran, damals davon gelesen zu haben, aber es hatte mich nicht wirklich interessiert. Die Berichterstattung war ziemlich umfangreich und hätte wahrscheinlich ein ganzes Sachbuch füllen können. Das, was ich mir anschaute, brachte mir allerdings keine wesentlich neueren Kenntnisse als das, was Johanna erzählt hatte. Zumindest aber bestätigte es ihre Aussage, dass Ludwig mit seinen seinerzeitigen Mitteln bestimmt nicht imstande gewesen wäre, eine Affäre dieses Ausmaßes zu vertuschen. Das wiederum führte allerdings zu der unangenehmen Frage: Wer dann?

Ich spürte ein Kribbeln im Nacken, als ich zu erahnen begann, welche Dimension sich in den Ereignissen verbarg. War Johanna das klar? Ich war mir nicht sicher, aber sie ist für etwas, das sie noch nicht einmal voll durchschaut hatte, fast vier Jahre ins Gefängnis gekommen. Und Thorberg, der wahrscheinlich auch nur einen Teil der Wahrheit erkannt hatte, musste sterben. Ich lauschte in mich hinein, ob der *frisson,* den ich gerade verspürt hatte, ein Zeichen von Angst gewesen war. Geriet ich am Ende in eine Geschichte, die für mich selbst bedrohlich werden könnte?

Eigenartigerweise verspürte ich keine Angst.

Nur Dummköpfe kennen keine Angst, rief mir meine kritische innere Stimme ins Gedächtnis. Aber abgesehen davon, dass ich Johanna bereits zugesagt hatte, ihr zu helfen, gab es noch einen Grund, der mich daran hinderte, dieser kritischen inneren Stimme Folge zu leisten. Und dieser Grund hieß Philipp!

Ich hätte es nicht ertragen, ihm gegenüber Feigheit erkennen zu lassen.

Kurz verlor ich mich in Reflexionen darüber, in welche Situationen wir einfach dadurch gebracht werden, dass wir lieben. Aber ich hatte schon viel gelesen über die Liebe. Und keiner der viel klügeren Denker als ich hat je behauptet, dass die Liebe es uns einfach machte.

Ich widmete mich wieder meiner Recherche und fand schließlich die Meldung über Lazars Tod. Demnach war er in einem Krankenhaus in Johannesburg an Malaria gestorben, und zwar an der Tropica, die als besonders aggressiv galt. Er konnte es also nicht gewesen sein, der Thorberg erschoss und Johanna die Waffe in die Hand drückte. Aber vielleicht war Lazar ja damals nicht allein gewesen. Vielleicht gehörte er einer Gruppe an. Zwar bezog ich mein Wissen über kriminelle Verhaltensweisen hauptsächlich aus Filmen und Büchern, aber letztendlich galt auch für diese Menschen das, was seit Millionen Jahren Gültigkeit besaß: Allein bist du nichts, erst in der Kooperation mit anderen Individuen erlangst du Macht.

Selbst viele der gefährlichsten Raubtiere nutzten den Vorteil, im Rudel zu jagen. Das galt umso mehr für das Raubtier Mensch in seiner Verletzlichkeit. Das Einzige, wovon der Mensch sich von anderen Spezies unterschied, waren die Regeln, die das Gruppenverhalten bestimmten. Und innerhalb der Gattung Mensch waren die Kriminellen sicher ein Fall für sich.

In den frühen Jahren der Menschheit, als es noch keinen *codex civile* gab, standen den Gruppen, die durch die Levante oder das eiszeitliche Europa zogen, eigentlich nur zwei Restriktionsmöglichkeiten zur Verfügung: Verbannung oder Tod. Wobei Ersteres nur eine verzögerte Form der Todesstrafe war. Die Gruppe war alles, der Einzelne nichts. Der Gedanke, dass sich diese archaische Form der Bestrafung bis in unsere Neuzeit hinein für bestimmte Gruppen erhalten haben könnte, war in seiner Klarheit und Konsequenz faszinierend. Konnte es sein, dass Kriminelle in ihrem Gruppenverhalten unseren gemeinsamen Vorfahren näherstanden als wir, die wir uns als natürliche Abkommen dieser ersten sozialen Wesen ansahen?

Ich musste mir eingestehen, dass diese Überlegungen ein wenig zu akademisch für die gegenwärtige Situation waren. Dennoch waren sie nicht unnütz. Mit großer Wahrscheinlichkeit hatte Lazar seinerzeit nicht alleine gehandelt. Er war Teil einer Gruppe gewesen. Ob man sie nun Bande, Clan oder organisierte Kriminelle nannte, spielte keine Rolle. Lazar allein wäre niemals zu dieser Macht gelangt. Das sollten wir in unsere Überlegungen mit einbeziehen. Leider waren die Einzigen, die eventuell wussten, wer noch zu dieser Gruppe gehörte, Thorberg und Ludwig Sander gewesen!

Der eine war tot, und der andere würde es mir garantiert nicht sagen.

Eine andere Frage machte mir zu schaffen: War der Auftrag oder der Impuls für den Mord von Ludwig Sander gekommen? War Johanna wirklich von ihrem künftigen Schwiegervater in eine Falle gelockt worden, die ihr Leben zerstören sollte? Es wäre ein Vorgehen von beispielloser Skrupellosigkeit. Aber es gab noch eine andere Möglichkeit.

Der Mensch neigt dazu, in allem einen Plan zu suchen. Die meisten Dinge passierten aber ohne Plan. Es konnte durchaus sein, dass Ludwig seine ehemaligen Partner über das Problem Thorberg informiert hatte. Die perfide Idee, Johanna die Tat in die Schuhe zu schieben, konnte ohne Sanders Wissen entstanden sein. Vielleicht einfach nur, weil es sich so ergab. Und die Sanders mussten hinterher irgendwie den ganzen Dreck wegräumen.

Es ging mir nicht darum, die Familie zu verteidigen. Sie hatte sich Johanna gegenüber mies genug verhalten. Aber ihnen zu unterstellen, dass sie von Anfang an Johanna als Sündenbock hinstellen wollten, schien mir ein bisschen weit hergeholt. Einfach wegen der allgemeingültigen Erfahrung, dass Pläne selten funktionieren. Dass jeder irgendwie vor sich hin wurschtelt und alle sich Mühe gaben, damit klarzukommen.

Während ich noch über die Unberechenbarkeit der menschlichen Natur nachsann, erreichte mich eine Nachricht von Philipp.

— Hi, Dad, wie weit bist du mit deinen Nachforschungen?

Was sollte ich ihm erzählen? Wohl kaum die Details, aber auch nicht, dass ich nicht weiterwusste. Ich hatte seit Langem wieder einen Draht zu meinem Sohn. Den wollte ich nicht wieder verlieren. Was konnte es schaden, wenn ich die Geschichte ein wenig aufpeppte.

— Die Spur führt in die Vergangenheit. Ein Familiengeheimnis, das zu einem Skandal geworden wäre. Johanna war im Begriff, es aufzudecken. Da wurde sie in eine Falle gelockt.

— Wow, wie?

— Sie verabreichten ihr Drogen und machten sie dann für ein Verbrechen verantwortlich.

— Was für ein Verbrechen?

— Einen Mord.

— Verfluchte Axt!

Verfluchte Axt? Wo hatte er das denn her?

— Philipp, du darfst zu niemandem darüber reden. Vor allem nicht zu deiner Mutter.

— Ich schwöre es. Dad, diese Schweine dürfen nicht davonkommen, du musst Johanna helfen.

Na toll, das hatte ich nun davon.

— Ich versuche es, Philipp, aber ich bin nur ein Steinzeitforscher.

— Nein, du bist der tollste Dad, den es gibt.

Ich merkte, wie irgendetwas mit meinem Gesicht geschah, vor allem mit den Augen und der Nase. Beide produzierten Flüssigkeiten. Ich ignorierte es.

— Läuft bei dir alles gut? Schule? Fußball? Mädchen?

— Schule: alles easy. Fußball: Ich muss meine Pässe präziser machen. Mädchen: Die nerven voll. Was ist mit der Höllenmaschine?

Ah, Teresas Motorrad.

— Noch nicht wieder gesehen.

— Kaufst du mir später so ein Teil?

— Tretroller, Freundchen. Tretroller!

Ich bekam ein Kotz-Emoji. Keine Frage, Philipp und ich verstanden uns neuerdings richtig gut.

Ich schaute auf und stellte mit Bedauern fest, dass es noch zu früh für einen Aperitif war. Also arbeitete ich weiter meine Post ab. Um kurz nach sechs ließ ich mir einen Gin Tonic kommen.

Ich hatte mich bereit erklärt, Johanna zu helfen. Dafür hatte sie mich ins Vertrauen gezogen.

Aber hatte sie das wirklich?

Es gefiel mir nicht, aber ich konnte mir da nicht sicher sein. Sie hatte mich schon einmal benutzt und es erst eingestanden, als sie begriff, dass ich sie durchschaute. Heute hatte sie mich ganz offen gefragt, ob ich ihr helfen könnte. Aber das musste nicht heißen, dass sie alle Karten aufgedeckt hatte. Ich durchdachte ihre Erzählung, wie sie in die ganze Geschichte hineingeraten war. Ihre Naivität gegenüber ihren eigenen Gefühlen in Bezug auf Gregor. War es so einfach?

Ihr Bericht über Thorbergs Tod widersprach nicht den offiziellen Ermittlungen, war aber, wie sie selbst eingestanden hatte, nicht besonders glaubwürdig. Hat sie wirklich nichts mitbekommen von dem, was während ihrer Betäubung geschah?

Bei all diesen Überlegungen dachte ich nicht daran, dass sie mich bewusst belog. Aber sie hatte die vergangenen vier Jahre in einer extremen Situation verbracht. Die Pfarrerstochter, eines schrecklichen Verbrechens beschuldigt, musste fast vier Jahre in einer Gefängniszelle verbringen. Ich hatte schon Menschen kennengelernt, die, wenn nicht um ihr Leben, so zumindest um ihre Existenz kämpfen mussten. In einer solchen Situation vertraut man niemandem mehr. Es geht nur noch darum, zu überleben.

Während der Himmel über dem La Maison langsam sein Abendkleid anlegte, fand ich eine Haltung, wie ich mit meiner Liebe und meinen Versprechen als auch mit meiner Skepsis umgehen sollte. Ich fand es interessanterweise nicht in mir, sondern durch meinen Sohn.

Es ging nicht nur darum, ihm meinen Mut zu beweisen, sondern auch meine Klugheit. Ich würde Johanna helfen, mit ganzem Einsatz. Aber ich würde wachsam bleiben. Auch das war ich Philipp schuldig.

Ich bekam Hunger und überlegte, ob ich in Jimmys Bar essen sollte. Aber weder mit ihm noch mit Johanna würde ich mich unterhalten können. Es war Freitag, und sie sagten, dass es voll werden würde. Also entschied ich mich für den Italiener mit den Riesenpizzen. Als ich meinen Laptop aufs Zimmer brachte, dachte ich wieder daran, dass jemand hier in meinen Sachen herumgeschnüffelt hatte. Wahrscheinlich einer der Hotelangestellten, denn die Tür ließ sich nur mit Karte öffnen, also hätte niemand anderes sich Zugang verschaffen können. Da ich aber nichts beweisen konnte, war eine Beschwerde nutzlos. Dennoch fühlte ich mich hier nicht mehr sicher, nicht mehr wohl. Ich würde mir etwas anderes suchen. Natürlich könnte ich auch Johanna fragen, ob sie mich bei sich wohnen ließe. Aber vor diesem Schritt scheute ich noch zurück. Sie hatte fast vier Jahre lang auf jegliche Intimsphäre verzichten müssen. Und es war ihr Zuhause, ihr geschützter Raum, ich mochte mich ihr dort nicht aufdrängen.

Beim Italiener setzte ich mich an den gleichen Tisch wie beim letzten Mal. Wieder konnte ich Michael Corleone dabei zuschauen, wie er zum Don wurde. Die Parallele zum Fall Johanna drängte sich auf. War Lazar der Don gewesen? Der einen Weg aus der Illegalität heraus gesucht hatte? Der in dem jungen Ludwig Sander eine Möglichkeit erkannte, sein Geld sauber zu waschen? Und Ludwig, skrupellos und ehrgeizig, nahm dieses Angebot an. Aber dann flog alles auf. Was wurde aus den Verbindungen? Existierten sie weiter? Gab es immer noch Verbindungen zwischen der Lazar-Gruppe und den Sanders?

Als ich das Foto von Michael betrachtete, dachte ich: klar! Die Verbindung von Wirtschaft und Verbrechen ist einfach natürlich. Um das festzustellen, musste man kein Kommunist sein. Ein paar Semester Anthropologie reichten. Was immer Ludwig Sander auch getan hatte, er war auch Opfer dieser Verbindung. Denn einmal eingegangen, war sie unauflöslich.

Angenehm gesättigt ging ich um die Ecke, um zu schauen, wie es in Jimmys Bar aussah. Dort waren fast alle Tische besetzt. Johanna machte einen ziemlich angestrengten Eindruck.

»Sollen wir uns morgen treffen?«, fragte ich.

»Ja«, sagte sie, und dann küsste sie mich vor aller Augen auf den Mund, zwinkerte mir zu und trug die Getränke weiter aus. Als ich das Lokal verließ, folgten mir viele Blicke.

Im Hotel angekommen, nahm ich noch einen Absacker im Sessel vor dem künstlichen Kamin. Mein Saufkumpel vom Vorabend war nicht da, was ich nicht bedauerte. Schließlich ging ich auf mein Zimmer. Beim Einschlafen dachte ich an Johanna. Und nein, es waren keine unschuldigen Gedanken. Vielleicht drifteten diese Bilder von ihr und mir mit in den Schlaf, denn als das Telefon mich aus den Träumen riss, war mein erster Gedanke: *Sie will mich doch noch sehen. Sie hat Sehnsucht nach mir*. Das stimmte zwar, aber nicht so, wie ich dachte.

»Adrian, kannst du herkommen?«, fragte sie. In ihrer Stimme war ein Beben, das weit entfernt von Sehnsucht oder gar lustvollen Gefühlen war.

»Was ist los?«

»Jemand hat versucht, unser Haus in Brand zu stecken. Adrian, es war ein Anschlag. Jemand will mich umbringen.«

Ich war etwas außer Atem, als ich vor Johannas Haus eintraf. Das Blaulicht der Feuerwehr und der Polizei beleuchtete in rhythmischer Unruhe die Häuserfront und die Straße. Dem Haus war nichts anzusehen, nur die Eingangstür stand weit offen. Ein Schlauch führte von einem der Feuerwehrwagen ins Innere.

Obwohl Johanna mir versichert hatte, dass weder ihr noch Tante Hermine etwas passiert war, hielt ich es kaum aus, mich mit eigenen Augen davon zu überzeugen. Der Schlauch führte neben der Treppe weiter in den Flur durch eine Hintertür, die ich bisher gar nicht wahrgenommen hatte. Im von Kunstlicht durchfluteten Hof sah ich Feuerwehrmänner und Polizisten. Zunächst aber wandte ich Hermine Wrangels Wohnung zu, deren Tür ebenfalls offen stand. Von dort vernahm ich Stimmen. Im Wohnzimmer saßen Johanna und Hermine auf dem Sofa, ein uniformierter Polizist in dem Sessel, in dem ich Sherry getrunken hatte, ein weiterer stand daneben. Alle schauten auf, als ich eintrat.

»Adrian!«, rief Johanna. Sie sprang auf und fiel mir um den Hals. Etwas überrascht von dieser impulsiven Aktion, hielt ich sie fest. Ihren Körper so dicht an meinen geschmiegt zu fühlen ließ mich augenblicklich ruhig werden. Über ihre Schulter hinweg bemerkte ich, wie die Polizisten einen Blick tauschten und sich zunickten. Der aus dem Sessel erhob sich.

»Also gut«, sagte er, »ich glaube, wir sind hier fertig, Frau van Bergen?«

Johanna löste sich von mir.

»Kommen Sie morgen bitte auf die Wache, damit wir Ihre Aussage protokollieren können?«

»Natürlich.«

Die Polizisten verabschiedeten sich.

»Und Sie sind ...?«, fragte derjenige, der offenbar der Vorgesetzte war.

»Adrian Kayser«, sagte ich, »ein Freund.«

»Offensichtlich«, meinte er trocken und verließ mit seinem Kollegen die Wohnung.

»Jesses!«, rief Hermine, »wat e Offrejung.«

Auch sie erhob sich nun und steuerte auf ihren Getränkeschrank zu. Johanna runzelte die Stirn, beließ es aber dabei. Wahrscheinlich kam sie zu dem Schluss, dass Tante Hermine sich ein Gläschen verdient hatte.

»Komm, ich zeige dir, was passiert ist«, sagte sie.

Sie nahm mich an der Hand und führte mich durch den Flur zur hinteren Tür. Die Feuerwehrleute waren gerade dabei, den Schlauch zusammenzurollen.

Die Häuserzeile an dieser Straße war geschlossen. Das hieß, es gab zwischen Johannas Haus und den Nachbarn keinen Zugang zum Hinterhof. Jedes Haus hatte seinen eigenen kleinen Garten, der mit einem Zaun oder einer Hecke vom anderen abgegrenzt war. Der Garten, der zu Johannas Haus gehörte, war offenbar von Hermine Wrangel gepflegt worden. Ein Stück Rasen, ein paar Büsche und ein Blumenbeet, direkt am Haus, rechts neben der Tür befand sich ein in Etagen angelegtes Kräuterbeet. Auf der anderen Seite lehnte ein hölzerner Schuppen mit Blechdach, der wahrscheinlich für Gartengerät gedacht war, direkt an der Rückwand des Hauses. Von diesem Schuppen war nicht viel übrig geblieben.

Von den Holzwänden standen nur noch einige schwarz verkohlte Reste. Das Blechdach war in der Hitze verformt worden und ruhte nun wie eine seltsame Skulptur in der Ruine. Die Wand oberhalb des verbrannten Schuppens war schwarz verfärbt. Den Dachstuhl hatten die Flammen nicht erreicht, auch nicht das Fenster zu Johannas Schlaf- und Arbeitszimmer, das direkt über dem Schuppen lag.

»Irgendetwas hat mich geweckt«, sagte Johanna, »dann sah

ich den Schein der Flammen. Es war gerade noch rechtzeitig. Wäre ich bei dir gewesen, hätte das Feuer nicht nur Hermine umgebracht, sondern vielleicht die ganze Häuserzeile erfasst.«

»Da hat sie sich ihren Sherry verdient«, fiel mir dazu als Einziges ein. Dann ging mir auf, dass das etwas unsensibel war. Ich legte meinen Arm um Johannas Schulter.

»Die Vorstellung, was hätte passieren können, raubt mir den Atem. Johanna, wir müssen uns etwas einfallen lassen.«

Sie schmiegte sich in meinen Arm.

»Ich weiß.«

Dann sah sie zu mir auf.

»Bitte, kannst du bei mir wohnen. Ich möchte nicht mehr allein sein.«

Ich nickte und zog sie an mich.

»Das trifft sich«, sagte ich. »Ich hatte sowieso gerade über einen Umzug nachgedacht.«

In dieser Nacht wollte Johanna mit mir schlafen. Wir lagen in ihrem Bett, ihr Kopf auf meiner Schulter. Sie drängte sich an mich und begann, mich zu streicheln. Dann tauchte sie unter die Decke und nahm mich in den Mund. Es war unsäglicher Genuss, und dennoch war etwas falsch. Ich spürte ihre Verzweiflung, ihr Suchen, ihr Ringen. Es war mir unmöglich, mich dem, was sie tat, hinzugeben. So zog ich sie auf mich, bis sie über mir saß. Sie rieb sich an mir, küsste mich, sodass ich sie und mich gleichzeitig schmeckte. Dann richtete sie sich auf.

»Schlag mich!«, forderte sie mit erstickter Stimme und ließ dabei meinen Schwanz in ihrer Spalte auf und ab gleiten.

»Was?«, fragte ich, einerseits maßlos erregt, andererseits verwirrt.

Sie hielt mir ihr Gesicht entgegen, schloss die Augen.

»Schag mich! Schlag mich! Schlag zu!«

Ich nahm ihr Gesicht in beide Hände.

»Nein, Johanna, nein!«

Urplötzlich flammte die Wut in ihr hoch. Sie schlug mir mit der flachen Hand ins Gesicht.

»Schlag mich, verdammt noch mal!«

Ich merkte, wie meine Erektion nachließ. Das hier war falsch. Ich packte ihre Handgelenke. Sie wehrte sich. In ihrem Gesicht war Wut, Verzweiflung und noch etwas, das mich aus einem tiefen Abgrund ansprang. Nur mit äußerster Kraft konnte ich ihre Wildheit bändigen. Da sank sie mit einem Aufschluchzer über mir zusammen. Ihr Mund lag auf meiner Kehle. Speichel und Tränen rannen nieder auf meine Haut, während sie weinend stammelte: »Tu mir weh. Ich will fühlen. Hilf mir, wieder zu fühlen.«

Ich nahm sie fest in die Arme und wiegte sie, bis ihr Zucken nachließ und ihr Atem in immer langsameren Stößen kam. Erst jetzt begann ich zu verstehen. Sie suchte den Schmerz, um wieder Glück fühlen zu können.

Am nächsten Morgen stand ich mit zwei Spezialisten für Brandursachenermittlung im Hof. Johanna war zur Polizei gegangen, damit die ihre Aussage aufnehmen konnten. Im Hotel hatte ich bereits angerufen und angekündigt, dass ich heute auschecken würde. Danach hatte ich den beiden Feuerspezialisten, die sich mit Schröder und Warnecke vorgestellt hatten, Kaffee in den Hof gebracht. Sie trugen hellblaue Schutzanzüge und ebensolche Handschuhe, die sie allerdings zum Kaffeetrinken ausgezogen hatten.

»Tja«, meinte Schröder bedächtig, »wenn der Brandstifter …«

»Oder die Brandstifterin«, unterbrach ihn Warnecke, worauf Schröder ihm einen leicht gereizten Blick zuwarf.

»Wenn also dieses brandstiftende Wesen die Absicht gehabt hat, das Haus abzufackeln, hat es sich ziemlich dämlich angestellt.«

»Wieso?«, fragte ich. »Wenn die Flammen den Dachstuhl erreicht hätten, wäre das übel ausgegangen.«

Schröder schüttelte den Kopf.

»Das Blechdach hat viel von der Hitze abgefangen. Da war nicht mehr genug Nahrung für das Feuer. Der Täter hat ...«

»Oder die Täterin«, korrigierte Warnecke.

»Der Täter oder die Täterin«, führte Schröder seinen Gedanken mit Nachdruck erneut aus, »hat Brandbeschleuniger verwendet, und zwar ganz einfach Benzin.«

»Kann jeder überall kaufen, ist total unverdächtig«, ergänzte Warnecke.

»Also entweder hat er ...«

»Oder sie!«

»Verdammt noch mal, hörst du endlich mit dem Quatsch auf.«

»Auf keinen Fall, wir haben uns drei Stunden lang dieses Seminar über gendergerechte Sprache reinziehen müssen. Meinst du, ich will da zum Nachsitzen hin.«

Schröder murmelte etwas, was ich, der direkt neben ihm stand, gerade noch als »Blöder Idiot« erkennen konnte. Warnecke verzog keine Miene.

»Also, entweder hat es die Wirkung des Feuers deutlich überschätzt, was für einen Anfänger spräche.«

»Oder?«, hakte ich nach, weil Schröder keine Anstalten machte, den Satz zu vollenden.

»Na ja, das zu erwägen ist nicht unser Job. Wir sollen nur die Fakten aufnehmen und eine Analyse stellen. Aber so aus meinen Erfahrungen kann ich sagen, dass es auch als Warnung gedacht sein kann.«

»Als Warnung«, wiederholte ich nachdenklich.

»Hm, ich weiß ja nicht, was hier los ist. Haben Sie mit jemandem Ärger?«

Daher wehte also der Wind, Herr Schröder war ein wenig neugierig. Ich zuckte die Achseln.

»Höchstens mit ein paar Wissenschaftlern, die meine Theorien über den Homo sapiens nicht teilen.«

»Oder Wissenschaftlerinnen«, ergänzte Warnecke.

Schröder zeigte ihm einen Vogel.

In diesem Moment tauchte Tobias Kern auf.

Er verbreitete vom ersten Moment an Unruhe und Dramatik, was einen ziemlichen Gegensatz zu unserer bisherigen, eher beschaulichen Dreierrunde darstellte. Kern hatte einen Fotoapparat dabei und machte sich sofort daran, den Feuerherd abzulichten. Dann wandte er sich an die beiden Ermittler. Er notierte ihre Namen und ihre Dienststellen und befragte sie dann nach ihrer Einschätzung. Ihm gegenüber waren Schröder und Warnecke wesentlich zugeknöpfter, Warnecke verzichtete auch auf weitere Gendersprüche. Dennoch schaffte Kern es, den beiden Brandspezialisten durch geschickte Fragen journalistisch gut verwertbare Aussagen zu entlocken. Zum Beispiel fragte er, ob das Feuer von einem Haus zum anderen hätte überspringen können.

Natürlich hätte es das, jede andere Antwort wäre Unsinn gewesen. Dass diese Option überhaupt nicht in Betracht gekommen wäre, kam dabei nicht zur Sprache.

Schröder und Warnecke, denen diese Befragung sichtlich unangenehm war, verwiesen darum bald auf die Stellungnahme der Polizei und packten ihre Sachen zusammen. Das führte allerdings dazu, dass sich Kerns Aufmerksamkeit auf mich richtete.

»Waren Sie hier, als das Feuer ausbrach, Adrian?«

Ich schüttelte nur den Kopf, »Lassen Sie das, Kern«, und wandte mich ab.

Er folgte mir ins Treppenhaus.

»Hören Sie, Adrian, wir wissen beide, was dahintersteckt. Johanna soll eingeschüchtert werden. Je öffentlicher wir diesen Versuch machen, desto besser für sie.«

Ich blieb stehen.

»Geht es Ihnen wirklich nur um Johannas Wohlergehen? Warum haben Sie mir nicht erzählt, dass Sie sie auf die Verbindung von Ludwig Sander mit der Rotlichtaffäre angesetzt haben?«

»Mensch, Adrian, wir kennen uns seit drei Tagen. Es gibt viele Sachen, die ich Ihnen noch nicht erzählt habe. Aber ...«

»Nein, nein, Moment, wir reden hier über wesentliche Zusammenhänge. Waren Sie nicht hinter dieser Story her? Sind vielleicht nicht weitergekommen. Und dann auf einmal, peng, sitzt Ihre ehemalige Kollegin, die Sie selbst angelernt und gefördert haben, mitten im Zentrum dieses Skandals, bei dem all die bösen Jungs unbehelligt davongekommen sind. Das war doch die Chance, oder? Sie hatten auf einmal jemanden im Haus der Sanders, der diesen Job erledigen konnte. Der oder, besser, die, wie Sie sagten, eine exzellente Rechercheurin war. Der Journalismus lag ihr im Blut, sagten sie. Sie mussten sie nur auf die richtige Fährte setzen und konnten sicher sein, dass, wenn Johanna einmal Witterung aufgenommen hatte, keine Ruhe geben würde, bis sie alles aufgedeckt hätte. Aber dann ist der Plan schiefgegangen. Jemand ist erschossen worden, und Johanna hatte die rauchende Waffe in der Hand. Wie haben Sie sich da gefühlt, Kern? Haben Sie sich wenigstens ein bisschen beschissen gefühlt?«

»Hören Sie, Adrian, ich weiß, dass es sich so darstellt. Aber so war es nicht. Von Thorberg hat sie mir nichts erzählt.«

»Kann ich verstehen. Man sollte sich sehr gut überlegen, was man Ihnen erzählt. Das hat auch Johanna begriffen. Deswegen redet sie nicht mehr mit Ihnen. Dumme Sache. Aber dann, ein paar Jahre später, läuft Ihnen ein Typ über den Weg, der anscheinend einen guten Draht zu Johanna hat. Und was machen Sie? Sie spielen das gleiche Spiel noch mal. Jetzt setzen Sie mich auf Johanna an. Warum, Kern? Sind Sie immer noch hinter Ludwig Sander her? Den werden Sie nicht kriegen. Es gibt keine Zeugen. Thorberg ist tot, und der andere Akteur, Antoine Lazar, auch. Der ist längst in Südafrika an Malaria verreckt. Was wollen Sie denn jetzt noch aufdecken? Die Geschichte ist so tot wie die Neandertaler.«

Das war doch mal ein Vergleich, mit dem ich punkten konnte. Kern hatte ich mit meiner Ansprache ziemlich die Laune verdorben. Da war aber auch etwas Nachdenkliches in seinen Augen. Er atmete einmal tief durch.

»Mag sein, dass Sie mit vielem recht haben. Ich habe damals Mist gebaut, und ja, es macht mir zu schaffen. Sehr sogar. In einem Punkt aber irren Sie sich.«

»Ich weiß nicht, ob mich das noch interessiert.«

»Sollte es aber. Der Mann, der 1993 in Johannesburg im Krankenhaus gestorben ist, war nicht Antoine Lazar.«

»Wie bitte? Woher wollen Sie das wissen?«

»Weil ich dort war. Weil ich mit Ärzten und Krankenpflegern gesprochen habe. Weil ich so lange gebohrt und gesucht und Dollarscheine verteilt habe, bis ich die Wahrheit wusste. Lazar hat seinen Tod vorgetäuscht. Und wie ich den Mistkerl kenne, ist er inzwischen mächtiger als zuvor.«

Kern trat dicht an mich heran und senkte die Stimme.

»Und keiner weiß, wer er ist. Es gibt nur uralte Fotos von ihm. Ein Bart, eine Brille, ein paar Jahre in der Versenkung, schon kann er unbehelligt weitermachen. Und er hat sie alle in der Tasche, die Freunde von damals. Wie zum Beispiel Ludwig Sander.«

Kern machte eine Pause, wahrscheinlich um meine Überraschung zu genießen. Dann fuhr er fort.

»Dessen Sohn, Gregor, in höchste Ämter strebt. Ja, Adrian, ich bin immer noch hinter der Story her. Und die ist mitnichten tot. Der Neandertaler lebt. Und er ist mitten unter uns.«

Ich fand, dass das jetzt ein ziemlich mieser rhetorischer Trick war.

Auf dem Weg ins Hotel dachte ich über diese neue Wendung nach. Lazar am Leben, ein vorgetäuschter Tod, so etwas machte man nicht, wenn man weiterhin ein ruhiges Leben in Südafrika führen wollte. Tobias Kern hatte, wie er erzählte, immer wieder nachgeforscht, ob jemand, der Lazar sein könnte, in Saarbrücken aufgetaucht war. Ihm war aber nichts aufgefallen. Auch die Sanders verhielten sich in all den Jahren vorbildlich. Die Einzige, die hin und wieder aus der Reihe tanzte, war Teresa. Sei es, dass sie auf Fotos von irgendwelchen Promipartys zu sehen war oder beim Motorradfahren mit überhöhter Geschwindigkeit geblitzt wurde. Angeblich sei sie in therapeutischer Behandlung gewesen. Wie ungefähr vierzig Millionen andere Bundesbürger auch, dachte ich. Das alles war nicht wirklich skandalös, keine Drogengeschichten, keine schwerwiegenden Vergehen. Und weil sie dabei ein fröhlicher und offener Mensch war, mochten die Leute sie und verziehen ihr ihre Eskapaden. Es machte die Familie, die sonst sehr zurückgezogen und von den normalen Menschen distanziert lebte, sogar ein wenig normaler. Hatte nicht jeder eine Teresa in der Familie?

Außerdem, so dachte ich, lenkte der Hofnarr die Aufmerksamkeit vom König ab. Und dem Prinzen. Solange Teresa nicht irgendetwas wirklich Schlimmes anstellte, war ihre Zügellosigkeit sogar ein Gewinn für die Familie und die Pläne Gregors.

Auf jeden Fall sah es so aus, als ob wir mit der Spur Lazar nicht weiterkamen. Vielleicht hatte er die Sache mit Thorberg inszeniert, vielleicht war er auch nur Drahtzieher. Er würde es uns kaum verraten. Und das Feuer der letzten Nacht?

Dieser Anschlag passte einfach nicht ins Bild.

Was Schröder gesagt hatte, machte natürlich Sinn. Hätte der Täter – oder die Täterin, setzte ich in Gedanken in amüsierter Reverenz an Warnecke hinzu – einen Brand legen wollen, der Johanna umbrachte, hätte das Feuer den halben Straßenzug in Brand gesetzt. Erstens gab es effizientere und weniger spektakuläre Methoden, einen Menschen ins Jenseits zu befördern. Zweitens passte es nicht zur Vorgehensweise derer, die Johanna als Bedrohung ansahen. Vier Jahre zuvor hatten sie beträchtlichen Aufwand betrieben, um ihre eigene Beteiligung an Thorbergs Ermordung zu vertuschen. Da würden sie jetzt nicht die halbe Stadt in Brand setzen, um auch dem allerletzten Zweifler klarzumachen, dass Johanna skrupellose Feinde hatte.

Je länger ich darüber nachdachte, desto merkwürdiger erschien mir diese Sache. Auch als Warnung passte es nicht zu diesen Leuten. Zumindest soweit ich das sagen konnte. Denn weder die Sanders noch die Gruppe um Lazar, möglicherweise sogar er selbst, hatten ein Interesse an Öffentlichkeit. Sie wollten Johanna aus dem Weg haben, eben gerade, damit es keine öffentliche Aufmerksamkeit gab. Aber wenn sie es nicht waren, wer dann? Gab es noch andere Akteure in diesem Spiel?

Im Hotel wollte ich direkt auf mein Zimmer, um meine Sachen zusammenzupacken. Doch die Rezeptionistin hielt mich auf.

»Eine Dame wartet auf Sie«, sagte sie und wies in den Salon, der sich an die Bar anschloss.

Eine Dame?

Die einzige Frau, die ich außer Johanna hier kannte, war Teresa. Tante Hermine zählte ich nicht zu den infrage kommenden Besuchern.

Es war aber nicht Teresa. Sondern ihre Mutter.

Sie saß an einem der kleinen Tische. Man hatte ihr Tee serviert und einen kleinen Teller mit Keksen. Sie sah auf, als ich in den Salon kam.

»Guten Morgen, Herr Kayser, wollen Sie sich nicht einen Augenblick zu mir setzen?«

Sie schaffte es, eine freundliche Formulierung zu benutzen und gleichzeitig Distanz zu schaffen. Sie trat auf wie eine Fürstin, die zur Audienz bat. Ich spielte mit, denn ich war neugierig, wohin das führen würde.

Kaum hatte ich mich gesetzt, wandte sie nur kurz den Kopf, und ein Kellner erschien.

»Möchten Sie vielleicht einen Tee oder einen Kaffee?«, fragte sie mich.

Ich war beeindruckt, ich hatte keinen Kellner gesehen.

»Kaffee wäre schön«, beschied ich dem Mann, der nickte und wortlos verschwand.

»Gefällt es Ihnen in Saarlouis?«, fragte sie mich. Offenbar wollte die Dame das Gespräch mit einer Runde Small Talk einleiten. Ich nicht.

»Ganz gut, es sei denn, das Haus meiner Freunde wird angezündet.«

Sie verzog keine Miene, führte die Teetasse zum Mund, nahm einen Vogelschnabel voll Flüssigkeit zu sich und stellte sie behutsam wieder ab.

»Ich habe damals lange gebraucht, um mich zurechtzufinden. Wissen Sie, ich bin in Köln aufgewachsen. Als junges Mädchen habe ich von London geträumt, von Paris oder New York. Dann wurde es Saarlouis.«

Ich wollte ihr gerade mein Mitgefühl ausdrücken, da brachte der Kellner meinen Kaffee. Ich bedankte mich, nahm einen Schluck und fragte: »Frau Sander, was führt Sie zu mir?«

Sie zeigte ein kleines, kühles Lächeln.

»Ich hörte schon, dass Sie sehr direkt sind.«

»Vermutlich spielen Sie auf meine Begegnung mit Herrn Steiner an. Dann kam er also in Ihrem Auftrag.«

»Weniger ein Auftrag als mehr eine Bitte. Ich war gleich der Meinung, dass das nicht der richtige Weg sei. Aber mein Mann hat darauf bestanden.«

»Weiß er, dass Sie jetzt hier sind?«

»Natürlich«, kam es ohne zu zögern, aber auch mit einem Hauch Gleichgültigkeit, die mir verriet, dass sie auch gegen seinen Willen gekommen wäre.

»Sagen Sie mir eines, Frau Sander, wenn es um Johanna geht, und das tut es doch, warum reden Sie dann nicht direkt mit ihr?«

Sie tat einen kleinen wohltemperierten Seufzer.

»Glauben Sie denn, dass wir das nicht versucht hätten?«

Sie griff zu der Teetasse, überlegte es sich dann aber anders und verschränkte stattdessen die Hände im Schoß.

»Als damals diese schreckliche Sache geschah«, begann sie, und ich registrierte, dass sie es unpersönlich formulierte, statt zu sagen: Als Johanna diesen Mann erschoss ..., »da haben wir ihr sofort einen Anwalt gestellt.«

»Und gleichzeitig verleugnet, dass sie und Ihr Sohn ein Paar waren.«

»Hätte das denn etwas geändert?«

»Für Johanna schon.«

Wieder seufzte sie, es wirkte weniger gekünstelt als zuvor.

»Da haben Sie wohl recht. Doch die Ereignisse überschlugen sich. Wir mussten ständig von einem Moment zum nächsten Entscheidungen treffen.« Sie sah mich direkt an. »Ich habe mich für das Wohl meines Sohnes entschieden. Glauben Sie nicht, dass es mir leichtgefallen ist, Johanna auf diese Weise zu verstoßen. Ich habe sie sehr gerngehabt. Wenn Sie jemanden suchen, den Sie dafür verurteilen wollen, dann bin ich es.«

Nicht schlecht, dachte ich. Ich lehnte mich in meinem Sessel zurück und betrachtete sie nachdenklich. Ihre Haltung zeigte eine Mischung aus Würde, verletztem Stolz und Schuldgefühl. Aber es war eine Haltung. Ich fragte mich, wie viel ich von dem, was Johanna mir erzählt hatte, preisgeben konnte, und entschied mich, den Einsatz ein wenig zu erhöhen.

»Ich weiß von der Erpressung«, sagte ich leise.

Sie versteifte sich etwas mehr, dennoch schien sie nicht sonderlich überrascht zu sein.

»Ich verstehe«, sagte sie.

Sie wäre sicherlich eine gute Pokerspielerin.

»Dieser Ausgang der Verhandlungen, die Sie Johanna übertragen haben, war sicherlich nicht vorgesehen, oder?«

»Natürlich nicht«, antwortete sie kühl.

»Johanna sagt, sie hat nicht geschossen.«

»Tut sie das?«

»Also gut«, sagte ich und machte Anstalten, mich zu erheben, »ich weiß nicht, warum Sie gekommen sind, aber die Unterhaltung hört auf, mir Spaß zu machen.«

»Sie sind Wissenschaftler, nicht wahr?«

Ich hielt inne. »Ja, wieso?«

»Soviel ich weiß, wird es in der Wissenschaft allgemein als Tugend angesehen, die eigenen Erkenntnisse immer wieder infrage zu stellen.«

»Das ist richtig, es wird aber auch als Untugend angesehen, in Rätseln zu sprechen.«

»Das mag sein, ich bin ja auch keine Wissenschaftlerin. Dennoch bin ich bereit, mit Ihnen offen zu reden. Oder glauben Sie, ich wäre wegen des Tees ins Hotel gekommen? Aber sind Sie denn bereit, mit mir offen zu reden? Oder muss ich mich von Ihnen als Nächstes beleidigen lassen? Seit Sie mich gesehen haben, versprühen Sie eine Aggressivität, die jederzeit in einen Ausbruch münden kann. Gerade eben waren Sie doch kurz davor, oder etwa nicht?«

Ich antwortete nicht, lehnte mich aber wieder zurück und versuchte, etwas weniger Aggressivität zu versprühen.

»Die Frage ist doch nicht«, fuhr sie fort, »ob ich aufhöre, in Rätseln zu sprechen, sondern ob Sie unvoreingenommen genug sind, meine Worte nicht von vorneherein als Lüge und Täuschung abzutun. Verstehen Sie mich nicht falsch, ich mag leidenschaftliche Männer. Aber können Sie in dieser Unterhaltung den Liebhaber ein wenig zurückstellen und den Wissenschaftler sprechen und vor allem zuhören lassen?«

»Können Sie denn für die Unterhaltung die Mutter hintanstellen?«

»Sehen Sie, damit haben wir doch eine Basis«, sagte sie, machte eine kaum wahrnehmbare Bewegung mit dem Kopf, woraufhin der Kellner erschien und ihr Tee nachgoss. Sie wartete, bis er wieder verschwunden war.

»Im Nachhinein sehe ich ein, dass es falsch war, Johanna nicht mehr beigestanden zu haben. Wir waren so froh, als sie anbot, die Verhandlungen mit Thorberg zu führen und ...«

»Moment«, unterbrach ich sie, »Johanna hat das von sich aus angeregt?«

»Sicher, vor allem Gregor war vehement dagegen.«

Sie bemerkte meine Skepsis. Ein feines Lächeln deutete sich um ihre Lippen an.

»Ich verstehe«, sagte sie. »Sie kennen eine andere Version dieser Begebenheit. Nun, da haben Sie jetzt zwei Varianten. Es ist völlig klar, zu welcher der Liebhaber tendiert. Aber was sagt Ihr Verstand? Wäre es wirklich klug von uns gewesen, Johanna in eine solche Rolle zu drängen?«

»Vielleicht hatten Sie keine andere Wahl.«

»Doch, die hatten wir.«

Weil sie Lazar hatten, dachte ich, oder wie immer er sich jetzt auch nannte. Ich sagte aber nichts, weil ich nicht preisgeben wollte, dass ich von Lazars vorgetäuschtem Tod wusste. Und das ja auch nur, weil Kern es so dargestellt hat.

»Und warum haben Sie es dann zugelassen?«

»Johanna kann sehr überzeugend sein.«

Wieder musste ich aufpassen, was ich sagte. So wie Johanna es mir erzählt hatte, wussten die Sanders nichts über ihre Nachforschungen zu den rätselhaften Geldflüssen und der Zusammenarbeit mit Lazar. Vielleicht aber ja doch. Nur diese Überlegung wollte ich lieber für mich behalten.

»Sie sagten«, fuhr sie fort, »Johanna würde bestreiten, auf Thorberg geschossen zu haben?«

»Ich bin jetzt mal Wissenschaftler und sage, nehmen wir an, es wäre so.«

»Dann würde das bedeuten, dass sie uns nicht nur hasst, weil wir sie im Stich gelassen haben, sondern auch, weil sie denkt, dass wir sie in eine Falle gelockt haben. Das ist eine sehr komplexe Annahme.«

Die Frau war ziemlich gut. Ich betrachtete sie, wie sie einen Schluck Tee trank. Ihre ungefärbten, silbergrauen Haare, die sie auf Kragenlänge gestutzt hatte. Das strenge Gesicht mit dezentem Make-up, das Kleid im französischen Schnitt. Leider kannte ich mich in Mode nicht so gut aus, um die Marke zu erkennen. Leichter wäre es mir gefallen, Fellkleidung einer bestimmten Epoche zuzuordnen. Doch mit Parfüm kannte ich mich aus, saß aber zu weit weg von ihr. Ich widerstand dem Impuls, mich vorzubeugen und an ihr rumzuschnüffeln. Dieses eher archaische Verhalten hätte sie wohl nicht gutgeheißen.

»Was genau wollen Sie eigentlich von mir?«, fragte ich sie. »Verzeihen Sie meine Direktheit, aber ich bin erst seit ein paar Tagen in der Stadt, und erstaunlich viele Menschen wollen mit mir reden und machen mir Vorschläge. Das wundert mich etwas. Ich bin nicht Johannas Manager.«

Wieder zuckte ihr Mund.

»Nein, Herr Kayser, Sie sind der Joker.«

»Wie bitte?«

»Johanna, das arme Kind, hat eine schlimme Zeit durchgemacht, in der sie zudem noch ihren Vater verloren hat. Sie ist besessen von der Idee, dass wir dafür verantwortlich sind. Und ich fürchte, sie wird alles versuchen, um uns zu schaden. Dabei sind ihr aber Grenzen gesetzt. Sie kann das, was sie sich anscheinend in den Kopf gesetzt hat, nicht beweisen. Was macht ein Mensch in einer solchen Situation? Wird sie versuchen, ihre Grenzen zu überschreiten? Das wäre schade, denn damit würde sie sich ins Unrecht setzen.

Auf der anderen Seite ist meine Familie. Wir sind reich und haben vergleichsweise viel Einfluss. Aber das ist auch unsere Schwäche. Alles hängt an unserem guten Ruf. Sollte der beschädigt werden, verlieren wir zumindest unsere gesellschaftliche Stellung. Und das würde die Karriere meines Sohnes ruinieren. Ist es das, was Johanna will? Zu welchen Mitteln wird sie greifen?

Das ist die Situation, in der wir uns befinden. Jeder wartet darauf, was der andere tut. Und da tauchen Sie auf. An Ihnen wird sich entscheiden, wie es weitergeht. Wird Johanna weiterhin gegen uns kämpfen, oder finden wir einen anderen Weg?«

»Ich glaube, Sie überschätzen meinen Einfluss. Ich bin von allen Beteiligten derjenige, der am wenigsten weiß.«

»Ja, aber Herr Kayser, genau das ist es doch. Sie wissen doch sicher, dass der Joker in den meisten Kartenspielen als Narr dargestellt wird. Es ist Ihre Unschuld, die Sie so wertvoll macht.«

»Ich weiß immer noch nicht, was Sie von mir wollen.«

»Wir möchten die Dynamik dieses Konfliktes durchbrechen. Wir möchten mit Johanna eine Übereinkunft treffen. Ich rede nicht von Geld. Was vorgefallen ist, lässt sich nicht mit Geld aus der Welt schaffen. Wir wollen, dass es aufhört. Dafür sind wir bereit, Zugeständnisse zu machen, die sicherlich schmerzhaft sein werden. Aber um überhaupt in die Nähe einer solchen Übereinkunft zu kommen, müssen wir miteinander reden. Bewegen Sie Johanna dazu, mit uns zu reden. Natürlich in Ihrem Beisein. Ohne Sie wird es nicht gehen.«

Ich musterte sie wieder, um herauszufinden, ob das ernst gemeint war oder wieder nur eine Finte.

»Tja«, sagte ich, »das wäre sicherlich einfacher gewesen, wenn nicht irgendjemand in der letzten Nacht versucht hätte, Johannas Haus abzufackeln.«

»Das ist der Grund, warum ich Sie unverzüglich aufsuchen wollte. Glauben Sie wirklich, dass wir irgendjemanden beauftragt haben, diesen Brand zu legen?«

Ich schwieg, weil ich genau in dem Punkt meine Zweifel hegte.

»Ich hatte ja schon eingestanden, dass es bei den Umständen der damaligen Ereignisse offensichtlich unterschiedliche Sichtweisen gibt. Aber eines kann ich Ihnen mit absoluter Klarheit versichern: So etwas kommt nicht von uns!«

»Wer also kann es gewesen sein?«

»Cui bono, Herr Kayser.«

Wem nützt es?

»Damit komme ich auf meine einleitende Frage zurück: Sind Sie bereit, vermeintliche Gewissheiten infrage zu stellen?«

»Und welche Gewissheit soll das sein?«

Sie antwortete nicht, schaute mich nur an. Aber sie brauchte auch nichts zu sagen. Die Antwort wollte sich bereits seit dem Gespräch mit den Brandexperten in meinen Gedanken formen. Ich hatte es nicht zugelassen. Das aber ging jetzt nicht mehr.

Cui bono. Wem nützte es?

Es kam bisher nur eine Person infrage.

Johanna.

Friederike Sander hatte mir noch ihre Karte gegeben, auf die sie mit einem Montblanc-Kugelschreiber ihre Mobilnummer notierte. Eine vertrauensbildende Maßnahme, die ich aber durchschaute, weil ich es selbst schon so gemacht hatte. Durchs Fenster neben der Rezeption sah ich sie in den schwarzen Audi einsteigen. Ich hatte das massige Auto bei meiner Ankunft nicht bemerkt, wahrscheinlich weil ich so in Gedanken versunken gewesen war.

Alles in allem war das eine bemerkenswerte Aktion gewesen. Gregors Mutter hatte nicht nur eingestanden, dass das Verhalten der Familie möglicherweise falsch gewesen war. Sie hatte auch zugegeben, dass es eine Erpressung gegeben hatte. Und somit etwas, das eine Erpressung überhaupt möglich machte. Im Grunde hatte sie eingestanden, dass ihr Mann mit Antoine Lazar Geschäfte gemacht hatte. Wobei es nicht besonders riskant war, das mir gegenüber zuzugeben. Was konnte ich schon tun?

Dennoch hatte sie mich beeindruckt. Ich versuchte, diesen

Eindruck mit dem in Einklang zu bringen, was Johanna und Kern mir über die Familie erzählt hatte. Beide hatten durchaus die Qualitäten dieser Frau betont, die den groben Klotz Ludwig Sander veredelt hatte. Diese Beschreibung wurde ihr aber nicht gerecht. Was hätte aus dieser scharfsinnigen Frau werden können, wenn sie ihre Energien und Fähigkeiten für ihre eigene Karriere verwendet hätte? Aber ihrer konservativen, katholischen Herkunft konnte sie offensichtlich nicht entkommen. So verhalf sie einem skrupellosen Hurenbock zu Renommee und Ansehen. Ihr Meisterwerk dürfte allerdings die Formung ihres Sohnes sein. Dem würde sie alles andere unterordnen. Da machte ich mir keine Illusionen. Sie würde bis zu einem gewissen Punkt fair und offen sein. Doch wenn irgendetwas die Vollendung dieses Kunststückes gefährdete, würde sie zum Tiger werden. Ich hätte zu diesem Zeitpunkt nicht zu sagen gewusst, wer gefährlicher war, Friederike Sander oder Ludwig?

Ich packte meine Sachen zusammen und checkte aus. Da ich keine Lust hatte, mit dem Koffer durch die Stadt zu rollern, ließ ich ein Taxi kommen. Während der Fahrt fragte ich mich, ob sie nicht mit dieser *Cui-bono*-Nummer versucht hatte, mich zu manipulieren und einen ersten feinen Spalt zwischen mich und Johanna zu treiben? Es könnte ihr nützen. Und dieses Jokergerede? Man konnte das ganze Gespräch auch so lesen, dass sie mit sehr geschickten Mitteln versucht hatte, mich auf ihre Seite zu ziehen.

Dennoch war ich ihrem Vorschlag, eine Art Waffenstillstandskonferenz abzuhalten, nicht abgeneigt. Wie aber sollte ich Johanna das beibringen? Ich entschied mich, zunächst neutral davon zu erzählen. Letztlich stellte sich diese Frage aber als nicht dringlich heraus. Johanna hatte nämlich Besuch.

Sie hatte mir am Morgen einen Schlüssel gegeben, da sie nicht wusste, wie lange sie auf der Polizeiwache bleiben musste. Daher öffnete ich die Haustür mit dem Schlüssel. Oben klingelte ich kurz, um ihr anzukündigen, dass da jemand kam, und schloss auf.

»Ich bin's«, rief ich beim Eintreten.

»Wir sind in der Küche«, kam ihre Antwort.

Wir? Oje, Tante Hermine, dachte ich.

Es war aber nicht Tante Hermine, es war Teresa.

»Hoppla«, entfuhr es mir. Sander Nummer zwei an diesem Tag.

»Du kennst Teresa ja«, sagte Johanna. Sie sah gut gelaunt aus.

Teresa verbarg ihre Augen hinter der Hand.

»Das ist mir ein bisschen peinlich«, sagte sie.

Johanna grinste.

Sie grinste!

»Teresa hat mir von eurer Begegnung in der Bar erzählt«, meinte sie und bedachte mich mit einem spöttischen Blick. »Du nicht. Muss mir das zu denken geben?«

»Nun ja«, sagte ich. Es gab frischen Kaffee, ich schenkte mir eine Tasse ein. »Wann hätte ich das machen sollen? Während des Essens? Ich glaube, da waren wir mit einer bestimmten Darstellung von Michelangelo in der Sixtinischen Kapelle beschäftigt. Worum ging es da noch mal?«

»Schon gut«, kürzte Johanna ab.

»Dann hatten wir noch eine Unterhaltung auf der Terrasse. Worum ging es da noch im Detail?«

»Okay«, sagte sie, »du hast gewonnen.«

Wir sahen uns an, und mit einem Mal stand mir die Nacht auf der Terrasse so lebendig vor Augen, als wäre es gerade eben gewesen. Johannas Lustgesicht vor dem funkelnden Sternenhimmel, ihr Atem, ihr Flüstern, ihr Duft, ihre Haut. Um uns herum vielleicht Augen. Doch das spielte nur als Stimulanz eine Rolle. Wir waren frei, denn in Wirklichkeit gab es nur uns.

Ich sah es in Johannas Augen, dass auch sie diese Zeit neu erlebte, und zwischen uns floss ein warmer Strom von Vertrautheit und Glück.

»Wow«, riss uns Teresa aus dieser innigen Verbindung. »Jetzt bin ich aber neidisch.«

»Warum?«, fragte Johanna sie verwirrt.

»So möchte ich auch von einem Mann angesehen werden.«

Wieder glitten unsere Blicke ineinander. Wieder fühlten wir die Verbindung, etwas schwächer nun, aber wir begriffen wohl beide, dass dies etwas Wertvolles war.

Teresa blieb zum Essen. Zu dritt bereiteten wir einen Salat zu. Johanna briet Hühnerfleisch an, das wir darübergaben. Mit Parmesan und Dressing hatten wir so eine reichliche Portion Caesar Salad. Teresa schaffte es, uns zu einem Champagner zu überreden, den sie mitgebracht hatte.

Für eine kostbare Stunde gelang es uns, all das Dunkle, das uns umgab, zu vergessen. Für diese kurze Zeit waren wir einfach nur drei Menschen, die miteinander Zeit verbrachten. Selten hatte ich Johanna derart entspannt erlebt. Die beiden Frauen tauschten sich über früher aus. Ich erfuhr, dass Teresa Johanna schon auf der Schule bewundert hatte. Dass der Altersunterschied aber zu groß gewesen war, als dass sich daraus eine Freundschaft entwickeln konnte. Erst später, als Johanna schon studierte und abends bei Jimmy arbeitete, konnten sie etwas miteinander anfangen.

Die Ereignisse, die zu Johannas Verhaftung führten, das Gefängnis, all das blieb ausgespart in den Gesprächen, die hauptsächlich die beiden Frauen bestritten. Dennoch glaubte ich herauszuhören, dass das alles zu einem Bruch ihrer Freundschaft geführt hatte. Auch diesen Bruch erwähnten sie mit keinem Wort. Dennoch schien er mir präsent zu sein.

Teresa hingegen überspielte mit ihrer Fröhlichkeit eine Nervosität oder Unruhe, die zwischendurch immer wieder aufblitzte. Manchmal war da auch etwas Verschrecktes in ihren Blicken, so als ob sie befürchtete, dass Johanna ihr jeden Augenblick Vorwürfe machen könnte. Die wiederum war sichtlich um einen unbeschwerten Umgangston bemüht. Vielleicht um Teresa genau diese Furcht zu nehmen.

Offenbar verübelte Johanna der jungen Frau den Verrat nicht so sehr wie dem Rest der Familie. Auch ich konnte mir nur schwer vorstellen, dass die etwas leichtsinnige und sicherlich nicht besonders verschwiegene Teresa in die Intrigen ihrer Familie eingeweiht gewesen war. Diese Annahme bestätigte sich, als die Frauen auf den Abend im La Maison zu sprechen kamen.

»Das war ein Superauftritt«, seufzte Teresa hingerissen. »Meine Mutter war einer Ohnmacht nahe.«

Völlig unbefangen plauderte Teresa von dem Schock, den ihre Eltern und ihr Bruder an dem Abend erlitten hatten. Dass sie auf der Fahrt nach Hause über nichts anderes gesprochen hätten. Gregor sei besonders verärgert gewesen, weil er das ältere Ehepaar als Unterstützer und Spender seiner Kampagne gewinnen wollte. Das war zwar nicht misslungen, aber Johannas Auftauchen, noch dazu in diesem Aufzug, hatte ihn aus der Fassung gebracht. Deswegen hätten sie den Abend auch frühzeitig abgebrochen.

Ich beobachtete Johanna, die Teresas Worten mit sichtlichem Vergnügen folgte. Dabei dachte ich an das, was Friederike Sander mir gesagt hatte. Wollte Johanna tatsächlich Gerechtigkeit? Oder wollte sie Rache? Vielleicht war das in ihren Augen auch das Gleiche.

Noch etwas wurde mir klar: Teresa hatte mit Sicherheit keine Ahnung, dass ihre Mutter mich heute aufgesucht hatte. Was für die Annahme sprach, dass sie in die Familienpolitik nicht eingeweiht war.

Doch ebenso wenig hatte die Mutter gewusst, was ihre Tochter vorhatte. Sie hätte es bestimmt zu verhindern versucht. Teresa war also die Schwachstelle der Familie Sander. Hatte ihr Johanna deswegen so rasch vergeben? Doch sie ging so unbeschwert mit ihr um, dass ich mir ein derartig berechnendes Vorgehen nicht vorstellen konnte.

Nach dem Essen und dem letzten Schluck Champagner verließ Teresa uns. Erst umarmte sie Johanna sehr fest und innig, dann fiel sie auch mir um den Hals.

»Bis bald, toller Mann«, sagte sie und wirbelte aus der Wohnung.

Johanna und ich räumten das Geschirr in die Spüle. Ich fühlte mich angenehm gelöst und bemerkte, wie Johanna mir einen vorsichtigen Seitenblick zuwarf. Augenblicklich begann etwas in meinem Bauch zu kribbeln, und ich bekam wahnsinnige Lust auf sie. Während ich noch überlegte, wie ich das am besten anmoderieren könnte, legte sie mir die Arme um den Hals, küsste mich und sagte einfach: »Gehen wir ins Bett.«

Diesmal war alles echt. Keine Rede von Schmerzen, die ich ihr zufügen sollte. Kein verzweifeltes Drängen, um Leere und Angst zu überbrücken. Nur die Freude, die wir dabei empfanden, einander zu berühren und uns Lust zu schenken. Das stille Einvernehmen und das Wissen um seine Kostbarkeit, das wir kurz zuvor gefunden hatten, trug dazu bei, dass wir eine neue, liebevollere Art fanden, einander zu genießen. Flüsternd verriet Johanna mir, wie sie berührt werden wollte und was ihr besonders gefiel. Gleichzeitig schenkte sie mir auch eine Aufmerksamkeit, der ich mich nur zu gerne hingab. Als unsere Körper im Einklang schwangen und wir uns beinah gleichzeitig ineinander verloren, tauchte ein noch formloser Wunsch in meinen Gedanken auf, der erst später, als wir ermattet nebeneinanderlagen, seine Worte fand:

Lass diesen Fluch zu Ende gehen, damit es immer so sein kann!

Johanna war eingeschlafen. Ich ließ sie allein, machte mir einen Kaffee und setzte mich im Wohnzimmer ans Fenster. Dort unten, zwischen den Bäumen, hatte ich noch vor ein paar Tagen gestanden und heraufgestarrt. Jetzt war ich hier eingezogen, zumindest als Gast. Ich dachte an Bremen, an Clarissa und Philipp und fragte mich, wie weit das hier noch gehen sollte.

Drei Tage hatte ich mir gesetzt, um herauszufinden, was es mit mir und Johanna auf sich hatte. Die waren längst verstrichen. Wusste ich jetzt mehr?

Nun ja, klar war, dass ich der Kraft, die mich zu ihr zog, nicht viel entgegenzusetzen hatte. Ich konnte dieses Gefühl ganz deutlich in mir erkennen, es bestimmte mein Handeln. Es war ich. Doch vorher hatte ich es nicht gehabt. Es war also neu. Das brachte mich in ein intellektuelles Dilemma. Wenn dieses Gefühl erst durch Johanna geweckt worden war, mich nun aber ganz und gar ausfüllte – was oder wer war ich vorher gewesen?

Wenn ich auf die Zeit von vor einer Woche zurückblickte, die Zeit vor Johanna, so erschien mir diese Zeit blass und fad. Und dabei ging es keineswegs nur um mein Sexleben. Ich hatte in den letzten Tagen emotionale Amplitudenausschläge durchlebt, auf die mein Geist nicht vorbereitet war, von meinem Verstand ganz zu schweigen. Gleichzeitig aber war ich auch in der Lage, komplexe Sachverhalte zu durchdenken, zu raschen Entscheidungen zu kommen und die dann auch konsequent umzusetzen. Ich erlebte eine Wachheit, die geradezu berauschend war.

An diesem Nachmittag wurde mir klar, dass ich mich gerade in einer Umbruchphase befand, deren Tragweite ich noch gar nicht abschätzen konnte. Vielleicht ging es gar nicht mehr darum, ob ich in mein altes Leben zurückkehrte oder nicht. Sondern um die Frage, ob das, was ich gerade wurde, in dieses alte Leben überhaupt noch hineinpasste.

Vor ein paar Tagen hätte mich dieser Gedanke beängstigt. Der, der ich gerade wurde, nahm es hin. Nur eines stellte ich nicht einen Moment infrage: dass ich für meinen Sohn da sein musste. Das konnte mir durchaus als Orientierungshilfe dienen. Die Verbindung zu Philipp war die rote Linie. Sie durfte ich niemals überschreiten.

Ich griff zum Telefon und schrieb eine Nachricht:

— Holmes an Watson: Habe Kontakt zum Gegner. Werde vielleicht bald Verhandlungen aufnehmen.

Die Antwort kam in weniger als einer Minute.

— Wie ist er?

— Sie! Ziemlich coole Sau.

— Noch eine Sie? Wo bist du da reingeraten? Supervixens 3.0?

— Finde gerade kein passendes Emoji.

— Soll ich eines bauen? Ich kann das.

— Angeber.

— Ich mach 'nen Comic aus der Geschichte.

— Untersteh dich.

— Du unterdrückst meine künstlerische Entwicklung.

— Wie wäre es mit 'nem Comic, wo ich dich übers Knie lege?

— Vergiss es, ist verboten.

— Früher war alles besser.

— Früher ist vom Arsch.

— Ich liebe dich auch.

— Pass auf dich auf, Dad.

— Du auch, Großer.

Danach schlich ich mich leise die Stufen zu Johannas Zimmer hoch. Es drängte mich danach, mir diesen Menschen noch einmal anzuschauen, der mein Leben so einfach auf eine andere Bahn gesetzt hatte. Ich brauchte die Bestätigung, dass sie wirklich war.

Sie lag ohne Decke auf der Seite mit angezogenem Bein. Ihr im Schlaf entspanntes Gesicht ähnelte mehr denn je dem, das ich von den Fotos kannte. Der Johanna, die noch nicht aus ihrem hoffnungsvollen Leben gestoßen worden war. Was würde sie tun, was würde sie sein, wenn all dies vorbei war? Was würde aus uns werden? Gab es ein Danach für uns? Oder würde sich das, was uns aneinanderband, einfach lösen und herabfallen? Wie Fesseln, deren Knoten gelöst worden waren.

Sie würde diese Fragen wahrscheinlich genauso wenig beantworten können wie ich. Um die Antwort darauf zu finden, mussten wir uns genau auf diesen Moment zubewegen. Erst dann würden wir es wissen. Diese Überlegung half mir bei meiner Entscheidung. Ich würde versuchen, sie zu einem Treffen mit den Sanders zu bewegen. Es gab keinerlei Sicherheit, dass das ihre Situation verbesserte, aber es war eine Chance. Und davon musste ich sie überzeugen.

Eine Stunde später kam sie gähnend die Treppe herunter. Ich saß am Esstisch vor meinem Laptop.

»Du meine Güte, habe ich fest geschlafen«, sagte sie.

Sie trug Jeans, ein T-Shirt und hatte verwuscheltes Haar. Sie gefiel mir sehr.

»In der Küche ist Kaffee«, sagte ich.

Während sie sich Kaffee eingoss, beendete ich meine Mail und schickte sie ab. Gerade rechtzeitig, denn sie kam zurück, klappte den Laptop zu und zwängte sich auf meinen Schoß.

»Ich wünsche vollständige Aufmerksamkeit«, sagte sie und küsste mich. Dann nahm sie einen Schluck Kaffee und legte ihren Kopf an meinen.

»Das war sehr schön«, sagte sie leise.

»Ja, das war es. Ich habe dir danach beim Schlafen zugeschaut.«

»Soo?«, hakte sie mit leichtem Misstrauen nach.

»Ja, du hast mir wundervolle Einblicke gegeben. Ich hätte dich gerne gezeichnet.«

»Hast du aber nicht.«

Ich hob ergeben die Schultern.

»Wahrscheinlich wäre es ein Neandertaler geworden.«

»Du meinst, du hättest mich mit krummen Beinen und fliehender Stirn dargestellt?«

»Hm, und mit behaartem Hintern. Den hattest du nämlich ganz entzückend exponiert.«

»Du Spanner!«

»Wissenschaftler. Das ist zwar nur ein kleiner, aber dennoch wichtiger Unterschied.«

So ging es noch ein Weilchen weiter. Ich zögerte einfach den Moment hinaus, in dem ich ihr von Friederike Sander erzählte. Ich wusste, dass das die leichte Stimmung zwischen uns beenden würde. Schließlich aber ging es nicht mehr anders.

»Hör zu, ich muss dir etwas erzählen. Es kann aber sein, dass es dir die Laune verdirbt.«

Sie richtete sich auf, bekam sofort einen wachsamen Blick.

»Muss es sein?«

»Ich fürchte, ja.«

»Na gut«, sagte sie mit einem Seufzer, nahm ihren Kaffee und setzte sich mir gegenüber. »Schieß los.«

»Friederike Sander hat heute Vormittag im La Maison auf mich gewartet. Sie wollte mit mir reden.«

Johanna nickte langsam. Jetzt war sie hoch konzentriert.

»Was wollte sie?«

»Sie will sich mit uns treffen. Sie will über alles reden.«

»Mit uns?«

»Ja, sie hat etwas von verhärteten Fronten erzählt und dass sie keinen Krieg will. Sie hat gesagt, dass es ihr leidtut, dass sie dich im Stich gelassen haben. Sie sagte aber auch, dass der Mord nicht auf ihre Kappe ging. Jetzt wollen sie verhandeln, und ich soll dabei sein, weil ich der Joker bin. Damit meinte sie wohl, dass ich derjenige bin, der mit alldem nichts zu tun hatte.«

Johanna nickte langsam. Dann stand sie auf und wanderte im Raum auf und ab. Dabei arbeitete es offenbar hinter ihrer Stirn. Ich war ein wenig erstaunt, weil ich mit einer wesentlich aufgeregteren Reaktion gerechnet hatte. Dass sie wütend wurde, ihre ehemalige Schwiegermutter beschimpfte. Ja sogar, dass sie auf mich wütend war, weil ich mich überhaupt mit Friederike Sander unterhalten hatte. Hatte sie mit einem solchen Angebot gerechnet? Vielleicht sogar darauf gesetzt?

Cui bono?, fragte eine leise Stimme in mir.

Sie blieb stehen und richtete den Blick auf mich.

»Was hat sie noch gesagt?«

Ich versuchte, ihr das Gespräch so gut wie möglich wiederzugeben. Dabei verschwieg ich nicht, dass die Frau mich mit ihrem Auftreten beeindruckt hat.

»Der Grund ihres Kommens war der Brandanschlag. Sie streitet übrigens ab, damit etwas zu tun zu haben.«

Johanna nickte nur.

»Hast du etwas von Lazar erzählt? Dass wir glauben, er könnte noch leben?«

»Nein, ich habe gesagt, dass du bestreitest, Thorberg getötet zu haben. Sonst nichts.«

»Gut.«

Wieder nahm sie ihre Wanderung auf. Blieb dann aber wieder stehen.

»Ich muss dich das noch mal fragen: Bist du dir sicher, dass du dabei sein willst. Es ist nicht dein Leben, um das es geht, sondern meins.«

»Ich habe mir diese Frage schon gestellt, als du geschlafen hast.«

»Und du auf meinen behaarten Arsch geglotzt hast.«

»Richtig. Ich werde diese Sache mit dir durchziehen, Johanna.«

Sie holte einmal tief Luft.

»Gut«, sagte sie. »Sehr gut. Wir werden auf ihr Angebot eingehen.«

»Ach ja?«, meinte ich verblüfft. Immerhin hatte ich mich auf delikate Überzeugungsarbeit eingestellt. »Und worüber werden wir reden?«

»Das erzähle ich dir beim Essen.« Sie klatschte in die Hände. »Ich habe nämlich wahnsinnigen Hunger.«

»Wie wäre es mit Pizza?«, schlug ich vor. »Ich kenne da einen Italiener, der gigantische Pizzen macht.«

Johanna verdrehte die Augen.

Auf dem Weg zu meinem Lieblingsitaliener in der Stadt erzählte sie mir, wie Teresa auf einmal vor der Tür gestanden hatte.

»Ich hatte seit damals nichts von ihr gesehen oder gehört. Kein Anruf, keine Nachricht, nichts. Das hat mich furchtbar gekränkt, und ich habe sie dafür verflucht. Aber als sie da vor mir stand mit ihrem Kleinmädchenlächeln und dem zerknirschten Blick, konnte ich ihr nicht mehr böse sein.«

»Ich glaube, sie hat Angst vor dir.«

Ich erzählte Johanna von der Unruhe, die ich an Teresa wahrgenommen hatte.

»Ja, das ist mir auch aufgefallen«, antwortete sie. »Aber das hatte sie schon immer an sich gehabt. Ich denke, sie hat immer unter dem Druck gelitten, dem sie in der Familie ausgesetzt war. Gregor war der Prinz, sie hat immer die Nebenrolle spielen müssen. Sie hatte dann versucht, der Kontrolle der Familie zu entkommen. Das Dumme ist, dass sie völlig lebensunfähig ist. Wenn ihre Eltern ihr die Zuwendungen streichen, müsste sie ja selber Geld verdienen. Und womöglich anderen Menschen gehorchen. Ein Horror! Da hat sie es vorgezogen, sich dem Diktat der Familie zu beugen. Sie ist nicht gerade charakterstark, aber ich mag sie.«

Johanna zuckte hilflos mit den Achseln.

»Wahrscheinlich habe ich sie irgendwann als kleine Schwester adoptiert.«

»Lebt sie denn bei ihren Eltern?«

»Damals hatte sie eine Wohnung in Saarbrücken. Aber da hat sie es wohl zu wild getrieben. Sie hat mir jetzt erzählt, dass sie schon seit einiger Zeit wieder bei ihren Eltern wohnt. Allerdings mit separatem Eingang.«

»Das heißt, sie könnte alles mitkriegen, was dort passiert.«

»Willst du sie als Spionin einsetzen?«

»Warum nicht?«

»Sie ist nicht besonders zuverlässig.«

Als wir vor dem Italiener ankamen, zögerte Johanna.

»Ist was?«, fragte ich.

Sie gab sich einen Ruck.

»Nein, alles klar.«

Erst als wir das Lokal betraten, verstand ich, was mit ihr los war. Natürlich kannte sie die Belegschaft, aber anders als bei Jimmy war das hier nicht ihr Terrain. Wie würden der Wirt und seine Leute ihr begegnen? Ich machte mich schon auf eine unangenehme Situation gefasst, als der Chef des Lokals, der hinter dem Tresen für die Getränke sorgte, sie erblickte.

Er warf die Arme in die Luft und rief: »JOHANNA!«

Strahlend kam er auf uns zugeeilt und ergriff ihre beiden Hände.

»Wie schön, dich wiederzusehen. Ich dachte schon, du hast uns vergessen …«

Es wurde eine waschechte italienische Begrüßung. Natürlich musste auch noch seine Frau aus der Küche geholt werden, die nach diversen Mamma-mia-Ausrufen sogleich mit Johanna das Menü des Abends besprach. Natürlich nur Gerichte, von denen sie wusste, dass Johanna sie liebte. Als wir endlich am Tisch saßen, waren Johannas Wangen gerötet. Mit so einem überschwänglichen Empfang hatte sie nicht gerechnet.

Es war zwar nicht der gleiche Tisch, den ich sonst hatte, doch das Foto von Al Pacino als junger Pate konnten wir dennoch sehen. Ich fragte Johanna nach dem Film, und natürlich kannte sie die Szene.

»Wahrscheinlich machen die Italiener deswegen kein Aufheben wegen meines Gefängnisaufenthaltes.«

»Weil sie im Grunde alle Mafiosi sind?«

»Genau.«

Nachdem der Kellner uns den Wein gebracht hatte, kam ich auf das Angebot von Friederike Sander zurück. Dabei beugte ich mich etwas über den Tisch, um nicht so laut sprechen zu müssen. Ich fand die Örtlichkeit sehr passend für ein konspiratives Gespräch.

»Also, was hältst du von der Sache?«, fragte ich Johanna.

Sie dachte kurz nach, bevor sie antwortete: »Egal was sie dir gesagt hat, sie wird alles tun, um ihre Familie zu schützen. Das ist das Einzige, worauf man sich bei ihr verlassen kann. Dass sie jetzt dieses Angebot macht, heißt nur, dass sie sich einen Vorteil davon verspricht. Ich habe einmal den Fehler gemacht, ihr zu vertrauen. Das wird mir nicht noch mal passieren.«

»Du glaubst, sie wollen uns reinlegen?«

»Natürlich. Es ist ihre Art, sie können gar nicht anders. Dabei sehen sie es gar nicht so. Menschen wie Friederike und Ludwig denken in anderen Kategorien als du oder ich. Wenn sie eine Möglichkeit sehen, Menschen für ihre Interessen zu benutzen, dann tun sie es. Sie betrachten es als ihr natürliches Recht. Und es gibt eigentlich immer eine Möglichkeit. Jeder Mensch hat Sehnsüchte, Wünsche, will etwas. Und er hat Schwächen. Wenn man seine Sehnsüchte und seine Schwächen kennt, kann man fast alles mit ihm machen.«

»Und kennen sie deine Schwächen? Deine Wünsche?«

»Sie kennen nur die, die ich damals hatte. Aber jetzt haben sie es mit jemand anderem zu tun. Sie haben mir alles genommen, meinen Beruf, meine Zukunft, meinen Ruf. Ich habe vier Jahre in der Hölle verbracht. Und mein Vater ist daran zerbrochen. Ich habe keine Schwächen mehr, denn ich habe nichts zu verlieren. Und das macht ihnen Angst.«

Ich nickte langsam. Das war die andere Johanna.

»Was erwartest du von dem Gespräch? Oder, anders gefragt, was müssen sie tun, damit du Ruhe gibst?«

»Ganz einfach, ich will wissen, was damals passiert ist. Ich will wissen, wer Thorberg erschossen hat. Und ich will wissen, wer den Auftrag dazu gegeben hat.«

»Was, wenn Lazar eigenständig gehandelt hat?«

»Dann will ich seinen Kopf.«

Sie sah mir wohl meine Skepsis an.

»Sie können mir nichts mehr tun, Adrian«, sagte sie.

Doch, dachte ich, *sie können dich umbringen.*

7.

FRIEDERIKE SANDER HATTE angeboten, uns abzuholen, aber das hatten wir abgelehnt. Das Treffen sollte in ihrem Haus in Picard stattfinden. Aus Sicherheitsgründen, wie sie sagte. Ich verstand das so, dass sie jegliche Form von Öffentlichkeit vermeiden wollten. Und das wäre weder im La Maison noch in einem anderen Lokal oder gar in Johannas Haus garantiert gewesen.

»Der Name Picard reicht bis in die Anfänge der Stadt zurück«, erklärte mir Johanna, als wir mit dem Taxi aus der Stadt hinausfuhren. »Vermutlich handelte es sich um Siedler aus der französischen Picardie, die sich hier niederließen. Du weißt schon, Ludwig der Vierzehnte und so.«

»Ja, über den Namen stolpert man hier hin und wieder.«

»Heute ist es ein beliebtes Wohnviertel für die wohlhabenderen Familien, vor allem wenn sie etwas zurückgezogen leben wollen.«

»So wie unsere Gastgeber.«

»Ja«, sagte Johanna leise. Ihre Anspannung war deutlich zu spüren. Es war eine Sache, dieses Treffen zu durchdenken und zu planen, eine andere war es, nun wieder an den Ort zurückzukehren, an dem vor vier Jahren ihr Verhängnis begonnen hatte.

Als das Taxi von der Hauptstraße in das Wohnviertel abbog und die ersten Häuser zwischen hohen Bäumen auftauchten, griff sie nach meiner Hand, ihr Blick aber war unverwandt nach draußen gerichtet, als wollte sie sich jede Einzelheit einprägen.

Das Taxi hielt in einer geschwungenen Einfahrt vor einem großen, etwas verwinkelt gebauten Haus im nordfranzösischen Fachwerkstil. Als ich bezahlt hatte und wir ausstiegen, öffnete sich bereits die Haustür. Ein junger Mann im dunklen Anzug trat heraus, um uns zu empfangen. Johanna jedoch hielt mich zurück.

»Danke, dass du dabei bist«, flüsterte sie mir zu. »Ich weiß nicht, ob ich es allein geschafft hätte.«

»Doch, das hättest du«, gab ich ebenso leise zurück. »Aber so ist es leichter. Und wer weiß, vielleicht haben wir ja sogar Spaß.«

Sie blinzelte überrascht.

»Also, an Spaß hatte ich bisher nicht gedacht.«

Der junge Mann begrüßte uns mit vollendeter Höflichkeit und bat uns, ihm zu folgen. Im Flur erwartete uns eine junge Frau, ebenfalls im dunklen Anzug. Sie hatte ein kleines Tablett in der Hand.

»Guten Tag«, begrüßte auch sie uns. »Mein Kollege und ich sind vom Sicherheitsdienst. Würden Sie bitte Ihre Smartphones abgeben?«

Johanna und ich tauschten einen Blick. Sie zuckte mit den Achseln und gab ihr Mobiltelefon ab. Es passte mir zwar nicht, aber ich tat es ihr gleich.

Die Frau stellte das Tablett auf einem glänzend lackierten Tischchen ab und wandte sich uns wieder zu.

»Wir sind verpflichtet, Sie zu kontrollieren. Sind Sie damit einverstanden?«

Ich merkte, wie meine latente Aggressivität ihr freches Haupt heben wollte, aber Johanna trat einen Schritt auf die Frau zu und hob die Arme. Mit routinierten Griffen tastete die Frau sie ab, während ihr Kollege die gleiche Prozedur mit mir durchführte.

»Möchten Sie vielleicht noch überprüfen, ob wir etwas im Darm versteckt haben?«, fragte ich. Weder die Frau noch ihr Kollege reagierten auf meine Frage. Sie wies stattdessen auf eine Doppeltür zu unserer Linken.

»Wenn ich bitten darf?«, sagte sie und ging voraus.

Johanna stieß mich in die Seite. Ich hob die Hände. Was denn?, bedeutete ich ihr mit dieser Geste. Sie rollte die Augen.

Der Raum hatte ungefähr die Größe eines Basketballfeldes und war dreigeteilt. Zur Linken durch einen Rundbogen ging es in die Küche. Im mittleren Teil, den wir gerade betraten, stand ein Esstisch aus massivem Ahornholz mit einem Dutzend Stühlen. Rechts erweiterte sich der Raum zu einem Salon mit drei Sofas, die auf einen etwa ein Meter fünfzig hohen Kamin ausgerichtet waren. Auf zwei Seiten zeigten die Fenster und eine Verandafront in den parkähnlichen Garten.

Friederike Sander sah uns von ihrem Sofaplatz entgegen, Ludwig saß in der Ecke des zweiten. Gregor lehnte am Kamin. Es sah verdammt danach aus, als wenn sie sich dieses Arrangement genau überlegt hatten.

Friederike erhob sich, als wir auf sie zutraten. Ludwig tat es ihr mit altersbedingter Behäbigkeit nach.

»Wie schön, dass Sie gekommen sind«, begrüßte Friederike uns. Dann trat sie auf Johanna zu.

»Vor allem freue ich mich, dass du gekommen bist, Johanna.«

Da war etwas Warmes in ihrer Stimme, etwas, das ich noch nicht kannte. Ob gespielt oder echt, es war eine Einladung an Johanna. Würden sie sich die Hand geben, gar umarmen? Es hätte nur einer winzigen Geste bedurft. Johanna machte indessen keinerlei Anstalten.

»Hallo, Friederike«, sagte sie. »Es ist keineswegs schön für mich, wieder hier zu sein. Aber vielleicht wird es das ja noch.«

»Hallo, Johanna«, sagte Gregor und trat neben seine Mutter.

»Gregor«, erwiderte Johanna knapp.

»Setzen Sie sich doch«, schaltete sich Ludwig ein und wies auf das freie Sofa. Wir setzten uns nebeneinander, was kein Problem war. Das Möbel war lang genug. Es standen auch schon zwei Teetassen für uns auf dem niedrigen Rauchglastisch, dazu je ein kleiner Teller. In der Mitte des Tisches waren auf einem Etagenteller Sandwichkarrees drapiert. Friederike Sander hatte es ernst gemeint, als sie uns zum Fünfuhrtee eingeladen hatte. Die Sanders schätzten offenbar den britischen Stil.

»Danke, Katrin«, sagte Friederike Sander zu der jungen Frau. »Wir brauchen Sie jetzt nicht mehr. Würden Sie bitte die Tür hinter sich schließen, wir möchten ungestört sein.«

Die Frau vom Sicherheitsdienst nickte und verschwand wieder durch die Doppeltür, die sie hinter sich schloss.

»Entschuldigen Sie bitte die etwas penible Begrüßung durch unsere Sicherheitsleute. Darf ich Ihnen einschenken?«

Während Friederike unsere Tassen füllte, betrieb sie Konversation. Sie erzählte, wie sie vor über dreißig Jahren das Haus im neonormannischen Stil hatten errichten lassen.

»Die Normandie, Honfleur, Deauville, habe ich seit meiner Jugend geliebt. Haben Sie Proust gelesen? Ich bete ihn an ...«

Mir war klar, dass das dazu diente, die Stimmung ein wenig zu entspannen. Und ich spielte mit. Zufällig kannte ich die Normandie sehr gut, und Proust hatte ich auch gelesen, zum Teil sogar auf Französisch. Also machte ich mit Friederike Unterhaltungsyoga, hauptsächlich um Johanna die Gelegenheit zu geben, sich auf die Situation einzustellen. Außerdem gehörte das wohl zu meiner Rolle als Joker. Da aber diese Art von Small Talk nur einen geringen Teil meiner intellektuellen Kapazitäten erforderte, konnte ich mit dem überwiegenden Rest meiner Wahrnehmung unauffällig die Situation scannen.

Ludwig und Friederike saßen übereck, nah beieinander. Gregor, der wieder am Kamin lehnte, würde sich wahrscheinlich irgendwann neben seine Mutter setzen. Beide Männer, Vater und Sohn, machten im Moment einen zurückhaltend nachdenklichen Eindruck. Ludwig saß mit überschlagenem Bein auf dem Sofa und folgte der Unterhaltung. Gregor hingegen zeigte nicht einmal höfliches Interesse. Mich beachtete er nicht, bedachte aber Johanna immer wieder mit, wie ich fand, finsteren Blicken. Die ganze Sache passte ihm nicht. War er wütend, dass er, die politische Hoffnung der Familie, der Stadt, des Landes, sich mit zwei Kreaturen wie uns beschäftigen musste? Einer verurteilten Straftäterin und einem Paläo-Spinner?

Ich war mir dieser These nicht sicher. Seine Emotionalität war ungewöhnlich für einen Berufspolitiker. Und sie richtete sich ausschließlich auf Johanna. Zum ersten Mal fragte ich mich, was die beiden wohl für eine Beziehung geführt hatten.

Johanna saß stumm neben mir. Sie schaute Gregor nicht einmal an, es schien, als existierte er nicht für sie. Wie Ludwig folgte sie meiner und Friederikes Unterhaltung. Sie hatte weder den Tee noch ein Sandwich angerührt. Jetzt legte sie mir die Hand auf den Arm.

»Wir sollten zur Sache kommen«, sagte sie.

Das schien das Startsignal zu sein. Ludwig richtete sich auf.

»Das denke ich auch. Johanna, es mag dir billig erscheinen, aber es tut uns leid, was dir widerfahren ist. Es war sicher ein Fehler gewesen, dir die Verhandlungen mit Thorberg zu übertragen. Und als diese hässliche Sache passierte, waren wir vollkommen überrascht. Im Nachhinein ist mir klar, dass wir klüger und, ja, auch loyaler dir gegenüber hätten sein müssen. Aber zu dem Zeitpunkt, ich gestehe es, waren wir in erster Linie um den Ruf der Familie besorgt.« Er legte die Hände aneinander, bevor er fortfuhr. »Wir können das nicht ungeschehen machen, und ich begreife deinen Zorn. Lass uns nun aber bitte darüber nachdenken, was wir tun können, damit du deinen Frieden findest.«

Ich fand das schon mal eine sehr gelungene Einleitung. Sie

überging ein paar Details, aber es war ja auch nur eine Einleitung. Jetzt war Johanna am Zug. Ich versuchte, nicht zu ihr hinüberzuschielen.

Johanna griff nach ihrer Teetasse. Die Ellbogen auf den Knien aufgestützt, trank sie in vorsichtigen kleinen Schlucken. Den Blick gesenkt, schien sie nachzudenken. Die drei Sanders beobachteten jede ihrer Bewegungen. Schließlich stellte sie die Tasse ab, verschränkte die Finger und hob den Kopf.

»Danke für deine Worte, Ludwig. Und ich danke euch auch, dass ihr uns hier empfangt. Adrian«, eine kleine Geste mit der Hand in meine Richtung, »ist der Freund, den ich jetzt brauchte. Ich habe ihm alles erzählt.«

Alles erzählt? Du hast mir nicht erzählt, was genau du hier vorhast. Oder improvisierst du?

»Ich gehe davon aus, dass wir offen miteinander sprechen können?«

»Natürlich«, antwortete Friederike. Ludwig machte eine bejahende Geste. Gregor schwieg.

»Dann sollte ich zunächst feststellen, dass ich Thorberg nicht erschossen habe.«

Niemand rührte sich.

»Das ist wichtig, damit ihr versteht, worum es mir geht. Jemand hat diesen Mord geplant, und zwar so, dass ich hinterher als Schuldige verurteilt werde. Ob ihr das glaubt oder nicht, spielt keine Rolle. Denn genau das ist die Grundlage meines Handelns. Ich habe fast vier Jahre meines Lebens im Gefängnis verbracht und kaum über etwas anderes nachgedacht als darüber, wer mir das warum angetan hat. Die Antwort darauf suche ich noch immer.« Sie machte eine kleine Pause. »Ich will kein Geld und schon gar keine Entschuldigung. Oder dass ihr euch vor mir in den Staub werft. Das ist mir alles vollkommen gleichgültig.

Was ich will, ist Gerechtigkeit. Und ich werde keine Ruhe geben, bis mir die widerfahren ist. So, jetzt wisst ihr, worum es hier geht.«

Sie nahm erneut einen Schluck Tee und beobachtete Friederike und Ludwig. Gregor ignorierte sie immer noch. Dafür meldete der sich nun zu Wort: »Glaubst du, dass wir dafür verantwortlich sind? Glaubst du das wirklich?«

Es gelang ihm nur mühsam, seine Empörung im Zaum zu halten. Friederike verzog dezent das Gesicht, und Ludwig räusperte sich.

»Ich muss gestehen«, sagte Johanna ruhig und sah ihn dabei das erste Mal an, »dass das eine meiner favorisierten Varianten ist.«

»Du bist verrückt, wenn du denkst, dass wir ...«

»Gregor, bitte!«, unterbrach ihn seine Mutter. »Wir haben uns getroffen, um über alles zu reden.«

»Aber Mutter, wir ...«

Ludwig räusperte sich wieder und beugte sich vor. Gregors Nasenflügel blähten sich, aber er schwieg. Ich registrierte, dass dieser Typ ziemlich schnell aus der Fassung zu bringen war.

»Wenn es tatsächlich so ist, wie du sagst«, erklärte Ludwig, »dann werden wir versuchen, dich in deiner Suche nach Gerechtigkeit zu unterstützen. Aber ich glaube, vorher müssen wir zunächst einmal diese Sache mit der favorisierten Variante klären. Warum hätten wir dir wegen eines kleinen Erpressers etwas Derartiges antun sollen?«

Johanna zuckte die Achseln.

»Erpresser tot, Mörder gefasst, Problem gelöst.«

Gregor schnaubte, stemmte die Hände in die Hüften und schüttelte den Kopf.

»Du glaubst«, fragte Ludwig, »wir würden wegen dieser lächerlichen Fotos einen Menschen umbringen lassen und unsere künftige Schwiegertochter ans Kreuz nageln?«

Guter Einwand, dachte ich. Aber Johanna ließ sich nicht aus dem Konzept bringen.

»Na ja, weißt du, das Gefängnis, darin eine Zelle, nicht viel größer als euer Klo, da denkt man Dinge, auf die man sonst nicht so kommt. Vielleicht bin ich ja auch nur auf diese Idee gekommen, weil ich so furchtbar verletzt von eurem Verhalten war. Vor allem von deinem«, setzte sie direkt an Gregor gewandt hinzu. Doch bevor er reagieren konnte, richtete sie sich wieder an die Eltern.

»Und weil ich keine Idee hatte, wer es sonst hätte sein können. Darum bin ich hier. Habt ihr eine Antwort darauf? Wer sonst kann so etwas getan haben?«

Sehr geschickt, dachte ich. Sie hatte den Verdacht auf Lazar gelenkt, ohne seinen Namen zu erwähnen oder ihr Wissen preiszugeben. Allerdings fragte ich mich langsam, ob ich hier auch noch etwas anderes zu tun hatte, als über Proust und Honfleur zu parlieren.

Ludwig und Friederike tauschten einen Blick, Gregor beobachtete seine Eltern mit zusammengepressten Lippen.

»Es wurde ja noch jemand auf diesen Fotos kompromittiert«, sagte Ludwig.

»Vater!«, rief Gregor.

Ludwig hob die Hand.

»Schon gut, ich wusste, dass mich das irgendwann einholen würde.«

»Du sprichst von Antoine Lazar?«, fragte Johanna. »Der Mann war Zuhälter und Bordellbesitzer. Was sollte es ihn stören, wenn es Fotos gibt, auf denen er mit seinen Mädchen zu sehen war? Außerdem ist er 1993 in Johannesburg verstorben. Jämmerlich verreckt an Malaria.«

Ludwig betrachtete sie nachdenklich. Es war der gleiche Blick, den er auch mir gegenüber im La Maison gezeigt hatte, kalkulierend und abschätzend.

»Johanna, ich habe mich in meinen jungen Jahren mit sehr gefährlichen Leuten eingelassen. Die spielen in einer anderen Liga als wir. Das ist keine Geschichte, die man in einer Zeitung veröffentlichen kann. Dazu wird es nie kommen. Ich bitte dich inständig, dem nicht weiter nachzugehen. Lass mich dir helfen, ein neues Leben anzufangen. Mit deinem Freund, wenn du willst. Es geht nicht darum, dir Geld anzubieten. Es geht darum, dir ein neues Leben zu verschaffen.«

Johanna antwortete nicht. Sie schaute ihn nur über den Rauchglastisch hinweg an. Ein Duell der Blicke.

Schließlich atmete Ludwig einmal tief durch. Dann sagte er: »Also gut. Thorberg, der Narr, wusste nicht, was er in der Hand hatte. Eines der Fotos zeigt mich mit Lazar in einem Restaurant. Es ist in keiner Weise kompromittierend. Zwei Männer, die zusammen essen und über irgendetwas reden. Das Brisante findet im Hintergrund statt. Dort läuft auf einem Fernseher ein Fußballspiel. In der Vergrößerung ist ganz deutlich zu sehen: Deutschland spielt gegen Belgien, es steht 2 : 1.«

»Ja und?«, fragte Johanna.

Endlich hatte ich die Gelegenheit, etwas zu der Verhandlung beizutragen.

»Das muss das Achtelfinale der Weltmeisterschaft gewesen sein. Rudi Völler und Jürgen Klinsmann haben die Tore geschossen. Völler hat dann noch eines draufgesetzt. Endstand 3 : 2.«

Johanna warf mir einen verwunderten Blick zu. Ich ließ mir nichts anmerken, nahm mir aber vor, Philipp davon zu erzählen, dass unsere kleinen Quizrunden mir bei den Ermittlungen einen entscheidenden Punkt eingebracht hatten.

»Noch mal: ja und?«, fragte Johanna.

»Na ja«, sagte ich, »das Spiel fand im Juli 1994 statt, sieben Monate nach Lazars Tod. Thorberg hatte den Beweis, dass Lazar lebte.«

»Und woher wusste Antoine Lazar das?«, fragte Johanna Ludwig.

Ludwig Sander atmete wieder tief durch. Die Antwort schien ihm schwerzufallen.

»Weil ich es ihm gesagt habe.«

Johanna und ich starrten ihn an.

»Wann?«, fragte sie schließlich.

»Bevor wir dich eingeweiht haben. Er wollte noch weitere Erkundigungen einholen.«

»Und wenn Thorberg irgendwann neue Forderungen gestellt hätte?«, wandte ich ein.

»Das war in der Tat das Problem. Aber Lazars Erkundigungen brachten in dieser Hinsicht Beruhigung. Thorberg hatte Krebs, er hätte nicht mehr lange zu leben gehabt. Genau deswegen ist er auch zu diesem Zeitpunkt an uns herangetreten. Kurz zuvor hatte er seine Diagnose erhalten. Es ging nur darum, ihm seine letzten Monate zu versüßen. Danach würde sich das Problem auf natürliche Weise lösen.«

»Warten Sie«, mischte ich mich ein. »Ich versteh das noch nicht so ganz. Nach dem Eingang der Erpressung sprechen Sie sich mit Lazar ab. Das sehe ich so weit ein, man sollte sich immer an einen Fachmann wenden. Sie beschließen einvernehmlich, Thorberg seinen letzten Urlaub zu finanzieren, schicken Johanna für die Verhandlungen los, und dann erschießt Lazar oder einer seiner Leute den todkranken Erpresser. Ist es das, was Sie uns hier darbieten?«

»Mein Vater bietet Ihnen gar nichts dar, Sie arroganter …«

»Gregor, bitte!« Ludwig hatte die Hand erhoben, wie um seinen Sohn aufzuhalten. Der war tatsächlich einen Schritt auf uns zugegangen. Mann, mit dieser Dünnhäutigkeit würde der aber nicht weit kommen.

»Herr Kayser, wir befinden uns, glaube ich, alle noch im Prozess der Wahrheitsfindung. Ich weiß nicht, ob Lazar oder, wie Sie sagen, einer seiner Leute für Thorbergs Tod verantwortlich ist. Bis vor Kurzem war ich davon ausgegangen, dass Johanna die Tat begangen hat. Im Moment steuere ich Informationen bei, die vielleicht helfen, diese mysteriöse Geschichte zu entwirren.«

Ich warf Johanna einen kurzen Blick zu, weil ich wissen wollte, wie es nun weitergehen sollte. Ihr Gesicht war eine Maske, ihre Augen reinstes Gletschereis. Ich entschied, dass es besser war, wenn ich die Unterhaltung erst einmal fortführte.

»Wo ist dieses Foto eigentlich aufgenommen worden? Also das mit dem Fußballspiel.«

»In einer Brasserie in Paris, genauer gesagt im Marais. Ich weiß aber den Namen nicht mehr.«

»Darf ich fragen, worum es bei diesem Treffen ging?«

»Ich versichere Ihnen, dass das nichts mit dieser Angelegenheit zu hat.«

Es sei denn, es ging um das Geld, das Lazar in Ludwigs Firma investiert hatte. Wieder tauschte ich einen Blick mit Johanna. War es nicht an der Zeit, diesen Zusammenhang offenzulegen?

Es war nur ein winziges Weiten der Augen, das mir ihr Nein signalisierte. Also schlug ich eine andere Richtung ein.

»Was ist überhaupt aus den Fotos geworden? In den Geschichten über Erpressungen hat der Erpresser immer eine Sicherung eingebaut, für genau den Fall, der dann ja eingetreten ist.«

»Da auch wir derartige Geschichten nur aus Filmen und Büchern kennen, haben wir in den Wochen nach Thorbergs Tod genau das befürchtet. Dass die Fotos einer Zeitung zugeschickt würden. Aber nichts dergleichen geschah.«

»Wie haben Sie sich das erklärt?«

»Gar nicht, aber diese verfluchten Fotos hängen seitdem wie ein Damoklesschwert über unserer Familie.«

»Haben Sie Lazar nicht darauf angesprochen?«

»Warum sollte ich? Bis vor wenigen Tagen hatte ich keinen Anlass, anzunehmen, dass er damit etwas zu tun haben könnte.«

»Aber jetzt glauben Sie das nicht mehr?«

Ludwig wandte sich für die Antwort an Johanna.

»Was ich glaube oder nicht, spielt keine Rolle. So hattest du es doch gesagt, Johanna. Ich habe lediglich eine andere Variante als die von dir favorisierte angedacht. Ob sie stimmt oder nicht, weiß ich genauso wenig wie du.«

Anscheinend fand Gregor, dass es nun an der Zeit war, seine Kompetenz einzubringen. Er setzte sich neben seine Mutter.

»Johanna, ich habe all das geglaubt, was man uns über dich erzählt hat. Das tut mir schrecklich leid. Aber du hattest immer etwas Rätselhaftes für mich. Es ist wahrscheinlich verrückt, aber ich hatte immer das Gefühl, dass du einen Teil deines Lebens vor mir verbirgst. Das hat mich verletzt. Als dann diese Geschichten über dich auftauchten, ließ mein verletzter Stolz zu, ihnen Glauben zu schenken. Ich habe mir seither tausend Mal gewünscht, dass alles anders gekommen wäre.«

Na, das war doch mal ein Geständnis. Ich schaute auf seine Hände, die er zusammengelegt hatte. Er trug einen Ring an der linken Hand. Friederike zupfte an ihrem Rock. Ludwig hatte den Blick gesenkt. Nach meiner Einschätzung warteten sie auf Johannas Reaktion.

»Du hast recht, Gregor«, sagte sie schließlich. »Ich habe dir etwas vorenthalten. Aber es ist nicht das, was du denkst.«

Nach diesen kühl hingeworfenen Worten wandte sie sich sogleich wieder an Ludwig. Darum entgingen ihr die Regungen, die sich in Gregors Gesicht zeigten. Wahrscheinlich war er der Meinung, ihr mit großer Geste entgegengekommen zu sein, und sie hatte ihn einfach nur abgewatscht. Fassungslosigkeit, Empörung, Wut, ja sogar Hass glaubte ich wahrzunehmen. Auf den Typen musste ich noch aufpassen.

»Das ist alles sehr interessant, Ludwig. Ich wünschte, ich wäre eingeweiht gewesen. Nur lass es mich ganz deutlich sagen, nichts davon spricht gegen meine favorisierte Variante. Schließlich habe ich nie angenommen, dass einer von euch im Büro von Thorberg war. Was sollen wir jetzt mit diesen Informationen anfangen? Vielleicht war es Lazar? Was nützt mir das?«

»Was willst du?«

»Eine ganze Menge. Fangen wir mit etwas Einfachem an. Lazars neuer Name?«

»Den kenne ich nicht.«

Johanna schnaubte verächtlich aus. Ludwig hob abwehrend die Hand.

»Du stellst dir das falsch vor. Wir sind keine Freunde, wir haben nichts mehr miteinander zu tun. So wie Lazar meine Schwachstelle ist, bin ich es für ihn. Er hat doch nicht seinen Tod vorgetäuscht, um da wieder anzufangen, wo er aufgehört hat. Selbst in Paris hat er mir seinen neuen Namen nicht gesagt. Außerdem habe ich wirklich alles getan, um diese Dinge aus meinem Leben zu verdrängen. Um Lazar aus meinem Leben zu verdrängen. Ich weiß nicht, was er tut oder wo er lebt. Und ich wollte seinen neuen Namen nicht wissen.«

»Aber du hast eine Telefonnummer?«

Ludwig brauchte einen Moment.

»Ich habe eine Nummer, auf der ich eine Nachricht hinterlassen kann. Der Rückruf erfolgt binnen vierundzwanzig Stunden von einer anonymen Nummer. Es würde dir nichts nützen, wenn ich dir die Kontaktnummer gebe. Sie führt nirgendwohin, und antworten würde er nur mir.«

»Hast du diese Nummer angerufen, seit ich wieder hier bin?«

»Nein.«

Johanna betrachtete ihn nachdenklich. Glaubte sie ihm?

»Nun gut«, meinte sie schließlich. »Belassen wir es dabei. Du hast mich gefragt, was ich will. Klären wir doch erst mal, was ihr wollt. Oder, besser: was ihr nicht wollt. Ihr wollt mich nicht. Nicht hier auf diesem Sofa, nicht in Saarlouis. Ihr wollt nicht, dass ich eure Kreise störe. Das bekommt ihr. Wenn ich habe, was ich will. Ludwig, du sagst, du weißt nicht, wie er heißt und wo er lebt. Vielleicht stimmt das, vielleicht auch nicht. Warum sollte ich dir glauben? Wenn du es tatsächlich nicht weißt, dann nur, weil du nicht versucht hast, es herauszufinden. Ich möchte, dass du genau das tust. Finde heraus, wo und unter welchem Namen Lazar mittlerweile lebt.«

»Das kann ich vielleicht«, gab Ludwig deutlich reservierter als zuvor zurück, »aber ich fürchte, dass du den Bogen ein wenig überspannst, Johanna.«

»Und ich fürchte, dass du die Situation noch nicht ganz erfasst hast, Ludwig. Ich sagte euch, dass ich nicht eher Ruhe gebe, bis ich Gerechtigkeit erfahren habe. Dafür stehen mir mehrere Möglichkeiten zur Verfügung. Die von mir favorisierte Variante ist, dass wir zusammen kreativ und engagiert an der Aufklärung des Falles arbeiten. Unter Berücksichtigung eurer speziellen Pläne. Eine andere Variante wäre, dass ich den Druck erhöhe, zum Beispiel mit Fotos, die in meinem Besitz sind.«

Johanna erhob sich. Ich tat es ihr nach, obwohl ich ein wenig verblüfft von dieser letzten Volte war.

»Friederike«, sagte sie, »ich danke dir für diese Einladung. Sie war sehr instruktiv. Gregor, auch dir danke ich für diese peinliche Demonstration deines fehlenden Charakters. Du warst übrigens ein lausiger Liebhaber. Ludwig«, sie fasste ihren ehemaligen Schwiegervater ins Auge, »kooperieren wir?«

Ludwig hatte alle freundliche Attitüde abgelegt. Mit kaltem Killerblick fragte er: »Glaubst du wirklich, dass du uns mit diesen Fotos erschrecken kannst?«

Johanna lächelte. Es war ein neues Lächeln. Es sagte: Ihr könnt mir keine Angst einjagen!

»Nein, Ludwig.« Ihre Stimme war sanft. »Aber mit den Informationen, dass Lazar über Jahre in deiner Firma sein Geld gewaschen hat. Dass der Reichtum und das Ansehen deiner Familie darauf beruhen, dass junge, dumme Frauen zu Huren gemacht wurden. Dass Drogen über Antwerpen ins Land geflossen sind. Dass Menschen kaputtgemacht wurden. Das hast du nicht erwähnt in deiner kleinen Beichte, nicht wahr? Du wusstest, wer Lazar ist, und du weißt, wer er jetzt ist. Ob du ihn beauftragt hast, mich reinzulegen, oder ob das seine eigene Idee war, ist mir völlig egal. Lebt meinetwegen euer kaputtes Leben weiter, aber ich will den, der Thorberg erschossen hat. Ich. Will. Gerechtigkeit!«

Alle drei schwiegen, sichtlich bemüht, sich nichts anmerken zu lassen. Johanna wandte sich an Friederike: »Katrin soll uns bitte ein Taxi rufen.«

Auf der Rückfahrt schwiegen wir zunächst. Es war schwierig, im Beisein des Taxifahrers über diese Dinge zu reden. Das war mir aber auch ganz recht, denn ich musste einiges verdauen. Als wir aber in Saarlouis einfuhren, konnte ich mich nicht mehr zurückhalten: »Du hast die Fotos?«

Ihre Augen blitzten.

»Natürlich nicht. Ich habe erst heute erfahren, dass sie nicht aufgetaucht sind. Da habe ich die Chance ergriffen.«

Ich schnaubte laut.

»Heiliger Vater!«

»Na, der hat ja nun gerade nichts damit zu tun«, meinte sie amüsiert.

»Was ist, wenn ...«

Johanna unterbrach mich, indem sie mir die Hand auf den Schenkel legte und mit dem Kopf in Richtung Fahrer wies. Also hielt ich mich zurück, aber es fiel mir schwer. Kaum dass wir aus dem Taxi raus waren, wiederholte ich meine Frage:

»Was, wenn Lazar sie hat?«

»Ja, was ist dann?«, fragte sie zurück, als sie die Tür aufschloss.

»Na, dann fliegt der Bluff auf.«

»Wer immer die Fotos hat, war zu dem Zeitpunkt, als Thorberg erschossen wurde, im Büro. Daraus folgt ...«

»... dass, wer die Fotos hat, auch der Mörder ist.«

»Darum sind die auch nie wieder aufgetaucht. Wenn Lazar Ludwig erzählt, dass ich nicht im Besitz der Fotos sein kann, weil er sie hat, gibt er damit zu, Thorberg getötet zu haben.«

Johanna öffnete ihre Wohnungstür, warf den Schlüssel auf das kleine Tischchen und streifte die Schuhe ab.

»Aah«, machte sie erleichtert.

»Es gibt noch eine andere Möglichkeit«, sagte ich.

»Ich weiß.« Sie holte zwei Bier aus dem Kühlschrank, öffnete sie und gab mir eine. »Dass Ludwig von Anfang an in die Falle eingeweiht war oder sogar die Idee dazu hatte. In dem Fall weiß er jetzt schon, dass ich bluffe. Was denkst du? Hat er mir geglaubt?«

Wir ließen unsere Flaschen aneinanderklacken. Dabei rief ich mir den Moment in Erinnerung, da Johanna gegenüber den Sanders ihre Drohung ausgestoßen hatte. Jetzt verstand ich auch ihr drastisches Vorgehen. Sie wollte wissen, wie die drei darauf reagierten. Nach meiner Einschätzung waren sie ziemlich perplex gewesen. Gregor war regelrecht blass geworden, ob vor Schreck oder Wut, konnte ich nicht sagen.

»Ich würde sagen, ja. Und du?«

Sie zuckte mit den Achseln.

»Ich bin mir nicht sicher. Aber vielleicht möchte ich ja auch nur, dass er eingeweiht war. Damit auch er bestraft werden kann.« Sie seufzte, setzte sich an den Esstisch und trank von ihrem Bier. Ich setzte mich ihr gegenüber.

»Wie auch immer«, fuhr sie fort, »wir werden es bald wissen. Wenn sie meine Forderungen ernst nehmen, hat Lazar ohne Ludwigs Wissen gehandelt. Wenn nicht, tja.«

Ich trank ebenfalls und ließ mir die Sache durch den Kopf gehen.

»Das war ziemlich clever«, sagte ich dann.

»Danke.«

»Aber kannst du mich vielleicht vorher ein bisschen mehr in deine Pläne einweihen?«

»Ich versuch's, Adrian. Aber manchmal muss ich mich schnell für eine Möglichkeit entscheiden.«

»Hast du keine Angst vor Lazar?«

»Nein«, sagte sie nur. »Er sollte Angst vor mir haben.«

Ich fragte mich, wie ich das Philipp erklären sollte.

— Hi, Dad, wie läuft die Verbrecherjagd?

— Wir haben einen Verdacht, aber wir wissen nicht, wie wir es beweisen sollen.

— Und wenn ihr ihm eine Falle stellt?

Das war gar keine schlechte Idee. Wir wussten weder, wo Lazar steckte, noch, wie er jetzt hieß. Aber wie könnte man ihn aus seiner Deckung locken?

— Ich werde drüber nachdenken. Wie läuft es zu Hause?

— Es geht. Gestern ist der Internetanschluss ausgefallen. Ätzend. Kein Netflix, kein Spotify, kein gar nix.

— Was hast du stattdessen gemacht?

— Ein Buch gelesen.

— Sehr gut.

— Reingelegt. Ich habe mich bei Oskar eingeloggt. Ging aber nur in deinem Arbeitszimmer.

Oskar war der Nachbar.

— Na toll. Ist das Netz jetzt wieder in Ordnung?

— Yep, heute war der Techniker da. Kommst du bald wieder?

— Ja, sobald die Sache hier erledigt ist.

— Bist du jetzt mit Johanna zusammen?

Uff! Was jetzt? Ich brachte es nicht über mich, ihn anzulügen. Meine noch recht junge emotionale Intelligenz war davon überzeugt, dass ich ihn dadurch nur wieder verlieren würde.

— Ja, aber wir wissen nicht, wie es weitergehen soll.

— Warum nicht?

— Weil wir erst mal den Fall lösen müssen.

— Klar. Ist sie nett?

— Zu dir wäre sie supernett, bei bösen Jungs kann sie ganz schön garstig sein.

— Erzähl ihr bloß keine schlimmen Sachen über mich.

— Gäb's da denn was?

Als Antwort kam ein Heiligenschein-Emoji.

Johanna lag auf dem Bett, die Hände im Nacken verschränkt, und starrte an die Decke. Ich setzte mich ans Fußende. Ihr T-Shirt war hochgerutscht und ließ ihren Bauch über der Jeans frei. Aus irgendeinem Grund fand ich das sexy.

»Was machen wir jetzt?«, fragte ich.

»Du meinst, ob wir erst etwas essen oder vorher noch mal miteinander schlafen?«

»Kannst du denn an nichts anderes denken?«, fragte ich sie, legte mich aber neben sie und ließ den Finger um ihren Bauchnabel kreisen.

»Doch, natürlich«, sagte sie, hatte aber schon diesen weichen, satten Klang in der Stimme, den ich so sehr liebte. »Da war doch noch so eine Geschichte vom Sündenfall, die du mir erzählen wolltest.«

»Ja, ein religiöses Thema wäre jetzt wirklich angebracht.«

Ich küsste ihren Bauch und öffnete dabei ihre Jeans. Stück für Stück küsste ich mich bis an den Rand ihres Höschens heran.

»Lass mal überlegen, also der Sündenfall.«

»Ja, das letzte Mal hast du mir von der verbotenen Frucht erzählt, die Eva gekostet hat. Was hat sie denn nun Adam gereicht?«

»Das ist eine sehr gute Frage.«

Ich richtete mich etwas auf, um ihr Jeans und Slip ausziehen zu können. Sie half mir, indem sie erst die Hüften, dann die Beine anhob. Ich legte meine Hände in ihre Kniekehlen, öffnete ihre Schenkel und kniete mich dazwischen.

»Widmen wir uns nun der heiligen Frucht, die Eva Adam zu kosten gab«, verkündete ich und beugte mich zu ihrem Schoß hinab.

In dem winzigen Moment vor der Berührung, in dem ich aber schon ihren berauschenden Duft einatmete, zuckte eine böse Frage durch meinen abgelenkten Geist:

Was, wenn sie alles erfunden hat?

Was, wenn ich gerade eine Mörderin küsste?

Der Gedanke versank.

»Was hast du deiner Frau erzählt?«, fragte sie mich an diesem Abend. Das war, nachdem sie mir von Karla erzählt hatte.

Wir hatten uns ein chinesisches Gemüsegericht gemacht. Sie arbeitete immer noch die Liste der Dinge ab, die sie sich in den letzten Jahren im Kopf erstellt hatte.

»Es hat ganz viel mit Essen zu tun und mit Kochen«, erklärte sie. »Ich habe mir immer wieder vorgestellt, wie es wäre, etwas zu kochen. Kannst du dir das vorstellen? Karla war genauso. Wir haben zusammen in Gedanken gekocht. Sie hat mir viele interessante Tipps gegeben.«

»Karla? Mit der du dich erst geprügelt hast und die dann deine Freundin wurde?«

Johanna antwortete nicht gleich. Wir standen nebeneinander an der Arbeitsplatte und schnitten Gemüse. Dann sagte sie: »Karla war mehr als eine Freundin.«

Ich sah sie von der Seite an. In dem Satz schwang etwas mit.

Sie hob den Kopf.

»Karla war meine Geliebte.«

Ich nickte. Was sollte ich schon dazu sagen? Außer: »Wann kommt sie raus?«

»Dauert noch. Sie hat ihren Mann erschlagen.«

Johanna beobachtete mich von der Seite.

»Er war ein Schwein.«

Ich nickte.

»Ist das ein Problem für dich?«

Ich hielt inne und sah sie an.

»Johanna, ich bin kein Richter. Wenn Karla dir in der Zeit im Gefängnis eine Freundin war, wenn sie dir Liebe und Zärtlichkeit geschenkt hat, dann bin ich froh, dass es sie gab.«

Johanna nickte, schluckte und nahm sich eine Zucchini vor.

»Wer hat eigentlich gewonnen?«, fragte ich.

»Was? Wer? Wobei?«

»Na, bei der Prügelei.«

»Ach so. Sie.«

»Worum ging es denn?«

Sie legte das Messer beiseite.

»Es war ... ich war ...«

»Entschuldige, ich wollte dich nicht bedrängen.«

»Nein, schon gut, ich habe nur lange nicht mehr daran gedacht. Nach dem Urteil und als ich dann hinter diese Mauern gebracht wurde, war ich wahnsinnig verletzt. Und sehr wütend. Ich habe nächtelang geweint, habe mich durch den Tag geschleppt, jeden persönlichen Kontakt vermieden, habe mich schlecht benommen. Anfangs haben die anderen Frauen versucht, mir zu helfen. Aber ich habe sie nicht nur zurückgewiesen, ich habe sie auch beleidigt und beschimpft. Ich habe die ganze Welt gehasst und mich mit. Kurz, ich habe mich in Selbstmitleid ersäuft.«

Sie machte eine Pause. Ich wartete.

»Karla hat nicht versucht, mir zu helfen. Sie hat sich das einfach nur angeschaut. Eines Tages im Waschraum, als ich mich besonders ekelig gegenüber einer anderen Frau verhalten habe, kam sie zu mir und sagte ›Du hörst jetzt damit auf‹. Ich sagte irgendetwas Blödes, so in der Art, dass ich mir von einem Miststück wie ihr nicht sagen ließe, was ich tun soll. Dass die anderen alle den Waschraum verließen, hätte mir eine Warnung sein sollen. Jedenfalls hatte ich noch nicht ausgeredet, da knallte sie mir auch schon eine, und zwar so heftig, dass ich umfiel.

Meine linke Gesichtshälfte brannte wie Feuer. Ich war zu verdutzt, etwas zu sagen. Sie wiederholte nur: ›Du hörst jetzt damit auf.‹ Da ist etwas in mir geplatzt. Ich habe geschrien, bin auf sie losgegangen. Ich war völlig von Sinnen. Aber ich hatte mich ja nie richtig mit jemandem geprügelt, ich wusste überhaupt nicht, wie das geht. Sie hat einfach meine Arme beiseitegeschlagen und mich erneut geohrfeigt. Oder sie ist ausgewichen und hat mir in den Arsch getreten, sodass ich wieder zu Boden ging. Sie hat mich nach Strich und Faden verdroschen, ohne dass ich ihr auch nur einen einzigen echten Schlag verpassen konnte. Irgendwann hockte ich nur noch heulend und wimmernd auf dem Boden. Sie ging vor mir in die Knie, ihr Gesicht war ganz nah. Ihre Stimme ernst, aber sanft.

›Hör zu, Johanna‹, sagte sie, ›du musst dich damit abfinden, dass das hier für die nächsten Jahre dein Leben ist. Das ist nicht der Tod. Du lebst. Mach das Beste daraus.‹

Sie stand auf und sagte: ›Und hör auf, dich wie ein Arschloch zu benehmen.‹ Dann reichte sie mir die Hand.«

»Wow«, sagte ich nach einer Weile. »Was für eine Frau.«

»Ja, ich habe ihr von dir erzählt.«

»Was?«, machte ich verblüfft.

»Ja, wir können mailen. Nicht täglich, und wir müssen aufpassen, was wir schreiben. Aber von dir konnte ich erzählen.«

»Und was meint sie?«

»Zu Anfang war sie sehr skeptisch. Ein Typ aus dem Zug?, fragte sie. ›Nimm dir, was du brauchst, aber lass ihn nicht in dein Herz‹, schrieb sie.«

Johanna nahm das Messer und schnitt an der Zucchini herum.

»Zu spät.« Ihre Stimme war ganz leise. »Ich habe geantwortet, dass es dafür zu spät ist.«

Sie versuchte immer noch, die Zucchini zu erlegen, schniefte aber auf einmal. Die Hand mit dem Messer wischte etwas aus dem Gesicht.

»Komm mal her«, sagte ich.

Sie kam in meine Arme und schniefte dabei weiter. Ich hielt

sie fest. Sie hatte den Arm um meinen Nacken gelegt, den Arm, in dessen Hand das Messer lag.

»Du, sag mal …«

»Ja.«

»Ich weiß ja nicht, wie weit Karlas Einfluss gegangen ist. Aber könntest du das Messer aus meinem Nacken nehmen?«

Sie stutzte, dann prustete sie an meinem Hals los. Sie legte das Messer beiseite und umfasste mich an den Hüften.

»Mach ich dir Angst?«, fragte sie verschmitzt.

Es war scherzhaft gemeint.

Ich antwortete etwas ernster.

»Manchmal«, sagte ich. »Weil ich nicht weiß, was mit mir geschieht.«

Sie schmiegte sich an mich.

»Die Wahrheit«, antwortete ich auf Johannas Frage. »Ich habe Clarissa gesagt, dass ich wegen einer Frau hier bin.«

»Wie geht sie damit um?«

»Ich glaube, es hat sie nicht sonderlich gewundert. Das muss dich nicht unter Druck setzen. Da spielen viele Dinge rein, die mit dir nichts zu tun haben.«

»Und dein Sohn? Philipp?«

»Der weiß auch Bescheid.«

»Was? Du hast es ihm gesagt?«

»Na ja, er hat gefragt.«

»Was hat er gefragt?«

»Ob wir zusammen sind.«

»Moment mal …«

Ich seufzte und holte mein Telefon hervor. Dann machte ich den Chat mit Philipp auf, scrollte zu dem Moment, da ich zum ersten Mal aus Saarlouis geschrieben hatte. Ich gab Johanna das Telefon.

»Schau selbst.«

Sie griff zögernd nach dem Telefon.

»Sicher?«, fragte sie.

»Nur zu.«

Sie las den Chatverlauf, lachte, zog die Augenbrauen hoch, sah mich verwundert an. Ich machte eine ergebene Geste. Sie las weiter. Als sie zum Schluss kam, schlug sie die Hand vor den Mund.

»Ach Gott, ist das süß.«

»Tja, ich glaube, er steht auf dich.«

»Er kennt mich doch gar nicht.«

»Willst du das ändern?«

»Was? Ich verstehe nicht.«

»Schick ihm eine Nachricht. Am besten ein kleines Video.«

»Ach du meine Güte!«

»Er würde sich freuen.«

»Hui«, machte Johanna, atmete tief durch. Schluckte, schaute auf das Telefon. Sie sah mich an, nickte und tippte auf das Display.

»Hallo, Philipp«, sagte sie. »Ich bin Johanna. Dein Vater hat mir von dir erzählt, und ich glaube, du musst ein ganz besonderer Junge sein. Es tut mir leid, dass ich ihn dir entführt habe, aber er hilft mir bei einer sehr wichtigen Sache. Ich verspreche dir, dass du ihn zurückbekommst. Und vielleicht lernen wir beide uns ja auch mal kennen. Das würde mich sehr freuen. Pass auf dich auf.«

Sie wollte die Aufnahme schon beenden, aber da fiel ihr noch etwas ein.

»Ach ja, ich habe in der Mädchenfußballmannschaft gespielt. Als Verteidigerin. Vielleicht können wir ja mal ein paar Pässe üben.«

Sie tippte auf Senden und legte das Telefon auf den Tisch.

»O wow«, sagte sie. »Habe ich eben einem kleinen Jungen ein Date vorgeschlagen?«

Ich nahm das Telefon an mich.

»Sieht so aus.«

Johanna kaute noch ein Weilchen darauf herum. Dann sagte sie: »Du hast mich gefragt, ob ich Angst vor Lazar habe. Nein, das habe ich nicht. Auch wenn ich weiß, dass er ein Mörder ist. Ich habe vor nichts mehr Angst, seit Karla mich im Waschraum verprügelt hat. Bis jetzt.«

In ihrer Mimik mischte sich alles Mögliche, Verzweiflung, Ergebenheit und sogar ein Lachen.

»Mir geht es wie dir, Adrian. Ich habe Angst vor dem, was mit uns geschieht.«

Philipp hatte noch am Abend geantwortet. Ich las seine Nachricht beim ersten Kaffee am nächsten Morgen.

— Jetzt verstehe ich. Gibst du mir ihre Nummer?

Ich schnaubte amüsiert. Schüchtern war er nicht gerade, der kleine Mann. Ich fragte mich, was Johanna davon hielt. Und dann fragte ich mich, was Clarissa wohl davon halten würde.

Mir war klar, dass ich eine Grenze überschritten hatte. Johanna, meine Geliebte, mit Philipp bekannt zu machen, ohne dass seine Mutter davon wusste, war nicht gerade die korrekte Vorgehensweise. Clarissa würde zu Recht erbost sein. Ich konnte es nicht so belassen. Ich musste sie darüber informieren. Noch heute.

Während ich darüber nachdachte, was ich ihr sagen sollte, wurde mir klar, dass dieses Gespräch unsere Trennung einen Schritt weiter manifestieren würde. Mit einem Mal bekamen unsere gemeinsamen Jahre ein Gewicht, gegen das ich tief anatmen musste. Als ich Geräusche aus dem Dachgeschoss vernahm, drängte ich diese Gedanken und Gefühle zurück. Johanna brauchte davon nichts mitzubekommen, es war wahrlich nicht ihr Problem.

Schritte über mir tappten in Richtung Bad, die Dusche wurde angestellt. Während ich frischen Kaffee machte und Rührei für uns zubereitete, dachte ich über unsere nächsten Schritte nach. Mir fiel nicht allzu viel dazu ein. Die etwas euphorische Stimmung des Vorabends nach der Überraschung, die Johanna den Sanders bereitet hatte, hatte sich verflüchtigt. Eigentlich hatten wir nicht viel in der Hand. Wir warteten darauf, wie Ludwig reagierte. Ob er uns den neuen Namen von Lazar lieferte oder nicht. Aber selbst wenn wir den hätten, was sollten wir damit anfangen? Womit sollten wir ihn unter Druck setzen? Wie konnten wir beweisen, dass er es gewesen war, der Johanna die Pistole in die Hand gedrückt hatte?

Ich füllte das Rührei in eine Schale und stellte sie warm. Dann deckte ich den Tisch, und als das Rauschen der Dusche im Obergeschoss verstummte, warf ich den Toast ein. Je länger ich darüber nachdachte, desto aussichtsloser kam mir unsere Situation vor. Reichte der Druck aus, um Ludwig dazu zu bringen, uns Lazar ans Messer zu liefern? Wenn wir wenigstens die Fotos wirklich hätten. Aber selbst dann geriete unser Vorgehen gefährlich in die Nähe einer Erpressung. Vielleicht war es das, was Friederike meinte, als sie von den Grenzen sprach, die zu überschreiten Johanna versucht sein könnte. Alles in allem war ich jedenfalls nicht gerade in übermäßig optimistischer Stimmung, als Johanna mit noch feuchten Haaren die Treppe herunterkam.

»Guten Morgen«, begrüßte ich sie.

»Guten Morgen«, erwiderte sie und setzte sich an den Tisch. Ihre Laune schien auch nicht gerade die beste zu sein.

Sie goss sich Kaffee ein und beachtete mich kaum. Sie schien völlig in ihren Gedanken versunken. Der Toast sprang hoch, aber ich blieb ihr gegenüber sitzen. Das war noch nicht der Moment für Rührei mit Toast.

»Wir haben etwas übersehen«, sagte sie.

»Ach ja?«

»Na ja, eher ich. All die Jahre habe ich mir überlegt, wie ich Ludwig, Gregor und Friederike drankriegen könnte. Wie ich sie bloßstellen könnte, damit alle die Wahrheit erführen. Und meine Unschuld bewiesen wäre.«

Heute Morgen hatte ich keinen Zweifel, dass das die Wahrheit war.

»Aber schon dieses erste Treffen ist anders verlaufen als in meiner Vorstellung. Ist dir aufgefallen, wie aalglatt sie waren?«

»Ja. Ich hatte mir gerade überlegt, dass wir eigentlich nicht viel erreicht haben.«

»Und genau da täuschst du dich, Adrian. Wir haben gestern etwas sehr Wertvolles erfahren.«

Ich schenkte mir Kaffee nach.

»Ich bin ganz Ohr. Wenn es wirklich etwas Wertvolles ist, gibt es als Belohnung Rührei.«

Ihre Augen glitzerten vergnügt.

»Das habe ich längst gerochen. Ist es ein gutes Rührei?«

Ich blies über meine Fingernägel.

»I'm the master of Rührei.«

»Okay, wir werden sehen. Es sind die Fotos.«

»Wieso? Von denen wussten wir doch schon vorher. Wir haben sie nicht. Wer sie hat, wissen wir nicht. Vielleicht Lazar.«

»Das meine ich nicht. Ich meine das Foto aus der Brasserie.«

»Was ist damit?«

»Bis gestern wusste ich nur von den Partyfotos. Das war vollkommen plausibel, ich habe deren Zustandekommen nie infrage gestellt. Und gestern habe ich einfach nur eine Gelegenheit wahrgenommen, um herauszufinden, ob die Fotos im Besitz der Sanders wären. Erst heute Nacht oder, besser, heute Morgen ist es mir aufgefallen. Dieses Foto in der Brasserie muss, so wie Ludwig es dargestellt hat, von außerhalb aufgenommen worden sein. Im Lokal selbst wäre das aufgefallen. Überhaupt wäre Thorberg aufgefallen. Schließlich kannten sie sich alle. Nein, es ist von außerhalb der Brassserie aufgenommen worden. Mit einem Teleobjektiv, also mit einer richtig guten Kameraausrüstung.«

»Okay, bis hierhin kann ich dir folgen.«

»Das heißt, Thorberg ist Ludwig nach Paris gefolgt. Wieso? Hat er ein Telefonat belauscht und auf diese Weise erfahren, dass der sich mit Lazar treffen will? Das setzt ja voraus, dass er über Lazars Täuschung Bescheid wusste. Und das alles, um ihn zwanzig Jahre später zu erpressen? Deswegen hat er praktischerweise gleich eine professionelle Kameraausrüstung mitgenommen?«

Sie hatte recht, das klang seltsam.

»Daraufhin habe ich mir über das Zustandekommen der anderen Fotos Gedanken gemacht. Die müssen ja in den Achtzigern aufgenommen worden sein, auf jeden Fall deutlich vor dem Hochkochen der Rotlichtaffäre. Hat Thorberg also schon damals Fotos gemacht, um sie möglicherweise für eine Erpressung zu nutzen? Dreißig Jahre bevor er sie dann urplötzlich benutzte? Weil er Krebs hatte? Dann wäre das sozusagen seine Altersvorsorge gewesen.«

Sie schüttelte den Kopf.

»Ich habe Thorberg zwar nicht lange gekannt, aber lange genug, um mit Sicherheit sagen zu können, dass er kein Mensch war, der im Voraus plante. Schon gar nicht an eine Altersvorsorge dachte.«

»Das heißt?«

»Dass nicht er die Fotos gemacht hat.«

»Wer dann?«

Sie richtete sich auf, deutlich besser gelaunt als noch zuvor.

»Das erzähle ich dir, wenn das Rührei wirklich so gut ist, wie du Angeber behauptest.«

»Und dann?«

»Dann machen wir einen Besuch bei einem alten Freund.«

Eine Stunde später standen wir vor dem Redaktionsgebäude der *Saarbrücker Zeitung*.

»Hast du einen Plan?«, fragte ich Johanna.

»Ja. Wir packen ihn an den Eiern und drücken kräftig zu.«

Sie stieß die Glastür auf.

»Guter Plan«, sagte ich in die Luft und folgte ihr.

Die Frau im Empfangsbereich schaute überrascht auf, als wir eintraten.

»Johanna, wie schön, dich zu sehen, wolltest du …«

Johanna marschierte, ohne innezuhalten, in den Flur, der zu den Büros führte.

»Keine Umstände, Veronika«, rief sie über die Schulter, »ich kenne den Weg.«

Ich nickte der verdutzten Veronika zu und blieb dicht hinter Johanna.

»Hallo, Tobias«, sagte Johanna, als wir Tobias Kerns Büro betraten. Es klang so, als wäre sie gerade mal zwei Tage fort gewesen. Sie ging zu dem Schreibtisch ihm gegenüber und setzte sich auf den Stuhl. Ich lehnte mich an den Türrahmen. Von dort konnte ich alles genau verfolgen. In diesem Moment plingte das Telefon in meiner Tasche. Das musste warten. Ohne es hervorzuholen, stellte ich es auf stumm.

Kern brauchte einen Moment, um sich von der Überraschung zu erholen. Johanna beobachtete ihn, die Ellbogen auf die Lehnen gestützt. Es war ein Drehstuhl, sie bewegte ihn langsam ein wenig hin und her.

»Hallo, Johanna«, sagte Kern schließlich. Und dann zu mir gewandt: »Adrian.«

Ich tippte mit zwei Fingern an die Schläfe.

»Noch keine neue Praktikantin?«, fragte Johanna.

»Gerade nicht«, gab Kern zurück. »Aber wir haben ein paar Bewerbungen.«

Er fühlte sich unwohl, wir hatten ihn überrumpelt.

»Jemand Gutes dabei?«, fragte Johanna weiter.

»Keine so gut wie du.«

Er versuchte, sich in seine Jovialität zu retten. Johanna musterte ihn nachdenklich.

»Wir müssen reden, Tobias«, sagte sie.

»Das versuche ich seit vier Jahren. Du warst es, die mich fortgeschickt hat.«

Johanna runzelte verärgert die Stirn.

»Nicht so, Tobias. Die Tour funktioniert bei mir nicht mehr.«

»Was heißt Tour? Ich wollte die ganze Zeit …«

»Seit wann bist du schon hinter den Sanders her?«

»Wieso? Bist du neuerdings ihr Anwalt?«

»Tobias, hör auf«, fauchte sie ihn an. »Beantworte meine Fragen!«

Kern lehnte sich zurück und verschränkte die Hände vor den Bauch. Die joviale Maske war verschwunden, jetzt war er sehr ernst. Und sehr wachsam.

»Seit er angefangen hat, den Großkotz zu spielen.«

»War es etwas Persönliches?«

Kern wandte sich zum Fenster und starrte nach draußen.

»Es ist immer persönlich, Johanna. Machen wir uns doch nichts vor.«

Er richtete seinen Blick wieder auf sie.

»Oder willst du mir erzählen, dass deine Jagd auf die Sanders nicht persönlich ist?«

Sie hatten mich anscheinend völlig vergessen. Was mir recht war.

»Wir sind Jäger, Johanna. Das ist es, was ich gleich in dir gesehen habe. Du fragst mich, was mit den neuen Bewerbern ist? Sie sind gut. Sie haben studiert, kennen sich in der Politik aus, können anständig schreiben. Alles tutti. Aber sie sind keine Jäger.«

Er beugte sich vor.

»Oder wolltest du Journalistin werden, um das Gemeinwohl zu pflegen? Ein netter Artikel hier, ein kleines Porträt da, und hin und wieder ein Interview mit dem Bürgermeister? Nein, das war es nicht, was dich gereizt hat. Du wolltest schnüffeln, eine Spur aufnehmen, Menschen der Lüge überführen. Du wolltest die Arroganz der Macht entblößen. All die Heuchler, Verführer, die skrupellosen Narzissten des öffentlichen Lebens entlarven. Dich brauchte ich nicht zu überzeugen. Du hattest es von Anfang an in dir. Natürlich war ich hinter Ludwig Sander her, diesem Dreckskerl. Ich habe doch gesehen, wie er den Menschen das Geld aus der Tasche gezogen hat. Wie er mit allem durchkam. Ich wusste von seinen Partys in Saarbrücken. Als Journalist musst du da hingehen, wo es stinkt. Und wo Ludwig war, hat es mächtig gestunken.«

»Und darum hattest du praktischerweise auch immer eine Kamera dabei«, sagte Johanna leise.

Kern runzelte die Stirn.

»Worauf willst du hinaus?«

»Du hast in vielem recht, was du gesagt hast. Ja, ich habe die Jagd geliebt. Aber ich habe sie nie zum Selbstzweck gemacht. Ich brauchte immer das Gefühl, auf der richtigen Seite zu stehen. Ich habe nie jemanden gejagt, weil ich persönlich etwas gegen ihn hatte. Und das wusstest du. Deswegen hast du mir nicht alles erzählt über die Sanders. Deswegen hast du mich benutzt, als ich mit Gregor zusammen war, ohne mir zu sagen, was dein eigentliches Ziel war. Warum hast du es mir nicht gesagt? Warum hast du mich nicht eingeweiht?«

Ich hörte aus ihren Worten die Verletztheit, auch Kern merkte es. Er blinzelte, schluckte, versuchte, wieder die Hoheit über das Gespräch zu gewinnen.

»Du hattest dich verändert«, sagte er. »Ich wusste nicht, ob du nicht auf ihre Seite gewechselt warst.«

»Auf ihre Seite?« Johanna sah ihn mit durchdringendem Blick an. »Tobias, in was für einer Welt lebst du? Wir gegen sie?«

»Ja, natürlich.«

»In diesem bescheuerten Kampf bin ich draufgegangen.«

»Sie haben dich, verdammt noch mal, reingelegt.«

»Ach ja?« Johanna beugte sich vor. »Und du? Hast du mich auch reingelegt? Hast du nicht ein doppeltes Spiel gespielt, Tobias? Du bist zu den dreckigen Orten gegangen. Du warst also in Saarbrücken dabei. Du warst doch auch auf den Partys, nicht wahr? Und hattest du nicht damals so eine kleine Kamera, mit der du unauffällig Fotos machen konntest? Du hast sie mal in irgendeinem Zusammenhang erwähnt. Aus den Zeiten, als es noch keine Handykameras gab. Du hast eine Menge Fotos gemacht, oder? Von Sander, von Lazar, von Nutten und Koks. Und hast du auf diesen Partys nicht zufällig einen kleinen schmierigen Kerl kennengelernt namens Nils Thorberg?«

Ich hätte es jetzt gerne gesehen, dass Kerns Gesichtsfarbe ins Graue wechselte. Das geschah aber nicht. Er sah nur einfach ertappt aus.

»Johanna, ich ...«

»Nein, Tobias.« Johannas Stimme war hart und kalt. »Keine Ausflüchte. Du hattest die Fotos, und du hast sie Thorberg gegeben. Du hast auch ihn betrogen, denn du hast ihm gesagt, dass du seine Versicherung wärst. Thorberg hat mit seinen Pressekontakten geprahlt. Das warst du. Das Einzige, was du nicht bedacht hast, war, dass ich mit ihm verhandeln würde. Du dachtest, du wärst Gott. Aber du warst einfach nur ein Spieler, der mich über die Klinge springen ließ.«

Okay, jetzt war Kerns Gesicht doch grau geworden. Er brachte kein Wort raus.

»Und du hast immer noch die Negative, nicht wahr? Ich hatte für Thorberg fünfundzwanzigtausend Euro in bar dabei. Die waren natürlich weg, als ich aufwachte. Aber den Rest des Geldes hatten wir auf einem Konto deponiert, auf das er auf Martinique hätte zugreifen können. Alles, was er brauchte, waren sein Ausweis und ein Code, den ich ihm aber erst gegeben hätte, wenn ich die Negative in der Hand gehabt hätte. Die hatte er aber nicht. Darum hat er mich betäubt. Ich weiß nicht, was er vorhatte. Mich fesseln? Foltern? Natürlich haben wir mit so einer Aktion nicht gerechnet, zumindest ich nicht. Denn ich wusste etwas Wesentliches nicht: dass er nicht mehr lange zu leben hatte! Thorberg hatte keine Angst vor den Konsequenzen seines Handelns. Er war ein Mann, der dem Tod ins Auge schaute. Er hätte alles getan, um an das Geld zu kommen. Das ist es, was du mit den Fotos angerichtet hast. Du hättest mich beinah umgebracht. Wahrscheinlich sollte ich dem Mörder noch dankbar sein, dass ich nur ins Gefängnis musste.«

Kern brachte kein Wort heraus, starrte sie nur hilflos an.

»Wusstest du, dass Thorberg Krebs hatte?«, fragte Johanna. Ihre Stimme war jetzt leise, doch nach der Schärfe, mit der sie eben noch gesprochen hatte, klang selbst das bedrohlich.

Kern schüttelte den Kopf. Er hatte aufgegeben. »Thorberg wusste nichts von mir«, sagte er. »Ich habe ihm die Fotos in den Briefkasten seiner Gebrauchtwagenklitsche gesteckt. Er hätte nicht die geringste Chance gehabt, an die Negative zu kommen.«

Johanna lehnte sich wieder zurück und nickte. In einer ratlosen Geste hob sie die Hände. »Warum? Oder, anders: warum gerade zu dem Zeitpunkt?«

Kern schnaufte, schaute aus dem Fenster. »Ich hatte diese Fotos schon seit mehr als zwanzig Jahren und hatte immer auf eine Gelegenheit gewartet, sie zu benutzen. Es ging doch nicht einfach darum, Sanders mit seiner dreckigen Vergangenheit zu konfrontieren. Ich wollte eine Story.« Wieder atmete er schwer. »Dann hast du mir von ihren Plänen mit Gregor erzählt. Ich konnte es nicht fassen. Sie wollten ihn tatsächlich auf die große politische Bühne schicken. Und du warst bereit, dabei mitzuhelfen. Du warst mit ihm verlobt. Mit dir an seiner Seite hätte er es sogar schaffen können. Verdammt, Johanna, ausgerechnet du!«

Johanna schwieg. Ich sah ihr an, dass dieser Vorwurf sie traf.

»Das alles«, fuhr Kern fort, »wäre nicht passiert, wenn du mir erzählt hättest, dass du für Sander verhandelst. Du hast mir auch einiges verschwiegen.«

Johanna warf mir einen Blick zu. *Und was jetzt?*, schien der zu sagen.

»Das Foto in der Brasserie«, wandte ich mich an Kern, »das waren doch auch Sie, oder?«

Er warf mir einen scharfen Blick zu, fasste sogleich wieder Johanna ins Auge.

»Woher wisst ihr von dem Foto?«

»Antworte ihm, Tobias«, sagte Johanna.

Kern verzog den Mund. Sein Misstrauen war erwacht, aber er musste mitspielen.

»Es ist sehr schwer, Ludwig Sander zu beschatten, aber nachdem ich in Südafrika war, habe ich alle Hebel in Bewegung gesetzt, um zu erfahren, wann er verreisen wollte. Ich hatte vermutet, dass er Lazar treffen würde, irgendwo im Ausland.«

»Sie sind ihm im Flugzeug gefolgt. Dann durch Paris, bis zu dem Moment in der Brasserie. Und dann haben Sie die beiden fotografiert, und zwar so, dass im Hintergrund das Fußballspiel zu sehen war. Und all das, ohne von diesen beiden nicht gerade naiven Männern bemerkt zu werden. Chapeau! Das war beste Detektivarbeit.«

»Das mit dem Fußballspiel ist mir erst später aufgefallen. Es war Glück.«

»Das sprichwörtlich mit dem Tüchtigen ist. Nur nicht so bescheiden, Kern. Ich habe große Hochachtung vor Ihren Spürnasenqualitäten. Das führt mich zu der Frage, was Sie getan haben, nachdem die beiden sich getrennt haben. Als guter Detektiv sind Sie doch bestimmt Lazar gefolgt, um herauszukriegen, wo er wohnt.«

»Er war in einem Hotel in St. Germain abgestiegen.«

»Und Sie wissen bestimmt auch, unter welchem Namen.«

Johannas Augen waren zwischen uns hin und her gezuckt, wie bei einem Tennisspiel. Jetzt wartete sie ebenso gespannt auf Kerns Antwort wie ich.

»Natürlich«, sagte Kern. »Das war doch der Sinn der ganzen Aktion. Lazar ist bei seinem neuen Namen der französischen Tradition treu geblieben. Er heißt Delattre, Jean-Remy Delattre.«

Es war gut, dass ich immer noch am Türrahmen lehnte. Mir wurde nämlich ein wenig schwindelig. Jean-Remy Delattre, der Mann, der angeblich für eine Sicherheitsfirma in Saarlouis war. Und der einen naiven Evolutionsbiologen in der Bar des La Maison abgefüllt und ausgehorcht hatte.

Ich versuchte, mir Kern gegenüber nichts anmerken zu lassen. Dafür traute ich ihm noch nicht genug. Aber Johanna sah mich forschend an, als ich mich räusperte und mir den Besucherstuhl heranzog. Ich hatte einen Abend mit einem Killer verbracht. Mir war ganz recht, dass Kern sich jetzt wieder an sie wandte.

»Ich hätte das alles niemals getan, wenn ich gewusst hätte, dass es dich in Gefahr bringen würde. Das musst du mir glauben, Johanna.«

»Weißt du, wo Lazar oder Delattre jetzt lebt?«, fragte sie.

Er hat eine Sicherheitsfirma in der Schweiz.

»Ja, in Zürich, er hat dort eine Firma für Sicherheitstechnik.«

Ich hatte mich mittlerweile gefasst.

»Wusste Thorberg, welche Bedeutung das Brasseriefoto hatte?«, fragte ich Kern.

»Nein, das war meine persönliche Botschaft an Ludwig und Lazar.«

»Die ist auch angekommen.«

Ich warf Johanna einen fragenden Blick zu. Sie nickte. Also berichtete ich Kern von unserem Besuch in Picard. Sofort sprang der Reporter in ihm an. Er sah aus, als würde er schon die Schlagzeilen formulieren.

»Wir gehen davon aus«, schloss ich meinen Bericht, »dass Lazar oder Delattre Johanna in eine Falle gelockt hat, um Thorberg zu töten und ihr die Sache in die Schuhe zu schieben. Vielleicht hätte er gewartet, bis Johanna wieder weg war, um Thorberg auszuschalten. Als er mitbekam, dass sie betäubt war, hat er wahrscheinlich die Gelegenheit ergriffen. Letztlich wissen wir aber nicht, wie genau es passiert ist. Auch nicht, ob Ludwig Sander eingeweiht war oder Lazar auf eigene Kappe gehandelt hat. Aber genau das müssen wir herausfinden. Und dabei müssen Sie uns helfen, Kern. Damit können Sie Ihre Schuld bei Johanna begleichen. Nicht wahr?«

Ich schaute sie fragend an. Sie nickte langsam.

Kern verschränkte die Arme vor dem Bauch und schnaufte wieder vernehmlich.

»Ich sollte längst aufhören. Ich sollte in Rente gehen.«

»Ja, vielleicht«, stimmte ich zu. »Aber vorher wollen Sie noch diese eine Story schreiben. Die, hinter der Sie schon Ihr Leben lang her sind. Stimmt's?«

Er betrachtete mich missmutig.

»Habe ich Ihnen schon gesagt, dass Sie ein echter Dickschädel sind, Adrian?«

»Ja, das haben Sie, und Sie sind nicht der Erste.«

Er nickte gewichtig.

»Gut, ich bin einverstanden. Wir beweisen Johannas Unschuld, und ich bekomme meine Story.«

Johanna hob eine Hand.

»Ich bin zwar nur eine Frau, aber weiß einer von euch beiden Helden, wie wir das anstellen sollen?«

Ich dachte an Philipp.

»Wir müssen ihm eine Falle stellen«, sagte ich.

Auf dem Rückweg erzählte ich Johanna von meiner Begegnung mit Delattre. Sie packte mich am Arm, blieb stehen.

»Du hast ihn getroffen?«

»Ja. Du erinnerst dich, dass ich an dem Abend in einer komischen Stimmung war. Wir haben einiges zusammen getrunken, und er hat mich ziemlich geschickt ausgehorcht. Keine Sorge, von dir habe ich nichts erzählt, er hat auch nicht gefragt. Aber an dem Abend hatte ich bemerkt, dass jemand in meinem Computer rumgeschnüffelt hat. Ich dachte erst, es wäre jemand vom

Hotelpersonal, aber jetzt bin ich mir ziemlich sicher, dass es Delattre war. Er ist Spezialist in Sicherheitstechnik. Da dürfte ein Kartenschloss kein Problem für ihn sein.«

Johanna dachte nach.

»Das war, nachdem wir im Louis gegessen haben.«

»Richtig.«

»Woher wusste er, dass ich hier bin? Woher wusste er von dir und mir?«

»Ludwig!«

»Genau, und das heißt ...«

»Dass er uns belogen hat.«

»Traue nie einem Sander.«

Wir standen uns auf dem Bürgersteig gegenüber. Ich versank in ihren graublauen Augen. Etwas wallte in mir empor, weitete meine Brust. Ließ mich die Luft, das Licht und jeden Stein um mich herum zu einer neuen, ungeheuren Erfahrung werden. Ich wusste, dass es in mir war, und doch war sie es. Beides war unauflöslich miteinander verbunden. Ich wollte es ihr sagen, aber es war zu mächtig für die kläglichen Worte, über die ich verfügte. Es brandete von innen gegen meine Lippen, aber ich hätte die Stimme von Pavarotti haben müssen, um es auszudrücken.

Johanna lächelte, wahrscheinlich über meinen Gesichtsausdruck.

»Was ist?«, fragte sie und strich sich eine Strähne aus der Stirn.

»Fändest du es sehr albern, wenn ich jetzt eine Opernarie anstimmen würde?«

»Kommt drauf an. Kannst du singen?«

»Eher nicht.«

»Dann sollten wir das besser verschieben. Wie wäre es, wenn wir nachher zusammen unter die Dusche gehen.«

»Einverstanden. Und jetzt?«

»Habe ich Hunger.«

»Pizza?«

»Auf keinen Fall. Currywurst mit Pommes im Freien.«

Der Imbissstand am Marktplatz lag zwischen den beiden Buchhandlungen. Vor uns erstreckte sich der mit Autos halb zugeparkte Platz. Wir bestellten an der Theke, setzten uns an einen der Tische und genossen die Frühlingssonne. Es tat gut, einen Moment einfach nur zu schweigen und den Moment zu genießen.

»Diese Geschichte mit der anonymen Telefonnummer und dem Rückruf«, meinte Johanna schließlich, »das kam mir gleich komisch vor.«

Ich stimmte ihr zu.

»Warum sollte Lazar sich mit Ludwig getroffen haben und ihm dennoch seine neue Identität verschweigen? Das macht keinen Sinn.«

»Dann hatten die beiden in den letzten Tagen ja einiges zu besprechen.«

»Vielleicht haben sie sich sogar getroffen. Immerhin war Lazar als Delattre in der Stadt.«

Die Bedienung rief uns zu, dass unsere Currywürste mit Pommes fertig waren. Wir prosteten uns mit Mineralwasser zu.

»Was denkst du? Wie wird es weitergehen?«

Darüber hatte ich mir tatsächlich schon ein paar Gedanken gemacht.

»Ludwig und Lazar gehen wahrscheinlich weiter davon aus, dass wir Lazars neue Identität nicht kennen. Das ist unser Vorteil. Dass Tobias Kern die Negative hat, wissen die beiden ebenfalls nicht. Noch ein Vorteil. Ich schätze, als Nächstes wird Ludwig sich vergewissern wollen, dass wir tatsächlich im Besitz der Fotos sind. Ich hoffe, dass Kern sein Wort hält.«

Der hatte uns nicht verraten, wo er die Fotos und Negative

aufbewahrte. »An einem absolut sicheren Ort«, hatte er nur gemeint. Aber er würde uns Abzüge machen. Dafür benutzte er seine eigene Dunkelkammer.

»Ludwig wird Lazar kaum zwingen können, sich zu stellen. Aber sobald wir die Fotos haben, müssen wir Ludwig klarmachen, dass wir bereit sind, sie zu veröffentlichen. Er muss uns etwas gegen Lazar in die Hand geben.«

»Da wird der aber kaum tatenlos zusehen.«

»Ludwig wird nicht so dumm sein und seinen alten Geschäftspartner in diesen Teil des Plans einweihen. Wenn Lazar es erfährt, wird es zu spät sein, etwas dagegen zu unternehmen.«

In diesem Punkt sollte ich mich täuschen.

Lazar alias Delattre hatte bereits etwas unternommen.

8.

KAUM HATTEN WIR die Haustür geöffnet, kam Hermine Wrangel aus ihrer Wohnung.

»Ach, Herr Professor, kennten Sie mir'n Gefallen donn?«

»Natürlich, aber sagen Sie doch Adrian zu mir. Ich bin gerade nicht im Dienst.«

Johanna warf mir einen amüsierten Blick zu. »Ich gehe schon mal nach oben. Bis gleich.«

Tante Hermine führte mich zu einem Umzugskarton, der im Wohnzimmer stand.

»Ich hann en paar von meinen Sachen aussortiert. Awwa eich brengen et noch net iwwa meich, se zum Roten Kreuz se brengen. Ich will se erscht mol in de Keller brengen. In en paar Monaten wäß eich nemme, wat drin es. Dann fällt et ma bestemmt leichter. Kennten se ma den Kartong runnerdrahn?«

»Natürlich. Kein Problem.«

Mit dem Karton in den Armen folgte ich ihr in den Hausflur. Natürlich redete sie die ganze Zeit, während sie erst Richtung Hof ging und dann die Tür unter der Treppe öffnete. Die hatte ich zwar schon gesehen, aber nicht weiter beachtet. Sie schaltete das Licht ein und ging die Steinstufen hinunter. Eine Bretterwand teilte den Keller in zwei Hälften. In beiden standen die Türen auf. Sie zeigte in die Hälfte, die offenbar ihr gehörte.

»Dort äfach of de Desch stellen«, sagte sie.

Ich stellte den Karton ab und schaute mich kurz um, typisches Kellergerümpel.

»Und das ist Johannas Keller?«, fragte ich und zeigte auf den anderen Raum.

»Jo, hauptsächlich sei Kinnersachen. Irgendwann sollt et selber dat alles mol weggenn odda wegwerfen. Awwa, ach je, man trennt sich ja gar net gär von so Sachen.«

Ich warf einen neugierigen Blick in den vollgestellten Raum. Kartons und Kisten, einige beschriftet, »Weihnachtsschmuck« oder »Schulsachen«. Ein Regal mit Farbtöpfen und Werkzeug, eine Staffelei, eine Kinderschaufel und ...

Ich stutzte.

»Et es jo aach en ganz Leewen, dat in so'm Keller gestapelt es. Und wat passiert, wenn ma irjendwann die Augen for imma zoumacht? Die Erwen schmeißen alles weg. Jo jo ...«

Plappernd stieg Tante Hermine die Treppe hoch. Ich folgte ihr.

»Schließen Sie nicht ab?«, fragte ich, als sie die Kellertür einfach ins Schloss fallen ließ.

»Ach, warum dann? Es senn doch nur mir zwaai im Haus. Also jedenfalls vielen Dank, Herr Pro– ... eich mennen Adrian.«

»Ja, gern geschehen.«

Ich begleitete sie zu ihrer Tür und machte Anstalten, die Treppe hochzugehen. Doch als Tante Hermine wieder in ihrer Wohnung verschwunden war, drehte ich mich um und ging zurück in den Keller. Mein Ziel war das Werkzeugregal in Johannas Hälfte. Im untersten Fach schob ich eine halb volle Ikea-Tasche beiseite. Ich hatte richtig gesehen: Dahinter stand ein Benzinkanister. Ich holte ihn hervor, schüttelte ihn. Er war leer. Ich strich mit dem Finger darüber, kein Staub. Ich machte den gleichen Test im Regalfach. Meine Fingerkuppen waren schwarz. Ich öffnete den Verschluss und hielt meine Nase über die Öffnung. Der intensive Benzingeruch ließ mich zurückzucken.

Ich blieb vor dem Regal hocken. Ein Satz zuckte wie ein blinkendes Fanal durch meinen Kopf. *Cui bono. Cui bono. Cui bono!*

Vor Johannas Wohnungstür hielt ich inne, den Schlüssel schon in der Hand. Alles in mir drängte danach, Johanna zur Rede zu stellen. Wie war sie nur ein solches Risiko eingegangen? Die Brandspezialisten der Polizei hatten zwar gemeint, dass das Feuer den Dachstuhl nicht hätte erreichen können. Aber das konnte sie vorher nicht genau wissen. Nur um die Sanders aufzuscheuchen, hatte Johanna Menschenleben riskiert, das von Hermine und möglicherweise anderer, die zu Schaden gekommen wären, wenn das Feuer auf die Nachbarhäuser übergegriffen hätte. Doch das war es nicht allein, was mich aufbrachte. Ich fühlte mich betrogen, mein Vertrauen war missbraucht worden. Alle Zweifel kamen mit voller Wucht zurück. Eine hämische Stimme rieb mir meine Naivität unter die Nase. Ich hätte es alles sehen können, aber meine infantile Verliebtheit hatte mich blind gemacht. Zorn und peinigende Scham stritten um die Hoheit in mir. Ich musste dem Luft machen. Musste …

Immer noch hielt ich den Schlüssel in der Hand, nur wenige Zentimeter vom Schloss entfernt. Ich erinnerte mich an den Abend wenige Tage zuvor. Ich war von meinem Zorn und meiner Gekränktheit so überzeugt gewesen, dass ich mich selbst ins Unrecht gesetzt hatte.

Aber sie hat dich belogen!

Dennoch, ich durfte mich nicht von meinem Zorn leiten lassen. Vielleicht sollte ich einen Spaziergang machen. Ja, fort von hier, mich bewegen. Luft holen, das Pflaster unter den Füßen spüren. Mich abreagieren.

Aber sollte ich ihr nicht sagen, dass ich spazieren ging? Sie erwartete mich doch jeden Moment. Nein, besser nicht. Ich traute meiner Selbstbeherrschung nicht. Wahrscheinlich vermutete sie mich ohnehin bei Hermine.

Ich drehte mich um und lief die Treppe hinab. Als ich schon

unten vor der Haustür stand, kam mir ein seltsamer Gedanke. Aus einem Impuls heraus folgte ich ihm einfach.

Eine Stunde später hatte ich mich so weit beruhigt, dass ich mich dem Gespräch mit Johanna stellen konnte. Ich war unzählige Varianten dieses Dialogs durchgegangen, bis ich alle Empörung und Verletztheit herausgefiltert hatte. Schließlich durfte ich nicht vergessen, in was für einer Ausnahmesituation sie sich befand. Vier Jahre unschuldig unter Diebinnen und Mörderinnen, nun der verzweifelte Kampf um Gerechtigkeit. Es waren die normalen Regeln des Zusammenlebens, die sie dort hingebracht hatten. Im Gefängnis hatte sie andere gelernt. Manchmal vergaß ich, wie sehr sich ihr Leben von meinem unterschied.

Ich war so mit meinen Gedanken beschäftigt, dass ich die beiden Polizeiwagen erst bemerkte, als ich schon vor dem Haus angekommen war, ein Streifenwagen und ein VW-Bulli.

Hermine stand händeringend in ihrer offenen Wohnungstür, als ich das Haus betrat.

»Die Polizei is do«, sagte sie mit großen, verängstigten Augen.

Ich eilte die Treppe empor. Die Wohnungstür stand offen. Johanna saß am Esstisch. Sie schaute auf, als ich eintrat. Ich erschrak über ihren wunden Blick. Im Büro nebenan konnte ich eine Beamtin sehen, die mit weißen Stoffhandschuhen an den Händen den Schreibtisch durchsuchte. Aus dem Dachgeschoss vernahm ich Geräusche, dort waren offenbar ebenfalls Polizisten. Ehe ich etwas sagen konnte, kam der Beamte, der am Abend des Feuers mit Johanna und Hermine gesprochen hatte, aus dem Büro. Auch er trug weiße Handschuhe.

»Ah, sieh da«, sagte er, »der Freund der Familie.«

»Was soll das? Was hat das zu bedeuten?«

Johanna schob mir wortlos ein Papier zu, das auf dem Tisch

lag. Eine Durchsuchungsanordnung mit dem Stempel des Amtsgerichtes.

»Was werfen Sie ihr denn vor?«

Der Polizist lächelte mich an.

»Wir sollten uns erst einmal vorstellen. Ich bin Hauptkommissar Jossan. Und Sie sind?«

»Adrian Kayser.«

»Darf ich Ihren Personalausweis sehen.«

Mir lag eine bissige Erwiderung auf der Zunge, aber das war nicht der Moment, um patzig zu sein. Als Erstes musste ich wissen, was hier los war. Ich holte den Ausweis aus der Laptoptasche. Hauptkommissar Jossan notierte sich den Namen und die Nummer. Dann gab er ihn mir wieder.

»Sie wohnen bei Frau van Bergen?«

»Ich bin zu Besuch.«

»Hm, Frau van Bergen erklärte uns, dass dieser Computer Ihnen gehört.« Er wies auf den Laptop, der immer noch auf dem Tisch lag.

»Das ist richtig.«

In diesem Moment kam der andere Polizist, den ich am Abend des Brandes gesehen hatte, aus dem Büro.

»Peter, wir sind hier fertig.«

Jossan verschwand mit ihm nach nebenan.

»Wo warst du?«, fragte Johanna mit leiser Stimme. »Ich habe dich angerufen.«

Die Stimme, ihre Mimik, die ganze Haltung erschreckten mich. Johanna sah gebrochen aus. Dann begriff ich. Die Polizisten, ihr Ausgeliefertsein, Johanna war wieder im Gefängnis.

Ich holte das Telefon hervor. Dabei fiel es mir ein.

»Ich hatte es auf stumm gestellt, als wir bei Kern waren.«

Zwei Beamtinnen gingen ohne ein Wort an uns vorbei und

verließen die Wohnung. Dabei zogen sie sich die Handschuhe aus. Nebenan hörte ich die Stimmen von Jossan und seinem Kollegen.

Ich machte das Telefon an und starrte verwundert auf das Display. Johannas Anruf wurde mir angezeigt, zudem eine Mailboxnachricht. Aber das war nicht die einzige Meldung. Es gab sechs weitere Anrufe, alle waren sie von Clarissa. Zusätzliche Mailboxnachrichten und eine WhatsApp-Nachricht von Philipp. Was zum Teufel …?

»Frau van Bergen, gehört zu der Wohnung ein Keller?«

Jossan war zurückgekommen.

»Ja, die Kellertür ist unverschlossen.«

»Wären Sie so freundlich, uns den Weg zu zeigen?«

Ich beobachtete Johanna genau. Ihr Gesicht verriet nicht die geringste Regung. Ruhig, aber ohne zu zögern erhob sie sich und ging in Richtung Treppenhaus. Die beiden Polizisten folgten ihr. Ich schloss mich ihnen an, was mir einen etwas erstaunten Blick von Hauptkommissar Jossan eintrug.

Johanna führte uns in den Keller und wies auf die linke Kammer.

»Der Teil gehört mir. Die andere Hälfte meiner Nachbarin.«

Während die Polizisten sich umschauten, bemerkte Johanna die alten Vorhänge, die ich aus der Ikea-Tasche genommen und einfach ins Regal gelegt hatte. Die Tasche hatte ich verwendet, um den Benzinkanister aus dem Haus zu schaffen. Beides war im nächstbesten Mülleimer gelandet.

»Brauchen Sie mich hier noch?«, fragte Johanna.

»Nein«, erwiderte der Hauptkommissar. »Es wird nicht lange dauern.«

»Nehmen Sie sich so viel Zeit, wie Sie brauchen«, meinte Johanna. »Den Weg hinaus finden Sie ja alleine.«

Sie gab mir ein Zeichen mit einer Bewegung des Kopfes, mit ihr zu kommen. Zurück in der Wohnung, ließ sie sich wieder auf den gleichen Stuhl sacken.

»Scheiße«, sagte sie leise. Dann schaute sie auf.

»Du meintest doch, wir sollten auf eine Reaktion von Ludwig warten. Ich schätze, das war sie.«

Ich war verwirrt.

»Glaubst du? Was sollten die denn finden?«

Mit einem Mal klickten die Elemente in meinem Kopf zusammen.

Der Benzinkanister!

»Ich weiß es nicht«, sagte Johanna. »Vielleicht die Fotos. Sie haben den Schreibtisch und die Bücherregale durchsucht. Vielleicht sollte mich das aber auch einfach nur einschüchtern. Und weißt du was?« Sie lachte bitter auf. »Es hat funktioniert. Ich habe eine Scheißangst gekriegt, als die Truppe auf einmal in der Tür stand. Ich dachte …« Ihre Stimme versagte. Sie schluckte, hielt sich die Faust vor den Mund.

»Dass sie dich abholen wollen?«, fragte ich.

Sie nickte, blinzelte die Tränen weg.

»O Gott, Adrian, ich will da nie wieder rein.«

Ich griff nach ihrer Hand. In diesem Moment hasste ich die Polizisten. Und den Richter, der das genehmigt hatte. Und den, der das in Gang gesetzt hatte. Aber ich zögerte noch, die gleiche Schlussfolgerung wie Johanna zu ziehen. Außerdem ging mir etwas anderes durch den Kopf.

Johanna hatte nicht die geringste Beunruhigung gezeigt, als die Polizisten den Keller durchsuchen wollten. Konnte es sein, dass jemand anderes den Kanister dort abgestellt hatte? Um den Verdacht der Brandstiftung auf sie zu lenken? Ich wünschte mir so sehr, dass es so wäre, dass ich mich zwingen musste, es nicht gleich als Wahrheit anzunehmen. Mir fielen die Anrufe von Clarissa wieder ein.

»Entschuldige mich einen Moment«, sagte ich. »Ich muss dringend telefonieren.«

Sie nickte und erhob sich.

»Ich mach uns Tee.«

Ich ging ins Büro und wählte Clarissas Nummer. Ich rechnete mit dem Anrufbeantworter, weil sie normalerweise um diese Zeit noch Patienten hatte, aber sie ging sofort ran.

»Adrian, hast du dir die Fotos angeschaut, die ich dir gemailt habe?«

»Nein, ich hatte noch keine Gelegenheit, meine Post zu sichten. Was denn für Fotos?«

»Von Philipp.«

»Philipp!«, rief ich alarmiert. »Was ist mit Philipp? Geht es ihm gut?«

»Ja, aber schau dir die Fotos an und ruf mich zurück.«

Sie legte auf, anscheinend hatte sie tatsächlich gerade einen Patienten. Ich eilte zu meinem Laptop und aktivierte ihn. Ungeduldig wartete ich darauf, dass er die Mails abrief. Die von Clarissa öffnete ich und scrollte die Fotos durch, es waren alles Aufnahmen von Philipp. Vor der Schule, auf dem Nachhauseweg, beim Fußball, lachend mit Freunden. Eines zeigte ihn vor seinem Laptop sitzend, und zwar von vorne. Es war mit dem Laptop selbst aufgenommen worden. Verwundert las ich Clarissas Erklärung. Als ich begriff, begann meine Kopfhaut zu kribbeln, im Nacken zog sich etwas zusammen, und in meinem Bauch bildete sich ein Klumpen.

»Oh, ist das Philipp?«, fragte Johanna. Ich hatte gar nicht gemerkt, wie sie aus der Küche gekommen war. Sie stand halb hinter mir, mit zwei Tassen Tee, und schaute mir über die Schulter.

»Ja«, sagte ich, ging zum Fenster und atmete gegen den Druck an, der auf meiner Brust lastete. »Diese Fotos wurden Clarissa von einer unbekannten Adresse zugeschickt, die schon nicht mehr existiert. Der Absender will uns damit sagen, dass er weiß, wo Philipp zur Schule geht, zum Sport und alles andere auch. Diese Fotos sind eine Warnung an mich. Sie sagen: Wir wissen alles über deinen Sohn. Hast du das letzte Foto gesehen?«

»Ja, es sieht so aus, als wäre es von seinem Computer aus aufgenommen.«

»Richtig, diese Schweine haben unser gesamtes elektronisches System gehackt.«

Ich dachte an den Techniker, der vor ein paar Tagen wegen einer Störung im Haus gewesen war.

»Wer kann denn so etwas?«, fragte Johanna.

»Jemand, der eine Firma für Sicherheitstechnik hat.«

»Antoine Lazar.«

Ich nickte.

»Alias Jean-Remy Delattre.«

Johanna drängte mich, nach Bremen zurückzufahren. Es sei jetzt wichtiger, dass Philipp in Sicherheit wäre. Ich dürfte nicht riskieren, dass ihm etwas zustieße. Und außerdem hätte sie, Johanna, mich doch schon viel zu sehr mit ihren Problemen belastet.

Ich ließ sie reden, weil ich verstand, dass sie nicht nur mit ihrer Angst und dem Schrecken von dem Polizeibesuch, sondern auch mit ihrem schlechten Gewissen mir gegenüber zu kämpfen hatte. Außerdem war ich mir sicher, dass sie sich tatsächlich um Philipp sorgte. Mit mir aber war etwas Seltsames passiert.

Nach dem ersten Schock und dem Begreifen hatte mich eine kalte Ruhe erfasst, in der meine Gedanken die Situation erfassen und durchdringen konnten. Natürlich kämpften irgendwo in mir die Angst um Philipp, die Sorge um Johanna und die Wut auf Delattre um die Oberhand. Aber ich wusste, dass ich jetzt meinen Verstand brauchte. Gerade wegen der Menschen, die mir etwas bedeuteten.

Johanna stand mir gegenüber, sie wartete auf eine Reaktion.

»Kann ich bitte dein Telefon benutzen?«, fragte ich.

»Was? Ja, natürlich.«

Sie gab mir ihr Telefon.

Ich suchte aus dem Adressverzeichnis meines Handys die Telefonnummer von Oskar, unserem Nachbarn in Bremen, und gab sie auf ihrem ein.

Oskar war ein putzmunterer Rentner, der mit seinen Freunden eine Bustour nach der anderen unternahm. Im Moment aber sollte er zu Hause sein.

»Hallo, Oskar«, sagte ich, als er sich meldete. »Ich bin's, Adrian. Hör zu, du musst mir einen Gefallen tun.«

Ich bat ihn, sich diese Nummer zu notieren und sie Clarissa zu geben.

»Sie soll mich zurückrufen, aber von deinem Telefon aus. Das ist wichtig.«

»Warum? Bist du auf der Flucht? Brauchst du Geld?«

Oskar liebte Gangsterfilme. Ich versicherte ihm, dass seine Rente vor mir sicher war. »Irgendwelche Hacker haben unseren Anschluss gekapert«, gab ich zur Erklärung. Er versprach mir, Clarissa die Nachricht sofort zu übermitteln.

Ich schaute auf die Uhr. Clarissa behandelte immer bis zehn Minuten vor der vollen Stunde. Ich hatte noch etwas über zwanzig Minuten Zeit, bis ihr Anruf käme.

Ich rief mit meinem Handy bei der Telekom an. Zwei Minuten hing ich in der Schleife, dann wurde ich weitergeleitet. Nein, von einer Störung des Anschlusses sei nichts bekannt, und sie hätten auch keinen Techniker geschickt. Ich schilderte das Problem. Sie würden den Router austauschen. Ihr Techniker, diesmal wirklich von der Telekom, könnte am nächsten Tag da sein.

Es blieben immer noch zehn Minuten. Ich nutzte sie, um Johanna ins Bild zu setzen.

»Außerdem war Delattre im La Maison ja auch an meinem Computer. Vielleicht hat er nicht nur geschnüffelt, sondern mir auch irgendeine Spyware aufgespielt. Ich kenne mich leider nicht so gut mit diesen Dingen aus. Darum weiß ich nicht, ob auch mein Telefon betroffen ist. Aber es könnte sein.«

»Kann er uns damit belauschen?« Sie zeigte auf mein Handy. »Auch wenn es aus ist?«

Ich machte eine eher hilflose Bewegung mit der Hand, stopfte das Handy aber unter ein Sitzkissen. War das jetzt schon paranoid?

Als ihr Telefon klingelte, nahm Johanna ihren Tee und ließ mich allein. Ich hörte sie die Treppe in ihr Zimmer hochgehen.

»Was hat das alles zu bedeuten, Adrian?«, fragte Clarissa als Erstes.

Ich klärte sie darüber auf, dass der falsche Techniker sich über den Router auf Philipps Computer eingenistet hatte und dass wahrscheinlich auch die Telefone nicht mehr sicher waren.

»Dein Hauptcomputer ist ja nicht am Netz, richtig?«

»Nein, alles, was mit den Patienten zu tun hat, ist separat.«

»Gut, dann müssen noch Philipps PC und dein privater Laptop zum Doktor. Am besten gehst du zu der Firma, bei der wir die Sachen gekauft haben. Die wissen, was zu tun ist. Ich weiß nicht, ob sie die Smartphones auch checken können. Eventuell solltest du neue für dich und Philipp kaufen.«

Clarissa schwieg ein paar Sekunden. Dann fragte sie: »Es hängt mit dem zusammen, was du da in Saarlouis tust, nicht wahr?«

»Ja, ich habe dir einiges zu erzählen. Aber du hast doch jetzt noch Patienten?«

»Ja.«

»Dann telefonieren wir heute Abend.«

»Ich habe zwei Fragen.«

»Frag.«

»Ist Philipp in Gefahr?«

»Nein!« In einem jähen Impuls hatte sich der Zorn in meine Stimme gelegt. Ich drängte ihn wieder zurück, aber Clarissa hatte es gehört. Das war etwas, das sie nicht von mir kannte. Etwas ruhiger, aber sehr bestimmt sagte ich: »Das werde ich nicht zulassen. Ich verspreche es dir.«

Ich sah ihr Gesicht vor mir, wie sie über meine Worte nachdachte. Ein vertrautes Gesicht, dennoch war die Fremdheit spürbar.

»Und die zweite Frage?«

»Wem gehört diese Telefonnummer?«

Ich atmete einmal tief durch.

»Johanna«, sagte ich.

»Johanna«, wiederholte sie leise. Dann legte sie auf.

Johanna saß auf dem Bett, die Teetasse hielt sie mit beiden Händen umklammert. Tränen rannen ihr über das Gesicht. Ich setzte mich vorsichtig neben sie. Der Instinkt, über den ich neuerdings verfügte, hielt mich davon ab, sie in den Arm zu nehmen und zu trösten. Es war nicht der Moment dafür. Nach einer Weile beruhigte sie sich etwas.

»Ich hab's versaut«, sagte sie leise.

Ich hätte ihr widersprechen können, aber ich schwieg. Ich dachte mir, dass da noch mehr rauswollte.

»Ich war mir so sicher. Vier Jahre lang habe ich darüber nachgedacht, was ich tun werde. Ich würde sie nicht davonkommen lassen. Sie sollten leiden, so wie ich gelitten habe. Ich dachte, ich wäre hart genug geworden im Gefängnis und dass mich nichts mehr schrecken könnte. Und dann bedurfte es nur einer Handvoll Polizisten, und ich habe mir fast in die Hose gemacht.«

Sie wandte sich mir zu.

»Und dann auch noch das mit deinem Jungen. O Adrian, es tut mir so leid. Ich war so sehr mit meinen eigenen Problemen beschäftigt, dass ich mir überhaupt keine Gedanken darüber gemacht habe, was du alles aufs Spiel setzt. Du hast doch eine Familie. Ich habe kein Recht, das kaputt zu machen. Ich ziehe dich mit runter in mein ruiniertes Leben! Ich bringe dir nur Schwierigkeiten. Du darfst nicht hierbleiben. Nicht wenn sie deinen Sohn bedrohen.«

Nichts von dem, was sie sagte, war neu für mich. Nur stimmte es so nicht.

»Ich sollte das tun, wozu alle mir geraten haben. Irgendwo ein neues Leben anfangen. Karla hat mir das Gleiche gesagt. ›Das macht dich kaputt, Schätzchen‹, hat sie gesagt. ›Am Ende wirst du wie sie.‹ Nun, in dem letzten Punkt hat sie sich getäuscht. Ich werde nie wie sie sein.«

Ich nahm ihr behutsam die Tasse mit dem mittlerweile kalten Tee aus den Händen und stellte sie auf dem Nachttisch ab. Dann nahm ich ihre Hand, ich umfasste sie mit beiden Händen.

»Das war wohl wirklich ein bisschen viel heute«, sagte ich. »Diese Leute haben uns mal eben ihre Macht demonstriert. Hart und wirkungsvoll, und ohne dass sie sich dabei eine Blöße gegeben haben. Nicht schlecht.«

Ich wiegte den Kopf.

Johanna sah mich verständnislos an. »Willst du ihnen etwa jetzt eine gute Note geben?«

Ich verzog das Gesicht. »Sicher nicht, denn das Wichtigste haben sie nicht erreicht.«

Ich erzählte ihr von dem Benzinkanister. Sie bekam große Augen.

»Du meinst, sie haben mir eine Falle gestellt?«

»Wäre nicht das erste Mal.«

»Diese Dreckskerle«, stieß sie hervor. Das klang schon etwas besser als die Verzweiflung, in der sie kurz zuvor noch gesteckt hatte.

»Ja, so ein Benzinkanister ist natürlich noch kein Beweis, aber du bist gerade aus dem Knast gekommen. Sie hätten dir bestimmt ganz schön Druck machen können. Dann gleichzeitig die Sache mit Philipp. Natürlich gehen sie davon aus, dass ich mich rasend vor Sorge auf den Weg mache.«

»Tust du das denn nicht?«

»Natürlich macht mich der Gedanke, dass ihm etwas zustoßen könnte, wahnsinnig. Aber ich bin mir auch sicher, dass das nicht geschehen wird. Jedenfalls nicht, wenn wir uns klug verhalten. Genau das werden wir tun.«

Ihr Gesichtsausdruck spiegelte die Gefühle wider, mit denen sie kämpfte. Die Wundheit ihrer Verzweiflung, die Empörung über das niederträchtige Vorgehen unserer Gegner und dazwischen ein ganz vorsichtiges Fünkchen Hoffnung.

»Diese Aktion in Bremen, das war Delattre, da bin ich mir ziemlich sicher. Und ich denke, auch die Sache mit dem Benzinkanister geht auf sein Konto. Für jemanden wie ihn dürfte es kein Problem sein, die Haustür zu öffnen. Die Tür zum Keller war offen. Vielleicht hat er den Brand gelegt und dabei den Kanister gleich deponiert. Aber die Durchsuchung? Ich denke, du hast recht, das kann nur von Ludwig in Gang gesetzt worden sein. Das heißt, dass die beiden sich abgesprochen haben. Die Hoffnung, dass

Ludwig uns Lazar beziehungsweise Delattre ans Messer liefert, können wir begraben. Das konnte ich mir ohnehin nicht recht vorstellen. Aber die ganze Sache zeigt ja noch etwas anderes: Erstens, dass wir ihnen ganz schön auf die Nerven gehen. Zweitens, dass sie unbedingt die Fotos wollen. Ich weiß nicht, aber ich habe das Gefühl, dass uns irgendetwas noch entgangen ist.«

»Wieso? Was meinst du?«

»Na ja, nur um mich von dir wegzukriegen, bedrohen sie ein zwölfjähriges Kind? Ich meine, ich bin kein Polizist oder Rechtsanwalt, der ihnen so gefährlich werden könnte, dass sie zu solch drastischen Mitteln greifen. Ist das nicht ein bisschen übertrieben? Was wollen sie denn als Nächstes tun? Philipp entführen? Verletzen? Ihnen muss doch klar sein, dass das viel mehr Aufregung verursacht als alles, was wir mit den Fotos anrichten können. Es sei denn, da ist noch etwas. Vielleicht gibt es in diesen Fotos eine Information, die noch brisanter ist als das Treffen in Paris. Vielleicht sind die Geschäftsbeziehungen zwischen Delattre und Ludwig auch viel umfangreicher und brisanter, als wir glauben.«

»Das spräche aber noch mehr dafür, dass du deine Haut und vor allem die von Philipp in Sicherheit brächtest.«

»Um den Rest meines Lebens damit zu leben, dich im Stich gelassen zu haben? Kannst du mir mal sagen, wie ich das Philipp erklären soll?«

»Du musst gar nichts erklären. Er ...«

»... will übrigens deine Telefonnummer.«

»Was?!«

»Ja, er hat mich nach deiner Nummer gefragt. Dein Videoauftritt hat ihn neugierig gemacht. Ich muss dich warnen, der kleine Mann hat in Sachen Klugheit bei der genetischen Verteilung zweimal ›Hier‹ geschrien.«

»O Gott!«

Johanna stützte sich mit den Ellenbogen auf den Knien ab und legte ihr Gesicht in die Hände. Nach einer Weile richtete sie sich wieder auf, atmete tief durch.

»Vielleicht stimmt das alles, was du sagst. Bestimmt sogar. Aber wir wissen immer noch nicht, was wir jetzt tun sollen.«

»Doch. Es gibt nur einen Weg.«

Ich überlegte, wie ich es ihr sagen sollte. Aber da war nichts zu beschönigen.

»Wir müssen ihnen geben, was sie wollen.«

»Du meinst die Fotos?«

»Ja. Es geht nicht anders. Zuerst war es nur ein Bluff. Dass du dann Kern als Besitzer entlarvt hast, hat diesen Bluff auf einmal real werden lassen. Aber denkst du wirklich, dass wir Ludwig damit erpressen können? Und weiter: Willst du das? Wenn wir damit drohen wollen, sie zu veröffentlichen, müssen wir auch bereit dazu sein. Nur, was haben wir davon? Wird dir dadurch wirklich Gerechtigkeit widerfahren?«

Es arbeitete hinter ihrer Stirn. Das konnte ich verstehen. Die Fotos wären das erste Mittel, das sie gegen die Sanders in der Hand hatte. Aber das war eine Illusion, davon war ich überzeugt.

»Du musst dich entscheiden, Johanna. Willst du Gerechtigkeit? Oder Rache? Wenn es dir um Rache geht, dann veröffentliche sie sofort. Dann haben sie keinen Grund mehr, uns zu bedrohen. Wenn es dir aber um Gerechtigkeit geht, dann ist der Besitz dieser Fotos nicht nur nutzlos, sondern gefährlich. Du sagtest, sie können dir nichts mehr tun. Das stimmt nicht, das können sie sehr wohl. Und nicht nur dir.«

Sie schaute auf ihre Hände herab. »Sondern auch Philipp«, sagte sie leise.

»Das dürfen wir nicht zulassen.«

Sie atmete einmal tief durch. »Nein, das dürfen wir nicht.« Sie wandte sich mir zu, entschlossen. »Wir geben ihnen die Fotos.«

»Ja«, stimmte ich zu. »Sobald wir sie haben. Ich denke, dass Tobias Kern sich ziemlich sträuben wird. Aber er ist dir verdammt noch mal etwas schuldig. Außerdem können wir uns überlegen, wie wir diese Übergabe gestalten. Ich schätze, da haben wir einen gewissen Spielraum.«

Sie betrachtete mich nachdenklich.

»Bist du wirklich noch der Mann, den ich im Zug angesprochen habe?«

Ich erwiderte ihren Blick.

»Wollen wir uns darüber unterhalten, wenn das alles hier ausgestanden ist?«

Johanna nickte, und endlich stahl sich ein kleines vorsichtiges Lächeln in ihr Gesicht.

»Sag mal«, meinte sie später, als wir gerade dabei waren, die Unordnung, die die Durchsuchung verursacht hatte, wieder in Ordnung zu bringen. »Dieser Benzinkanister, wie bist du darauf gestoßen? Und warum hast du ihn entsorgt?«

Ich erzählte ihr von meinem Kellerauftrag für Hermine.

»Da habe ich ihn durch Zufall entdeckt. Und ich habe genau das gedacht, was Delattre oder wer auch immer wollte, dass ich oder die Polizei denken.«

»Dass ich den Brand gelegt habe?«

Ich nickte.

»Friederike Sander hat mir diese Möglichkeit bei unserem ersten Treffen diskret nahegelegt. Sie ist schon ein ziemlich schlaues Miststück.«

Johanna sortierte schweigend Bücher ins Regal ein. Schließlich wandte sie sich mir zu.

»Und obwohl du das glaubtest, hast du ihn verschwinden lassen.«

»Na ja, ich hätte schon noch gefragt, was es damit auf sich hat.«

Die Untertreibung des Jahres. Im Nachhinein beglückwünschte ich mich dazu, nicht gleich mit meinen Unterstellungen herausgepoltert zu sein. Hin und wieder war es schon sinnvoll, sich seines Verstandes zu bedienen. Emotionale Intelligenz hin oder her.

Johanna schüttelte nur den Kopf und räumte weiter. Ich nahm an, dass sie genauso wie ich darüber nachdachte, wie wir heil durch diese Konfrontation kommen konnten.

»Wenn ich mit meinen Überlegungen recht habe«, erklärte ich, als alles wieder an seinem Platz war, »wird uns sehr bald jemand anrufen. Ludwig, Friederike oder vielleicht sogar Delattre.«

Ich sollte mich täuschen. Es war Gregor, der anrief, und zwar auf meinem Handy.

Es war kurz vor sieben, und ich legte mir gerade in Gedanken zurecht, was ich Clarissa erzählen würde, als ich ein gedämpftes Summen vernahm, das sich anhörte wie mein Telefon. Es dauerte einen Moment, bis mir einfiel, dass es immer noch unter dem Sitzpolster lag. Das Display zeigte eine mir unbekannte Mobilnummer.

»Gregor!«, sagte ich kühl, als er sich meldete. »Was wollen Sie?«

Johanna warf mir einen fragenden Blick zu. Ich zuckte mit den Achseln.

»Hm, ja, hören Sie. Adrian. Das ist alles eine schwierige Situation. Wir sollten miteinander reden. Können wir uns treffen.«

»Sicher. Meinen Sie damit Sie und ich oder dass wir uns zu dritt zusammensetzen?«

Johanna war nicht begeistert von dem Vorschlag. Gregor auch nicht.

»Ich denke, es ist besser, wenn nur wir beide uns unterhalten. Das dürfte das Gespräch versachlichen.«

Ich verkniff mir eine bissige Bemerkung über seine Vorstellungen von Sachlichkeit.

»Können Sie morgen Vormittag nach Saarbrücken kommen?«

»Ja.«

Er nannte mir ein Café in der Nähe des Landtags und beschrieb mir, wie ich dort hinkommen konnte.

»Elf Uhr?«

»Ich werde da sein.«

»Warum Gregor?«, fragte Johanna. »Ludwig ist doch derjenige, der die Entscheidungen trifft. Vielleicht auch Friederike, aber Gregor gehorcht einfach nur. Das haben wir doch gesehen.«

»Ich denke, so kann er am einfachsten begründen, dass du nicht dabei sein sollst. Schließlich kann Gregor sich nicht mit einer verurteilten Straftäterin treffen. Schon gar nicht an einem öffentlichen Ort. Wie praktisch, dass es mich gibt, den Joker. Wahrscheinlich werden sie mir ein unanständiges Angebot machen, von dem ich dich dann überzeugen soll. Erst haben sie die Peitsche gezeigt, jetzt halten sie das Zuckerbrot hin.«

Ich fragte mich aber auch, ob die Sanders mich von Johanna wegholen wollten. Würde es zu einem erneuten Besuch von Hauptkommissar Jossan kommen?

»Ich weiß nicht genau, was es bedeutet, aber nach den jüngsten Erfahrungen sollten wir mit allem rechnen. Kennst du hier einen Anwalt, dem du vertraust?«

Sie dachte nach.

»Ich bin mir nicht mehr sicher.«

»Gut, darum kümmern wir uns morgen früh noch. Ich werde

versuchen, über meinen Anwalt einen Kontakt herzustellen. Das ist nur eine Vorsichtsmaßnahme.«

»Schon gut«, sagte sie. »Ich bin wieder da.«

»Die Frau, die sich nicht unterkriegen lässt.«

»Genau die. Wie soll ich das sonst Philipp erklären.«

Wir lächelten uns an. Und da war es wieder, dieses Momentum, in dem ich mich ihr so verbunden fühlte, dass alles warm und offen war.

»Ich muss jetzt mit Clarissa sprechen«, sagte ich. »Sie muss wissen, woran sie ist. Ich telefoniere von oben übers Festnetz, okay?«

»Na klar. Ich werde derweil eines von Karlas und meinen Rezepten verwirklichen.«

Eine halbe Stunde später steckte ich das Telefon langsam wieder auf seine Station. Das leise Klicken, mit dem es einrastete, hatte etwas Endgültiges. Benommen starrte ich vor mich hin, unfähig, mich aus dem Schreibtischstuhl zu erheben und nach unten zu gehen.

»Ich will die Scheidung, Adrian«, hatte sie gesagt, ruhig, aber bestimmt. Dabei hätte ich wissen sollen, dass sie das, was ich tat, nicht einfach nur passiv ertragen würde. So war sie nicht. Doch während ich mich immer noch in einem Prozess befand, bei dem ich nicht wusste, von was ich forttrieb und wo es mich hinzog, hatte Clarissa diese Bewegung bereits vollzogen.

»Du weißt wahrscheinlich, dass es in meinem Leben jemand anderen gibt?«, hatte sie ebenso ruhig gesagt. »Sein Name ist Leonard.« Und: »Ich will nicht, dass du dir die Schuld gibst, denn ich tue es auch nicht.«

Nun müssten wir dafür sorgen, dass es für Philipp nicht zu schwer würde. Ich sah regelrecht ihr wehmütiges Lächeln, als sie meinte: »Du bist mir immer ein wenig fremd geblieben, Adrian. Ich hatte oft das Gefühl, dass du nicht richtig bei mir warst.«

Da hatte sie auf erschreckende Weise recht. Selbst ich hatte erst seit kurzer Zeit das Gefühl, richtig bei mir angekommen zu sein. In diesem Gespräch, dem ersten wirklich ehrlichen seit langer Zeit, verbanden uns Traurigkeit und Glück auf eine ungewohnte Weise. Traurigkeit, weil wir uns aneinander vergeudet hatten. Und Glück, weil diese Zeit eben nicht umsonst gewesen war, denn sie hatte einen wunderbaren kleinen Menschen zur Welt kommen und aufwachsen lassen.

Ich wusste, dass in diesem Moment auch Clarissa schweigend neben dem Telefon saß, und ich war mir sicher, dass sie weinte. Um eine Liebe, die sich nie ganz hatte auffalten können. Und um das, was wir nun nicht mehr sein würden.

Ich hatte sie gebeten, glücklich zu werden in dem neuen Leben. Als sie sich bedankte, war da ein fernes Zittern in der Stimme, das die Tränen schon vorhersagte.

»Ich weiß, dass du Philipp über alles liebst und nicht zulassen wirst, dass ihm etwas geschieht. Und vielleicht möchte ich auch irgendwann Johanna kennenlernen, aber noch nicht jetzt.«

»Philipp hat es mir schon aus der Nase gezogen. Er will mit ihr chatten.«

Ihr entfuhr ein kurzes, ein wenig bitteres Auflachen.

»Die Mädchen werden sich vor ihm in Acht nehmen müssen.«

Dann, nach einer kurzen Zeitspanne, die wie ein Lauschen auf ein Geräusch war, das nicht mehr kommen würde, sagte sie leise: »Pass auf dich auf, Adrian.«

Ich hatte Johannas Handy mit nach oben genommen, weil ich eigentlich Philipp noch eine Nachricht schicken wollte. Jetzt stand mir aber gerade nicht der Sinn danach. Ich hatte es auf stumm geschaltet während des Telefonats und wollte es gerade wieder freischalten, als ich sah, dass sie zwei Anrufe erhalten hatte, beide von Teresa. Ich war im Begriff, aufzustehen und Johanna das Telefon zu bringen, als es an der Tür schellte. Johanna ging an die Gegensprechanlage.

Es war Teresas Stimme, die sich meldete. Ich verstand zwar nicht, was sie sagte, aber selbst durch die Gegensprechanlage vernahm ich ihre Aufgeregtheit. Unschlüssig blieb ich auf halber Treppe stehen. Nach einer aufgeregten Teresa stand mir gerade nicht der Sinn. Weil ich mich nicht entscheiden konnte, setzte ich mich einfach auf die Stufen. Ich könnte vielleicht doch noch ein wenig mit Philipp chatten.

Johanna öffnete die Wohnungstür.

»Johanna, ich hatte dich zweimal angerufen!«, rief Teresa.

»Du meine Güte, was ist denn los?«

Ich öffnete auf Johannas Handy das Adressbuch, um Philipps Nummer einzutragen.

»Der schreckliche Mann ist wieder da. Ich weiß gar nicht, was ich machen soll. Er jagt mir furchtbare Angst ein. Er ist im Haus, im Garten, im Hof, ich weiß nie, wann er auftaucht, aber wenn er mich anschaut mit seinem scheußlichen Grinsen, gefriert mir das Blut in den Adern.«

Der schreckliche Mann? Hellhörig geworden, lauschte ich Teresas seltsamem Bericht. Es hörte sich so an, als ob sie im Esszimmer auf und ab liefe, während sie redete.

»Jetzt beruhige dich, Teresa. Ich mache uns einen Tee.«

Die beiden Frauen gingen in die Küche. Von dort konnte ich sie nicht mehr verstehen. Doch jetzt war ich neugierig geworden. Also stieg ich die Treppe runter und stellte mich hinter den Durchgang ins Esszimmer. Ich hielt mich noch verborgen, damit Teresa einfach weiterredete.

»… musst mir helfen, Johanna. Oder Adrian. Ist er da?«

»Er telefoniert oben, ein wichtiges Gespräch. Jetzt mal von vorne, wer ist denn dieser Mann? Einer von den Sicherheitsleuten?«

»Nein, die sind nur da, wenn Gregor kommt. Es ist dieser Franzose. Er war auch damals da, als du … als das mit dem …«

Teresa brachte es nicht über sich, es auszusprechen.

»Als Thorberg starb«, half Johanna ihr weiter.

»Ja«, sagte Teresa. »Der Autohändler. Ein schlechter Mann, ein böser Mann, aber nicht so böse wie der Franzose. Der ist viel schlimmer. Johanna«, Teresas Stimme bekam etwas Drängendes, »stimmt es, dass du den Autohändler nicht erschossen hast?«

»Ja, das stimmt.« Ich hörte ihre Anspannung. Wahrscheinlich war ihr auch klar, wer dieser Franzose war.

»Dann war es bestimmt der Franzose. Er war damals in der Stadt, ich habe ihn mit Papa gesehen.«

»Wie heißt er denn, der Franzose?«, fragte Johanna ruhig.

»Delattre«, hauchte Teresa. »Jean-Remy Delattre.«

Ich hatte es mir gedacht, dennoch spürte ich ein Kribbeln im Nacken.

»Was macht er bei euch?«

»Ich weiß es nicht. Mama und Papa erzählen es mir nicht, und ich darf nicht dabei sein, wenn sie miteinander reden. Sie schicken mich in meine Wohnung, wenn er kommt. Weißt du, ich wohne in dem Anbau hinter der Garage. Es ist ziemlich langweilig da.«

»Warum bist du denn aus deiner Wohnung in Saarbrücken ausgezogen?«

Ich hätte eigentlich lieber mehr über Delattre erfahren, aber da ich nur heimlicher Zuhörer war, musste ich Johanna die Regie überlassen.

»Ach das, wegen nichts. Ja, wir haben auf den Partys ein paar Joints geraucht, na und. Und koksen tun doch auch alle. Hast du mal davon gelesen, dass sie die Abwasser des Landtags untersucht haben? Da haben sie überall Koks gefunden. Also das, was davon übrig bleibt, wenn die Abgeordneten es rauspinkeln.«

Sie kicherte.

»Lauter pinkelnde Abgeordneten-Kokser.«

Ich fragte mich, ob Teresa heute Abend irgendetwas genommen hatte. Sie hörte sich ein bisschen durchgedreht an.

»Und das haben deine Eltern mitgekriegt? Also nicht das im Landtag, sondern mit den Partys?«

»Ja«, maulte Teresa. »Haben ein Mordstheater gemacht und mich hinter der Garage eingesperrt. Vorher, also während sie umbauten, musste ich sogar noch in so eine Klinik. Das war absolut grässlich. Kannst du dir vorstellen, wochenlang mit kranken Typen eingesperrt zu …«

Anscheinend ging ihr gerade auf, was für eine Frage sie Johanna da soeben gestellt hatte.

»Hm, verstehe«, meinte die nur. »Und dieser Delattre, wann ist der wieder aufgetaucht?«

»Vor ein paar Tagen. Ja, Donnerstag, ich glaube, das war der Tag, nachdem du diese Supershow im La Maison hingelegt hast.«

Teresa kicherte wieder.

»Was für eine tolle Idee. Ich habe mich lange nicht mehr so amüsiert. Aber am nächsten Tag kam der Franzose. Da habe ich nicht mehr gelacht. Er hat mir Angst gemacht.«

»Warum? Was hat er getan?«

Teresa sagte nichts.

»Mach dir keine Sorgen«, redete Johanna beruhigend auf sie ein. »Hier, trink ein bisschen Tee. Das wird dir guttun.«

Wieder Stille. Wahrscheinlich tranken sie jetzt Tee. Immerhin hatte Teresa sich etwas beruhigt. *Komm schon, mach weiter, Johanna,* dachte ich.

»Dir kann hier nichts passieren, Teresa, und du weißt, dass ich niemandem etwas verraten werde. Was hat Delattre dir getan?«

»Er kann es sehen.«

»Was?«

»Es sind nur harmlose kleine Pillen, Johanna. Die tun niemandem weh. Es ist halt so verflucht langweilig hinter dieser blöden Garage.«

»Und er sieht es, dass du sie genommen hast?«

»Ja, ich weiß nicht, wieso. Weder Ma noch Pa kriegen davon etwas mit. Nicht einmal Gregor. Aber Gregor kriegt ja sowieso nie etwas mit.«

»Und wieso macht dir das Angst? Glaubst du, er wird deinen Eltern etwas sagen?«

Wieder Stille.

»Teresa?« Sehr beruhigend.

»Er war es doch, der ... der bei der letzten Party auf einmal auftauchte. O Johanna, es war furchtbar. Er hat Achim verprügelt. Weißt du noch? Achim? Er hat ihm die Nase gebrochen, alles war voller Blut. Und dann hat er mich mit sich gezerrt. Ich habe mich gewehrt, aber er hat mich geschlagen, ins Auto gesperrt und zu meinen Eltern gebracht. Darum muss ich hinter der Garage wohnen. Und jetzt ist er wieder da und spioniert mir hinterher. Wenn er den Eltern sagt, dass ich diese Pillen nehme und manchmal auch, doch nur zum Spaß, noch andere Sachen, dann werden sie mich wieder in die Klinik bringen. Das ertrage ich nicht, Johanna!«

Ihre Stimme war immer verzweifelter geworden, und jetzt schluchzte sie auf. Johannas Stimme war nun ganz leise, wahrscheinlich tröstete sie Teresa.

»Hast du denn noch welche von diesen Pillen in deiner Wohnung oder irgendwelche anderen Sachen?«

»Nein!«, flüsterte Teresa eindringlich. »Deswegen bin ich ja hier.«

Ich vernahm ein Rascheln.

»Du musst sie für mich aufbewahren.«

»Heiliger Strohsack! Teresa!«

»Nur für ein paar Tage, bis der Franzose wieder weg ist.«

»Warum wirfst du es nicht einfach ins Klo?«

»Bist du verrückt?« Jetzt war ihre Stimme sehr geschäftsmäßig. »Weißt du, was das wert ist?«

»Das ist doch egal. Du hast genug Geld.«

»Ha! Wenn du wüsstest! Seit sie mich aus der Klinik abgeholt haben, kriege ich ein mickriges Taschengeld, und für alles, was ich kaufe, muss ich Quittungen vorlegen.«

»Und wie bist du dann an das Zeug rangekommen?«

»Na ja, ich habe ein bisschen nachgeholfen. Weißt du, Stannis, das ist der, von dem ich es habe, der ist irgendwie scharf auf mich.«

»O nein, Teresa.«

»Was denn? So ein bisschen Ficken tut nicht weh. Und wenn wir vorher ein paar Linien ziehen, macht es sogar Spaß. Weißt du, vom Koks, da haben die Typen einen Dauerständer, können aber nicht mehr so richtig kommen. Die vögeln wie die Weltmeister. Eigentlich eine voll frauenfreundliche Droge, dieses Zeug. Du kannst ruhig mal probieren, wenn du willst. Vielleicht hat Adrian ja auch Lust dazu. Ihr werdet jede Menge Spaß haben, das garantiere ich dir. Auf jeden Fall kann ich das nicht alles wegschmeißen. Halleluja, da müsste ich mich oft auf den Rücken legen, um das wieder aufzufüllen.«

Na, das war ja ein Herzchen. Ich sah auf das Handy in meiner

Hand. Wenn ich das aufgenommen hätte, wäre das noch deftiger gewesen als die Fotos. War aber zu spät, und außerdem nicht mein Stil.

»Teresa, das kannst du nicht von mir verlangen. Ich bin frisch aus dem Gefängnis entlassen. Wenn die Polizei das bei mir findet, bin ich sofort wieder drin.«

»Aber genau deswegen ist es hier ja sicher. Kein Mensch wird es für möglich halten, dass du so leichtsinnig bist. Aber vielleicht kannst du es ja auch bei Tante Hermine deponieren. Sie muss das ja nicht merken. *Bitte,* Johanna, ich tue, was du willst, aber bewahr es nur ein paar Tage auf.«

Ich wunderte mich, dass Johanna nichts sagte. Das Zeug musste sofort aus dem Haus. Was, wenn das eine Falle war?

Ich schlich zum Fenster und schaute zur Straße hinunter. Noch war kein Polizeiauto zu sehen. Leise nahm ich meinen Horchposten wieder ein.

»Vielleicht gibt es tatsächlich etwas, was du für mich tun kannst.«

Was? Johanna, was hast du vor?

Ich vernahm wieder Teresas Kichern.

»Du willst, dass ich für dich spioniere, nicht wahr? Ich habe schon mitgekriegt, dass du etwas von meinen Eltern willst. Ich habe euch auch gesehen, als ihr gestern da wart. Sag schon, was soll ich rausfinden?«

»Es ist mehr als das. Wenn du uns hilfst, können wir vielleicht dem Franzosen das Handwerk legen.«

»O Gott, bitte ja.«

»Was, glaubst du, haben deine Eltern mit so einem Menschen zu schaffen?«

»Ich weiß es nicht.«

»Er weiß alles über dich, und damit erpresst er sie.«

»Du hast recht.«

»Ich glaube auch, dass er den Autohändler erschossen hat. Und wenn wir das beweisen können, sind wir ihn los. Er kommt ins Gefängnis, deine Eltern sind frei, und du kannst auch wieder machen, was du willst.«

»Und deine Unschuld wäre bewiesen.«

»Genau.«

»O Johanna«, seufzte Teresa. »Das wäre wundervoll.«

»Ja, aber dafür brauchen wir irgendeinen Beweis, dass er es war. Gibt es da etwas? Kann es sein, dass dein Vater irgendetwas hat, was uns weiterhelfen könnte?«

Zwar konnte ich sie noch verstehen, aber ihre Stimmen waren leiser, so als ob sie die Köpfe zusammensteckten.

»Bestimmt. Mein Vater weiß immer über alle Bescheid. Er hat so einen Aktenordner, da hat er die Geheimnisse der Bonzen gesammelt. Ihre heimlichen Konten, ihre Affären, ihre schmutzigen Geschäfte. Wenn er etwas über den Franzosen hat, dann steht es da drin. Er hat den Ordner in seinem Safe eingeschlossen. Niemand kennt die Zahlen, um ihn zu öffnen, niemand außer ihm.«

Kleine Pause.

»Und mir!«

»Teresa, das wäre fantastisch. Glaubst du, du kommst da ran?«

»Hm, da müsste ich eine günstige Gelegenheit abpassen, wenn sie beide weg sind. Sie schließen zwar immer ab, wenn sie außer Haus sind. Ich glaube, sie wollen nicht, dass ich an ihre Bar gehe. Aber ich weiß trotzdem, wie ich reinkomme. Es ist allerdings riskant, wenn ich den Ordner mitnehme. Es wäre besser, wenn du zu mir kommst. Du schaust dir an, was du brauchst, um diesen französischen Mistkerl zu überführen, und dann bringe ich den Ordner zurück.«

Das fand ich keine so gute Idee.

»Komme ich denn unbemerkt ins Haus?«

»Nicht ins Haus. In meine Wohnung. Pass auf, normalerweise muss man immer durch den Haupteingang, um auf das Grundstück zu gelangen. Und der wird rund um die Uhr von einer Kamera überwacht. So können sie immer kontrollieren, wann ich gehe und komme. Auch an anderen Stellen auf dem Grundstück und am Haus sind Kameras angebracht. Die volle Überwachung.«

»Das heißt, sie wissen, dass du jetzt gerade unterwegs bist.«

»Eben nicht. Auf diese Stasinummer habe ich keinen Bock. Ich habe mir als Erstes einen Weg gesucht, wie ich unbemerkt raus- und wieder reinkomme. Hast du ein Blatt Papier?«

»Ja, Moment.«

Johanna kam aus der Küche, durchs Esszimmer ins Büro. Sie war nicht im Mindesten überrascht, mich zu sehen, zwinkerte mir nur zu, holte ein Blatt Papier aus dem Drucker und verschwand wieder in der Küche.

Teresa erklärte ihr einen komplizierten Weg aus einer Seitenstraße, durch einen Garten, einen kaputten Zaun, eine Hecke. Da ich die Zeichnung, die sie dabei offenbar anfertigte, nicht sehen konnte, sagte mir das alles nichts.

»Ich rufe dich an, wenn es so weit ist. Hast du eine Möglichkeit, rasch rauszukommen?«

»Dafür sorge ich.«

»Ach, Johanna, ich bin so froh, dass du wieder da bist. Du bist die einzige Freundin, die ich je hatte.«

»Meine verrückte, kleine Teresa.«

Wahrscheinlich umarmten sie sich jetzt gerade innig. Dann kamen sie ins Esszimmer zurück. Ich verzog mich weit genug hinter den Türrahmen.

»Ich rufe dich an.«

»Gut.«

»Den Mistkerl bringen wir zur Strecke.«

»Sei vorsichtig, Teresa.«

Die Wohnungstür fiel ins Schloss. Ich trat ins Esszimmer.

»Alles mitgekriegt?«, fragte Johanna mich auf dem Weg in die Küche.

»Allerdings, was für ein Teufelsbraten. Johanna, du musst sofort …«

Da kam sie schon aus der Küche, mit drei Plastikbeutelchen in der Hand. In einem befanden sich rosa Pillen, im zweiten kleine, viereckige Papiertütchen. Der dritte Beutel war mit dunkelgrünem Kraut gefüllt. Johanna marschierte geradewegs in Richtung Badezimmer. Ich folgte ihr.

»Diese Wohnung in Saarbrücken, die Drogen?«, fragte ich.

»Ja, sehr geschickt, nicht wahr?«, meinte sie, während sie als Erstes den Beutel mit den Pillen im Klo entleerte. »Sie haben mir gleich die Dummheiten von Teresa mit untergejubelt.«

Sie betätigte die Spülung. Als Nächstes kamen die Papiertütchen dran.

»Sag mal, dieser verrückte Plan, den du da mit ihr ausgeheckt hast …«

Erneut rauschte die Spülung. Sie öffnete den Beutel mit dem Gras, hielt die Nase darüber, sagte »Puh« und schüttete es ins Klo.

»Ich weiß«, meinte sie dann. »Das ist noch nicht ganz durchdacht. Ich musste mal wieder improvisieren.«

Mit einem Tastendruck verschwand der Rest der Ware, die Teresa sich mühsam ervögelt hatte. Johanna öffnete das Fenster. In einer Hand hatte sie ein Feuerzeug. Sie hielt es an die Plastiktüten.

»Das wird jetzt ein bisschen stinken. Geh mal raus und mach die Tür zu.«

Ich schloss die Tür hinter mir. Kurz darauf ging erneut die Spülung. Und noch mal. Dann öffnete sich die Tür, Johanna kam raus und schloss sie sofort wieder.

»So«, sagte sie. »Erledigt.«

Ich war beeindruckt.

»In einem Punkt hattest du recht«, sagte ich.

»Ach ja? In welchem denn?«

Ich betrachtete sie eingehend. Die kühlen, graublauen Augen, die meine Seele bloßlegen konnten. Die entschlossene Eindeutigkeit. Der Mut!

»Du bist wieder voll da.«

In dieser Nacht schliefen wir unruhig. Jedes Geräusch ließ uns hochschrecken. Natürlich war das unnötig, die Drogen waren längst in der Kanalisation verschwunden. Hauptkommissar Jossan hätte mit seinen Leuten lange suchen können. Aber diese Überlegung konnte die Angst nicht vollends vertreiben. Der Schreck, der Johanna durch die Durchsuchung in die Knochen gefahren war, machte sich in der schutzlosen Phase zwischen Wachen und Träumen wieder bemerkbar. Auch meine Seele versuchte, die Ereignisse des Tages zu verarbeiten. Die Angst um Philipp, das Gespräch mit Clarissa, die Sorge um Johanna und schließlich die Befürchtung, dass unsere Gegner uns doch wieder einen Schritt voraus waren.

Konnten wir Teresa trauen? Nicht nur ihr Verhalten war merkwürdig gewesen, auch das, was sie über die Ereignisse von vor vier Jahren erzählt hatte, war zutiefst beunruhigend. Offenbar war Delattre der Ausputzer der Familie gewesen. Er hatte nicht nur das Problem Thorberg für die Sanders gelöst, sondern auch gleich Teresas Verwicklung in irgendwelche Drogengeschäfte mit abgeräumt. Johanna war im doppelten Sinne zum Sündenbock geworden. Es war illusorisch, anzunehmen, dass ein Mann von seinem Kaliber sich von Ludwig ans Messer liefern ließe.

In dieser nächtlichen Stunde, da Johanna sich immer wieder im Schlaf unruhig hin- und herwälzte, verlor ich den Mut. Wie sollten wir je an Delattre, den ehemaligen Bordellbesitzer Lazar, herankommen? Wie sollten wir ihm einen Mord nachweisen? An den geheimnisvollen Ordner, der in Ludwigs Tresor lag, von dem wiederum Teresa die Kombination kannte, mochte ich nicht recht glauben. Vielleicht war Teresa ja tatsächlich davon überzeugt, dass diese Unterlagen unsere Probleme lösen würden. Doch ihr Verhältnis zur Wirklichkeit schien nicht das beste zu sein. Menschen, die sich an Drogen gewöhnt hatten, mochten alles Mögliche sein. Zuverlässig waren sie allerdings selten.

Als es dämmerte, gab ich die Hoffnung auf, erneut einschlafen zu können. Leise, um Johanna nicht zu wecken, stand ich auf und ging nach unten. Mit dem ersten Kaffee und dem Sonnenlicht, das langsam die Wohnung eroberte, festigte sich mein Gemüt wieder. Ich dachte an das bevorstehende Treffen mit Gregor. Er war es, um dessen Karriere sich alles drehte. Auf ihn setzte die Familie. Letztlich war er es auch, dessentwegen Johanna in die Falle gelaufen war, die sie dann ins Gefängnis brachte. Dessentwegen nicht nur sie erneut bedroht wurde, sondern auch mein Sohn. Brennende Wut erfasste mich. Doch das würde mir nicht helfen. Ich zwang mich in die Klarheit meiner Überlegungen zurück. So ganz hoffnungslos konnte unsere Situation nicht sein, wenn die Sanders derartig viel Aufwand wegen uns betrieben.

Dass Gregor, der viel beschäftigte und überaus wichtige Vorsitzende einer der großen Parteien, sich die kostbare Zeit nahm, um sich mit dem neuen und wahrscheinlich verhassten Liebhaber seiner ehemaligen Verlobten zu treffen, auf die er immer noch scharf war, obwohl er längst eine neue Verbindung eingegangen war, wie der Ring an seinem Finger bewies, zeigte jedenfalls, dass die Sanders keine Mühe scheuten, in den Besitz der Fotos zu gelangen. Sie konnten ja nicht wissen, dass wir uns bereits entschieden hatten, sie ihnen zu geben. Ich war gespannt, was für ein Angebot Gregor mir machen würde.

Wieder hatte ich das Gefühl, dass wir etwas übersehen hatten. So wie Thorberg die Brisanz des Brasseriefotos nicht erkannt hatte, gab es vielleicht noch etwas, dessen Bedeutung uns nicht klar war. Aber sosehr ich auch hin und her überlegte, fiel mir nichts ein. Vielleicht gaben die Fotos ja noch etwas her. Ich griff zum Telefon. In diesem Moment schellte es an der Haustür.

Mein Puls schoss sofort in die Höhe. *Jetzt kommen sie,* dachte ich. Ich meldete mich mit klopfendem Herzen an der Gegensprechanlage.

»Fahrradkurier«, sagte eine Stimme. »Ich habe eine Sendung für van Bergen.«

Johanna erschien, als ich gerade den Empfang quittierte. Ihre Haare waren zerwühlt, der Schreck stand ihr in den Augen. Auch sie hatte zunächst etwas anderes als den Postboten erwartet.

»Was ist es?«, fragte sie, als der Kurier wieder weg war.

Ich riss den DIN-A4-Umschlag auf. Es waren zwei Fotos darin, einmal das Brasseriefoto, das Kern uns geben wollte. Dann ein zweites, auf dem ein bestimmter Ausschnitt vergrößert worden war.

»Ich brauche erst mal Kaffee«, murmelte Johanna und tappte in die Küche.

Ich setzte mich an den Tisch und betrachtete eingehend das Foto. Es war von außerhalb des Cafés aufgenommen worden, vielleicht von der anderen Straßenseite. Die beiden Männer, Ludwig und Delattre, saßen sich an einem Fenstertisch gegenüber, offenbar in eine Unterhaltung vertieft. Ludwig sprach anscheinend gerade, denn er machte eine Geste, wie um irgendwelche Worte zu unterstreichen. Delattre schien ihm sehr konzentriert zuzuhören. Im Hintergrund war der Fernseher mit dem WM-Spiel zu sehen. In dieser Vergrößerung war nicht zu erkennen, welche Mannschaften dort spielten. Kein Wunder, dass Thorberg die Brisanz dieses Fotos nicht erkannt hatte. Die wurde erst auf dem zweiten Detailfoto deutlich, auf dem die Mannschaften und der Torstand zu sehen waren. Deutschland – Belgien, 2 : 1. Es war sogar die Spielminute zu erkennen. In der heutigen Zeit digitaler Bildbearbeitung wäre ein solches Foto wahrscheinlich nicht mehr viel wert. Aber für die damalige Zeit war es ein eindeutiger Beweis, dass Antoine Lazar seinen Tod als Jean-Remy Delattre überlebt hatte. Ich betrachtete diese beiden fünfundzwanzig Jahre jüngeren Männer und versuchte, ihr Geheimnis zu erraten.

Johanna setzte sich mit einem Kaffee in der Hand neben mich und legte ihren Kopf an meine Schulter. Während sie trank, betrachtete sie mit mir die Fotos.

»Hast du gut geschlafen?«, fragte ich.

»Nein.« Sie schüttelte den Kopf. »Ich habe nachgedacht.«

»Worüber?«

»Über dich, mich und Clarissa.«

Das hätte ich jetzt nicht erwartet. Ich hatte ihr nur kurz von meinem Telefonat mit Clarissa erzählt. Dass wir uns trennen würden, aber ohne Groll. Es war nicht nötig, die Schwere dessen, was das für mich bedeuten könnte, mit ihr zu teilen. Das war etwas, was nur Clarissa und mich betraf.

»Das muss dich nicht belasten«, sagte ich.

»Tut es aber. Ich bin im Begriff, einer anderen Frau den Mann wegzunehmen. Der Frau, mit der du ein Kind hast. Darauf bin ich nicht stolz, vor allem weil sie jemand zu sein scheint, den ich schätzen, vielleicht sogar mögen könnte.«

Immer noch mit dem Kopf an meiner Schulter, schaute sie mich an.

»Aber ich kann nicht auf dich verzichten. Ich habe auf so viel verzichten müssen in den letzten Jahren. Das mit dir ist das erste Schöne, was mir passiert ist, seit ich in den Wagen gestiegen bin, um Thorberg zu treffen. Ich kann dich ihr nicht lassen. Ist das sehr egoistisch?«

»Ja«, erwiderte ich mit einem Lächeln, »aber ich bin froh, dass es so ist. Im Übrigen ist es nicht deine Entscheidung, dass wir uns trennen. Du könntest es gar nicht verhindern, selbst wenn du auf mich verzichten würdest.«

Sie seufzte einmal tief und schlang ihren Arm um meinen.

»Dann ist es gut«, sagte sie.

Während Johanna duschte, telefonierte ich mit Kern. Er zeigte sich schockiert über die Durchsuchung und die Bedrohung meiner Familie. Doch natürlich protestierte er, als ich ihm verkündete, dass wir die Fotos übergeben würden.

»Kern, Sie haben diese Fotos jetzt zum Teil seit dreißig Jahren, und das einzige Mal, dass Sie Gebrauch davon gemacht haben, hat Johanna für fast vier Jahre ins Gefängnis gebracht. Jetzt ist sie erneut in Gefahr und mein Sohn dazu. Die gegnerische Seite weiß von den Fotos, und sie werden alles tun, um sie zu bekommen. Wir befinden uns gerade im Endspiel, und wir müssen unseren vielleicht letzten Trumpf ziehen.«

Ich sprach die Drohung nicht aus, aber es dürfte ihm auch so klar sein: Bevor ich das Leben meines Sohnes oder Johannas Freiheit riskierte, würde ich den Sanders sagen, wer im Besitz der Fotos war.

»Ich werde mich heute mit Gregor Sander treffen«, sagte ich, »und ich werde ihm zum gegebenen Zeitpunkt die Fotos inklusive Negative anbieten. Sie müssen mir jetzt vertrauen, Kern. So wie ich Ihnen vertrauen muss. Ich brauche Sie nämlich bei der Übergabe.«

Dann erklärte ich ihm, was er uns beschaffen sollte.

»Und beeilen Sie sich, Kern. Unsere Gegner waren uns bisher immer einen Schritt voraus.«

Als Nächstes rief ich bei meinem Bremer Rechtsanwalt an. Rolf und ich kannten uns schon seit Jahren. Ich gab ihm die nötigsten Informationen und bat ihn, uns hier vor Ort bei der Wahl eines Rechtsbeistandes zu helfen. Er wollte binnen einer Stunde zurückrufen.

Johanna kam herunter, als ich gerade auflegte.

»Ich habe eine Nachricht von deinem Sohn bekommen«, sagte sie.

»Ach ja? Was will er?«

»Nichts. Ich solle mir keine Sorgen machen. Du würdest das Kind schon schaukeln.«

Ich verzog das Gesicht.

»Das Kind schon schaukeln? Was hat er neuerdings nur mit diesen grässlichen Sprüchen?«

Ich holte mein Handy unter dem Sitzkissen hervor, unter dem ich es nach Gregors Anruf wieder verstaut hatte. Es gab tatsächlich eine Nachricht von Philipp. Sie war um kurz nach ein Uhr nachts abgeschickt worden.

— Alles klar. Der PC ist sauber, die Handys hat's nicht betroffen.

Was war das jetzt für ein Unsinn? Ich antwortete ihm.

— Woher zum Teufel willst du das wissen?

Da ich nicht mit einer sofortigen Antwort rechnete, wollte ich Johanna gerade von meinen Telefonaten erzählen, aber da plingte das Telefon, bevor ich auch nur ein Wort sagen konnte.

— Hey, Bro, das haben meine Leute noch heute Nacht geklärt. War keine große Sache. Standard-Spyware. Alles clean.

Ich starrte auf die Nachricht. War das mein Sohn? Oder jubelte mir Delattre etwas unter? Ich schrieb zurück.

— Welchen Zeh hast du dir letztes Jahr gebrochen?

Ich wartete. Er schrieb. Dann kam die Antwort:

— Den großen am rechten Fuß.

Ha! Ich hatte ihn, das war falsch. Aber da schrieb er schon weiter:

— War ein Witz, Dad, es war der kleine am linken. Trotzdem gute Reaktion.

»Da soll mich doch der Teufel holen«, murmelte ich. Als ich aufschaute, grinste Johanna mich an.

»Du hast gesagt, dass er zweimal ›Hier‹ geschrien hat, als die Gene für Klugheit verteilt wurden.«

Ich musste mir eingestehen, dass ich Philipp langsam ernst nehmen sollte.

»Aber wenn er mich noch einmal Bro nennt, streiche ich ihm das Taschengeld«, sagte ich. Meinte es aber natürlich nicht ernst. Denn ich war verdammt stolz auf den kleinen Stinker.

Ich steckte das Handy ein und informierte Johanna über die beiden Telefonate.

»Glaubst du, dass das funktioniert?«, meinte sie nur.

»Keine Ahnung. Glaubst du, dass die Nummer mit Teresas Aktenordner etwas bringt?«

Sie atmete einmal tief durch und gab ein ratloses »Pfffh« von sich. Dann fragte sie: »Möchtest du noch etwas frühstücken, bevor du aufbrichst?«

Ich verneinte, ich hatte noch etwas zu erledigen.

Glücklicherweise war Jimmy schon in seinem Lokal. Er bekam gerade Getränke geliefert.

»Hey, Adrian«, sagte er. »Ist alles okay?«

»Wir müssen reden, aber ich habe nicht viel Zeit.«

Jimmy nickte, überlegte kurz, dann wandte er sich an den Fahrer des Lkw, der die Getränkekisten ablud:

»Du weißt Bescheid? Ich muss kurz etwas klären.«

»Jop«, antwortete der Mann, ohne seine Tätigkeit zu unterbrechen.

Jimmy nahm mich mit zum Tresen.

»Einen schnellen Kaffee?«

»Gerne.«

Während er mir den Kaffee machte, erzählte ich ihm, was vorgefallen war.

»Es wird jetzt ein bisschen haarig«, sagte ich, als er mir die Tasse auf den Tresen stellte. »Es kann sein, dass Johanna schnell jemanden braucht, der an ihrer Seite ist, wenn ich nicht da bin.«

Er stand hinter seinem Tresen. So wie bei unserem ersten, etwas schwierigen Treffen.

»Brauche ich eine Waffe?«, erkundigte er sich so ruhig, als hätte er gefragt, ob ich Zucker in meinen Kaffee wollte.

Wow! Ich musste erst mal einen Schluck trinken, bevor ich antworten konnte: »Besser nicht. Das bringt uns nur in Schwierigkeiten. Im Moment sind sie diejenigen, die das Recht auf ihrer Seite haben. Wenn wir mit einer Waffe herumfuchteln, werden wir alle drei dort landen, wo Johanna gerade herkommt. Und ich glaube, noch mal wird sie es nicht überstehen.«

Jimmy nickte nur. Ich gab ihm meine Handynummer.

»Tobias Kern wird ein Teil des Teams sein«, sagte ich. »Aber wir müssen ein bisschen auf ihn aufpassen.«

»Okay«, meinte Jimmy. Eigentlich war damit alles gesagt, aber ich hatte das Gefühl, dass ihm noch etwas auf der Seele lag. Also wartete ich und trank meinen Kaffee.

»Diese Leute ...«, er überlegte kurz, »... ich meine die Sanders und dieses ganze Pack, die werden nicht zögern, dich kaputtzumachen. Für die bist du nicht mehr als Dreck unter dem Fingernagel. Warum Johanna sich gegen sie stellt, verstehe ich. Sie hat allen Grund dazu. Aber warum machst du das? Vor zwei Wochen kanntest du sie doch noch gar nicht.«

Genau diese Fragen hatte ich mir auch schon gestellt. Jimmy schüttelte den Kopf, schürzte die Lippen.

»Du bist 'n komischer Vogel, Adrian, aber ich kann dich gut leiden. Und ich vertraue dir. Aber irgendwann, wenn das alles vorbei ist, musst du mir mal erzählen, was dich antreibt.«

Ich trank den letzten Schluck Kaffee.

»Ich hoffe, dass ich es bis dahin weiß, Jimmy.«

9.

DAS CAFÉ AM Schloss war nicht weit vom Landtag entfernt. Es hatte eine Terrasse zum Schlosshof und eine Galerie über dem ebenerdigen Gastraum, die allerdings mit einer Kordel gesperrt war. Ich war etwas früh dran, und Gregor war nirgends zu sehen. Noch war nicht viel los, es gab genug freie Tische. Ich wollte mir gerade einen Platz suchen, als der junge Sicherheitsmann, der uns in Picard empfangen hatte, auf mich zukam.

»Guten Tag, Herr Kayser«, begrüßte er mich. »Wir haben einen Tisch reserviert. Wollen Sie mir bitte folgen?«

Er führte mich zu der Treppe, hakte die Kordel aus und ließ mir den Vortritt. Hinter sich sperrte er die Treppe wieder. Oben schlug er mir einen Tisch vor, an dem ich mich folgsam niederließ. Er setzte sich auf den Platz neben mir.

»Erlauben Sie, dass ich mich vergewissere, dass Sie kein Aufzeichnungsgerät dabeihaben?«

Wie schon beim ersten Mal, als er mich abtasten wollte, stieg der Ärger in mir empor. Er lächelte nur und erledigte seine Arbeit geschickt und unauffällig. Dann bat er mich um mein Handy. Er würde sich an einen anderen Tisch setzen und es mir nach dem Gespräch mit Herrn Sander wiedergeben.

»Er wird gleich da sein«, versicherte er mir und zog sich ans andere Ende der Galerie zurück. *Das geht ja gut los,* dachte ich. Entweder war Gregor vollkommen paranoid, oder er hatte mir wirklich etwas zu sagen, das diesen Aufwand rechtfertigte.

Während ich auf den Platz hinunterschaute und nach Gregor Ausschau hielt, dachte ich an das Gespräch mit Jimmy. Seine Frage war ja berechtigt. Aus seiner Perspektive war ich plötzlich aus dem Nichts aufgetaucht, hatte mich eingemischt, verhandelte zusammen mit Johanna mit den Sanders, begab mich sogar in Gefahr. Natürlich fragte er sich, was mich dazu bewog. Ich hatte keine richtige Antwort für ihn parat. Außer dass Menschen zwar gerne Pläne schmiedeten, aber dann, wenn sie merkten, dass die nicht funktionierten, ein erstaunlich flexibles Gedächtnis bewiesen. Die ursprünglichen Pläne wurden peu à peu umgeschrieben, sodass sie zu den Ergebnissen passten. Motive tauchten mit einem Mal auf, die zwangsläufig, und natürlich der Klugheit der Handelnden geschuldet, zu ebendem Ergebnis führen mussten, das nun im Nachhinein erklärt wurde. Der simplen und wenig schmeichelhaften Wahrheit stellten sich die wenigsten: dass die Menschen aus irrationalen Impulsen heraus handelten. Oder weil sie sich einen kurzzeitig erwartbaren Vorteil davon erhofften, selbst wenn der Verstand ihnen sagte, dass die langfristigen Nachteile weitaus gravierender waren. Oder sie handelten aus Gewohnheit, oder weil Hinz und Kunz es so machten.

Die Frühmenschen haben ja nicht angefangen, Fleisch zu essen, weil sie wussten, dass die damit aufgenommenen Proteine über viele Generationen hinweg größere Gehirne und somit einen Überlebensvorteil verschaffen würden. Sondern weil das Fleisch eines toten Tieres zur Verfügung stand und sie nicht mühsam die Insekten aus den Astlöchern pulen mussten.

Die Erkenntnis, dass die Motive für unser Handeln unter den Schichten des nachträglichen Erklärens womöglich für immer verborgen blieben, trieb den Gläubigen einer vernunftgesteuerten Lebensplanung den Angstschweiß auf die Stirn. Ich fand diesen Gedanken eher beruhigend. Wenn man sich vor Augen hielt, wie viel Zeit dabei draufging, sich und anderen zu erklären, warum man was getan hat, bedeutet die Erkenntnis, dass das völlig sinnlos war und man es sich sparen kann, eine kolossale Erleichterung. Nicht nur gewinnt man sehr viel Zeit, sondern auch gedanklichen Raum, der sich mit ganz neuen und viel nützlicheren Überlegungen füllen lässt.

Es ist ganz einfach, Jimmy, sagte ich in Gedanken. Ich habe einen Schritt gemacht und festgestellt, dass es mir gut dabei ging. Also machte ich den nächsten Schritt. Und den übernächsten. Und so weiter. Und mit jedem Schritt fühlte ich mich besser. Und nur das war der Grund, warum ich in einem Café in Saarbrücken saß und auf einen von sich selbst überzeugten, skrupellosen Politiker wartete.

Der soeben über den Hof kam, einen offenen Designer-Trenchcoat über dem Anzug und eine flache Lederaktentasche unter dem Arm.

»Ich hoffe, Sie haben nicht zu lange gewartet«, sagte er, als er an meinen Tisch trat, den Mantel ablegte und sich mir gegenüber am Fensterplatz niederließ.

»Halb so wild«, gab ich zurück. »Ich habe mich ein bisschen von Ihrem jungen Freund befummeln lassen.«

Seine Miene verhärtete sich. Ich bedauerte sogleich, dass ich mich zu diesem Spruch hatte hinreißen lassen. Aber Gregor hatte etwas an sich, was mich reizbar machte. Wieder musste ich mich fragen, ob das nicht einfach Eifersucht war.

»Sorry«, gab ich nach. »Aber ich bin so etwas nicht gewohnt.«

Er entspannte sich ein wenig, lehnte sich auf seinem Stuhl zurück und verschränkte die Hände auf dem Tisch. Anders als am Sonntag bei seinen Eltern wirkte er jetzt souveräner. Eine Aura von Macht und Bedeutung umgab ihn. Wie schon bei seiner Mutter, wenn auch nicht so subtil, führte das dazu, dass die Bedienung umgehend zu uns hinaufkam. Wir bestellten Kaffee und Mineralwasser.

Als sie wieder fort war, zuckte er mit den Achseln.

»Tut mir leid wegen der Sicherheitsmaßnahme, aber wenn wir

einigermaßen offen miteinander reden wollen, muss ich sichergehen, dass dieses Gespräch nicht aufgezeichnet wird. Wie Sie wissen, haben wir da schlechte Erfahrungen gemacht. Und es steht zu viel auf dem Spiel.«

»Der Ruf Ihrer Familie? Ihre Karriere?«

»So wie Sie das sagen, hört es sich oberflächlich an. Aber ich bin nicht wie Sie in einem Akademikerhaus aufgewachsen.«

Hoppla! Die Familie hatte Erkundigungen über mich eingezogen hatte. Das hätte mir klar sein sollen.

»Meine Familie kam ursprünglich aus ärmsten Verhältnissen«, fuhr er fort. »Was Sie etwas abfällig als unseren Ruf bezeichnen, haben wir uns über zwei Generationen erarbeitet. Das setzt man nicht leichtfertig aufs Spiel.«

»Und Sie führen diese Familientradition fort?«

»Genau das sehe ich als meine Aufgabe.«

Ich nickte. Meinetwegen.

»Nur aus Neugier, mussten Sie irgendwie begründen, dass Sie sich mit mir hier treffen?«

Gregor griff zu seiner Aktentasche. »Ich bin ein großer Bewunderer Ihrer Bücher.«

Er zog tatsächlich ein Exemplar meines neuesten Buches hervor.

»Würden Sie es mir signieren?«, fragte er und reichte es mir über den Tisch.

Ich lachte kurz auf und nahm es. »Klar.«

Ich schlug die Titelseite auf und überlegte, was ich schreiben sollte. »Erstick daran, du Drecksack« oder »Mögen deine Gebeine im kokainverseuchten Abwasser des Landtags verrotten«?

Schließlich beließ ich es bei meinem Namen und dem Datum.

»Nun gut. Herr Sander, ich nehme an, dass Sie eine bestimmte Vorstellung von diesem Gespräch haben.«

Ehe er antworten konnte, kam die Bedienung und brachte unsere Getränke. Als sie wieder gegangen war, sagte er: »Ja, in der Tat. Aber zunächst eine Frage: Haben Sie tatsächlich die Fotos?«

Ich zog die beiden Abzüge hervor, die Kern uns gemacht hatte. Er betrachtete sie eine Weile und schob sie dann in seine Aktentasche. Er schwieg einen Moment und starrte aus dem Fenster. Dabei drehte er an dem Ring am Finger seiner linken Hand.

»Alles, was mit Johanna zu tun hat«, sagte er, »wühlt mich noch immer auf. Ich wünschte wirklich, die Dinge wären damals anders verlaufen.« Schließlich wandte er sich wieder mir zu. »Was Johanna verlangt, ist unmöglich. Das müssen Sie doch wissen.«

»Und doch sitzen wir hier. Sie sind Politiker mit einem eng getakteten Zeitmanagement. Ein solches Treffen planen Sie nur, wenn Sie verhandeln wollen. Und es ist normal, dass man beim Verhandeln mit der Maximalposition beginnt. Was haben Sie anzubieten, Gregor?«

»Wir haben Johannas Fall von einer Kanzlei prüfen lassen. Einer anderen als die, die Johanna vertreten hat. Die einzige Möglichkeit besteht darin, eine Wiederaufnahme zu beantragen. Dafür braucht es aber neue Beweise oder zumindest begründbare Hinweise auf einen anderen Tatverlauf.«

»Tja, genau deswegen sind wir ja zu dem Gespräch mit Ihnen gekommen. Sie sollen uns helfen, diese Beweise zu beschaffen.«

»Wie sollen wir das machen? Wir können Lazar ja schlecht auffordern, sich selbst zu beschuldigen.«

Wollte er mich wirklich auf diese Weise abfertigen? Ich merkte, wie der vertraute Anti-Gregor-Groll in mir anwuchs. Ich beugte mich vor, weil ich meine Stimme eher senken wollte, statt lauter zu werden.

»Hören Sie, Sie wollten doch, dass wir offen miteinander reden. Das tue ich dann mal. Sind Sie wirklich zu diesem Treffen gekommen, um mir zu sagen, dass Sie leider nichts machen können, weil Sie ja so gar keine Macht und gar keine Möglichkeiten haben? Und denken Sie wirklich, dass ich mich damit abspeisen lasse? Gleichzeitig jagen Sie uns die Polizei auf den Hals, um Johanna einzuschüchtern. Und Ihr Geschäftspartner lässt meine Familie ausspähen und bedrohen. Was denken Sie, was ich von dem Mist halte, den Sie mir da erzählen?«

Gregor hatte den Mund zusammengepresst, seine Miene war finster. »Was erlauben Sie sich?«, zischte er zwischen zusammengebissenen Zähnen hervor. »Und was erzählen Sie da von der Polizei und der Bedrohung Ihrer Familie?«

Ich gebe zu, dass ich ein wenig, aber auch nur ein ganz klein wenig ins Schlingern kam. In nüchternen Worten setzte ich ihn über die Ereignisse des gestrigen Tages ins Bild, inklusive des absichtlich deponierten Benzinkanisters. Erstaunlicherweise wirkte er ehrlich betroffen. Konnte es sein, dass Ludwig diese Maßnahmen veranlasst hatte, ohne seinen Sohn darüber zu informieren?

»Sie denken, wir sind für die Durchsuchung verantwortlich?«

»Natürlich. Wer sonst?«

»Sie denken, ich oder mein Vater haben uns in Johannas Haus geschlichen, den Kanister im Keller deponiert und dann der Staatsanwaltschaft die Anweisung erteilt, einen Durchsuchungsbefehl zu beantragen? Ach ja, und natürlich haben wir gleich den Richter überzeugt, das zu genehmigen?«

So wie er das formulierte, hörte sich der Ablauf wirklich etwas unwahrscheinlich an. Mein anfängliches Schlingern wurde zum verzweifelten Rudern.

»Ich sage ja nicht, dass Sie persönlich den Kanister versteckt haben.«

»Sondern?«

»Gibt es da nicht einen ehemaligen Geschäftspartner von zweifelhaftem Ruf?«

»Lazar?«

Er schnaubte und schaute aus dem Fenster.

»Viel mehr Sorgen macht mir die Sache mit Ihrem Sohn«, sagte er dann.

Jetzt verstand ich gar nichts mehr.

»Ich fürchte, Adrian – ich darf Sie doch beim Vornamen nennen?«

Ich nickte knapp.

»Sie machen sich da falsche Vorstellungen von der Beziehung zwischen Lazar und meinem Vater. Dieser Mann lässt sich von uns nichts sagen. Und schon gar nicht nimmt er irgendwelche Anweisungen entgegen.«

Gregor wandte sich zu dem jungen Sicherheitsmann um, der aber nur gleichmütig aus dem Fenster schaute, und beugte sich ein Stück vor. Mir schoss durch den Kopf, dass wir gerade ein ähnliches Bild abgaben wie Ludwig Sander und Lazar damals in Paris.

»Mein Vater hat in seinen jungen Jahren ein paar sehr dumme Dinge getan. Dafür hat er bereits einen hohen Preis zahlen müssen. Glauben Sie mir, wir würden alles tun, um Lazar zur Strecke zu bringen. Aber nicht wir haben ihn in der Hand. Leider ist es umgekehrt. Ich fürchte, dass Sie gar nicht wissen, mit wem Sie es zu tun haben. Antoine Lazar ist ein überaus gefährlicher Mann. Und es tut mir leid, das so deutlich zu sagen, aber wenn er Ihre Familie bedroht, dann sollten Sie das sehr ernst nehmen.«

Ein eisiger Ring zog sich um meine Brust zusammen.

»Die Fotos, die Sie haben, bedrohen unseren Ruf und meine Karriere, das haben Sie ganz richtig erkannt. Aber Lazar hat viel mehr zu verlieren. Nach seinem vorgetäuschten Tod ist er in eine

Liga aufgestiegen, in der der kleinste Fehler tödliche Folgen haben kann. Er wird alles tun, um an diese Fotos zu gelangen.«

Die Angst um Philipp drohte sich meiner zu bemächtigen. Aber ich wehrte mich. Ich brauchte einen klaren Kopf, um jetzt die richtige Entscheidung zu treffen. Und mit diesem klaren Kopf erfasste ich, worum es Gregor ging. Er wollte die Fotos, um damit selbst etwas gegen Lazar in der Hand zu haben.

Für die Sanders waren lediglich die Bordellfotos pikant. Und selbst die könnte Gregor politisch überleben, auch wenn das ein paar Jahre mehr in Anspruch nehmen würde. Nur zu einer Veröffentlichung dieser Fotos würden es die Sanders, so sie denn in ihrem Besitz wären, nie kommen lassen. Ihnen ging es einzig um das Brasseriefoto, das bewies, dass Lazar lebte. Und das Geld, das Lazar in Ludwigs Firma gewaschen hatte?

Johanna hatte nie Beweise dafür gefunden. Bevor sie ihre Recherche abschließen konnte, war sie ins Gefängnis gewandert. Und wenn es tatsächlich Spuren dieses Geldflusses gegeben hatte, war ich mir sicher, dass Ludwig in den vergangenen vier Jahren alles getan hatte, um sie zu verwischen.

Wir dachten bisher, dass Johanna das größte Problem der Sanders wäre. Tatsächlich war ihre Rückkehr und damit das Auftauchen der Fotos die Lösung eines viel größeren Problems.

Wenn Gregor in den Besitz der Fotos käme.

Sollte ich recht haben, würde er gleich mit einem Vorschlag um die Ecke kommen.

»Ich bin Politiker, Adrian«, sagte er. »Und als Politiker muss man immer bereit sein, neue Allianzen zu bilden. Das ist es, was ich Ihnen vorschlagen kann. Nicht Sie und Johanna gegen uns und Lazar, sondern wir zusammen gegen Lazar. Helfen Sie uns, diesem Mann das Handwerk zu legen. Dann können wir Ihnen helfen, Johanna zu rehabilitieren. Ich weiß, dass Sie uns dafür vertrauen müssen, und das fällt Ihnen sicherlich schwer. Aber ich kann Ihnen versichern, dass Johannas Rehabilitation in unserem ureigensten Interesse wäre. Sie und ich waren mal verlobt, sie war bereits fast ein Teil der Familie geworden. Diese Verbindung wird irgendwann rauskommen. Und abgesehen davon ist jeder von uns immer noch zutiefst beschämt, dass wir die Situation damals derart falsch eingeschätzt hatten. Ich möchte meinen Frieden mit der Angelegenheit finden. Wegen Johanna, aber auch meinetwegen.«

Bei diesen Worten berührte er wieder den Ring an seinem Finger. Und ich muss gestehen, dass er mich beinah überzeugt hätte. Aber eben nur beinah.

»Was schlagen Sie vor?«

Er tat so, als ob er nachdenken müsste.

»Lazar kennt genau Ihre Schwachstellen, Johannas Vorgeschichte und Ihre ungeschützte Familie. Das hat er ja auch eindringlich demonstriert. Wenn Sie uns die Fotos übergeben und wir dies Lazar umgehend kommunizieren, sind Johanna, Sie und Ihre Familie aus der Schusslinie. Es macht keinen Sinn mehr, Sie zu bedrohen oder zu belästigen. Wir hingegen haben ganz andere Mittel, um Lazar unter Druck zu setzen. Außerdem«, er zeigte ein kleines Lächeln, »kennt diesen Mann kaum jemand besser als mein Vater.« Er machte eine Pause, dann fügte er an: »Sie dachten, wir würden Ihnen Lazar liefern. Aber es ist andersrum, *Sie* liefern uns Lazar, und dafür verschaffen wir Johanna Gerechtigkeit.«

Ich nickte langsam. »Ich glaube nicht, dass Johanna sich darauf einlassen wird.«

»Genau aus diesem Grund rede ich ja mit Ihnen. Wenn ich Sie überzeugen kann, können Sie Johanna dazu bewegen, mit uns zu kooperieren.«

Da war er also endlich, der unanständige Vorschlag.

»Ich teile Ihre Analyse, was die Fotos betrifft«, stimmte ich ihm zu. »Sie haben Johanna und nun auch mir genug Probleme bereitet. Und wir sind auch nicht kaltblütig genug, um sie als Waffe einzusetzen. Außerdem haben Sie unsere Schwachstellen genau erkannt. Wir werden die Fotos also übergeben.«

Gregor gab sich alle Mühe, diese Entscheidung ohne Triumph zur Kenntnis zu nehmen.

»In einem Punkt allerdings muss ich Ihren Vorschlag abändern.«

»Und der wäre?«

»Wir werden die Fotos direkt an Lazar übergeben.«

»Was? Das ist doch Unsinn. Was haben Sie denn davon?«

»Nun, wie Sie schon sagten, dann sind wir aus der Schusslinie.«

Ich hatte wieder einmal das Vergnügen, zu erleben, wie Gregors Beherrschung versagte. Sein Gesicht zeigte seine Verärgerung und seine Wut.

»Und wie wollen Sie dann Johanna rehabilitieren?«

»Ja, das ist die Karotte, die Sie uns vor die Nase halten. Auch da hatten Sie recht. Ich traue Ihnen nicht, und Johanna ebenso wenig. Vielleicht müssen wir ganz neu überlegen, wie wir ihr Gerechtigkeit verschaffen. Was wir aber auf keinen Fall tun werden, ist, uns auf Ihre Spielchen einzulassen.«

Ich erhob mich und gab dem jungen Mann am anderen Ende der Galerie ein Zeichen. Er sprang sofort auf und kam zu uns.

»Und wie wollen Sie Lazar treffen?«, fragte Gregor giftig.

»Das zu arrangieren überlasse ich Ihnen«, sagte ich und nahm mein Handy entgegen. »Ich gebe Ihnen vierundzwanzig Stunden. Wenn er mich in dieser Zeit nicht kontaktiert, geben wir die Fotos an die Presse. Wir wollen sie nämlich so schnell wie möglich loswerden. So oder so.«

Ich wandte mich zum Gehen, drehte mich dann aber noch einmal um.

»Ach ja, sagen Sie Monsieur Delattre, dass ich mich freuen würde, ihn dort zu treffen, wo wir uns zum ersten Mal begegnet sind.«

Der Herr Fraktionsvorsitzende sah nicht besonders amüsiert aus.

Ja, ich war beunruhigt. Gregor gegenüber hatte ich mich zusammengerissen, aber was er über Delattre gesagt hatte, ließ meine Furcht um Philipp wieder ins Unerträgliche wachsen. Es mochte sein, dass Gregor genau diesen Effekt bei mir hatte erzielen wollen, aber das ließ meine Sorge nicht geringer werden.

Nach seinem vorgetäuschten Tod ist er in eine Liga aufgestiegen, in der der kleinste Fehler tödliche Folgen haben kann. Er wird alles tun, um an diese Fotos zu gelangen.

Es war vielleicht nicht schlecht, ein paar Vorsichtsmaßnahmen zu treffen.

Vom Bahnhof Saarlouis nahm ich den Bus in die Stadt. Aber ich ging nicht gleich in die Wohnung, sondern schaute noch einmal bei Jimmy vorbei. Es war noch nichts los. Ich nahm Jimmy beiseite.

»Ich werde mich in Kürze mit dem Geschäftspartner der Sanders treffen, wahrscheinlich im La Maison. Es würde mich ruhiger machen, wenn du dabei wärst.«

»Das geht klar, Adrian.«

Ich dachte nach. Wenn das Treffen tatsächlich im La Maison stattfände, wäre ich sicher. Aber was, wenn Delattre etwas anderes vorschlug? Einen weniger öffentlichen Ort?

»Sag mal, du hast vorhin gefragt, ob du eine Waffe brauchst. Hast du denn eine?«

»Hm.« Jimmy nickte ruhig.

»Gut zu wissen«, gab ich zurück.

Wir verabschiedeten uns mit Handschlag.

Auf dem Weg zur Wohnung dachte ich über Jimmy nach. Über Jimmy, der eine Waffe besaß. Und Johanna, die bei Thorberg mit einer Waffe angetroffen worden war. Ich hatte in Kerns Unterlagen nicht speziell danach gesucht, aber soweit ich mich erinnerte, war die Herkunft der Tatwaffe nie geklärt worden. Ich schüttelte den Kopf. Das schien mir nun doch ein wenig weit hergeholt.

Im Mafiafilm ist immer der Vertraute der Verräter.

Ja, aber wir sind hier nicht in einem Mafiafilm.

»Gott sei Dank«, sagte Johanna, als ich ihr erzählte, dass ich Gregors Angebot abgelehnt hatte.

»Das hätte mir gerade noch gefehlt, dass ich den Sanders dankbar sein muss.«

Von der Alternative hielt sie allerdings auch nicht viel.

»Du willst dich mit Delattre treffen? Warum du?«

»Ich bin der Joker.«

»Lass das.«

»Schon gut, aber ich bin kein Unbeteiligter mehr, der in Deckung gehen kann. Ich muss sicher sein, dass Philipp außer Gefahr ist. Und deswegen muss ich mit Delattre reden.«

»Du vergisst dabei eines: Du bist für ihn auch dann noch eine Gefahr, wenn du ihm die Fotos gegeben hast.«

»Weil ich weiß, wer er ist?«

»Genau.«

»So wie du. Und Kern. Und Jimmy. Ich glaube nicht, dass er uns alle umlegen will.«

»Warum ist er dann so scharf auf die Fotos?«

»Das frage ich mich auch.«

Ich erzählte ihr von meinem unbestimmten Gefühl, etwas übersehen zu haben. Das ließ sie nachdenklich werden.

»Dann finden wir vielleicht etwas in dem Ordner, von dem Teresa erzählt hat.«

Da war ich skeptisch.

»Wenn es ihn wirklich gibt.«

Johanna seufzte.

»Und was machen wir jetzt?«

»Warten«, sagte ich.

Warten war das Letzte, was mir in dieser Situation guttat. Nicht nur, dass mein Verstand auf Hochtouren lief und ständig alle möglichen Szenarien durchspielte, wie mein Treffen mit Delattre verlaufen könnte. Dadurch, dass ich nichts zu tun hatte, war ich auch auf meine Emotionalität zurückgeworfen. Und die nutzte die Gelegenheit, auf die Ereignisse der letzten Tage mit heftigen Ausschlägen zu reagieren.

Die Trennung von Clarissa, ihre Entschiedenheit, aber auch ihre Traurigkeit. Mein Gefühl, von einem Ufer fortgetrieben zu werden, ohne Einfluss auf den Kurs meiner Reise zu haben. Philipp, bei dem es mir auf unbegreifliche Weise gelungen war, eine entfremdende Gleichgültigkeit zu überbrücken, die mir in ihrer Gänze nicht einmal klar gewesen war. Und schließlich Johanna, die Frau, deren Auftauchen in meinem Leben diesen ganzen Wirbel erst ausgelöst hatte.

Und die mit der Situation des Wartens anscheinend deutlich besser zurechtkam.

Sie saß in einem übergroßen, grauen Pullover, mit nackten Beinen und Wollsocken an den Füßen auf dem Sofa und kommunizierte mit ihrem Handy beziehungsweise demjenigen am anderen Ende der virtuellen Leitung. Ich beobachtete sie und wunderte mich über die Ruhe, in der sie sich zu befinden schien. Waren es die Erfahrungen der letzten vier Jahre, die sie diese Geduld gelehrt hatten?

Wie ich sie so betrachtete, dachte ich: Ist das nicht das wahre Leben? Mit einem Menschen zusammen sein, in dessen Gegenwart man sich wohlfühlt? Ganz einfach *sein kann?* Ohne etwas *sein zu müssen?*

Ich glitt auf dieser Frage in das Gefühl hinein, kostete es, erkundete es. Es roch nach Weihnachtsgebäck und Kindheit, füllte sich mit der Wärme eines lang vergessenen Sonntagnachmittags. War Herzklopfen beim Lesen eines Buches und hatte das Geräusch eines geliebten Lachens. Es war Erfüllung und gleichzeitig Weite. Es beruhigte die Wogen, die in mir tobten, weil sie in diesem gefühlten Jetzt allen Raum hatten, den sie brauchten.

Immer noch betrachtete ich sie. Diese Nasenspitze, die sich, wenn sie redete, minimal mitbewegte. Die Lippen, die nun entspannt ihren angestammten Platz in ihrem Gesicht eingenommen hatten. Der schlanke Hals über dem Pullover, die Hände, die das Telefon umfassten und deren Daumen immer wieder kleine rasche Bewegungen auf dem Display ausführten. Die Haut ihrer Beine, die ich geküsst hatte und immer wieder küssen wollte. Es war ein Bild, das ich bewahren und dennoch in all seinen Verwandlungen erleben wollte.

»Ich weiß, dass du mich beobachtest«, sagte sie, ohne von ihrem Telefon aufzuschauen.

»Hm, ich frage mich halt, mit wem du da schon seit einer Stunde am Chatten bist.«

»Zurzeit mit Philipp«, antwortete sie.

»Ach!«

»Hm.«

Ich wartete ein paar Sekunden. Als keine weiteren Informationen kamen, fragte ich: »Und worum geht's?«

Johanna löste ihren Blick von diesem ungeheuer spannenden Display und wandte mir ihre Aufmerksamkeit zu.

»Um Luisa.«

»Luisa!«

»Ja. Luisa ist ein Mädchen aus seinem Physikkurs. Er findet sie unglaublich toll und hübsch und schlau. Aber er weiß nicht, ob sie ihn überhaupt wahrnimmt. Oder ihn vielleicht einfach nur doof findet. Wir versuchen gerade, das zu klären.«

Sie widmete sich wieder dem Display, auf dem anscheinend gerade eine neue Nachricht eingetroffen war. Ich schaute auf mein Handy, ob mein Sohn mir vielleicht auch eine Nachricht geschrieben hatte. Aber anscheinend war ich abgemeldet.

»Und? Was denkst du über den Fall?«

Johanna lächelte.

»Die beiden erleben gerade ihre erste Liebe.«

Ich war erstaunt, wie sehr mich das berührte. Und auch dieses Gefühl fügte sich ein in diese wogende innere Weite, in der ich nun offenbar zu Hause war.

Am Abend besuchte uns Tobias Kern. Er hatte Abzüge von allen Fotos dabei und breitete sie auf dem Tisch aus. Wir beugten uns darüber und studierten sie. Seltsame Frisuren, seltsame Kleidung, balkenartige Bärte über hartem Männergrinsen, Frauen in knappen, gerne obszön verrutschten Kleidern. Der Champagner wurde aus flachen Kelchen getrunken. Fast alle rauchten, und auf einem Glastisch häufelte sich das Kokain. Man hörte förmlich den Sound der Achtziger.

Was diese Fotos untypisch machte, war, dass niemand in die

Kamera schaute. Auch die Perspektiven waren ungewöhnlich. Viele schienen aus einer sitzenden Position aufgenommen worden zu sein. Oder heimlich aus der Hüfte.

»Wie sind Sie da rangekommen?«, fragte ich Kern.

»Durch Lisa«, sagte er und zeigte auf eine brünette Frau im Paillettenkleid. »Sie arbeitete für Lazar, hatte aber ein paar sozialistische und feministische Ideen aufgeschnappt. Zwar half ihr das nicht groß weiter, aber es reichte, um, wie sie sagte, das ausbeuterische System zu unterwandern.«

»Was ist aus ihr geworden?«

Kern zuckte mit den Achseln.

»Keine Ahnung.«

Auf allen Bildern waren sowohl Ludwig als auch Lazar deutlich zu erkennen. Sie waren aber natürlich nicht die einzigen Männer auf den Partys.

»Gibt es noch irgendjemanden, dem diese Bilder peinlich sein könnten?«

Kern schüttelte den Kopf.

»Nicht dass ich wüsste. Keiner von denen spielt irgendeine Rolle. Seltsam, nicht? Sie haben sich alle so wichtig genommen damals, aber sie waren vollkommen bedeutungslos. Jetzt sind sie nur noch Beiwerk auf den Fotos anderer Menschen.«

Johanna und ich schauten ihn verblüfft an.

»Kern, Sie werden ja philosophisch!«

»Tja«, er kratzte sich am Kopf, »ich habe mich auch ziemlich wichtig genommen. Ich dachte immer, mit diesen Fotos würde ich sie irgendwann drankriegen. Es fällt mir nicht leicht, sie wegzugeben.«

»Es muss sein, Tobias«, sagte Johanna leise.

»Haben Sie die anderen Sachen dabei?«, fragte ich ihn.

»Aber ja«, meinte er, zog eine Brille aus der Brusttasche seines

Jacketts und legte sie auf den Tisch. Ich starrte auf die Brille, Johannas Blicke zuckten ratlos zwischen uns hin und her.

»Was wird das denn?«, fragte sie.

»Weiß ich auch nicht«, gab ich ihr Antwort.

»Na ja«, meinte Kern, »Sie wollten etwas Unauffälliges.«

Er griff in seine Umhängetasche, in der er die Fotos transportiert hatte, und zog ein kleines Gerät hervor, etwa so groß wie ein Handy, aber doppelt so dick. Er tippte ein paar Mal darauf herum.

»Wie sind Sie da rangekommen?«, vernahm ich meine eigene, wenn auch etwas verzerrte Stimme.

»Durch Lisa«, antwortete Kerns Stimme. *»Sie arbeitete für Lazar, hatte aber ein paar sozialistische und feministische Ideen aufgeschnappt.«*

Kern tippte erneut auf das Gerät.

»Ich muss mit dem Empfänger in der Nähe sein.«

»Er darf Sie auf keinen Fall sehen«, wandte ich ein.

»Ich weiß. Wenn das Treffen im Hotel ist, sollte das kein Problem sein. Wenn er Sie woanders treffen will, müssen wir improvisieren.«

»Moment mal«, sagte Johanna. »Ihr wollt das Gespräch mit Delattre aufzeichnen?«

»Ja.«

»Denkt ihr etwa, er wird den Mord zugeben?«

»Wohl nicht, aber vielleicht gibt er uns irgendeine Information, die uns weiterhelfen könnte. Dass wir die Fotos ihm direkt und nicht den Sanders geben wollen, hat ja nicht nur den Grund, dass wir bei ihren Spielchen nicht mitmachen wollen. Ich will Delattre sprechen. Er hat mich reingelegt, meinen Computer ausspioniert, meine Familie bedroht. Ich will wissen, ob er weiterhin eine Gefahr für uns ist, wenn er die Fotos zurückbekommen hat.

Davon abgesehen gibt es noch eine andere Überlegung, die für mich eine Rolle spielt. Die Familie Sander war bereit, sich mit uns gegen Delattre zu verbünden. Zumindest hat Gregor es so dargestellt. Wie wird Delattre wohl reagieren, wenn ich ihm davon erzähle?«

»Du willst sie gegeneinander ausspielen?« Johanna war nicht begeistert von meinem Plan. »Hast du nicht verstanden, dass dieser Mann gefährlich ist? Er hat Thorberg getötet. Das ist ein Killer.«

»Das weiß ich, Johanna, und ich werde ganz sicher kein Risiko eingehen. Deswegen wird auch Jimmy mit dabei sein. Dieses Treffen ist die einzige Chance, die wir noch haben, irgendetwas über die Hintergründe dieser Geschichte herauszufinden. Es wäre fahrlässig, es nicht zu versuchen.«

Wir verblieben mit Tobias Kern so, dass er mir die Negative der Fotos erst unmittelbar vor dem Treffen übergeben sollte. Wir wollten auf diese Weise ausschließen, dass sie doch noch bei einer erneuten Hausdurchsuchung sichergestellt würden.

Als Kern gegangen war, lehnte sich Johanna mit dem Rücken an die Wohnungstür.

»Was für ein Schlamassel«, sagte sie.

»Ja, ich habe da so eine Theorie über Pläne und ihre Verwirklichung.«

Sie stieg nicht auf den lockeren Ton ein.

»Es kann doch nicht sein, dass du das jetzt ausbaden musst, Adrian. Wie konnte es dazu kommen?«

»Das habe ich mich auch schon gefragt, und ich denke, du musst dir gar nicht so sehr die Schuld dafür geben. Ich habe den Eindruck, dass alle Beteiligten, Tobias Kern, die Sanders, Delattre und sogar Jimmy, nur auf jemanden wie mich gewartet haben. Ich will mich nicht zu wichtig nehmen, aber anscheinend bin ich so eine Art Katalysator gewesen, der den ganzen Prozess beschleunigt hat.«

Ich machte eine Pause, weil es einen Gedanken gab, der sich gerade erst in meinem Kopf formte. Johanna stand immer noch an der Tür und wartete.

»Jimmy hat mich heute nach meinen Motiven gefragt. Er sagte, was dich antreibt, wüsste er, aber bei mir verstand er es nicht. Seit diesem Gespräch geistert diese Frage in meinem Kopf herum. Ist es, weil ich dich liebe? Sicher, aber das ist es nicht allein. Ich bin eigentlich nicht der Mensch, der mit Erpressung droht und mit Mördern verhandelt. Ich bin Wissenschaftler. Das heißt, ich bin Beobachter. Ich untersuche das Verhalten anderer Menschen oder ihre Spuren, weil sie schon lange tot sind. Ich greife nicht aktiv in ihr Leben ein. Und ich habe in den letzten Tagen begriffen, dass ich das nicht nur in meinem Beruf so halte.

Ich habe zugeschaut, wie meine Ehe langsam zerfiel. Ich wusste doch längst, dass Clarissa einen anderen Mann kennengelernt hatte. Aber ich habe nichts dagegen unternommen. Ich habe nur zugeschaut. Ich habe auch nur zugeschaut, während mein Sohn vom Säugling zu einem zwölfjährigen Schlaumeier wurde. Bei dir habe ich zum ersten Mal aufgehört, einfach nur zuzuschauen.«

»Und bist in einen Riesenschlamassel geraten«, fügte Johanna mit einem kleinen Notlächeln ein.

»Ja, aber ich handele und fühle mich auf einmal unglaublich lebendig. Ich habe nur dadurch ein neues Verhältnis zu meinem Sohn bekommen. Auf einmal nennt er mich den besten Vater von der Welt, und er vertraut mir. Ich habe seit Jahren das erste wirklich offene Gespräch mit meiner Frau geführt, auch wenn es eines war, in dem wir unsere Trennung beschlossen. Aber glaube mir, in dieser Trennung waren wir uns näher als in unserer Ehe.

Und ich habe dich gewonnen. Auch ich will nicht mehr auf dich verzichten.«

Sie kam auf mich zu und schmiegte sich in meine Arme.

»Glaubst du, er wird sich melden?«, fragte sie. Sie meinte Delattre.

»Ich hoffe es«, antwortete ich. »Damit dieser Spuk bald ein Ende hat.

Delattre rief am nächsten Morgen an.

Johanna lehnte mit einer Tasse Kaffee am Esstisch, während ich den Anruf entgegennahm. Es war ein kurzes Gespräch.

»Ich denke, wir sollten uns unterhalten, Adrian«, sagte er. Dann schlug er ein Treffen am frühen Abend im La Maison vor, so wie ich es Gregor hatte ausrichten lassen. Aber davon erwähnte er nichts. Auch sonst verlor er kein überflüssiges Wort. Keine Ironie, keine spöttische Anmerkung. Ich bestätigte, und dann legte er auf.

»Und?«, fragte Johanna.

»Heute Abend, neunzehn Uhr.«

Sie nickte.

»Muss ich noch mal sagen, dass es mir nicht passt, nicht dabei zu sein?«

»Wir werden dir in allen Details berichten, und vielleicht bekommen wir sogar eine Tonaufnahme. Es geht nicht anders, Johanna.«

Wieder nickte sie. Ich rief erst Kern an. Wir verabredeten uns für achtzehn Uhr im La Maison. Das sollte uns genug Zeit geben, alles vorzubereiten. Ein zweiter Anruf bei Jimmy stellte sicher, dass auch er kommen würde. Mehr war nicht zu tun.

Die Aussicht, den ganzen Tag einfach nur zu warten, war unerträglich. Wir machten einen Spaziergang im Stadtgarten. Dabei sprachen wir über alles Mögliche, nur nicht über das Treffen mit Delattre. Wir sprachen über Johannas Jahre vor dem Verhängnis, über meine Studienjahre, und immer wieder schwiegen wir einfach nur.

Wir aßen eine Kleinigkeit beim Italiener, bummelten durch die Stadt. Manchmal grüßte Johanna jemanden, doch niemand blieb stehen, um sich mit ihr zu unterhalten. Würde es jemals wieder *ihre* Stadt werden?

Schließlich kehrten wir in die Wohnung zurück, und dann war es irgendwann Zeit für mich, aufzubrechen.

»Pass auf dich auf«, sagte Johanna und umarmte mich sehr fest.

»Bis nachher«, verabschiedete ich mich.

Kern erwartete mich bereits im La Maison. Er schlug vor, dass er sich in dem kleinen Salon neben der Lobby niederlassen würde. Wir testeten den Empfang des Mikrofons sowohl von der Bar als auch von der Terrasse aus. Ich entschied, mich in die Bar zu setzen. Die war leer, weil die Aperitifgäste sich auf der sonnigen Terrasse eingefunden hatten. Dann verzog Kern sich auf seinen Platz. Kurz darauf traf Jimmy ein.

Ihn hatte ich für den Fall dazugeholt, dass es Ärger geben würde. Damit rechnete ich hier im La Maison nicht wirklich. Dennoch fand ich es beruhigend, ihn vor Ort zu haben.

Da ich mich an den Tisch setzen wollte, an dem ich schon mit Friederike Sander gesprochen hatte, wies ich Jimmy den Platz an der Bar zu. Das war weit genug von uns weg, dass Delattre sich bei unserem Gespräch nicht gestört fühlen würde. Ich setzte mich so an den Tisch, dass Delattre sich zumindest halb mit dem Rücken zur Bar setzen musste. Alles war bereit. Ich schaute auf die Uhr: Viertel vor sieben. Mir flatterte ein wenig der Magen.

Als der Kellner mich nach meinen Wünschen fragte, überlegte ich kurz, ob ich den harten Mann spielen und mir einen richtigen Drink bestellen sollte. Aber ich fühlte mich so gar nicht nach hartem Mann. Ich bestellte einen Rooibostee.

Während ich wartete, kam eine Nachricht auf mein Handy. Sie war von Johanna:

— Teresa hat angerufen. Ich fahre hin.

Verflucht, das passte mir jetzt gar nicht. Sollte ich ihr Jimmy schicken?

Doch bevor ich etwas unternehmen konnte, betrat Delattre die Bar. Er entdeckte mich und kam zu mir an den Tisch.

»Hallo, Adrian«, sagte er, ohne mir die Hand zu geben, und setzte sich in den Sessel mir gegenüber, mit dem Rücken zur Bar. »Wie geht es Ihnen?«

»Hallo, Jean-Remy«, erwiderte ich und zuckte mit den Schultern. »Es waren ein paar turbulente Tage.«

»Ja, das kann ich mir vorstellen«, gab er zurück.

Der Kellner servierte meinen Tee und fragte Delattre nach seinen Wünschen. Der zögerte, warf einen kurzen Blick auf meinen Tee.

»Mir ist nach einem Schluck Champagner«, sagte er dann. »Leisten Sie mir Gesellschaft?«

Ich überlegte kurz und entschied, die Einladung anzunehmen.

»Sicher. Warum nicht?«, sagte ich und nahm einen Schluck Tee.

Delattre lehnte entspannt in seinem Sessel und betrachtete mich nachdenklich, ohne etwas zu sagen. Davon ließ ich mich nicht irritieren, sondern musterte meinerseits ihn. Natürlich sah ich ihn nun mit anderen Augen als bei unserer ersten Begegnung. An dem Abend hier in der Bar war er einfach nur ein freundlicher Fremder gewesen, mit dem ich ein paar Drinks genommen hatte.

Da wusste ich nicht, dass ich mit einem ehemaligen Zuhälter und mutmaßlichen Mörder redete. Und mit dem Mistkerl, der meinen Sohn bedrohen würde.

»Wie seltsam«, sagte er nun. »Immer wenn ich Sie treffe, haben Sie schlechte Laune.«

Wenn er damit die Wut meinte, die mich bei seinem selbstsicheren Gehabe erfasste, so hatte er recht. Ich versuchte dennoch, sie im Zaum zu halten.

»Ludwigs Frau sagte mir bereits, dass Sie ein aufbrausender Mensch sind. Muss ich mich vorsehen?«

Ich blinzelte überrascht. Ob er sich vor mir vorsehen muss? Das kam unerwartet.

Ehe ich antworten konnte, brachte der Kellner den Champagner. Wir warteten, bis er wieder fort war.

»Ich dachte, ich wäre von uns beiden derjenige, der sich vorsehen muss«, antwortete ich dann.

»Wieso? Ich bin allein. Sie sind zu zweit.«

Er wandte sich halb um und rief in Richtung Bar: »Sie sind doch mit Adrian hier, nicht wahr, Jimmy? Warum setzen Sie sich nicht zu uns?«

Jimmy schaute auf. Nach kurzem Zögern nahm er sein Bier und kam zu uns herüber.

»Herr Delattre«, sagte er ruhig, als er sich setzte.

»Sagen Sie Jean-Remy zu mir«, bot Delattre ihm an. Dann beugte er sich ein Stück zu Jimmy hinüber und fragte mit gesenkter Stimme: »Ist das da eine Waffe unter Ihrer Achsel?«

Ich merkte, wie mir die Hitze ins Gesicht stieg. *Verdammt!*

Jimmy nickte. »Ja.«

Delattre wiegte den Kopf.

»Wollen Sie sie benutzen?«

»Nein«, meinte Jimmy.

»Nun, dann bin ich beruhigt.«

Delattre wandte sich wieder an mich.

»Also, Adrian, Sie kreuzen hier mit Ihrem bewaffneten Freund auf und wundern sich, dass ich mir Sorgen um meine Sicherheit mache? Was wird das für eine Wildwestshow?«

Was für ein kaltschnäuziger Drecksack! Ich versuchte, wieder Boden unter den Füßen zu bekommen.

»Nach dem, was ich über Sie erfahren habe«, mühte ich mich, möglichst beherrscht zu antworten, »dürften Sie sich eigentlich nicht wundern, wenn ich Vorsichtsmaßnahmen treffe.«

Delattre griff nach seinem Glas, trank einen Schluck und stellte es wieder ab. Dabei beobachtete er mich scharf.

»Und was haben Sie über mich erfahren?«, fragte er gelassen.

Dieses Gespräch verlief verdammt noch mal anders, als ich es erwartet hatte. Wie sollte ich damit umgehen? Ich entschied mich für die direkte Methode.

»Etwas über den Tod eines Gebrauchtwagenhändlers und die Frau, die dafür vier Jahre unschuldig im Gefängnis saß. Über einen Brandanschlag, und auch hier sollte sie wieder als die Schuldige dastehen. Und über die Bedrohung meines Sohnes. Ich bin nicht schlecht gelaunt, Jean-Remy, ich bin richtig wütend. MEIN SOHN! Ich würde am liebsten die Waffe unter Jimmys Achsel hervorziehen und das Magazin in Ihrem Brustkorb entleeren. Aber das werde ich nicht tun. Stattdessen gebe ich Ihnen die Fotos, diese verschissenen Fotos. Ich gebe sie Ihnen ohne Bedingungen. Aber wagen Sie es nie wieder, mich oder einen der Meinen in irgendeiner Weise zu bedrohen.«

So! Das hatte richtig gutgetan. Leider hatte ich keine Ahnung, ob das auch klug gewesen war.

Delattre bedachte mich mit schläfrigem Blick.

»Kann ich diese Fotos mal sehen?«, fragte er.

Ich holte die Abzüge aus der Tasche und reichte sie ihm.

Er schaute sie langsam durch, eines nach dem anderen. Bei manchen nickte er nur, bei anderen lachte er leise auf oder machte: »Ah!« Als er fertig war, legte er den Packen zwischen uns auf den Tisch.

»Und was soll ich damit?«, fragte er dann.

Jetzt verstand ich gar nichts mehr. Jimmy sah auch ziemlich ratlos drein.

»Ja aber, sind es denn nicht die Fotos, hinter denen Sie her sind?«

Er schnaubte aus.

»Dreißig Jahre alte Fotos mit Nutten und Koks, meinen Sie wirklich, das interessiert irgendjemanden?«

»Nein, vielleicht nicht. Aber was ist mit dem hier?«

Ich zog das Brasseriefoto hervor, holte aus der Tasche die dazugehörige Vergrößerung des Fernsehers mit dem Fußballspiel. Erklärte ihm, welchen Beweis das darstellte. Er schaute interessiert darauf, nickte und sagte: »Ja und?«

Wollte er mich für dumm verkaufen?

»Aber … es beweist, dass Antoine Lazar nicht in einem Krankenhaus in Südafrika gestorben ist, sondern als Jean-Remy Delattre weiterhin putzlebendig durch die Welt reist.«

Er nickte wieder, schürzte die Lippen.

»Und Sie glauben, deswegen ermorde ich einen Gebrauchtwagenhändler, verübe einen Brandanschlag und bedrohe Ihren Sohn?«

Irgendetwas in meinem Kopf weigerte sich, die Realität dieses Gesprächs zu akzeptieren. Mit meinem klaren Denken war es auch nicht mehr weit her.

»Ja«, brachte ich deswegen nur hervor.

Er seufzte, lehnte sich zurück.

»Ich bin es so leid«, murmelte er, mehr an sich selbst als an uns gerichtet. Dann sagte er: »Hören Sie, Adrian. Die Sache mit dem falschen Totenschein hat mich dreißig Dollar gekostet. Die neuen Papiere waren etwas teurer. Sicher, deswegen können Sie oder irgendjemand anderes mich verklagen. Aber glauben Sie, das brächte mich wirklich in Schwierigkeiten? Ich habe das wegen des Medienrummels damals gemacht. Über Monate stand mein Name in jeder Zeitung. Wenn ich deswegen vor Gericht käme, was ich übrigens stark bezweifele, bekomme ich eine Geldstrafe, die mir sicher nicht wehtun wird. Dann nehme ich halt wieder meinen alten Namen an. Vielleicht hätte ich es längst getan, wenn es nicht so aufwendig wäre, alle Papiere umzuschreiben. Also, wenn Sie mir Arbeit machen wollen, wenn Sie wollen, dass ich mich über Sie ärgere, dann bitte, veröffentlichen Sie die Fotos. Aber hören Sie um Himmels willen auf, diesen Unsinn über mich zu verbreiten.«

Mein Kopf fühlte sich seltsam dumpf an. Konnte es sein, dass er diese Gelassenheit nur vortäuschte? Dass er mich in Sicherheit wiegen wollte, um ... ja, um was zu tun?

Ich warf Jimmy einen Blick zu. Der hatte den Kopf gesenkt, die Stirn in Falten geworfen.

»Haben Sie an dem Tag, als wir uns begegnet sind, meinen Computer durchsucht?«

Delattre trank wieder von seinem Champagner. Dabei ruhte sein nachdenklicher Blick auf mir. Er beugte sich vor, stützte die Ellbogen auf den Knien ab und faltete die Hände.

»Hören Sie, meine Firma berät Unternehmen in Sicherheitsfragen, manchmal auch Privatpersonen. Oftmals müssen wir dabei umfangreiche Recherchen anstellen. Dass wir in unseren Methoden mitunter kreativ sind, verschafft uns einen Vorteil gegenüber der Konkurrenz. Ja, ich bin nach Saarlouis gekommen, weil ein alter Freund mich um Hilfe gebeten hat. Wie schon so oft, muss ich hinzufügen.«

Er trank wieder einen Schluck.

»Mein Job ist es also, Informationen zu sammeln und dann Empfehlungen abzugeben, beziehungsweise technische Maßnahmen zu ergreifen. Technische Maßnahmen, Adrian. Ich wende keine körperliche Gewalt an. Schon gar nicht gegenüber Kindern. Ihr Sohn war nie in Gefahr.« Er machte eine Pause, um diese Worte wirken zu lassen, bevor er fortfuhr. »Das heißt nicht, dass ich mit körperlicher Gewalt nicht umgehen könnte. Wie Sie wissen, habe ich in einem Milieu gearbeitet, in dem man ohne ein gewisses Durchsetzungsvermögen nicht bestehen kann. Aber in diesem Milieu befindet man sich auch in einer Twilight-Zone, aus der herauszukommen unglaublich schwierig ist. Ich habe es geschafft, und ich werde das alles nicht aufs Spiel setzen, um einem Freund einen Gefallen zu tun.«

Mir fiel auf, wie bedachtsam er seine Worte wählte. Den Namen Sander hatte er nicht einmal erwähnt. Auch nicht das Geringste zugegeben, das ihn kompromittieren könnte.

»Das hört sich ja alles ganz plausibel an. Und besonders Ihrer Versicherung, dass mein Sohn nicht in Gefahr ist, möchte ich gerne Glauben schenken. Aber eine Sache passt nicht in die Definition für technische Maßnahmen: Thorbergs Tod! Wenn Johanna ihn nicht getötet hat, wer war es dann? Ihrem *Freund* …«, ich betonte dieses Wort kaum merklich, »… traue ich dieses Durchsetzungsvermögen nicht zu. Oder täusche ich mich?«

Delattre schüttelte leicht den Kopf.

»Adrian, lassen Sie es gut sein. Es ist schlimm, was Johanna widerfahren ist. Aber was immer Sie unternehmen, wird es nur noch schlimmer machen. Versuchen Sie, glücklich zu werden. Das ist das Beste, was Sie im Leben machen können.«

Er wies auf die Fotos.

»Wenn Sie die verwenden wollen, bitte, tun Sie das. Die politische Karriere dieses blasierten Bengels wird beendet sein, was vermutlich ein Gewinn für die Gesellschaft bedeutet. Allerdings bin ich da Zyniker. Mit Arschlöchern wie ihm ist es wie mit den Fliegen. Sie können noch so viele zerquetschen, es werden nicht weniger. Auf alle Fälle werde ich Ihnen nicht mehr im Wege stehen. Mein Dienst an der Familie endet hier.«

Ich schwieg ratlos. Als das Telefon wieder plingte, war ich dankbar für die Ablenkung. Es war Johanna.

— Bin jetzt in Picard.

»Ihre Freundin?«, fragte Delattre.

Ich starrte ihn an. Konnte es wirklich sein, dass dieser ehemalige Zuhälter mit alldem nichts zu tun hatte? Es wollte mir nicht in den Kopf. Ich beschloss, einen letzten Versuch zu machen. Es war ein Bluff, aber mehr hatte ich nicht.

»Ja«, sagte ich. »Ihr wird in diesem Moment ein Aktenordner übergeben, der alle Informationen enthält, die Ludwig Sander über Sie zusammengetragen hat. Ihr Freund recherchiert nämlich auch ganz gerne.«

Delattre schmunzelte amüsiert, aber in seinen Augen glitzerte es.

»So? Und wer soll im Besitz dieses Ordners sein?«

Er glaubte mir nicht, aber seine Reaktion war auch nicht mehr gelangweilt abwehrend. Irgendetwas war da. Ich musste nur dranbleiben. Wenn ich jetzt aber vage bliebe, würde er meine Worte als den Bluff abtun, der sie wahrscheinlich waren. Ich musste es riskieren.

»Jemand, der es wissen muss«, sagte ich. »Teresa Sander, seine Tochter.«

Die Wirkung dieser Worte war erstaunlich. Sein Gesicht wurde schlagartig ernst, seine Augen kieselhart. Seine plötzliche Körperanspannung war so deutlich wie vorher seine Gelassenheit.

»Wollen Sie damit sagen, dass Johanna van Bergen sich mit Teresa Sander trifft?«

»So ist es.« Jetzt hatte auch mich die Spannung gepackt. Was würde er tun?

»Allein?«, fragte er scharf.

»Das will ich doch hoffen.«

»Verdammt!«, stöhnte er auf und presste die Lippen zusammen. Dann aber packte er mich am Arm.

»Adrian, wenn Ihnen etwas an Ihrer Freundin liegt, dann holen Sie sie da raus. Sofort!«

Mir sackte der Unterkiefer runter. Was um alles in der Welt hatte das jetzt wieder zu bedeuten?

Sein Griff wurde schmerzhaft fest.

»Adrian!«, drängte er. »Laufen Sie los! SOFORT!«

Mein Nacken begann zu kribbeln, ich fühlte meinen Herzschlag, mein Atem kam stoßweise. Das konnte doch nicht sein. Ich sprang auf.

»Jimmy!«, sagte ich nur und lief auch schon hinaus. Er folgte mir.

»Verdammt, Adrian, was ist los?«, fragte er, als wir die Treppe hinunterstürmten.

»Welches ist deines?«, fragte ich und zeigte auf die Autos.

Er entriegelte seinen Mercedes und setzte sich hinters Steuer. Ich setzte mich auf den Beifahrersitz.

»Los, nach Picard!«, rief ich. »Wir haben eine Riesendummheit gemacht.«

Auf der Fahrt bestürmte er mich immer wieder mit Fragen, aber ich konnte nicht antworten. Immer wieder schoben sich die Bilder und Informationen in meinem Kopf neu zusammen. Doch sie wollten nicht zueinanderpassen. Nur eines stand mit absoluter Gewissheit inmitten dieses Gedankenchaos: Johanna war in Gefahr!

In Lebensgefahr!

Jimmy bog mit viel zu hohem Tempo in die Einfahrt der Sanders ein. Dort stieg Ludwig gerade aus seinem Wagen. Er sah verdutzt auf, als wir kieselknirschend zum Stehen kam.

»Was soll das?«, rief er verärgert. »Was wollen Sie hier? Verschwinden Sie, sonst rufe ich die Polizei.«

»Tun Sie das, Herr Sander«, schnauzte ich ihn an, als ich aus dem Auto sprang. »Aber wir werden jetzt nach Teresa sehen.«

Sein Gesicht lief rot an.

»Ich verbiete Ihnen ...«

»Johanna ist bei ihr.«

Er verstummte. Bildete ich mir das nur ein, oder wurde er blass?

»Das ist nicht möglich«, sagte er mit hartem Mund. »Die Kameras hätten uns signalisiert, wenn jemand gekommen wäre.«

»Teresa hat sie alle ausgetrickst. Es gibt einen geheimen Weg in ihre Wohnung. Den hat sie Johanna gezeigt.«

Sein Gesicht bekam etwas Gequältes. Seine Fäuste ballten sich rhythmisch.

»Nein«, sagte er und schüttelte den Kopf. »Bitte nicht.«

Er schaute zu dem Haus, dessen Dach die Garage überragte. Dann lief er los, so schnell es ihm seine Beine erlaubten.

Jimmy und ich tauschten einen Blick und folgten ihm.

Ludwig umrundete die Garage. Direkt dahinter war der Eingang zu dem Anbau. Er zog einen Schlüssel hervor, doch dann zögerte er und drückte die Klinke. Die Tür öffnete sich. Er stöhnte leise auf.

Langsam und mit der Hand an der Wand, wie um sich festzuhalten, stieg er die Treppe empor. Die Tür im oberen Stockwerk war nur angelehnt. Ludwig hielt kurz inne, dann stieß er sie auf.

Der Anblick ließ mich erstarren. Jimmy neben mir sog zischend die Luft ein. Nur Ludwig blieb ruhig.

In der Mitte des Raumes, der wie ein Loft gestaltet war, saß Johanna auf einem Stuhl. Ihr Gesicht war von Angst und Schrecken gezeichnet. Ein paar Schritte vor ihr stand Teresa. Und hielt mit ausgestrecktem Arm eine Waffe auf sie gerichtet.

Als sie ihren Vater bemerkte, zog ein strahlendes Lächeln in ihr Gesicht. »Hallo, Papa«, sagte sie. »Ich werde mal wieder die Familie retten.«

In meinem Kopf überschlugen sich die Gedanken. Mein Verstand wollte Verbindungen herstellen. Er wollte verstehen, aber ich zwang mich zur Konzentration auf die Situation. Eine womöglich hochexplosive Irre hatte eine Waffe auf Johanna gerichtet. Ich tauschte einen vorsichtigen Blick mit Jimmy. Er stand auf der Seite, von der aus er Johanna erreichen konnte. Ich befand mich auf Teresas Seite. Mit winzigen Kopfbewegungen gab ich ihm Signale.

»Teresa«, begann Ludwig mit seiner Tochter zu reden, »bitte hör mir zu.«

»Natürlich, Papa, du hast doch gesagt, dass sie unsere Familie zerstören will. Hast du doch. Damals, als sie herumschnüffelte. Aber als ich sie ins Gefängnis gebracht habe, habt ihr mich in die Klinik gesteckt. Das war nicht schön, Papa. Sieh doch nur, was sie jetzt wieder tut. Jetzt will sie wieder alles kaputt machen. Immer macht sie alles kaputt.«

»Nein, Teresa«, Ludwig hob beschwichtigend die Hände und tat einen Schritt auf sie zu.

Jimmy und ich nutzten die Gelegenheit, uns langsam seitlich in den Raum hineinzutasten.

»Mach jetzt bitte keine Dummheiten.«

»Dummheiten?« Teresas Gesicht verzog sich erst erstaunt, dann empört. »Ich und Dummheiten? Sie hat Dummheiten gemacht.«

Die Waffe zuckte auf Johanna zu. Ich hielt die Luft an.

»Und ihr. Ihr habt mich in die Klinik gesteckt. Das war falsch. Du siehst doch, sie ist wieder da und will wieder alles kaputt machen.« Blanker Hass verzerrte jetzt ihr Gesicht. »Du arrogante Fotze! Du hast immer alles bekommen, zum Schluss sogar Gregor. Hast ihm den Verstand weggevögelt. Und dann wolltest du uns verraten. Wofür? Für eine Story? Gott, du kotzt mich so an, du mieses ...«

»Teresa! Teresa!«

Ludwigs Ton war bittend, flehend.

»Das darfst du nicht tun. Sonst ...«

Jimmy und ich arbeiteten uns in winzigen Schritten weiter. Ich fing einen Blick von Johanna auf, ihre Augen zuckten in Richtung Ludwig. Was wollte sie mir sagen?

»Sonst was?« Teresa atmete heftig, ihre Stimme wurde schriller. »Was sonst, Papa?«

»Teresa, meine liebe Tochter, bitte hör auf mich. Du darfst diese Dinge nicht tun. Das weißt du doch.«

»Warum nicht?«, fragte Teresa trotzig.

»Weil du uns damit Kummer bereitest. Mir und deiner Mutter. Und Gregor. Wir lieben dich doch.«

Wieder schob ich mich weiter, auch Jimmy war vorangekommen. Ich war noch drei Meter von Teresa entfernt, Jimmy ebenso weit von Johanna. Die beobachtete Teresa genau. Ihr Körper war angespannt. Da begriff ich. Sie wartete darauf, dass Teresa unachtsam wurde, abgelenkt von ihrem Vater. Aber was wollte sie dann tun?

Teresa zielte immer noch mit der Waffe auf sie. Aber während des Gesprächs war ihre Hand ein wenig nach unten gesackt. Könnte es mir gelingen, sie zu überwältigen?

»Nein«, Teresa presste die Lippen zusammen. »Das tut ihr nicht. Sonst hättet ihr mich nicht in die Klinik gesteckt. Und daran ist nur sie schuld.«

Ihr Gesicht verzog sich wie von Schmerzen. Sie hob die Waffe wieder ein Stück.

Ihr Vater rief: »Nein, Teresa!« Tat einen Schritt auf sie zu.

Sie fuhr zurück, schrie: »Nein!«

Ihr Vater rief: »Teresa!«, streckte die Hand nach der Waffe aus.

Ihr Arm schwang herum.

»NEIN!«

Der Schuss war wie ein Schlag gegen meinen Schädel. Im ersten Moment dachte ich, ich wäre getroffen worden. Dann sah ich Ludwig rückwärtsstolpern.

»Teresa!«, keuchte er. Seine Brust färbte sich blutig rot.

Jimmy griff in seine Jacke, die Hand kam mit einer Waffe hervor. Teresa sah es. Ihr Arm schwang herum. Johanna schrie: »JIMMY!«

Und sprang auf.

Ich warf mich in Richtung Teresa, wusste, dass ich sie nicht rechtzeitig erreichen würde.

Teresa schoss.

Ich kniete neben Ludwig. Die Kugel hatte ihn mitten in den Brustkorb getroffen. Noch sog seine Lunge gierig Luft ein, doch in seinem Mund sammelte sich bereits rötlicher Schaum. Johanna kniete mir gegenüber, in der Hand das Telefon. Mit mühsam beherrschter Stimme informierte sie den Beamten, der den Notruf entgegengenommen hatte.

Ich sah über ihre Schulter zu Jimmy, der Teresa mit einem Griff am Boden fixiert hatte, der ihr keinerlei Bewegung mehr erlaubte. Ihre Nase und ihr Mund waren blutig verschmiert. Dort hatte Johannas Faust sie getroffen, nachdem sie die Hand mit der Waffe beiseitegeschlagen hatte. Es war erstaunlich gewesen, dass die junge Frau, die kaltblütig auf Menschen zu schießen imstande war, entsetzt und hilflos auf diesen Angriff reagierte. Ich hatte ihr die Waffe einfach aus der Hand nehmen können. Jimmy packte sie dann und warf sie zu Boden.

Jetzt legte ich Ludwig meine zusammengerollte Jacke unter den Kopf. Dabei fiel mir die Brille auf, die noch immer in meiner Brusttasche steckte. In diesem Moment vernahmen wir hastige Schritte auf der Treppe. Keuchend und schwitzend kam Kern in das Loft gestolpert. Mit offenem Mund starrte er auf die Szenerie.

»Heilige Scheiße!«, stieß er hervor.

Und Ludwig Sander hörte auf zu atmen.

10.

ALS WIR AM Bahnhof ankamen, mussten wir feststellen, dass der Zug zwanzig Minuten Verspätung hatte. Es störte uns nicht, es waren zwanzig Minuten, die wir noch für uns hätten. Wir setzten uns auf eine Bank am Bahnsteig und ließen uns von der Frühlingssonne wärmen.

Drei Wochen waren vergangen, seit Teresa ihren Vater erschossen hatte. Tobias Kern, der nicht nur das Gespräch mit Delattre mitgehört hatte, war uns auch nach Picard gefolgt. Nun hatte er seine Story, und er machte etwas daraus. Alle großen Zeitungen griffen die Geschichte auf und schickten ihre Reporter nach Saarlouis. Für ein paar Tage war die heimliche Hauptstadt des Saarlandes auch Hauptstadt der Republik. Gregor trat sofort von seinen Ämtern zurück, für einen kurzen Tag war er das tragische Opfer seiner verrückten Schwester. Dann deckte Kern die Verbindung zu Thorbergs Tod auf.

Teresa hatte in Gegenwart von Jimmy und mir dessen Ermordung zugegeben. Gleichzeitig hatte Kern eine Aufzeichnung des Geständnisses. Besser ging es gar nicht. Das Verfahren gegen Johanna würde in Kürze wieder aufgenommen werden. Eine Aufhebung des vorherigen Urteils war so gut wie sicher. Zumal Teresa sich als äußerst auskunftsfreudig erwies. Der Tod ihres Vaters nahm sie allerdings nicht besonders mit. Auch hier konnte Kern die Medien mit Futter versorgen.

Der bestinformierte Mann von Saarlouis schrieb einen Artikel über die Sanders, in dem es hauptsächlich um die Frauen der Familie ging. Die Großmutter und das Gerücht, dass sie ihren Mann umgebracht hätte. Die Schwester Ludwigs, die in einem geschlossenen Heim verstorben war. Und schließlich Teresa. Sofort begann eine heiße Debatte, wie die Form von Psychopathie, die die ersten Hobbypsychologen Teresa attestierten, genetisch bedingt sein könnte. Eine andere Fraktion von vermeintlichen Spezialisten hielt dagegen, dass die Persönlichkeitsstörung eher der familiären Situation geschuldet war. Als dann noch Teresas exzessiver Drogenkonsum zutage kam, wurde es vollends unübersichtlich. Die »irre Schwester« beherrschte die Schlagzeilen. Die Fragen, die Kern, Johanna und ich uns in Jimmys Lokal stellten, waren eher praktischer Natur.

»Dann hat Teresa dir also damals die fünfundzwanzigtausend aus der Tasche genommen«, stellte Jimmy fest.

»Und erst mal richtig Party gemacht«, ergänzte Kern.

»Aber wie haben die Sanders überhaupt erfahren, dass es ihre Tochter gewesen ist, die Thorberg erschossen und Johanna die Waffe in die Hand gedrückt hat?«, fragte ich.

»Ich schätze, irgendwann haben sie Verdacht geschöpft«, sagte Johanna, »und haben Delattre um, wie nannte er das, technische Hilfe gebeten.«

»Und dann hat er den Ausputzer gemacht«, nickte Jimmy. »So wie er das im La Maison umschrieb, hat es ihm nicht gerade Spaß gemacht.«

»Ergreifst du jetzt für ihn Partei?«, fragte Johanna.

»Ganz sicher nicht. Ich traue ihm so ziemlich alles zu. Aber er ist ein Mensch, der immer Risiko gegen Gewinn abwägt. Und so eine unberechenbare Verrückte wie Teresa muss ihm gehörig gegen den Strich gehen.«

Delattre kam erstaunlich gut in dieser Geschichte weg, er kam nämlich gar nicht vor. Von den Sanders hatte keiner Interesse, diese Verbindung zur Sprache zu bringen.

Die Fotos, die ich im La Maison liegen gelassen hatte, tauchten nirgendwo auf. Daher nahm ich an, dass Delattre sie doch noch eingesteckt hatte. Die Negative waren noch in meiner Tasche gewesen. Ich gab sie Kern irgendwann zurück. Er verzichtete darauf, sie zu veröffentlichen. Er hatte sie benutzen wollen, um Ludwig Sander zur Strecke zu bringen. Doch der war tot. Es erschien ihm geschmacklos, da noch hinterherzutreten. Wir stimmten ihm zu.

»Und der Brand?«, fragte Kern.

Darüber hatten Johanna und ich auch schon nachgedacht. Wir wechselten einen Blick. »Auch Teresa«, sagte sie dann.

»Wir glauben, dass das die Sanders erst richtig aufgeschreckt hat«, fügte ich an. »Von da an haben sie eine Nebelbombe nach der nächsten geworfen, um uns von Teresa abzulenken.«

»Sie hatten ihren Feind im eigenen Haus«, ergänzte Johanna nachdenklich.

Irgendwann in diesem Gespräch bei Jimmy fiel mir noch etwas ein. »Sag mal«, wandte ich mich an Johanna, »dieses andere Geld, das ihr schon nach Martinique überwiesen hattet. Was ist daraus geworden?«

»Das liegt da immer noch.«

»Könntest du da ran?«, wollte Kern wissen.

»Ja, aber ich will es nicht.«

»Dann kriegt es irgendwann die Bank«, gab Jimmy zu bedenken.

Johanna runzelte die Stirn.

»Du könntest es spenden«, schlug ich vor.

Johanna dachte nach.

»Gibt es irgendeinen Verein«, fragte sie dann, »der sich um strafentlassene Frauen kümmert?«

Es waren noch zehn Minuten bis zum Eintreffen des Zuges.

»Wie fühlst du dich?«, fragte Johanna.

»Weiß nicht. Ein bisschen komisch.«

»Du könntest mir etwas erzählen.«

»Okay, was denn?«

»Was hat es mit deiner Theorie über den Sündenfall auf sich?«

»Ah, eine gute Frage. Also, es geht um geheimes Wissen und Verrat.«

»Das hört sich spannend an.«

Sie wandte sich mir zu und stützte sich bequem auf der Rücklehne der Bank ab. »Erzähl!«

Wir hätten vergessen, begann ich, dass Dinge, die heute selbstverständlich seien, unseren Vorfahren nicht bekannt waren.

»Wir wissen, dass ein Blitz eine elektrische Entladung ist. Diese Erkenntnis ist aber recht jung. Für die Frühmenschen war das ein furchterregendes Phänomen. Was taten sie also? Sie schrieben es den Göttern zu. Etwas Ähnliches müssen wir uns für den Zusammenhang von Zeugung und Geburt vorstellen. Tiere haben zwar ein Gespür für die eigene Nachkommenschaft, aber die würde ganz sicher nicht auf dem Wissen beruhen, dass das Sperma des Männchens mit der Eizelle des Weibchens verschmolzen ist. Stimmst du mir so weit zu?«

»Jawohl, Herr Professor.«

Auch die Frühmenschen haben dies nicht wissen können. In ihren Augen waren die Frauen diejenigen, die irgendwann Kinder aus ihrem Bauch pressten. Dass dies die Folge einer neun Monate zurückliegenden abendlichen Kopulation sein könnte, läge nicht gerade auf der Hand. Zumal wir uns kaum vorstellen können, wer da alles mit wem kopuliert hat.

»Die Geburt war also ein überaus rätselhafter Vorgang, deren Ursache unsere Vorfahren dort suchten, wo auch der Ursprung der Blitze war.«

»Bei den Göttern.«

»Genau. Die Frauen hatten einen besonderen Draht zu den Göttern. Das wird ihnen eine machtvolle Position in der Gruppe verliehen haben. Irgendwann aber muss das Begreifen eingesetzt haben. Was denkst du, wer es als Erstes kapiert hat?«

»Na, die Frauen.«

»Richtig, denn in ihren Körpern geschah es ja. Während die Männer auf der Jagd waren, tauschten die Damen sich also über ihre Erfahrungen aus und stellten fest, dass es da zwischen diesen lustigen abendlichen Spielen unter dem Fell und dem Kinderkriegen einen Zusammenhang geben musste. Was aber haben sie mit diesen Erkenntnissen gemacht?« Ich gab die Antwort gleich selbst. »Wenn sie schlau waren, und ich glaube, das waren sie, haben sie das für sich behalten. Denn ihnen war klar, wenn die Männer erst wüssten, dass nicht die Gunst der Götter, sondern ihr Schwanz die Ursache von allem war, wäre es mit der privilegierten Stellung der Frau dahin. Das Mysterium der Geburt musste geheim bleiben. Dann aber geschah der Verrat. Irgendeine junge Frau, nennen wir sie einfach mal Eva, hatte sich in einen jungen Mann verliebt.«

»Der zufällig Adam hieß?«

»Könnte sein. Für Eva jedenfalls war Adam der Allertollste auf der Welt. Und weil sie so verliebt war, hat sie ihm eines Tages ein Geheimnis verraten. Vielleicht gab es ja ein Stück Apfel dazu, wer weiß.«

»Und damit war es raus.«

»Richtig. Adam hat das natürlich sofort seinen Kumpels gesteckt. Ein Riesenbohei. Das war das Ende des Matriarchats und der Beginn des Patriarchats.«

»Und Eva war schuld.«

»Nein, die Liebe. Die ist immer schuld.«

Johanna lächelte.

»Eine tolle Geschichte, Herr Professor. Und was hat es mit der Schlange auf sich?«

»Keine Ahnung. Ich bin kein Zoologe.«

Johanna lachte. Dann sagte sie: »Da hinten kommt übrigens der Zug.«

Ich sprang auf. Es stimmte. Der Zug fuhr ein. Ich atmete einmal tief durch.

»Aufgeregt?«, fragte Johanna.

»Kaum«, wiegelte ich ab.

Als der Zug hielt, standen wir ziemlich genau in dessen Mitte. Die Türen gingen auf, und wir schauten abwechselnd nach rechts und links. Dann sah ich zwei Waggons weiter einen Jungen mit einem Rucksack aus dem Zug springen.

»Da ist er«, sagte ich.

Ich winkte, Philipp winkte zurück und kam auf uns zugerannt. Zwei Meter vor uns blieb er stehen. Seine Augen waren auf Johanna gerichtet.

»Hi«, sagte er.

»Hi, Philipp«, erwiderte sie.

»Hi, Philipp«, sagte auch ich, aber das schien ihn kaum zu interessieren.

»Du hast die irre Schwester k. o. gehauen?«, fragte er.

Johanna lachte.

»Nicht direkt k. o., aber ich glaube, es hat ihr ziemlich wehgetan.«

»Wow«, sagte Philipp. »Ich find's toll, dass wir uns treffen.«

»Ich auch.«

Ich dachte, es wäre an der Zeit, mich bemerkbar zu machen.

»Übrigens, ich bin dein Vater.«

Philipp verdrehte die Augen.

»Jetzt sei nicht so negativ, Dad.«

»Negativ?« Ich war empört, kam aber nicht dazu, dem kleinen Stinker meine Meinung zu sagen, weil Johanna prustend loslachte.

»Ihr seid ja goldig.«

Sie strahlte Philipp an. Der strahlte zurück.

»Hast du Hunger?«

»Immer.«

»Currywurst mit Pommes?«

»Super.«

Philipp wandte sich an mich.

»Kommst du, Dad?«

Ich fing einen sehr belustigten Blick von Johanna auf und fügte mich in die Situation. Jetzt strahlte Philipp auch mich an, und dann zogen wir los.

»Sagt mal«, meinte er und schaute abwechselnd zu uns hoch. »Kriege ich jetzt endlich ein kleines Schwesterchen?«

Johanna schaute zur Seite, um ihr Lachen zu verbergen.

»Philipp« sagte ich, »du bist noch keine zwei Minuten hier. Du kannst doch nicht solche Fragen stellen.«

»Wir können natürlich auch über das Motorrad reden«, schlug er scheinheilig vor.

Ich seufzte, das versprach ja eine sehr unterhaltsame Woche zu werden. Dann aber dachte ich daran, dass ich tatsächlich eine ganze Woche mit meinem Sohn verbringen würde. Ich würde mit ihm in den Stadtgarten gehen und ihn mit Geschichten über Ludwig den Vierzehnten langweilen. Wahrscheinlich müsste ich mit ihm Fußball spielen, aber selbst darauf freute ich mich.

Ich beobachtete von der Seite, wie er sich mit Johanna unterhielt und sie mit Fragen zu allem Möglichen löcherte. Es war ein sonniger Tag im Mai in Saarlouis, der heimlichen Hauptstadt des Saarlandes. Ich musste grinsen.

»Was ist mit dir?«, fragte Johanna mich.

Ja, was war mit mir? Ich suchte in mir nach diesem schon vertrauten Gefühl, von einer Küste abzutreiben, ohne zu wissen, wohin die Reise gehen sollte. Es war nicht mehr da.

»Ich glaube, ich bin gerade angekommen.«

Provenzalischer Thrill mit Katze – genial gut!

Jean Bagnol

COMMISSAIRE MAZAN UND DIE SPUR DES KORSEN

Kriminalroman

Schwer verletzt überlebt die Polizistin Zadira Matéo ein Attentat – doch die Jagd auf sie hat erst begonnen. Sie versteckt sich auf einer einsamen Trüffelfarm in den Bergen, begleitet von ihrem Kater, Commissaire Mazan. Währenddessen versucht Zadiras Geliebter, der Tierarzt Jules, in Marseille zu ermitteln.

Wer hat den geheimnisvollen Killer, genannt »Der Korse«, beauftragt? Welches gefährliche Wissen hütet Zadira, das sie ihr Leben kosten soll?

Hier wird nicht nur ermittelt, sondern auch getrunken und geliebt. Man möchte sofort seine Koffer packen …
Donna